COLLECTION FOLIO

Michel Déon
de l'Académie française

Je ne veux jamais l'oublier

Édition revue et corrigée
avec une préface de l'auteur

Gallimard

Pour André Fraigneau

PRÉFACE

Fin 1975, vingt-cinq ans après la première publication de *Je ne veux jamais l'oublier,* j'écrivais en guise d'avertissement au jeune lecteur qui tomberait sur la nouvelle édition revue et corrigée :

« En 1950, les autobus avaient encore des plates-formes qui n'étaient pas politiques, les taxis s'appelaient des voitures de place et quand on faisait signe à l'un d'eux, il ne se dépêchait pas de mettre son drapeau noir pour aller déjeuner. A l'aube, aux Halles, une forte odeur de soupe à l'oignon réconfortait les noctambules. En 1950 encore, on dansait la rumba, le fox-trot, le slow et — dans des endroits de perdition, les caves — le jitterburg. Saint-Germain-des-Prés, que n'avaient pas encore envahi les fripiers et les rôtisseurs, était un joli village dont les habitants se connaissaient tous et vivaient d'amitié. Les jeunes filles ne se mettaient pas au lit et n'ouvraient pas leurs cuisses dès qu'on leur disait bonjour un peu poliment. Elles jouaient le jeu, un jeu parfois cruel et compliqué, parfois très lent, qui permettait à chacun de mesurer la vérité de ses sentiments. L'Italie n'était pas un bazar pour touristes, mais toujours le pays aimé de Stendhal. Des jeunes gens sans spécialité trouvaient une situation sur leur bonne mine, et le bonheur leur paraissait une occupation plus intéressante que l'ambition et l'argent. L'amour ne s'apprenait pas en classe ou à l'Université, mais dans la vie, et les professeurs étaient de jolies femmes chargées de transmettre à des jeunes gens une science apprise auprès d'hommes plus âgés. Rien n'empêchait la douceur de vivre soudain retrouvée après la guerre, de se voiler d'amertume ou de se gonfler d'espoir d'une façon tout à fait déraisonnable. En somme, *Je ne veux jamais l'oublier* est un roman historique.

A deux ou trois détails près, le même avertissement n'est pas inutile en 1990 pour la reparution, dans Folio, de cette version révisée d'un roman quadragénaire. Certes, le mot « plate-forme » a été oublié par les partis politiques qui croient faire peau neuve en changeant de vocabulaire, mais, en revanche, sur certaines lignes, les autobus ont retrouvé les plates-formes qui ont tant d'agrément quand on veut voir bien Paris. Il faudrait des archéologues pour déterrer quelque chose du souvenir ancien des Halles. Le Forum qui lui a succédé est une entreprise froide, en forme de coupe-gorge, où personne n'oserait revenir goûter une soupe à l'oignon quand le jour se lève. En revanche, les taxis sont toujours aussi rares et malintentionnés, et peut-être la crainte d'une maladie impitoyable est-elle en train de redonner à l'amour des formes et une courtoisie que l'on croyait perdues. Ainsi Olivia n'apparaîtra plus aussi anachronique au lecteur de demain. Quant à Patrice Belmont, son modèle — ou quelque chose d'approchant — existera toujours, à un moins grand nombre d'exemplaires et sans doute plus par bravade que par goût profond. Je dirais volontiers de lui qu'il est un « asocial » de luxe. Au sortir de la guerre, ce jeune homme vit comme si rien ne s'était passé. Les amis bien intentionnés se rassureront en racontant que Patrice B. a fait une belle campagne de France ou une belle campagne d'Allemagne, et qu'il est assez bien élevé pour n'assommer personne avec ses souvenirs. D'autres, malintentionnés, demandent des preuves. Il n'y en a pas. Ce sont des choses dont on ne parle pas entre gens de bonne éducation, et, de toute façon, ce n'est pas le sujet du roman. On voit : je ne cherche ni à le disculper ni à l'inculper. L'important reste qu'en une époque qui ne s'y prête guère il vive selon son bon plaisir, ne sacrifiant des parcelles de sa liberté que pour l'essentiel.

Avec le recul des ans, le meilleur attrait de Patrice B. me paraît être de ne posséder d'autre diplôme que son charme personnel et une large disponibilité. Ainsi, ses chances de survie dans une société compartimentée comme la nôtre sont-elles bien plus sûres que celles d'un fort en thème qui ne sait pas changer une roue de voiture. La morale moderne devrait s'accommoder sans difficulté d'un pareil enfant gâté, ou, alors, c'est que nous n'avons rien compris.

La question qui se pose est de savoir quelles retouches l'auteur est autorisé à apporter sans tricher au livre qu'il a écrit avant la trentaine. La réponse est que nous ne sommes pas à la roulette : les jeux ne sont jamais faits. Après un coup, on peut reprendre ses billes et rajeunir sa mise. Personne, je pense, ne refusera au romancier le droit de remplacer une épithète par une autre, d'en supprimer et même — mais plus rarement — d'en ajouter. Dans une vie consacrée à l'écriture, on apprend des choses du métier, les secrets d'une sorte d'artisanat. Revendiquons également le droit sacré d'atténuer des jugements sans nuances comme de ne plus en nuancer d'autres. Le jeune homme qui écrivit *Je ne veux jamais l'oublier* est un compagnon que j'ai perdu de vue depuis longtemps bien qu'il soit un peu mon fils. Tant il est vrai qu'à partir d'un certain âge, nous sommes les propres pères de notre jeunesse dont nous mesurons mieux enfin — mais trop tard — les folies et l'inconscience. La grande supériorité du roman sur la vie, c'est qu'il peut en être une version améliorée sans que l'auteur soit un Faust et le lecteur son Méphistophélès. En glissant ce jeune homme de bonne famille dans un roman — sous une forme autobiographique (dans les détails plus que dans l'ensemble) — je n'ai pas eu l'impression de le trahir ni de trahir Olivia dont la valse-hésitation est à peine imaginaire.

Je me permets donc cette préface d'une indulgence modérée à mon propre égard, pour que le lecteur ne se trompe pas : il s'agit bien d'un roman historique ou — comme j'aime à le suggérer pour mieux en égarer les clés — d'un roman historique où tout est vrai et rien n'est vrai. Autrement dit, j'ai tenté de faire œuvre romanesque. Ce n'est pas une mince ambition, encore aujourd'hui.

M. D.
Juin 1989

I

Les rencontres

Patrice la quittait avec, chaque après-midi, un peu plus de regrets. Il aimait s'imaginer qu'il était amoureux et que cette passion grandissait de rencontre en rencontre. Il l'avait vue à toutes les heures du jour et, une fois, grâce à la complicité du concierge, une nuit où la lune inondait de sa blancheur triste la cour intérieure du Palais. Dans leurs colloques aucune défaillance ne se produisait. Il l'admirait puérilement, des pieds à la tête. Il aimait ses gestes figés. La chance voulait qu'il fût presque toujours seul avec elle. Cela encore importait peu. Quand il se trouvait avec d'autres visiteurs, Patrice ne se laissait pas troubler et s'absorbait dans une contemplation indifférente à tout commentaire imbécile. Avec un rien d'hypocrisie, il l'avait épiée, détaillée. Du beau front hautain, il s'était satisfait toute une journée, suivant la torsade habile des cheveux qui cachait les oreilles, allongeait encore le cou gracile, caressait les épaules. On ne pouvait rêver encadrement plus léger à visage ovale. Les lourdes paupières qui couvraient à demi les yeux bridés donnaient au regard cette expression à la fois retenue et sensuelle que Patrice avait en vain cherchée sur tous les visages des Madones du Libérale dont les lèvres sèches démentent la féminité des yeux. Mais, c'est au sourire qu'il s'arrêtait le plus longtemps. Impénétrable et doux, ce sourire ressemblait de façon frappante à celui de la Mona Lisa. Il en avait l'ironie légère, la volupté discrète et un goût d'éternité que les siècles passés semblaient avoir fixés à jamais pour les siècles à venir. Le port altier de la tête passait pour un des plus beaux que l'on eût vus. Quelques lignes pures et parfaites stylisaient le relief de ce visage semblable à lui-même sous toutes les lumières. Le nez fin et étroit, à la vénitienne, supportait deux arcs de sourcil d'un seul trait à peine renflé vers les tempes. Patrice admirait le visage d'Eva plus que tout au monde. Quant au corps, il le connaissait maintenant et si les premiers temps certaines lignes lui avaient paru désuètes, il s'habituait à leur digne noblesse. Les seins surtout, d'une ferme beauté, haut accrochés, sans impudeur et sans vaine gloriole, apparaissaient comme un repos dans ce corps sans graisse aucune, dont les hanches et le bassin amorçaient déjà le jeu sobre des jambes. Du regard, Patrice caressait les mains longues, dentelées, aux jointures étroites. Eva avait aussi un geste qu'il était ébloui de retrouver sur elle après l'avoir tant aimé chez l'Olympia de Manet et la Vénus au chien du Titien : le geste exquis de la femme qui cache son pubis et dont la pudeur affectée devient ainsi l'attrait le plus puissant, le plus obsédant, le plus pervers.

Doué d'imagination, Patrice ne pouvait se contenter d'Eva. Il l'aimait cependant assez pour limiter ses recherches à un sosie et usait, sans succès, ses yeux à scruter les visages vénitiens qui passaient à sa portée. Il trouvait des fronts purs, des sourcils nobles, des sourires légers mais dispersés sur plusieurs femmes. Les jours passaient dans une vaine recherche, avec tout de même quelques éclairs : au restaurant il restait assis pendant une heure face à une Vierge de Giovanni Bellini ; sur le vaporetto il rencontrait une jeune fille qui ressemblait à la princesse de Trébizonde du Pisanello. Un jour enfin son cœur battit à une allure folle : il se trouvait en face de la réplique exacte d'Eva. L'étrange rencontre si attendue se situa dans l'antichiesetta, derrière la grande salle du Sénat au Palais des Doges. La réplique exacte d'Eva gisait, couchée dans une cage en bois. La pluie et les intempéries avaient lavé, usé le nez qui apparaissait blanc et marbré ainsi que le flanc gauche. Un gardien qui s'approchait lui affirma que c'était bien là l'original de Riccio. L'Eva que Patrice admirait sur la façade interne de la poste Foscari était une copie récente, destinée à remplacer la statue originale que les intempéries des siècles avaient endommagée. La niche symétrique serait bientôt occupée par un nouvel Adam. En effet, dans un autre coin de l'antichiesetta, gisait, également prisonnier d'une caisse à claire-voie, un géant aux cheveux bouclés que l'on eût volontiers pris pour David. Patrice aurait pu le jalouser. Mais les deux statues, trop éloignées l'une de l'autre, ne pouvaient que se parler dans la nuit. Des paroles, rien que des paroles... Il ne croyait pas que l'on pût arriver à quelque chose avec des paroles. Ni d'ailleurs avec la contemplation muette qui avait été la sienne de si longs jours. Ayant trouvé un double à l'Eva qu'il admirait et apprenant, de surcroît, que ce double était l'original, il s'estimait amèrement déçu. Le jeu auquel il se livrait depuis son arrivée à Venise ne signifiait plus rien. Jamais la chance ne l'autoriserait à rencontrer une troisième Eva. D'ailleurs il n'en voulait plus. Il préférait rendre leur vérité aux choses et aux sentiments, garder intact le souvenir figé de la statue à l'inquiétant sourire, dans la niche de l'Arco Foscari du Palais des Doges. Il semblait vain de s'épuiser à chercher une copie de chair et d'os de la belle Eva. Quelle descendante du modèle ignoré aurait pu garder, à travers les siècles et les invasions blanches, brunes, vertes et rouges, la beauté mystique et parfaite de son aïeule ?

Il n'en fallut pas plus, le jour de cette triste constatation, pour que Patrice s'ennuyât à Venise. La ville ressemblait trop à ces dépliants distribués dans les agences de voyage du monde entier. Il croyait n'aimer plus les rues étroites où l'on frôle de belles filles aux corsages pleins, les petits canaux malodorants où les gondoliers poussent le *Aoï* traditionnel de leur voix rauque. Le soir, Saint-Marc s'illuminait comme la place des fêtes d'un village et la lagune s'embrasait d'un rouge intolérable qu'aucun peintre, aucun poète ne saurait jamais traduire. Venise surgissait de sa légende, jetait le voile pour n'être plus qu'une ville lépreuse et pestiférée peu à peu rongée par l'eau. Patrice en voulait aux couples heureux qui passaient. Il aurait aimé leur crier que leur bonheur était faux et qu'il était indécent de traverser la France et l'Italie, et quelquefois le monde entier, pour venir faire l'amour dans une chambre d'hôtel à Venise. Que voyait-elle d'autre, la femme, que les yeux humides de son mari ? Et lui, à quoi pensait-il, sinon aux seins de sa jeune épouse et à la tiédeur de son ventre ? Ils s'embrassaient dans les églises et se couchaient à neuf heures...

Dans cet état d'esprit, il ne restait plus à Patrice qu'à rejoindre le Harry's bar où sa tante, la marquise Bongiovanni, tenait ses assises chaque soir à sept heures. Le fameux bar était une des institutions de Venise. Le rendez-vous du soir y était obligatoire pour une société restreinte — mais bruyante et sûre de soi — d'artistes, d'écrivains, mais aussi de gens du monde plus dégrossis que d'ordinaire, prétentieux certes, enivrés de titres et d'argent ou, au contraire, affreusement démunis, brûlant leurs dernières cartouches pour décrocher le gros lot, un Américain richissime, une Sud-Américaine sur le retour, un Anglais cherchant un mariage blanc pour continuer de vivre avec son gondolier.

Patrice poussa la porte à deux battants et oublia

Venise et ses déceptions. Le bar était plein. Dans un coin, assise à une table, la marquise buvait un madère en compagnie d'un poète yougoslave. Patrice s'approcha :

— Ah ! te voilà mon neveu. Je te présente M. Anton Svedlicht, poète et résistant yougoslave.

Le poète résistant se leva et s'inclina presque jusqu'à terre.

— Monsieur Svedlicht, dit la marquise, appartenait bien entendu à la bonne Résistance, pas celle du maréchal Tito, mais celle du général Mihaïlovitch.

Le poète, bien qu'assis, s'inclina de nouveau.

— Est-ce vrai, monsieur, dit-elle encore, que Tito châtre ses ennemis ?

— C'est vrai, marquise, et bien d'autres horreurs, encore...

— Oh, dites-moi lesquelles...

Patrice décida de ne pas écouter. C'était un de ses seuls moyens de défense contre une irritation qui, portée à l'extrême, se traduisait par une série de propos incisifs et d'une méchanceté aiguë. Mais la marquise ne s'y trompait pas ; l'attention polie de son neveu était le masque qui permettait le mieux à sa pensée de vagabonder. Et comme elle n'aimait pas être seule et que d'ailleurs ce Yougoslave l'ennuyait, elle lui coupa la parole :

— Dis-moi, Patrice, si tu nous demandais des sandwiches. Et vous, cher ami, que désirez-vous boire ? Ah ! voilà justement Barbara Smithson à qui je voulais vous présenter.

Le poète yougoslave était déçu : Barbara Smithson n'était qu'une vieille lesbienne ; on l'avait interrompu dans un récit qu'il croyait passionnant ; Patrice avait disparu comme par enchantement. Ayant tout de même trop besoin de relations pour oser manifester sa mauvaise humeur, il resta et en fut récompensé car la vieille Barbara qui l'avait tout de suite deviné homosexuel fut délicieuse avec lui et l'invita à dîner. Pendant ce temps, Patrice se faufilait vers le bar et réussissait à s'asseoir à côté d'une femme seule assez jolie. Le plus difficile restait à faire. Sans alcool dans le ventre, il devenait d'une timidité surprenante : hésitant dix minutes à parler avec une femme qui ne demandait visiblement pas mieux, attendant en vain de son imagination brusquement desséchée un mot clé qui ouvrît la porte de la conversation. Ces dix minutes perdues le suppliciaient : on en profitait pour lui voler la danseuse qu'il désirait ou bien la femme s'en allait, méprisante et agacée. Un ou deux verres suffisaient à lui rendre son audace. Patrice les but mais la jeune femme s'en alla. Elle avait une assez jolie silhouette et de longs cheveux aux reflets roux.

A la table de sa tante était venu s'asseoir un Juif viennois de beaucoup d'esprit. Patrice les rejoignit. La conversation ne consistait plus qu'en une récitation à peine colorée du Gotha. La marquise Bongiovanni possédait une infaillible mémoire. Avec une sûreté sans égale, elle connaissait tous les mariages princiers d'Europe. Cette vieille femme étonnait toujours Patrice par son extraordinaire personnalité. Depuis un mois qu'il était à Venise, il ne cessait chaque jour de la découvrir et ses sentiments pour elle variaient entre l'agacement, la véritable affection et la pitié. Française de naissance, elle avait épousé grâce à sa dot un marquis italien ruiné, mais avec un titre parfaitement authentique. Le marquis avait eu la bonne idée de mourir quelques semaines après le mariage. Mercédès s'en était bien consolée. Elle ne l'aimait pas et il l'avait laissée vierge, auréole dont elle n'hésitait pas alors à se parer en public. Un orage cependant était passé dans sa vie : une liaison avec D'Annunzio lors du séjour du poète en France. Adulé, fêté, célébré partout, il continuait comme dans son pays d'accumuler les aventures avec une virtuosité tout italienne. La marquise n'avait pas su résister à cette réputation et comptait donc parmi les huit cent cinquante maîtresses que les statisticiens reconnaissent au glorieux vainqueur de Fiume. Elle parlait peu de ce qui s'était passé au lit, mais beaucoup des lettres et des télégrammes de mille mots qu'ils avaient échangés.

Avait-elle été belle ? On ne pouvait vraiment pas le savoir bien qu'elle fût sans rides. Elle se teignait les cheveux mais ne se fardait pas. La myopie voilait ses yeux d'un bleu passé. Elle s'habillait mal mais sans ridicule et ne sortait jamais sans une canne à pommeau d'ivoire. Bien qu'elle habitât Venise depuis vingt-cinq ans, elle était incapable de se reconnaître dans le labyrinthe des ruelles. Sa domestique devait la conduire chaque jour dans les différents palais où elle était invitée à prendre le thé. Patrice allait l'y chercher pour l'emmener au Harry's bar. Cependant, il ne s'inquiétait pas toujours d'elle et la marquise devait parfois se lancer au hasard dans les rues sombres. Elle faisait bien cent mètres ainsi, puis, plantée au milieu de la chaussée, implorait aide de la courtoisie italienne. Il se trouvait souvent un gamin qui, pour quelques lires, la guidait. Car il fallait absolument qu'elle fût à sept heures au Harry's bar, plus ponctuelle encore qu'à la messe du dimanche à Saint-Marc. Elle buvait la moitié d'un verre de madère et ne partait satisfaite que si on lui avait présenté les quelques rares personnes qu'elle ne connaissait pas encore. Patrice s'étonnait de son savoir et de la futilité absolue de sa conversation : la magie et la religion, le Gotha, D'Annunzio. Patrice n'avait plus rien à apprendre sur les charlatans qui escroquaient sa tante, ni sur les passions de D'Annunzio. Quant au Gotha, c'était un exercice pour la vanité duquel il n'était pas encore assez mûr.

Il avait d'abord cru sa tante généreuse avant de la

découvrir mesquine. Le jugement final était qu'elle cumulait, sans art, la générosité et la mesquinerie, et que les tapeurs n'avaient de chance auprès d'elle que s'ils lui empruntaient une forte somme. Au fond, elle ne comprenait pas bien son neveu qui s'efforçait à la discrétion. Elle l'avait invité chez elle et Patrice, déférent les premiers jours, avait peu à peu repris sa liberté. Il se présentait aux repas et, le soir, jusqu'à l'heure du coucher. La marquise le soupçonnait de sortir ensuite pour se livrer à quelque débauche. Patrice sortait effectivement après onze heures, mais pour goûter l'air du soir, traverser Saint-Marc et boire un alcool au Florian, se laisser glisser dans une gondole le long des canaux, revenir à pied dans le dédale sombre et fantastique des rues. S'il n'était pas trop tard, il buvait un dernier whisky au Harry's bar, échangeait quelques mots avec un Anglais ivre ou faisait un poker avec le barman. Telles étaient ses débauches. Pas une aventure, ou plutôt si, une courte et vite oubliée. Les heures du jour il les passait dans les musées ou dans les églises. Si des amis de sa tante le questionnaient sur ses journées, il répondait par une plaisanterie ou n'importe quoi d'impersonnel qui le délivrait de la conversation. On le prenait pour un esprit brillant et superficiel ou carrément pour un imbécile. Mais être pris pour un imbécile quand on espère ne pas en être un, est bien la chose la plus enivrante. Patrice gardait pour lui le secret de ses découvertes. Il y avait de la prétention et du mépris dans cette attitude et il ne se le cachait pas à lui-même. Pour qui et pour quoi l'aurait-il surmonté ? Si la femme qu'il avait aimée désespérément à vingt ans s'était trouvée avec lui, il n'aurait rien avoué non plus. On découvrait là l'ombre même de son caractère.

— N'est-ce pas, Patrice ? dit la marquise.

— Bien sûr, tante Mercédès...

— Ne fais pas la bête, tu n'écoutais pas ce que nous

disions. C'est tout le temps comme ça. D'ailleurs ça n'a pas d'importance, il est l'heure de s'en aller. Nous avons une invitée ce soir.

Ils contournèrent le bar et suivirent le quai, appelés au passage par les gondoliers. La marquise s'appuyait lourdement au bras de son neveu. Certains jours elle avouait sa fatigue et son âge, mais comme à regret. Il fallait la plaindre et non la réconforter. Patrice, que cette comédie ennuyait, ne disait rien. Il cherchait seulement le moyen détourné de savoir quelle était l'invitée inattendue du soir.

— Quel âge votre invitée ?

— Je ne sais pas au juste, peut-être vingt-trois, vingt-quatre. Elle ne te plaira pas, ce n'est pas ton genre. C'est une âme, rien qu'une âme. Un poète seul doit la cueillir. Toi il te faut des réalités charnelles.

Des réalités charnelles ? Patrice ne niait pas. Il en voulait et il est probable qu'il en désirerait toujours. Il avait de l'appétit et cela ne lui semblait pas en contradiction avec un certain besoin d'absolu sentimental. Des conquêtes jalonnaient sa vie et leur goût ne s'effacerait pas. Il en espérait toujours d'autres. Etait-ce tout ? Il savait encore ne pas se tromper sur ses propres désirs. Et quand il entendait sa tante annoncer qu'une jeune fille dînerait avec eux ce soir, il ne pouvait empêcher sa curiosité de s'allumer.

— Est-elle Française ou Italienne ?

— Espagnole. Elle s'appelle Olivia. Mais je t'ai dit qu'elle ne t'intéresserait pas.

Patrice sourit : Mercédès Bongiovanni se trompait toujours. Impossible de se fier à l'arbitraire de son jugement. Ne l'intéressaient vraiment que les êtres sur lesquels elle pouvait cancaner.

— Quelle est cette jeune femme à côté de qui tu étais assis au bar ? Il m'a semblé que tu lui parlais.

Rien ne lui échappait ! Patrice mentit. La jeune femme était charmante, il avait rendez-vous pour le lendemain. Sa tante n'insista pas et il s'amusa de son propre mensonge.

Ils arrivaient à hauteur de la ruelle qui conduit du quai des Schiavoni à San Zaccharia. La marquise avait acheté là, dix ans auparavant, un ancien couvent où l'on prétendait que Casanova venait surprendre les jeunes filles cloîtrées de la société vénitienne. Sur la place, il restait, du temps jadis, les bornes que l'on reliait avec des chaînes pour interdire aux amoureux trop entreprenants l'approche des trésors virginaux. Trois hêtres se mouraient dans l'enclos à côté de l'église Renaissance où les années continuaient d'ensevelir sous la poussière un merveilleux Bellini, des Véronèse et un buste de Canova. En grimpant le long de la façade du petit couvent, le chèvrefeuille avait formé sur le toit plat une voûte de verdure. Mercédès Bongiovanni ne connaissait pas son bonheur, mais Patrice commençait de comprendre le sien.

La bonne, une Savoyarde, vint ouvrir. C'était une bonne comme seule la marquise pouvait en souffrir : impertinente, dévouée, tyrannique et se mêlant de tout. Avec une obstination rare, Estelle détestait toutes les femmes qui venaient au conventino, et s'efforçait, par des calomnies insidieuses et habiles, de dresser sa maîtresse contre ses amies. Les hommes n'avaient guère plus de droits à son indulgence. Par exception Patrice, grâce à on ne sait quelle faveur du ciel, était soigné et protégé comme un enfant.

Tandis que sa tante s'habillait en haut, il s'installa pour lire dans le salon bien qu'il sût que trop impatient de connaître la nouvelle « découverte » de sa tante, il ne lirait pas et laisserait son imagination vagabonder dans ce salon dont il se demandait comment l'ayant trouvé monstrueux de prime abord, il s'était habitué aux tentures rouges anciennes, à ces éclairages pauvres dans des vases d'albâtre, à ces bibelots chinois, à ces lampes et ces plateaux de cuivre luisant. Il ne pouvait dire si cette atmosphère douce-reuse — la marquise y brûlait tous les jours du papier d'Arménie — rappelait davantage un bordel de grand luxe pour vieillards fatigués ou la chambre mortuaire d'un poète parnassien.

Estelle introduisit Olivia, mais Patrice n'eut pas le temps de se lever et d'aller à sa rencontre, déjà Mercédès Bongiovanni bousculant la bonne apparaissait et s'emparait de la jeune fille, la noyant dans un flot de questions et d'interjections auxquelles il était matériellement impossible de répondre. Patrice se contentait donc de regarder Olivia ôtant un châle rouge qui couvrait ses cheveux noirs coiffés très court. Un long cou maigre portait une très petite tête. Malgré ses yeux sombres et dorés, le visage osseux reflétait une finesse presque enfantine. Elle tendit sa main à Patrice sans qu'il pût savoir si la jeune fille s'était réellement aperçue de sa présence.

Ils passèrent tous trois à table, dans la seconde pièce du rez-de-chaussée tendue d'éclatantes draperies jaune vif. Quatre bougies mauves sur la table et une lampe basse dans un angle de la salle à manger éclairaient ce dîner. La marquise se plaça entre eux. Comme la table était plus longue que large, Patrice se trouva à près de deux mètres de la jeune fille. Les bougies jetaient des lueurs qui dansaient sur le visage d'Olivia. Des ombres portées vacillaient sur les murs. Patrice n'avait encore rien dit. Ce qui d'habitude l'agaçait — lorsque sa tante s'emparait de la conversation et l'en excluait avec une brutalité inconsciente — ce soir le soulageait. Il la laissait parler, n'écoutant même pas son bavardage. Olivia parlait français avec un léger accent qui faisait durer les « r » et ignorait les « e » muets. C'était d'un grand charme. Restait encore une chose que Patrice hésitait à regarder : les mains d'Olivia. Il s'attardait aux lèvres, à la pâleur délicate du visage, aux dents très blanches et un peu grandes pour un sourire féminin. Voilà que le souvenir du bronze d'Eva s'effaçait sous le choc du visage humain et lisse de la jeune fille.

A un mouvement qu'elle fit, Patrice ne put pas ne pas voir la main d'Olivia. Elle la portait à hauteur de son sein comme pour donner plus de poids à une chose qu'elle disait et que Patrice n'écoutait pas. C'était une main sans ornement, ni bague, ni rouge aux ongles, une main frêle et longue qui paraissait privée de vie propre. Elle resta là un moment, immobile sur le chandail rouge, inconsciemment offerte à l'observation de son vis-à-vis, puis regagna sa place sur la table.

— Voyons, Olivia, que pensez-vous de François Mauriac ?

— François Mauriac ? répéta Olivia avec une nuance d'hésitation et d'inquiétude.

Ses yeux cherchèrent ceux de Patrice, les rencontrèrent sans y trouver de secours. Le jeune homme attendait impatiemment cette première confrontation avec une Olivia sur un terrain préparé.

— Voyons, c'est bien cet homme qui écrit sur les Landes ? demanda-t-elle.

Patrice réprima un sourire. Olivia était espagnole, de mère anglaise, vivait en Italie, tantôt chez un oncle très britannique, tantôt chez une tante cubaine. Nul doute qu'à son échelle, et même si elle parlait le français avec une adroite aisance, François Mauriac pût apparaître comme un écrivain régionaliste. Patrice avait mieux qu'une confrontation : Olivia le regardait enfin, mais pas longtemps, car il la fixait avec trop d'attention et elle baissait les yeux. La marquise fut heureusement distraite de sa question par Estelle qui apportait un plat habilement décoré de canards sculptés dans des navets, de carottes transformées en oiseaux de paradis. Fière de cette œuvre d'art, elle la posa délicatement sur la table. Olivia s'extasia.

— C'est la visite du fiancé d'Estelle qui nous vaut ces somptuosités, expliqua la marquise.

Estelle avait un sens très exact, même pointilleux, de la vérité.

— Faut dire ce qui est, madame la marquise. Ce n'est pas mon fiancé, c'est mon amant. A mon âge on n'a plus de fiancé.

Olivia rit de bon cœur et Patrice lui donna un second bon point : elle n'était pas bégueule. On renvoya Estelle à ses fourneaux et à son amant. L'atmosphère s'était détendue. Patrice put parler. Mais il avait placé la soirée sous le signe d'un espoir si insensé que rien ne pouvait être comme chaque jour. Les choses qu'il disait n'étaient pas exactement celles qu'il pensait. Une marge subsistait entre l'homme qu'il savait être et celui qui parlait à Olivia. Il entendait sa propre voix, lointaine et discrète, il en surveillait les accents et les défauts. Il dut s'accrocher à la table : une sueur froide mouillait son front. Son double continuait à parler et avançait avec vanité des choses que Patrice désapprouvait entièrement. Un effort suprême de volonté lui permit de se rattraper, de déplacer sa voix, de peser non plus les mots d'un autre, mais les siens, d'être de nouveau lui-même. Il s'étonnait que l'on n'eût pas perçu ce changement radical dans le jeu de ses intonations. La marquise l'interrompit, agacée :

— Tu ne sais pas ce que tu dis. La religion ce n'est pas ça. Tu blasphèmes et tu méprises...

— Non, dit Patrice qui ne voulait pas que l'on déformât ainsi ses paroles même si elles avaient été prononcées par un double, non, je ne blasphème pas. En Italie c'est trop dangereux, il y a une ligue contre le blasphème. Et je ne méprise que les simagrées.

— Mais, dit Olivia, les simagrées ont leur valeur, non une valeur propre, seulement celle qu'on leur donne en y croyant. Je vais à l'église tous les jours et je n'aime pas la pompe officielle du catholicisme romain.

— C'est exactement ce que j'ai voulu dire, acquiesça Patrice. Par exemple, je trouve que nous blasphémons en parlant religion à table, avec du veau dans nos assiettes. Je ne veux pas non plus parler du communisme et du prolétariat le derrière confortablement calé dans un fauteuil et un petit verre dans la main.

— Alors, on ne pourrait plus rien dire, coupa la marquise qui ne vivait qu'à table et dans des fauteuils.

— Eh bien, ne disons rien.

— C'est un violent, un excessif, ma chère Olivia. Il est impossible de lui faire entendre raison sur la politique et la religion. Si, si, je vous assure, reprenez un peu de ce veau tendre.

Violent ? Excessif ? Patrice n'y croyait pas. Il s'accusait d'impatience, et c'était tout. Pourquoi sa tante s'ingéniait-elle à dresser de lui ce portrait absurde et faux ? Olivia serait-elle assez fine pour discerner la vérité ? Il ne fallait pas s'illusionner, les premières rencontres sont toujours trompeuses. Une mauvaise rage le prit et il se tut jusqu'à la fin du dîner, retournant à son poste d'observation. Il vit bien pourtant quelque chose de changé, car Olivia ne l'ignorait plus. Leurs regards se croisaient et deux fois, la marquise ayant réussi des coq-à-l'âne assez ahurissants, il lut de l'ironie dans les yeux sombres de la jeune fille.

Le dîner terminé, ils passèrent dans le salon.

— Savez-vous, dit Mercédès Bongiovanni, que j'ai être très liée avec D'Annunzio ?

— Vraiment ? dit Olivia.

— Je l'ai beaucoup connu quand il est venu en France. Nos villas voisinaient dans les Landes où il s'était retiré pour écrire son *Saint Sébastien*. Entre nous, à propos, j'espère que vous n'aimez pas cette œuvre. Comment ce faux mystique a-t-il osé aborder un sujet si chrétien ?

— Qui donc a le droit de traiter ces sujets ? lança Patrice. Votre Mauriac ?

— Laisse Mauriac tranquille, dit la marquise, c'est mon ami.

— Mais si, j'aime précisément beaucoup *Saint Sébastien*, affirma Olivia, bien que je préfère encore *La fille d'Iorio*.

— C'est une erreur, ma chère enfant. Vous vous trompez lourdement. *Saint Sébastien* est un blasphème...

— Encore ? dit Patrice.

— Bien sûr. Gabriele blasphémait comme toi. D'ailleurs vous vous ressemblez en plus d'un point, notamment par vos folies érotiques...

Ce fut le tour d'Olivia de le regarder avec une lueur d'ironie dans les yeux. Elle eut la grâce de ne rien ajouter.

— Voulez-vous que je vous lise quelques-unes de ses lettres ?

— Avec joie, je vous prie.

La marquise ouvrit un fragile secrétaire et en retira une boîte laquée. Une faveur bleue retenait le paquet de télégrammes, une ferveur rose celui des lettres. Patrice aurait dû les connaître par cœur. En réalité, il n'en avait écouté qu'une dizaine et depuis, chaque fois que la marquise entreprenait ses lectures, il se laissait très rapidement glisser dans un rêve lointain. Cette correspondance du temps passé fleurait la redondance et la poésie de salon. Comment les femmes s'y étaient-elles laissé prendre ?

Mercédès Bongiovanni lisait avec un certain art. Mais cet art même devenait impossible dès que son auditoire dépassait deux personnages. Ces effets de voix, ces mots susurrés appelaient l'intimité et non une audience trop étendue. Patrice s'était senti sur des charbons ardents le jour où sa tante avait réuni une dizaine d'inconnues pour leur lire les fameuses lettres. Des toux avaient éclaté pour masquer les éclats de rire et lui-même ne se souvenait plus en vertu de quel prodige il avait pu se retenir.

Olivia ne réagissait pas mal. Elle gardait un sérieux magnifique à peine condescendant.

Patrice ne tenait pas en place. Il allumait des cigarettes et les écrasait presque aussitôt dans le cendrier. Quand il voulut faire quelques pas dans le salon, sa tante d'un ton autoritaire le força à se rasseoir. Vainement, il essaya d'écouter : rien ne l'intéressait de ce langage obscur et sentimentalement pâteux. Pour qui aimait D'Annunzio, cela tournait au supplice. Il vit avec une certaine joie Olivia étouffer un bâillement. A quoi pensait-elle ?

Estelle apporta des liqueurs et Patrice remplit son verre d'un geste mécanique. La jeune fille avait refusé.

— Très beau. Vraiment, comme il vous a aimée ! Je ne savais pas cela.

— Oui, il m'a aimée... C'était un être merveilleux et impossible. Une intrigante abominable nous a séparés. Je n'ai vu cette femme qu'une fois et cela m'a suffi pour la juger. Son nez brillait comme si elle le frottait tous les jours. Tout le monde s'accordait à lui trouver de jolies jambes.

— Et vous avez beaucoup souffert ?

La marquise eut un geste d'une admirable convention. Elle n'avait pas souffert, elle avait été la souffrance personnifiée ou, mieux encore, déifiée. Sur ce terrain on ne l'arrêtait pas non plus. Ce qu'elle ne savait pas exprimer par des mots, elle le traduisait avec ses mains décharnées qu'elle levait à hauteur de son visage ou tendait vers Olivia. Sa voix aigre s'attardait avec délices sur certaines images de ses tourments passés. Patrice s'enfouit de nouveau dans son fauteuil, libre de ne plus écouter et de contempler la jeune fille qui, au contraire, se tenait cambrée comme si cette attitude forcée devait maintenir son attention.

Elle eut un, deux mouvements pour signifier qu'elle désirait partir, mais la marquise les ignora. Elle avait un discours à terminer et Patrice se délectait de ces hésitations auxquelles il lui aurait été si facile de mettre fin.

— Vous seule, chère enfant, pouvez me comprendre, continuait-elle et non ce Patrice qui s'enferme dans sa tour d'ivoire. Votre âme que je devine si poétique a déjà dû souffrir comme la mienne. Nous sommes vous et moi deux fleurs. Je n'ai été cueillie qu'une fois par Gabriele. Et c'était pour mon malheur...

— Puisque vous m'avez comparé déjà à D'Annunzio, dit Patrice, il me semble que vous devriez formuler votre avertissement de façon encore plus claire et dire tout de suite à Mademoiselle que je suis un danger pour elle...

— C'est vrai, dit la marquise, tu es un cynique et un jouisseur...

Olivia s'était levée. Sa silhouette émut brusquement Patrice qui cessa de rire. Il la trouvait belle et fragile, en un instant. Toute sa force devait résider dans sa tête, derrière ce front droit...

— Patrice va vous raccompagner, dit la marquise. Il est dangereux, mais moins que les rencontres que vous pourriez faire.

Estelle, qui écoutait derrière la porte, apparut à point avec le manteau et l'écharpe rouge d'Olivia.

— Voulez-vous revenir demain ? J'ai un thé, dit Mercédès Bongiovanni.

— Quel dommage ! Je pars le matin pour les Dolomites. Mais si je passe par Venise au retour je vous téléphonerai. Mille mercis pour cette délicieuse soirée.

Dehors le temps s'était adouci. Patrice huma l'air :

— J'aime l'air de Venise. Je crois toujours respirer une odeur de chanson et d'amour.

— Peut-être. Chacun choisit ici la chose qu'il préfère. Moi c'est l'eau. Passons par le quai des Schiavoni.

Ils prirent la ruelle déserte. Olivia trébucha sur un caniveau et Patrice la rattrapa par le coude, laissa sa main quelques secondes et n'osa pas la maintenir.

— Votre tante est bien gentille.

— Elle m'agace souvent, mais, au fond, je l'aime bien.

La chaussée se resserrait au point qu'ils pouvaient à peine marcher de front.

— Regardez, dit Patrice.

Il désignait le ciel dont on apercevait entre les toits une bande étroite qui épousait les méandres de la ruelle. Ce chemin était jonché d'étoiles d'or... Ils marchèrent en silence. Bien qu'il n'y eût pas un chat, le quartier sembla moins désert. Par les fentes des volets filtraient des rais de lumière.

— Ecoutez, dit Patrice.

Un air de jazz endiablé les accueillit derrière une fenêtre. En avançant l'air semblait les poursuivre de maison en maison.

— Un boogie-woogie, voilà la nouvelle musique qui baigne Venise. Au prochain carnaval, des nègres costumés joueront du saxophone et de la trompette bouchée, dans des gondoles en aluminium qui marcheront à la motogodille. Ce sera ravissant.

— Je n'aime pas le bel canto, dit Olivia, mais le jazz peut m'ennuyer aussi.

Elle marchait d'un pas souple et régulier auquel Patrice n'avait eu aucun mal à s'accorder.

— Je crois toujours que je ne suis pas musicien, dit-il, car je ne peux supporter que quelques morceaux archiconnus et toute la musique espagnole.

— Mais alors vous connaissez l'Espagne ?

— Non, j'en ai rêvé seulement.

Ils arrivaient quai des Schiavoni. Sur la lagune, les bouées rouges des chenaux dessinaient des figures géométriques. Un vapeur, illuminé de hublots au pont supérieur, débouchait derrière San Giorgio et naviguait dans une auréole de lumière jaune. « *Gondola, gondola* », murmurait-on sur leur passage.

— Voulez-vous ? dit Patrice.

— Non, merci, la nuit je préfère le vaporetto.

A l'embarcadère une foule se pressait sur le quai : filles en jupes courtes, le torse nu sous de gros chandails de couleur éclatante. Elles passaient en riant près des matelots américains et des fusiliers marins britanniques. Des gosses jouaient entre les jambes des passants, offraient des paquets de cigarettes. A chaque instant on risquait d'écraser leurs pieds nus.

— Est-ce toujours ainsi la foire ? demanda Olivia.

— Ça l'est en tout cas l'été entier. Pourtant nous sommes en septembre. Il y a des jours froids. Déjà rappliquent les touristes suisses allemands. Ce sont les derniers clients des marchands de glaces.

Ils durent courir pour attraper le vaporetto et sautèrent sur le pont au moment où le bateau démarrait.

— Accoudons-nous ici, dit-elle, nous n'aurons pas frais. Je veux voir la piazetta au passage.

— Je ne l'aime pas. Ni Saint-Marc non plus. Tout ce qui est trop grand et trop célèbre me paraît gâté par le péché d'orgueil.

— Est-ce un péché que vous ne pardonnez pas aux autres ?

— Oh ! je retiens votre perfidie. M'en faites-vous cadeau ?

— Bien sûr.

— Et croyez-vous aussi à toutes les qualités que ma

tante m'attribue : le cynisme, l'appétit de jouissance, le paganisme, la folie érotique et le goût du sacrilège ?

— Pourquoi pas ? Je parie que vous avez visité toutes les églises de Venise et que vous ne vous êtes agenouillé dans aucune.

« San Marco », criait le receveur du vaporetto. Quelques passagers embarquèrent et le bateau prit le Grand Canal en oblique, vers la Salute. L'eau noire bouillonnait sous l'hélice. Derrière eux, un groupe de Français échangeait à haute voix des réflexions stupides en riant aux éclats.

— C'est exact, dit Patrice, je n'ai pas essayé la moindre dévotion. A la vérité aucune de ces églises ne m'y a invité formellement. J'étais trop préoccupé d'admirer leurs murs, leurs coupoles, leurs peintures. Tout cela est encore beaucoup plus irréligieux que moi. Je n'ai pas été trompé par la ferveur d'apparat des Vénitiens. Voyez le Tintoret comme il est plat et banal, et se répète dès qu'il s'écarte des sujets mythologiques. Je donnerais volontiers toutes ses toiles de San Rocco et le *Paradis,* la plus grande peinture à l'huile du monde, pour son *Ariane et Bacchus* du Palais des Doges. J'aime ce jeu des chairs épanouies, la grâce sensuelle, le plaisir des beaux corps légers et tout ce côté heureux de son inspiration.

— Je vous comprends peut-être, bien que je vous en veuille de parler ainsi du Tintoret.

— J'aurais pu dire la même chose du Titien ou de Véronèse.

« La Salute », criait cette fois le receveur. Le vaporetto heurta l'embarcadère. Les Français descendirent en se bousculant. Le bateau suivit la rive, haletant, la cheminée crachant une flamme rousse que le vent déchirait en forme d'étendard. Ils passaient devant les palais endormis, mouillés par l'eau noire.

— Que faites-vous à Venise ? demanda-t-elle.

— J'apprends à vivre.

— Est-ce difficile ?

— Moins qu'on le croit. J'ai cessé d'écarquiller les yeux. J'étais heureux l'autre jour parce que j'avais traversé la place Saint-Marc sans y prêter attention, un peu comme j'aurais traversé la place de la Concorde. J'aurais voulu me fondre dans cette ville, n'en être plus qu'un citoyen anonyme, surtout pas un Français en voyage. C'est difficile, bien que je croie avoir tout visité et n'en être plus aux premiers émerveillements. Ce sont mes derniers jours d'ailleurs.

— Moi, c'est le dernier, dit-elle.

— C'est stupide que je ne vous aie pas rencontrée plus tôt.

— Nous nous reverrons. Les routes se croisent.

— Je ne sais pas. J'ai assez peu de chance dans ce domaine-là.

— Ne savez-vous pas aider la chance ?

— Vous voulez dire la forcer ? Non.

Le vaporetto accostait à l'Academia. Deux jeunes filles italiennes montèrent, vêtues pareillement de manteaux couleur bois de rose. Elles vinrent s'accouder à la rambarde à côté d'Olivia.

— Vous aimez les Italiennes ? dit-elle.

— Oui, souvent quand elles sont simples, sans fard, la gorge, les bras et les jambes nus. Elles savent rire. Malgré moi je leur cherche toujours des ressemblances. Et j'en trouve. Leur beauté immuable a franchi les siècles. Mais elles s'abîment bien vite. Leur éclat disparaît avec la jeunesse.

— Quelle douceur maintenant ! dit Olivia. Le vent du large ne vient plus jusqu'à nous. L'autre soir, j'ai dîné dans ce palais. Nous étions vingt autour d'une table immense, éclatante de cristaux, sous des lustres de dentelle de verre. Un violon jouait en sourdine dans la pièce voisine. L'hôte nous a fait admirer une dizaine de Tiepolo, des Tintoret, des Guardi. Le lendemain j'ai appris que tous étaient faux. Je crois que je survivrais mal à une autre déception de ce genre.

— J'aime votre voix et votre accent.

— Il est affreux, n'est-ce pas ?

— Non, il est juste ce que j'espérais. Quand je vous entends il me semble retrouver un souvenir impossible.

— Un souvenir impossible ?

— Oui, peut-être d'une autre vie. Je n'arrive pas à le savoir au juste. Mais notre rencontre est plus grave que vous le pensez. Elle a des antécédents.

— Votre tante a raison, vous êtes un personnage dangereux. Qu'arriverait-il si je vous croyais ?

— Vous me croyez un peu.

— Vaniteux aussi ?

— Non, vraiment je pense ce que je dis. Voyons, qu'auriez-vous aimé être ?

— Il est étrange que vous me posiez cette question ce soir car j'y réfléchissais ce matin. Et ce matin je voulais être Héloïse.

— Héloïse ! c'est rare. Le rôle d'Abélard ne me tente pas du tout.

Olivia rit franchement.

« San Toma », cria le receveur. Les jeunes filles italiennes descendirent et se jetèrent dans les bras de deux garçons qui les attendaient sur le débarcadère. Le bateau s'inclina et vira pour retraverser le Grand Canal. On apercevait comme une haute ombre blanche l'arche du pont du Rialto.

— Quelle nuit ! dit Patrice. Jamais je ne l'oublierai. Je ne connaissais pas tant d'étoiles au ciel. Il faut venir ici pour savoir ce que signifie une dernière nuit d'été. Comme votre visage m'apparaît blanc ! Je vois votre profil découpé sur l'eau noire du canal. Vos yeux luisent.

— Chez nous les yeux luisent le soir, quand hommes et femmes vont se promener dans la rue.

— Je veux connaître cela un jour, après l'Italie.

— Mais que faites-vous dans la vie ?

— Comment dire ? Admettons que j'essaye de respirer après avoir étouffé dans une série de guerres que je croyais fraîches et joyeuses au début et que j'ai fini par trouver écœurantes et inutiles à la fin. Je prends un peu de liberté avant de me jeter dans une mêlée qui d'avance m'ennuie. Il va falloir vivre et pour vivre travailler. Et perdre ma vie à la gagner. Jusqu'aujourd'hui, un peu de chance m'a pourvu de l'essentiel. Tout s'épuise. C'est le réveil. J'ai voulu finir ces vacances en beauté et j'ai bondi sur l'invitation de ma tante. A la vérité, je n'ai jamais rien aimé faire que lire, me promener, rêvasser, scruter les visages qui passaient à ma portée, cueillir les aventures quand je le pouvais. Ce n'est pas un programme.

— Je n'arrive pas à démêler, Patrice, si vous êtes trop sérieux ou trop léger.

— Vous m'appelez Patrice. Merci. J'oserai vous appeler Olivia. Vous êtes jolie, distante et ambiguë. C'est trop beau. Il y a un piège là-dessous. Je pense toujours aux annonces de mariage : rien que des qualités et une certaine fortune. Alors pourquoi ne se marient-elles pas sans le secours des journaux ? On leur écrit, on va les voir : il leur manque un œil, elles ont un bec-de-lièvre, ou un fils naturel, elles veulent partir pour les colonies. Quel est votre piège ?

— Indiscret !

— Cela vaut mieux. Ne me dites rien. J'ai encore deux chances : que vous soyez parfaite ou bien qu'il y ait vraiment un piège et que je ne le découvre jamais.

— Vous n'avez rien à craindre, je pars demain.

— Et vous, vous oubliez ce que vous avez dit : les routes se croisent.

— C'est vrai, j'oubliais. Je ne sais d'ailleurs pas pourquoi j'ai dit cela. Je n'ai pas le don des prophéties.

— Comment vais-je faire pour vous écrire ? Je n'ai pas votre adresse.

— Je vous l'enverrai dès que je l'aurai.

— Promis ?

— Promis.

— Souvent, dit Patrice, je suis pris d'une envie folle d'écrire et dès que je m'empare d'une feuille blanche, je n'ai plus le courage de rien mettre. D'autres fois c'est la formule finale de politesse qui m'arrête. Que dire à une jeune fille comme vous ?

— Laissez un blanc, je le remplirai comme il me semblera bon. Il importe seul que les lettres soient sincères. On est tellement tenté d'ajouter un peu... Combien de fois vous êtes-vous amusé à cela ?

— Beaucoup inconsciemment. Très peu consciemment. Je crois que j'aurai du mal à vous mentir.

— Nous sommes enfantins, dit Olivia, je ne vous connais pas depuis trois heures et nous parlons de sincérité. C'est à penser que nous n'y croyons ni l'un ni l'autre.

— Ce serait triste.

Le vaporetto arrivait au Rialto. Sur le quai, des tables vides retenaient encore quelques consommateurs devant le café illuminé. Dans la cabine vitrée du ponton, un couple s'embrassait longuement, indifférent aux passagers qui descendaient et montaient. Ce baiser interminable prenait l'allure d'une provocation.

— Il n'y a que les étrangers pour se conduire aussi mal à Venise, dit Patrice. Je ne fais partie d'aucune ligue puritaine, mais le baiser dans la rue me gêne toujours. C'est une indiscrétion. Les Italiens sont beaucoup plus habiles. Ils effleurent un visage. L'amour est derrière les volets clos.

— Oui, mais ils sont féroces s'ils poursuivent une femme. Les blondes ne peuvent pas sortir seules sans être accostées cent fois, suppliées, implorées. Avez-vous déjà parlé à une femme dans la rue ?

— Jamais. C'est d'ailleurs un tort, car on peut y rencontrer aussi bien que chez des amis la femme que l'on aimera toujours.

— Toujours... dit Olivia avec un petit rire.

— Encore une erreur. Quand on aime — ou croit aimer, ce qui est la même chose — il est indispensable que ce soit avec l'idée préconçue d'une durée infinie.

— Je vous croyais cynique.

— Je le suis, dit Patrice, car je ne pense pas tout à fait ce que je viens d'affirmer si hautement.

— Vous êtes horrible et votre tante a raison.

— Elle a bien tort, au contraire. Son jugement ne se fonde que sur des apparences. Elle ne pousse jamais plus loin que l'attitude et s'en satisfait. Vous êtes pour elle une fleur poétique, tendre et fragile. Elle n'a rien perçu de votre ironie. Le lui dirait-on qu'elle la nierait comme si l'on vous calomniait. J'ai rarement rencontré un être qui soit plus absent de la réalité tout en y paraissant plongé. C'est une sorte de cas unique, une déformation des *Femmes savantes* que Molière n'aurait même pas osé prévoir. Ainsi elle croit qu'elle croit en Dieu parce qu'elle mange du poisson le vendredi, et va à Saint-Marc le dimanche. Apparences, apparences... Et combien sur ce point sont comme elle !

— De quel droit jugez-vous les êtres ainsi ?

— Je n'ai besoin d'aucun droit pour juger. D'ailleurs je puis me tromper aussi. Et vous êtes peut-être une fleur délicate et poétique qu'un souffle tuerait.

— Non, dit Olivia, un souffle ne me tuera pas ou alors je serais déjà morte depuis quelques années.

— Nous sommes trop sérieux, dit Patrice, et c'est bien fait pour nous. Voilà la Ca d'Oro. Je vous accompagne jusqu'à votre porte.

— Non, dit Olivia, je ne veux pas.

— Mais...

— N'insistez pas, soyez gentil. Je dois rentrer seule.

— Ah bien.

Le vaporetto accostait. Olivia serra hâtivement la main de Patrice et sauta sur l'embarcadère.

— N'oubliez pas l'adresse, cria-t-il.

— Non, c'est promis.

Elle courut sur le ponton mais s'arrêta avant de s'engager dans la ruelle. Patrice agita la main et elle répondit, restant là immobile jusqu'à ce que le vaporetto s'en allât. Il alluma une cigarette pour chasser l'odeur de cette nuit et le souvenir de la jeune fille. Il ne savait pas où se rendre et s'apprêtait à descendre au prochain arrêt pour prendre un bateau qui le ramènerait au quai des Schiavoni. Leur conversation si rapide, si décousue le déconcertait. Il avait la désagréable sensation de s'être plus découvert qu'elle. Le jeu n'était pas égal. Et où courait-elle maintenant ? Pourquoi cette défiance subite, ce refus de se laisser accompagner ? La fleur tendre et poétique habitait-elle chez un amant jaloux ? Patrice jeta sa cigarette. Le vaporetto accostait l'embarcadère du Palais Vendramine. Il descendit. La large porte était ouverte. Un laquais le dirigea vers le bureau où on lui demanda ses papiers d'identité.

— C'est trois cents lires, monsieur.

Patrice paya en échange du carton vert qui permettait de se promener dans les salons du casino et même de jouer. Escalier de marbre, tapis rouge. Au premier étage, un laquais lui ouvrit la porte vitrée. Un faux silence régnait, entrecoupé d'appels de croupiers. Il se promena entre les tables cherchant des visages. Il y en avait si peu ! La plupart appartenaient à des hommes âgés ou vulgaires. Les femmes étaient grasses, ruisselantes de bijoux. Un seul beau couple : celui d'une Américaine de soixante ans, nerveuse, racée, un buste de jeune fille, des mains nettes et pures, et derrière elle un garçon de vingt-cinq ans au visage cynique et beau, à la carrure d'athlète. Patrice les observa un instant, mais la femme leva les yeux et le fixa avec inquiétude. Il préféra s'en aller frôler d'autres tables. Une place était libre et il s'assit, observant le jeu. En face de lui, une jeune femme avec un bracelet d'or risquait des plaques de cinq mille sur les numéros. Dix plaques y passèrent les unes après les autres. Elle jouait sans nervosité, la main au bracelet d'or posée à plat sur la table, l'autre tenant son sac sur ses genoux. Patrice fit signe qu'on lui apportât des jetons. Il en risqua un sur le même numéro qu'elle et le perdit. Elle lui jeta un regard. Le manège recommença une seconde fois et ils perdirent encore. Elle ne le regardait plus. Patrice joua les impairs et doubla sa mise. La jeune femme avait encore perdu cinq mille. Il ne lui restait plus qu'une plaque. Elle la lança au hasard et se leva avant que la boule fût arrêtée. Patrice, distrait, avait laissé sa mise et ramassé une seconde fois dix mille. Il changea l'argent et traversa la salle ; la jeune femme avait disparu vers la fenêtre grande ouverte sur le canal. Sans comprendre pourquoi il hâta le pas et se trouva sur le balcon où il l'aperçut aussitôt penchée à l'autre extrémité. Elle n'avait pas dû l'entendre et il la prit par le bras au moment où elle enjambait la balustrade.

— Laissez-moi, dit-elle, je suis saoule.

Mais il tenait ferme le poignet et la tirait vers lui, respirant tout à coup son parfum auquel il aurait pu donner un nom. Le poignet cependant glissait dans sa main et Patrice s'aperçut qu'il était gluant.

— Vous me faites mal, dit-elle, je saigne.

Par la veine ouverte, le sang coulait à petits jets. Il la repoussa contre le mur sans peine, car elle chancelait, lâcha le poignet, et avec son mouchoir, lui garrotta le bras au-dessus du coude.

— Donnez-moi un autre mouchoir.

— Dans mon sac.

Il le prit, essuya le poignet et fit une sorte de pansement. Elle se laissait faire. D'aussi près, elle sentait effectivement l'alcool. Il ne pouvait que deviner son visage dans l'ombre, mais tout à l'heure à la table il l'avait examiné avec soin : les grands yeux mauves, sous des sourcils trop bien épilés, le front haut, la bouche enfantine et jurant avec l'amertume naturelle du visage.

— Comment avez-vous fait cela ?

— Rasoir, dit-elle. Vous avez une cigarette ?

Il en alluma une et la lui passa.

— Nous allons sortir d'ici. Cachez votre poignet dans la poche de votre jupe. Je marcherai à côté de vous.

Elle le suivit docilement et ils traversèrent le salon sans attirer l'attention. Patrice lui prit le bras pour descendre l'escalier au tapis rouge. On apporta leurs manteaux.

— *Gondola ?* dit un portier.

— Voulez-vous ?

— Oui.

Le portier siffla et une gondole se détacha de la nuit, sa petite lanterne blanche balançant à l'avant. Elle hésita avant de sauter et Patrice, passant le premier, la prit dans ses bras.

— Saignez-vous encore ?

Il approcha une allumette et vit le mouchoir déjà rouge de sang. Il resserra le garrot et demanda au gondolier s'il y avait un médecin près d'ici.

— *Si signor, vicino della Ca d'Oro.*

La jeune femme s'évanouit. Patrice et le gondolier durent la porter du quai jusque dans la ruelle où une demi-heure auparavant Olivia avait disparu. Un vieil homme chauve apparut à leur coup de sonnette. On lui expliqua ce qui venait d'arriver. Ils la transportèrent dans une pièce blanche sentant l'éther. Le gondolier était embarrassé ne sachant ce qu'il devait faire : attendre ou repartir. Patrice le régla et il s'en alla à regret.

— Ce n'est rien, dit le médecin, elle n'a pas perdu beaucoup de sang. Est-elle italienne ?

— Je ne crois pas, dit Patrice, bien qu'elle m'ait parlé français avec un accent. Russe plutôt, je pense.

— Il n'y a qu'à regarder ses papiers pendant qu'elle est évanouie.

— Non.

— Comme vous voudrez. Moi de toute façon, je ne dirai rien.

Il avait ôté le garrot et défaisait le pansement du poignet. La petite plaie s'ouvrait et se fermait comme une bouche. Il la nettoya soigneusement et sutura. Le bras se violaçait.

— Il serait peut-être temps de la réveiller maintenant, dit Patrice.

— Oui, relevez-lui un peu la tête, ça suffira.

Patrice prit le visage entre ses mains et le redressa. La peau était glaciale et livide. Il la maintint ainsi quelques minutes comme s'il allait la réchauffer et la ramener à la vie par le seul contact de ses paumes. Un peu de rose revint aux joues.

— De l'alcool ferait du bien, dit-il.

Le médecin apporta une bouteille, un verre et versa un doigt de cognac. Patrice dut remplir à moitié le verre et ouvrir la bouche enfantine. Le cognac glissa lentement. Elle toussa, rouvrit les yeux, et exhala un long soupir.

— Encore, dit-elle.

Elle but le verre d'un trait. Un sourire réapparut sur son visage.

— Ça va mieux. Cigarette, s'il vous plaît.

Patrice l'alluma de nouveau à ses lèvres et la lui tendit. L'Italien les contemplait paternellement.

— Pourrez-vous marcher ?

— Sûrement. Encore un peu de cognac m'y aidera.

— Non, dit Patrice, cela suffit.

— Pourquoi ?

— Nous irons en boire ailleurs.

Elle restait douloureusement pâle. Patrice n'arrivait pas à chasser de ses paumes la pénible sensation que lui avait laissée le contact de ce visage glacé.

— Vous êtes gentil, dit-elle avant de tirer une longue bouffée de sa cigarette.

Gentil ? Non, Patrice se cabra. Il était seulement incapable de savoir à quels mobiles il obéissait. La jeune femme paraissait jolie, mais sans plus. Sans le bracelet, il ne l'aurait probablement pas suivie jusqu'au balcon. Son rouge à lèvres déteignait sur la cigarette.

— Ça va mieux, dit-elle au bout d'un instant.

Elle laissa glisser sa jambe sur le bord du canapé. Patrice qui était en face d'elle aperçut le genou rond sous le bas de soie, la cuisse et un peu de chair blanche.

— Je vais pouvoir marcher. Vous m'aiderez.

— Tenez votre poignet un peu haut, dit l'Italien, et revenez me voir demain.

Patrice offrit de régler. Le médecin protesta énergiquement et il fallut lui glisser de force un billet dans une main qui ne se déroba pas.

Dans la rue, elle s'accrocha au bras de Patrice et manqua chanceler.

— Encore faible ?

— Un peu. Allons prendre un verre. Tenez-moi par la taille, je me sentirai moins en danger.

La taille était si mince que Patrice croyait tenir une enfant. Ils marchèrent lentement vers l'embarcadère. Un vaporetto glissait sur le canal, chargé des derniers noctambules du Palais Vendramine.

— Asseyons-nous, dit-il, une fois à bord.

— Non, je voudrais m'accouder là. J'aime bien le vent.

Ainsi, un autre profil découpé sur le fond noir du canal succédait à celui d'Olivia. Patrice éprouvait une sorte de remords cynique qui le grisait. Il reprit la taille de la jeune femme qui ne se déroba pas.

— C'est bon ce vent, dit-elle. Si mon poignet ne me brûlait pas, tout serait parfait. Où allons-nous ?

— N'importe où, bien qu'il ne doive plus rester grand-chose d'ouvert à cette heure-ci.

— Si, je connais une boîte, près de San Marco. Le whisky est bon. On y danse aussi.

— Vous frissonnez, vous avez froid.

— Non, vous me tenez chaud. Serrez-moi fort.

Patrice ne dit plus rien. Après San Toma, l'air qui venait de la lagune fraîchit. Aux fenêtres des palais, les lumières avaient disparu. La lune sortait d'un nuage, éclairant le Grand Canal d'une longue lueur blanche.

— Avez-vous une cigarette ?

Il l'alluma comme les précédentes et la lui tendit. A la faveur du geste, il effleura de l'index les lèvres rouges.

— C'est drôle votre façon d'allumer les cigarettes, dit-elle, je pourrais refuser.

— Mais vous ne refusez pas.

— Non, c'est vrai.

Il y eut un nouveau silence entre eux.

— Ce serait la même nuit si je ne m'étais pas manquée, dit-elle, la même nuit, la même lune et le même vaporetto. Tout ça continuerait de vivre, de dormir.

— Il y a en effet des chances pour que votre mort n'arrête jamais la vie des autres.

— Au fond, je pense que quand on a envie de mourir c'est surtout pour ne plus voir les autres. C'est pour les tuer qu'on se tue. Vous n'allez pas comprendre, mais en ce moment je n'ai plus envie du tout de mourir.

— Cela vous retiendra peut-être la prochaine fois.

— Bien sûr, il y aura une prochaine fois. Je ne sais plus ce que je fais à ces moments-là. Personne ne me raisonnerait. Quand j'y pense, ensuite, j'ai très peur.

Ils se turent encore longtemps jusqu'à ce que le vaporetto arrivât à San Marco. La jeune femme vacilla sur la passerelle et Patrice, qui marchait derrière elle, la saisit aux hanches et la soutint jusqu'au quai.

— J'ai perdu du sang, dit-elle pour s'excuser. Il me faut un bon whisky. Allons vite.

Ils restèrent dans la boîte jusqu'à six heures du matin. Le jour se levait quand ils traversèrent la place Saint-Marc. Patrice voulut s'arrêter une minute et jouir de leur solitude. Aucun passant, aucune voix ne troublait le matin triste. On apercevait le quai et la lagune voilée d'une brume basse qui s'étirait en lambeaux. La jeune femme eut froid et Patrice ôta son veston pour le lui poser sur les épaules. Elle était lasse, les traits tirés, mais les yeux brillants, toujours sa cigarette aux lèvres, sa main blessée à hauteur de sa poitrine.

— C'est fini, dit-elle, je ne peux plus vivre à Venise, c'est trop fort pour moi. Je ne tiens pas le coup.

Patrice se serra contre elle et l'embrassa longuement. Cette bouche était petite et parfumée, avec une langue pointue et passive.

— Venez.

Dans le hall de l'hôtel, des laveurs accroupis brossaient les dalles. Ils zigzaguèrent pour éviter les flaques d'eau sale. La jeune femme avait une chambre étroite et longue avec un lit enfantin sous sa moustiquaire. Sur la coiffeuse une photo d'elle-même, sans la ride frontale et sans le pli amer au coin des lèvres. D'un geste machinal elle releva la moustiquaire, ouvrit les draps et s'assit sur le bord du lit. Patrice se tenait debout appuyé contre l'armoire à glace, attendant un mot, un geste. C'était plus fort que lui. Il partirait si elle ne disait rien, si elle ne l'invitait pas... Combien d'autres à sa place se fussent déjà coulés dans le lit, blottis sous les draps impatiemment.

— Je ne peux pas défaire ma chaussure, avec ma main qui brûle.

Patrice mit un genou par terre et fit sauter les deux boucles, évitant de regarder les jambes qui s'offraient.

— Déshabillez-moi, dit-elle, je n'en puis plus.

Une simple fermeture Eclair... Le corps apparut maigre et léger, la peau mate et unie. Il la souleva pour ôter la robe. Elle se glissa dans le lit. Patrice la borda et baisa ses lèvres. Comme elle n'ouvrait toujours pas les yeux, il reprit son veston et se dirigea vers la porte. La jeune femme ne bougeait plus. On devinait à peine sa respiration. La porte ouverte, il s'arrêta pour attendre un dernier signe. Rien. Dans le couloir, il marcha en évitant avec soin les paires de chaussures. Sur les lèvres, il gardait le goût de leur dernier baiser et son manteau embaumait un parfum indéfinissable. Serait-il assez fort pour conclure ainsi et abandonner à une chambre anonyme un corps si facile à prendre ? Il avait oublié Olivia dans la fatigue sans fin de cette nuit blanche et ne pensait plus qu'à la peau mate, au linge blanc et soigné, à ces longues cuisses musclées... Patrice atteignit l'escalier, saisit la rampe. Le parfum entêtant demeurait sur le revers du veston. Il ne se décidait pas à poser le pied sur la première marche. Comment s'appelait-elle ? Quel imbécile, il ne le lui avait même pas demandé ! Patrice fit demi-tour et courut dans le couloir, donnant de grands coups de pied dans les chaussures innocentes. Devant la porte, il ne prit même pas le temps de souffler et entra.

Elle ouvrit les yeux et le regarda à travers ses cils quand il la prit par ses épaules nues.

— Votre nom !

— Quelque chose comme Vanda. Et vous ?

— Patrice.

— Patrice.

Elle referma les yeux. Il la tenait toujours par les épaules, leurs visages proches l'un de l'autre. Des lèvres il effleura les paupières.

— Venez, j'ai envie de vous, dit-elle.

*

La sirène d'un bateau pourtant lointain le réveilla vers midi. Vanda, le visage à demi enfoui dans ses cheveux, dormait à son côté. Patrice la regarda comme une étrangère : après le sommeil le teint était devenu gris, de larges cernes entouraient les yeux, la bouche s'entrouvrait sur de belles dents ternies par le tabac. Si peu de femmes résistaient à un réveil. Il fallait savoir ignorer cet abandon d'un visage à la fatigue. Les épaules nues demeuraient belles. Les détails de leur rencontre et de leur nuit lui revinrent en mémoire. Sous le drap il effleura de la main le pansement de la jeune femme qui sursauta et se retourna vers le mur. Sans la réveiller Patrice se glissa hors du lit et s'habilla. D'un coup de peigne, il remit un peu d'ordre dans ses cheveux puis, se contemplant dans la glace, se trouva une tête impossible avec sa barbe de la veille, ses yeux injectés de sang. Un enfant aurait deviné comment il avait passé la nuit. Sur la table, il laissa une petite note : « Rendez-vous ce soir sept heures, Harry's bar. » L'étrangère dormait toujours. En sortant du lit Patrice s'était détaché d'elle, de son parfum, de sa peau. Elle n'était plus maintenant qu'un corps anonyme, au souffle imperceptible, une créature abandonnée aux solitudes abyssales du sommeil.

Dehors, le soleil chauffait la ruelle qu'il longea pour regagner le conventino. Traversant Saint-Marc, il hésita puis, obliquant vers la droite, entra dans le palais ducal, s'arrêta sous l'Arco Foscari. Elle était toujours là, son mystérieux sourire sur les lèvres. Le soleil chauffait la cour, mais Eva n'en profitait pas, tapie dans l'ombre de sa niche. Les paupières mi-closes filtraient un regard que Patrice connaissait : celui de Vanda quand il était revenu dans la chambre. C'était leur seule ressemblance, car la statue avait un corps antique, de minces épaules, un large bassin, des bras longs et musclés. Un touriste s'interposa, prit trois photos sous des angles différents et s'en alla.

Patrice alluma une fade cigarette. La fatigue s'emparait de lui. Ses idées se brouillaient. Lentement, il tourna le dos à Eva et marcha vers San Zaccharia.

Estelle ouvrit la porte et un doigt sur ses lèvres signifia tout de suite qu'elle était complice.

— J'ai défait votre lit, monsieur Patrice, Mme la Marquise n'y a rien vu. Je lui ai dit que vous étiez sorti de bonne heure pour vous promener.

— Merci, Estelle, ce n'était vraiment pas la peine, je suis majeur.

— Allez, ça vaut mieux. Mlle Olivia a déjà téléphoné...

— Est-ce qu'elle rappellera ?

— Non, elle est partie à cette heure.

— Est-ce que vous avez pu vous retenir de lui annoncer que je n'étais pas rentré de la nuit ?

— Bien sûr. Je ne pense pas que ça lui aurait appris grand-chose.

— Pourquoi ?

Estelle étouffa un gros rire.

— Allez donc vous raser, monsieur Patrice, vous en

avez bien besoin. Vous êtes pas joli comme ça. Votre tante est de sortie, je vous ai fait un bon déjeuner.

Une fois dans sa chambre, il s'en voulut d'avoir laissé planer un doute. Estelle était capable de transformer ce doute en certitude et de claironner qu'il avait passé la nuit avec la jeune fille. Au fond c'était une petite lâcheté que de l'avoir laissée croire. Patrice se dévêtit et fit une toilette complète qui le tira de son engourdissement. Une demi-heure après, il était rasé de frais, propre et fleurant bon. Au moment de descendre dans la salle à manger, il aperçut, bien en évidence sur la commode, la photo ancienne de Béatrix avec son beau visage douloureux, ses immenses yeux clairs, sa bouche amère. Cette photo ne le quittait pratiquement pas depuis dix ans et rien n'effaçait le souvenir, ni les retours et les départs de Béatrix, ni sa conduite... Patrice revint vers la commode et se planta devant la cadre. Il aurait aimé parler avec elle, lui expliquer que ce matin ça n'allait pas du tout, que le suicide manqué de Vanda lui laissait dans la bouche un affreux goût de ratage, que la rencontre avec Olivia venait d'être bêtement gâchée. Béatrix seule comprenait ces choses-là. Encore fallait-il pouvoir les lui dire. Car, devant elle, Patrice se conduisait comme un enfant inquiet et refermé qui a trop à dire et ne dit rien. Le visage de Béatrix... ou plutôt un des visages de Béatrix, car elle en avait mille qu'elle empruntait à tour de rôle pour s'écarter ou se rapprocher de lui. Les visages du désir, de la passion, du désespoir, de l'ennui, de l'indifférence... et une fois, presque le visage de la mort, glacé, distant avec d'imperceptibles frémissements des ailes du nez, des lèvres closes sur un dernier souffle retenu. Il se souvenait d'avoir appréhendé leurs rencontres à un point inimaginable : « Je t'aime, Béatrix, je t'aime, je t'aime, je t'aime... » Toutes les voix finissent par mourir. Et cette voix-là avait commencé de se taire depuis deux ou trois ans, après une soirée avec elle, ne surgissant plus qu'après les rêves où il la retrouvait. Il fallait toute une journée pour chasser les images débridées nées du sommeil, reconquérir sa paix et son silence intérieur. Malgré tout, depuis dix ans, il n'était pas un jour de son existence où il n'eût pensé à elle...

— Monsieur Patrice, c'est servi ! cria Estelle.

— Je viens, je viens.

Béatrix resta seule dans son cadre, abandonnée à sa beauté immuable qui traversait les années sans péril et son ancien amant descendit lourdement l'escalier.

*

La fin du jour marquait une impatience grandiose et la lagune rougeoyait à vif. Le vaporetto traçait son sillage dans une mer de sang. Patrice, les cheveux encore humides du bain qu'il venait de prendre au Lido, respirait le vent de la rade. Il se sentait frais, heureux et indécis. Il avait encore dans la bouche le goût du corps de Vanda et pourtant tout l'après-midi il avait pensé à Olivia. Dans son oreille résonnaient certains mots de la jeune fille, dits de cet accent si particulier, si chaud et si pur qu'il était impossible de l'oublier. Patrice avait nagé, plongé, joué au volley-ball avec des Italiens sans cesser d'entendre au fond de lui-même cette voix nouvelle. Accoudée à la lisse, une jeune fille chantonnait à côté de lui. Qu'importait la banale rengaine, la voix enfantine berçait ses pensées.

— San Marco !

Il sauta à quai et pénétra aussitôt dans le Harry's bar. La foule de tous les soirs. La marquise n'était pas encore là, mais Vanda était assise à une table avec deux inconnus. Le fard, la toilette, le hâle du visage et des bras nus, lui rendaient sa beauté de la veille. Le poignet bandé, l'autre orné du bracelet d'or de la veille tentaient Patrice. Il choisit le pansement avec délicatesse et y posa ses lèvres. Vanda rit et le regarda dans les yeux avec étonnement. Assis en face d'elle, il soutint une conversation inutile avec les deux Italiens qui ne tardèrent pas à s'en aller. Il les avait à peine regardés, concentrant son attention sur les yeux, les lèvres de la jeune femme. Seul avec elle, il se tut, contemplant le fond de son verre. Ces rencontres après une première nuit sont paralysantes. Deux êtres ont tout fait pour se connaître et, en réalité, s'ignorent. Leurs lèvres tremblent. Il semble que tout est à recommencer, que rien n'annonce une seconde nuit, qu'ils se sont mépris. Le désir d'aujourd'hui n'est pas celui de la veille : moins impatient, déjà plus profond. Patrice était sur le point de perdre pied, de se lancer dans n'importe quel sujet de conversation qui le sauvât de cette impasse dangereuse. Jamais il n'oserait parler de la nuit qui venait de s'écouler, du suicide manqué, du retour dans le couloir de l'hôtel.

— Après votre départ, dit-elle, j'ai ouvert les yeux et respiré votre odeur, dans le lit. Je suis folle, n'est-ce pas ?

— Je ne crois pas. Moi aussi j'ai dû respirer votre odeur sur ma peau. Il a fallu un bain dans la mer pour que je vous oublie. Vous êtes douce aussi.

— Avec vous.

— N'est-ce pas assez ?

Elle haussa les épaules et sourit :

— Donnez-moi une cigarette.

Il l'alluma et la lui tendit. Vanda sourit de nouveau et ferma les yeux.

— Je crois que je vous inquiète.

— Un peu seulement.

Elle rouvrit les yeux.

— Patrice, quelqu'un vous cherche.

Il se retourna et aperçut la marquise qui venait vers lui.

— Ah ! te voilà. Je ne t'ai pas vu ce matin.

— Je suis sorti de bonne heure, tante. Je vous présente Vanda.

— Vous êtes russe, mademoiselle ?

— Oui, madame.

— De quelle partie de la Russie ?

— Mes parents étaient d'Odessa, mais je suis née en Crimée.

— J'ai connu beaucoup de Russes émigrés. Peut-être ai-je connu vos parents. Comment s'appelaient-ils ?

— Volinoff.

— Et votre père était officier ?

Dans son coin, Patrice souriait à cet interrogatoire classique de la marquise. Aucune nouvelle venue n'y coupait. Les questions étaient si directement indiscrètes que l'on ne pouvait s'en formaliser.

— Non, mon père était diplomate.

— Je connais votre nom. Mais c'est peut-être votre mère que j'ai vue. Quel était son nom de jeune fille ?

— Anna Vibrobski.

— Mais alors elle était polonaise d'origine ?

— Ecoutez, ma tante, interrompit Patrice, je vous en supplie : arrêtez cet interrogatoire, Vanda est assez jolie pour se passer de parents.

— Tu es insupportable. Laisse-moi donc, tu sais bien que c'est mon petit vice.

— Je vous assure, Patrice, qu'il n'y a aucune indiscrétion à vouloir connaître le nom de mes parents...

— Marquise, je suis heureux... murmura dans leur dos le poète Anton Svedlicht.

La diversion était bonne. La marquise se laissa baiser la main et inviter à une autre table. Patrice se retrouva seul avec Vanda qui riait sans méchanceté de l'intermède.

— Que faisons-nous ce soir ? demanda-t-elle.

— Rien, vous venez dîner au conventino et ensuite, nous verrons.

— Votre tante n'en sait rien encore !

— Ne craignez pas cela. Elle a déjà deviné. Pour certaines choses, elle est assez perspicace.

Autour d'eux le bar couvait un murmure de conversations sourdes, à peine percé de quelques voix aiguës. Les garçons circulaient avec des assiettes de petits sandwiches chauds qu'ils offraient dans une serviette de papier plié.

— Je ne suis pas sûre que vous aimiez ce bar, pourtant c'est vous qui m'y avez donné rendez-vous.

— Je crois que je l'aime malgré tout, dit Patrice. Il y a suffisamment de faux visages pour qu'on ne s'y ennuie pas.

— De faux visages ?

— Oui, des hommes et des femmes qui ne sont pas du tout ce que nous les croyons. Ainsi cet homme très distingué, assis à la table de la princesse de Monténégro, est un escroc. Je le connais un peu et le déteste, mais il m'impressionne tout de même.

— Je le connais bien, dit Vanda. Il a été mon amant l'an dernier et m'a volée. Mais il dîne avec des princesses... Donnez-moi une cigarette, Patrice.

— Je penserai toujours à cette petite phrase de vous et à la façon abrupte dont elle émerge dans la conversation.

— Toujours ! Ne soyez pas ridicule. Merci. Moi, je me souviendrai longtemps que chacune de vos cigarettes avait le goût de vos lèvres.

Patrice ne répondit pas. Il venait à la seconde même de penser à Olivia et cette pensée le troublait péniblement.

— Voilà votre tante.

Mercédès Bongiovanni revenait vers eux.

— Je suppose que vous dînerez avec nous ce soir, mademoiselle. Vous pardonnerez la chère un peu maigre, mais ma bonne s'est surtout occupée du départ et n'a rien préparé d'extraordinaire.

— Comment ? Nous partons demain ?

— Naturellement, tu as déjà oublié ! D'ailleurs j'ai reçu un télégramme et l'on nous attend pour dîner à Gardonne.

— Ah !

— C'est désolant que vous partiez si vite, Patrice. Je me serais réjouie de connaître Venise grâce à vous.

Absurde. Jamais il n'aurait consenti à lui montrer Venise. Olivia était la seule. Elle devait être arrivée dans les Dolomites ce soir. Chez qui ? Pourquoi ? Elle avait promis d'écrire, mais les lettres ne suivraient probablement pas. Patrice se tut et suivit sa tante et Vanda qui gagnaient la sortie du bar.

Le dîner fut encore plus cruel qu'il ne le pensait. Vanda s'assit à la place occupée la veille par Olivia, pareillement éclairée par les bougies. Estelle fut plus calme et ne se manifesta pas par des réflexions incongrues. Comme la jeune femme parlait peu et Patrice pas du tout, la marquise était ravie. On sentait que d'ici peu elle révélerait son ancienne passion pour D'Annunzio. Vanda consentirait-elle à écouter les lettres ? Oui sûrement, personne n'y avait échappé et n'y échapperait. Dans la comédie qui se jouait au conventino, certaines scènes ne tenaient leur caractère comique que de leurs répétitions. Ainsi souhaitait-il la fin du dîner où son attention restait, malgré tout, en suspens alors qu'aux liqueurs, il serait libre, bercé par le ronron de la lecture des lettres, de penser à... Il fallait se l'avouer, c'est à la jeune fille qu'il désirait penser. L'image qu'il avait d'elle revenait avec une insistance si nette, si accusatrice que rien ne semblait pouvoir l'arrêter. Des lambeaux de phrases se succédaient dans sa mémoire auditive : « Etes-vous trop sérieux ou trop léger ?... Je vous croyais cynique... N'insistez pas, soyez gentil. Je dois rentrer seule... »

La marquise lut, bien entendu, les lettres de son poète. Vanda écouta sans commentaire. Son attention cachée se tournait vers Patrice visiblement absent de toute conversation depuis le dîner. Elle se demandait ce qui avait bien pu le froisser. Peut-être n'aurait-il pas fallu accepter aussi rapidement l'invitation ? Quand la marquise eut terminé, Vanda se leva et s'excusa de devoir quitter si tôt.

— Patrice vous raccompagnera.

— Non, je crois qu'il est fatigué. Je retrouverai mon chemin très facilement.

Ces quelques mots le secouèrent. Impossible, il ne fallait pas se laisser dominer par une rencontre aussi légère, aussi dénuée de sens. Mais Vanda malgré le cerne qui naissait déjà sous ses yeux, ou peut-être à cause de ce cerne, devenait d'une beauté nocturne qui l'emplissait de désir. Il alla lui chercher son manteau et en l'aidant effleura le cou fragile. Une légère contraction de tout ce corps parfumé lui répondit.

Ils marchèrent longtemps sans se parler presque jusqu'à la place Saint-Marc.

— Vous serez gentil de m'abandonner avant le Florian où j'ai rendez-vous.

— Impossible.

— Qu'est-ce que vous dites ?

— Impossible parce que nous ne passons pas devant le Florian.

— Peut-être pas vous, mais moi si.

— Qu'avez-vous, Vanda ?

— Et si je vous posais la même question ?

— Je suis toujours plus ou moins distrait.

— A quoi pensiez-vous ?

— Oh ! des bêtises sans intérêt.

— Les bêtises sans intérêt vous absorbent trop. Le jour où vous penserez à des choses sérieuses, je me demande de quoi vous aurez l'air.

— Vanda, pour l'amour du ciel, rengainez votre susceptibilité.

— Alors, n'en parlons plus.

— Je vous raccompagne chez vous.

— Et mon rendez-vous ?

— Tant pis. Je n'ai aucune pitié pour celui qui attendra.

— Vous êtes égoïste.

— Je m'en flatte.

Ils burent du mauvais cognac dans un bar derrière la Merceria et dansèrent dans la boîte où ils étaient allés la nuit précédente. Vers deux heures du matin, Vanda en eut assez. Dehors, il pleuvait. Une fine pluie mouilla leurs visages enflammés par l'alcool.

— Viens vite, dit-elle.

Au petit matin, Patrice s'éveilla. Elle dormait lourdement enfouie dans l'oreiller. Sans maquillage elle devenait d'une pénible fadeur. Il sauta du lit, but de l'eau froide qui ne désaltéra pas sa gorge desséchée et peigna ses cheveux soigneusement. Avec le bâton rouge qui traînait il écrivit sur le miroir : « A bientôt. »

Le concierge de l'hôtel le regarda passer sans étonnement et Patrice huma l'air de la rue déserte. Une envie le prit de courir Venise à cette heure inconnue de tous. L'air était d'une légèreté féerique, le ciel pâle traversé de longues bandes horizontales. Dans les ruelles désertes, son pas résonnait. Les canaux eux-mêmes n'empestaient plus la vase. Il ne trouva d'êtres vivants, à l'exception des chats, qu'à hauteur du Rialto, puis au marché au poisson. Sous la halle, des montagnes de rougets sanguinolents, des raies blanchâtres, des rascasses, des langoustines attendaient les acheteurs. Les gondoles marchandes arrivaient avec leurs filets pleins. L'odeur était si forte que Patrice s'en crut imprégné. Revenant sur ses pas, il passa de nouveau le Rialto et sauta dans un vaporetto qui amenait de la gare des voyageurs pas rasés, mal réveillés et avides. Les palais mélancoliques et bariolés plongeaient dans l'eau verte agitée par la houle du bateau.

Patrice embrassait Venise de tout son cœur.

En ouvrant sa fenêtre chaque matin, Patrice découvrait le lac d'argent pur. A contre-jour la lumière figeait l'eau et ses reflets. Non loin du rivage, une barque et un pêcheur pétrifiés cuisaient au soleil. L'île Borghèse, ancrée à jamais, se découpait en ombre chinoise sur ce miroir, avec ses arbres pointus et son palais crénelé. Sur l'autre rive le port de Garde restait voilé dans une impalpable brume de chaleur qui se déchirait l'après-midi et rosissait le soir. D'heure en heure le lac changeait de teinte, se craquelait au premier souffle, bleuissait puis virait jusqu'au noir avant d'étinceler de nouveau sous la pourpre du soleil couchant. De la fenêtre de Patrice jusqu'à la rive, ondoyait une forêt d'oliviers. Une risée de vent, et cette houle d'un beau vert calme prenait la teinte grise et scintillante de ses feuilles retroussées. Le lac entier s'inscrivait dans des formes d'une précision grandiose sous le ciel pur. Patrice ne s'en lassait pas, soit qu'il le contemplât de sa chambre, soit qu'il s'élançât dans une frêle barque prêtée par un Italien pour nager au large dans l'eau fade et tiède. Incapable de dire depuis combien de jours il était à Gardone, il s'identifiait au lac, modelant son humeur sur ses teintes, la nuit brusquement inquiet du silence secret qui pesait sur l'eau endormie.

Patrice et sa tante étaient venus habiter à l'intérieur

même du domaine du Vittoriale, dans une petite maison que D'Annunzio avait achetée peu avant sa mort. D'anciens amis à lui qui avaient de vagues fonctions dans le Vittoriale y logeaient et avaient invité Mercédès Bongiovanni et son neveu. La marquise avait connu le palais et ses jardins du temps du poète, mais pour Patrice cette première rencontre avec le rêve de pierre de l'italianissime prenait l'allure d'un symbole. Il lui paraissait presque sacrilège de hanter ces jardins, d'en respirer les parfums, d'y écouter à la tombée du soir le chant croissant des grillons. A certaines heures tout devenait fabuleux : les cyprès immenses pointaient vers le ciel dans une sorte de désespérant appel à la mort. Des feux follets s'allumaient au-dessus des vasques d'eau croupie. Mille génies animaient le rêve mort d'un poète qui s'était voulu immortel. Dans un vallon étroit et touffu, un ruisselet coulait, avec un murmure imperceptible, du bassin des Grâces aux bassins des Nymphes et de la Danse. A six heures, on fermait les portes du Vittoriale aux visiteurs. Toutes fenêtres closes, le palais épiait la tombée de la nuit *Per non dormire* comme l'enseignait une des innombrables inscriptions ornant les murs. Patrice s'arrêtait dans la cour centrale plantée d'arbres roux, de rosiers grimpants et de glaïeuls. Depuis la mort de D'Annunzio le grand mât posé sur deux pierres dalmates dressait vainement vers le ciel sa nudité, que ne parait plus l'oriflamme aux couleurs du prince de Monte-Nevoso[1]. Tout paraissait lointain, d'un autre monde merveilleux et insupportable... Le silence des pierres devenait étouffant malgré la multitude d'arcs romains qui ouvraient de larges vues sur les oliviers et les cyprès. Dans sa tombe provisoire, D'Annunzio, debout, comptait, le jour, ses pèlerins de

1. D'Annunzio avait été fait prince de Monte-Nevoso (du Mont-Neigeux) par le roi d'Italie.

chair et d'os, et la nuit, ses visiteuses fantomatiques courbées sous les pleurs. Patrice avait pénétré dans les appartements interdits, si semblables aux romans du poète, surchargés de bibelots d'un luxe inouï et désuet, d'un mauvais goût dans la richesse assez spécifiquement italien. Il avait suivi, saisi et muet, ces couloirs tapissés de livres, qui conduisaient de boudoirs en salons, de salons en bureaux, de bureaux en des pièces hallucinantes dont tout l'éclairage était savamment combiné pour des effets aphrodisiaques. Coussins dorés, sofas profonds, petites lampes de chevet disaient les mille ruses d'un don Juan inassouvissable. Patrice avait cherché quel souvenir d'enfance cela éveillait en lui, pour retrouver enfin, dans un recoin de sa mémoire, l'image du *Nautilus* du capitaine Nemo. Jules Verne avait conçu le sous-marin dans ce goût : on retrouvait l'orgue, les statuettes indoues, les divinités monstrueuses de l'Extrême-Orient et... la haine de l'Angleterre. Sous une coupole nue et inachevée, dormait de son dernier vol immobile l'avion grenat et or qui avait survolé Vienne. Abritée d'une voûte, la voiture découverte entrée victorieusement à Fiume le 12 septembre 1919 attendait le retour d'on ne sait quelle épopée impossible. Et dans la darse du port privé de Saint-Marc, pourrissait sur l'eau la vedette qui avait forcé la passe de Buccari, ayant pour officiers D'Annunzio et le père du comte Ciano. Il s'était battu sur terre, sur mer et dans les airs. Aujourd'hui, peut-être se débattait-il dans le feu infernal... Pouvait-on rêver destin plus accompli et plus audacieux ?

Patrice errait dans les jardins supérieurs entre les massifs d'azalées, le long d'un bassin antique qu'une bacchante emplissait d'eau selon une musique monotone. Puis le charme se rompait et au lieu d'une colline, le regard heurtait un mausolée de pierre blanche qui semblait un suaire posé à même le sol.

Dix sarcophages garnissaient le sommet de la rotonde, dix morts de Fiume attendaient l'arrivée solennelle de D'Annunzio que l'on viendrait enterrer au centre, sur un monticule cerné par un filet d'eau. Le grandiose et le grotesque se mêlaient encore une fois sans qu'il fût possible de les démêler. L'imagination restait saisie et le cœur ne battait pas. Patrice détournait les yeux et évitait le mausolée, mais cette fois c'était un navire qui l'arrêtait. La canonnière *Puglia* ancrée en pleine colline dressait sa proue bleue comme un défi au lac. Prisonnier du sol et du ciment qui le maintenait sur sa quille, le navire implorait secours.

Il n'y avait pas de secours possible. D'Annunzio mort, la vie s'était arrêtée. Un par un commençaient de disparaître ceux qui l'avaient connu, servi, adoré et brûlé. Quand le dernier témoin quitterait la terre, le poète mourrait une seconde fois. Restait encore cette maison à l'architecture désordonnée qui retenait un dernier souffle de vie. Les gardiens qui conduisaient les groupes de visiteurs s'empâtaient ou blanchissaient. Ils oubliaient leur gloire d'anciens « arditi », de pirates de Fiume. Celui qu'ils n'appelaient que le « commandante » les entraînait à son tour, inexorablement, dans le néant.

Patrice subissait ce règne d'un mort et se laissait envoûter. La marquise l'abandonnait à sa découverte, préférant passer ses journées à quêter des uns et des autres des anecdotes sur son ancien amant. On lui avait permis de fouiller dans les quelques milliers de lettres qui dormaient aux archives et elle se repaissait d'une littérature exubérante et passionnée qui laissait loin en arrière les quelques télégrammes qu'elle possédait. Il fallait tout lui montrer, jusqu'à la dalle exacte sur laquelle son ancien séducteur était tombé d'un balcon supérieur, entièrement nu, après une orgie.

Patrice s'écartait de cette quête indiscrète. Des souvenirs le tentaient dont il s'étonnait lui-même.

Vanda s'effaçait comme s'efface un désir sans objet. Il lui avait écrit deux lettres qui le gênaient parce que dans les jours qui avaient suivi son départ de Venise, le goût et la forme de ce corps mat l'obsédaient. Elle avait vaguement répondu avec des fautes d'orthographe et une phrase gentille. Comment s'en émouvoir ? Le temps de cette réponse et il ne pensait plus à elle que comme à une aventure classée, oubliée. Non, les mots qui revenaient en lui, bribes de phrases dites avec un accent coloré, le visage qui n'abandonnait pas sa mémoire visuelle, appartenaient à Olivia. Malgré lui, sa pensée revenait sans cesse à leur conversation sur le vaporetto, scandée par les noms prestigieux des arrêts : San Marco, Salute, Academia, Rialto, Ca d'Oro... Son charme léger et prenant agissait avec retardement. Peu à peu cette voix, ce visage, cette ironie avaient pris possession de lui à un point angoissant. Patrice fuyait sa tante, ses hôtes et toute compagnie, pour rêver d'Olivia. Avec une imagination qu'il ne se soupçonnait plus, il inventait leur nouvelle rencontre, leur bain dans le lac de Garde, leur conversation reprise au point où elle en était restée quand la jeune fille avait si brusquement signifié de ne pas l'accompagner. Là encore sur ce point son imagination brodait. Il jouait même à se faire mal, à inventer il ne savait trop quelle intrigue. Impossible qu'il fût le premier à la découvrir. Il n'osait pas dire : à l'aimer, si grisant que fût le mot. Mais l'atmosphère même dans laquelle il vivait lui interdisait de définir ses sentiments sans risquer de tomber dans le travers d'annunzien de l'exaltation. C'était pourtant bien de l'exaltation, mais retenue par le fait qu'il ne pouvait en parler à personne ni écrire à Olivia. N'était-ce pas mieux ainsi ? Dans son esprit naissait une jeune fille stylisée, épurée, idéale, qu'aucune réalité vivante ne venait troubler.

Elle ne le quittait pas. Avec elle il se promenait dans

les jardins du Vittoriale, contemplait le lac depuis son balcon. Pour elle il s'efforçait de plonger impeccablement du plus haut tremplin de la plage, comme si un saut de l'ange même parfait pouvait convaincre une absente.

Cette façon qu'elle avait de s'immiscer dans ses gestes, ses regards, ses pensées rendait l'Italie douloureuse à Patrice. Partout Olivia manquait. Il passa un après-midi désastreux à Sirmione. Le vent décoiffait la presqu'île chère à Catulle. Tout autour de l'extrême pointe, le lac moutonnait et brisait ses vagues sur les roches d'un beau beige tendre et friable. Errant dans les oliviers et parmi les ruines de l'ancienne ville romaine, Patrice cherchait une présence invisible avec qui partager son émerveillement. Tout ce qu'il trouvait beau aggravait sa solitude.

Au retour de Sirmione, sa tante lui montra une carte postale de la jeune fille :

« Chère Marquise,

« Me voici dans cet endroit merveilleux dont la beauté, le calme et le ciel me font penser à vous. Car vous l'aimeriez, j'en suis sûre. Je veux encore vous remercier de votre gentille soirée à Venise. J'ai eu aussi du plaisir à connaître votre neveu qui a été si aimable de me raccompagner jusqu'à la Ca d'Oro... »

Dans un coin de la carte postale, à peine déchiffrable, se lisait l'adresse.

Placé face à une feuille de papier blanc, Patrice éprouva d'abord un embarras extraordinaire. La perche qu'on lui tendait était à peine visible. Il hésitait à s'y accrocher, incertain d'une réponse, incertain même de la formule de politesse ou des premiers mots : « Chère amie », ou « Chère Olivia »... « Bien à vous » ou « Amicalement vôtre ». La torture devenait pénible. Il tira à pile ou face :

« Chère Amie,

« Ma tante me fait lire votre carte postale où j'ai la joie de trouver un mot pour moi. Il me semblait en effet que nous avions échangé une sorte de promesse. A la vérité je ne comptais pas que vous la tiendriez. Il doit faire frais dans vos Dolomites. Pourquoi ne viendriez-vous pas ici où l'été continue avec une persistance qui m'enchante ? Je nage, je prends des bains de soleil, les jours passent avec le seul regret que vous ne soyez pas là pour animer notre conversation toujours centrée sur les exploits amoureux de D'Annunzio. Mais cette fois, si je puis dire, nous sommes dans la place. Plus moyen de sourire. Le grand mort est là qui en impose.

« Bien à vous... »

L'enveloppe cachetée et jetée à la boîte, il ne s'agissait plus que d'attendre avec patience. Patrice en trouva assez pour rester à la villa, et se mêler un peu à l'étrange vie de ses hôtes. Il suffisait de les regarder pour se distraire. La comtesse Centurini approchait la cinquantaine. C'était une femme d'ordre, intelligente et active, née à Gardone et n'en ayant jamais dépassé les limites. Elle avait épousé quelques années auparavant le comte Centurini qui était son antithèse vivante ; un petit homme paresseux et tanné par le soleil. Comte authentique, il en négligeait les signes extérieurs. Sa jeunesse orageuse s'était écoulée aux Etats-Unis où il avait appris à boxer. De retour en Italie, il avait disputé quelques matches qui lui avaient valu le titre de champion amateur poids plume. Cela et son mariage avec les millions bourgeois de sa femme représentaient les hauts sommets de sa vie. Il était assez affreux, le nez écrasé et tordu, une oreille en chou-fleur, la face couturée de petites cicatrices. La boxe restait sa seule passion. Il l'enseignait à tout ce que le bord du lac comptait de garnements. Avec un incompréhensible respect on continuait à l'appeler le « comte » mais comme disait l'architecte Boboli : « Le comte ne compte pas. » Boboli vivait, lui, dans une petite maison voisine. Il avait construit la Vittoriale, transformant la rustique villa de Liszt en ce palais grandiose où l'on reconnaissait presque à chaque pierre le style d'annunzien. L'œuvre restait inachevée au désespoir de l'architecte qui, accablé, se promenait jour et nuit autour du mausolée et de l'esquisse de théâtre romain. Depuis vingt-cinq ans, il vivait enfermé dans les limites étroites du domaine, se refusant à toute sortie, tout salaire, tout plaisir. S'il parlait de D'Annunzio, ses yeux lançaient du feu ; l'ingratitude même du poète à son égard lui semblait un signe indiscutable de génie. Patrice l'écoutait avec étonnement, ne comprenant pas que l'on pût vivre ainsi de souvenirs remâchés, de regrets lancinants. Ils se promenaient parfois ensemble et Boboli évoquait des souvenirs navrants qu'il mêlait de considérations sur l'au-delà, les forces spirituelles, l'âme, et la mort qui le libérerait enfin. Les yeux profonds et doux de l'architecte possédaient une incontestable force magnétique. Il ne s'en servait guère que pour des séances d'écriture automatique qui réussirent mal avec la marquise et pas du tout avec Patrice. Mais celle qui les étonna le plus fut la comtesse Centurini qui, un soir, s'endormit seule devant eux et délira. Elle prétendit, au réveil, ne pas se rappeler ce qu'elle avait dit. La comtesse était beaucoup plus passionnante quand elle parlait des derniers hôtes de sa maison. Le Vittoriale avait en effet été occupé aux ultimes jours de la République fasciste lorsque Mussolini transporta son gouvernement à Salo. Certes, personne n'avait profané les appartements du poète, mais le Duce avait installé sa maîtresse dans la villa des Centurini. Clara Petacci y avait donc vécu les trois mois qui précédèrent sa mort, avec sa mère, son père, son frère et sa sœur. Chaque soir, à six heures, Mussolini arrivait, trouvait la porte entrouverte, le hall désert (pendant sa visite les parents se tenaient dans le salon), grimpait l'escalier et frappait à la porte de la chambre jaune. Clara l'y attendait. La visite ne durait jamais plus d'une heure. A sept heures, le Duce descendait l'escalier et quittait la villa pour rejoindre sa femme donna Raquele qui l'attendait dans une autre villa dont elle avait tout de suite réussi à faire un lieu de délices en y installant une basse-cour et en lavant elle-même les vitres, la jupe retroussée, sous l'œil narquois des officiers d'ordonnance allemands. La villa des Centurini était donc l'oasis de Mussolini, son heure quotidienne d'amour. Il grimpait les marches deux à deux, coudes au corps, et les redescendait lentement avec un regret de jeune homme. Pourtant là-haut tout ne se passait pas toujours facilement : des scènes éclataient, on entendait des chaises qui tombaient, des gifles qui claquaient. Clara Petacci savait jouer selon son humeur la jalousie, la douleur, la passion. Les deux comédiens se prenaient à leur jeu, se battaient, faisaient l'amour, mangeaient, refaisaient l'amour, s'injuriaient ou se menaçaient de mille morts. Plus d'une fois, la comtesse Centurini, avec l'audace des femmes tranquilles, était intervenue à temps. La Petacci lui en avait eu une reconnaissance éternelle et au moment de partir avait laissé sous sa garde ses plus précieux trésors : une collection de photos érotiques, de fausses missives qu'elle s'adressait à elle-même et montrait ensuite à son amant pour exciter sa jalousie, et enfin une mystérieuse valise bourrée de lettres de Mussolini. Patrice ne vit jamais que les photos. Le reste semblait être caché. On en parlait à mots couverts. Mais la curiosité de Mercédès Bongiovanni avait été éveillée. L'existence de ces lettres l'empêchait de dormir. A table on ne parlait plus que de la valise cachée. La comtesse Centurini finit par avouer qu'elle l'avait enterrée dans le jardin d'un voisin depuis deux ans. Patrice se prit au jeu : il rêva des lettres enflammées du Duce et des confidences politiques qu'elles pouvaient révéler.

Dès que la conversation retournait à ce sujet, l'ancien champion poids plume clignait des yeux et se renfermait dans un curieux silence. Il avait lui-même enterré les lettres. Méfiance, méfiance... Bien sûr, ils étaient décidés à les vendre, il fallait seulement trouver quelqu'un qui... Est-ce que Patrice par hasard ne connaîtrait pas un éditeur américain ? Si, Patrice en connaissait un. Naturellement, les Centurini ne faisaient pas cela pour l'argent, ils agissaient seulement au nom de Clara qui leur faisait confiance par-delà la mort. Cependant, comme ses lettres représentaient de l'or en barre, il n'y avait aucune raison d'en faire cadeau. Patrice serait intéressé et avec tout ce qu'il avait collecté d'anecdotes à Gardone, pourrait fort bien écrire une préface... Mais avant de tenter quoi que ce fût, il voulait voir les lettres. Le comte clignait des yeux et s'esquivait aussitôt après le repas. On ne le revoyait que le soir au dîner où il restait aussi muet. Si Mercédès Bongiovanni le pressait de déterrer la valise, il promettait de s'en occuper le lendemain. Et le lendemain quand Patrice descendait à huit heures, la petite bonne lui apprenait que Centurini était déjà parti avec des pêcheurs sur le lac. Ce jeu du chat et de la souris allait le lasser pour peu qu'il continuât. Imaginer ce trésor sous terre à quelques centaines de mètres de lui exaspérait les nerfs de Patrice. Aucune lettre d'Olivia ne venait rompre la monotonie des jours. A quoi pensait-elle ? Que faisait-elle seule à Carezza al Lago autrement dit au lac de la Caresse ?

Un matin enfin il réussit à se saisir de Centurini et ne le lâcha plus d'une semelle !

— Je vais vous aider à déterrer cette fameuse valise. Prenons des outils et allons-y tout de suite.

L'ancien boxeur affecta son air le plus stupide :

— Mais je dois aller pêcher avec un de mes amis qui m'attend à Gardone... Et puis, d'ailleurs, entre nous, les lettres ne sont plus dans le jardin de mon voisin. Mais jurez-moi que vous ne le direz pas à ma femme. Je les ai déplacées une nuit et elles sont maintenant scellées dans le mur d'une maison de campagne que j'ai à San Michele. Comme cette maison a été occupée par des réfugiés piémontais, je ne peux pas aller les chercher maintenant.

Patrice crut à cette histoire de brigands et resta deux jours à creuser le problème pour lui trouver une solution acceptable, deux jours pendant lesquels Centurini eut la paix. La marquise consultée hocha la tête avec scepticisme. Elle commençait de se lasser et doutait de l'existence même des fameuses lettres.

A défaut des pages enflammées de Mussolini, Patrice reçut enfin une réponse d'Olivia :

« Cher Ami,

« Merci de votre mot charmant. Vous ne me ferez pas croire que vous vous apercevez de mon absence. Votre tante tient à elle seule, mille fois mieux que je ne pourrais le faire, toutes les conversations du monde. En tout cas, j'espère que nous nous rencontrerons quelque part sur la Terre qui n'est pas assez grande pour que l'on y perde ses amis. Je ne sais pas si vous trouvez comme moi que seuls les amis embellissent la vie. Ecrivez-moi, j'adore recevoir des lettres.

« Bien à vous.

« OLIVIA. »

Patrice déchira vingt débuts de lettres sans résultats. Agacé il prit le parti de sortir et d'aller se promener. La route descendait en lacets depuis le Vittoriale jusqu'à Gardone-sotto. Impossible de suivre le bord du lac qui appartenait à quelques villas d'un luxe désuet. Gardone même n'était plus que le reflet d'une gloire passée avec ses palaces vides et ses palmeraies desséchées. Il chercha un café tranquille et en trouva un, face au lac.

Le soleil inondait la terrasse et il préféra la salle, basse et fraîche sous sa voûte. Derrière le comptoir, une jeune fille était plongée dans un livre. Elle releva la tête.

— *Buongiorno !*

— *Buongiorno !*

— *Che volete ?*

Il commanda une « cassata ». La jeune fille abandonna son livre et glissa de son tabouret. Elle se courba et Patrice ne la vit plus, mais l'entendit qui ouvrait le coffre de la glacière, prenait une soucoupe, une cuiller, un verre d'eau. Contournant le comptoir, elle apparut, son plateau à la main. Jusqu'à cette minute, il ne l'avait aperçue qu'un instant à hauteur de poitrine, mais quand le corps entier se fut délivré de la coquille du comptoir, Patrice reçut un choc en plein cœur, car la jeune fille était nue sous sa robe légère ou, si elle ne l'était pas tout à fait, on ne pouvait, en la regardant, que penser à sa nudité. Les bras, la gorge, les jambes respiraient une santé éclatante. Le visage aurait été ordinaire sans les lèvres épaisses, d'un brun sombre tirant sur le mauve. Ce corps avançait avec une perfection et une grâce qui serraient la gorge. La jeune fille posa la cassata sur la table et retourna lire derrière le comptoir, les joues dans les mains, ses longs cheveux noirs tombant autour de son visage. Patrice n'apercevait plus que les bras nus et blancs, les épaules grasses et un peu remontées par les coudes appuyés.

La salle était déserte. Sur chaque table, trois glaïeuls roses trempaient dans de grands vases de terre cuite. Au-dehors, sur la promenade, des couples passaient, décorés d'appareils photographiques, coiffés d'odieuses casquettes blanches. Patrice revint, du regard, vers la jeune fille si indifférente à tout ce qui n'était pas son livre. Il fit tinter la cuiller contre la soucoupe rien que pour retrouver ses yeux. Et comme il voulait encore la voir marcher, traverser la salle de son pas glissant, commanda une autre glace. Mais alors qu'elle l'avait servi la première fois avec indifférence, il n'y avait plus de doute que, se devinant épiée par un mâle, elle surveillait ses gestes qui, de gracieux, devenaient embarrassés. Passant devant le comptoir, elle s'approcha de la table avec lenteur, portant devant elle, comme une relique, la cassata multicolore. Un instant trop court, elle resta ainsi devant lui, interposée entre la porte ouverte sur la promenade ensoleillée et la table plongée dans l'ombre. Patrice la contemplait avec saisissement. La lumière irisait les contours de la robe légère et transparente, tandis que se silhouettait l'ombre d'un corps rond et plein avec de belles hanches et des cuisses jointes. D'un mouvement brusque, elle fit valser le bas de sa jupe échappant à l'indiscrétion du jeune homme qui eut pourtant droit à un second regard plus long, plus appuyé et savamment muet. Patrice allait se lever, la retenir par son bras nu quand un chat miaula à ses pieds. La jeune fille s'accroupit et le caressa. Un genou plus haut que l'autre relevait le bas de la robe, découvrant la cuisse forte, d'une belle chair blanche et jeune, à peine veinée. A hauteur de la gorge, la robe bâillait sur deux seins mûrs aux fleurs brunes. Elle se releva, serrant le chat contre sa poitrine, souriant, les lèvres ouvertes sur de belles dents sauvages. Devinant le trouble de l'homme qui la contemplait, elle rougit et fit demi-tour, serrant toujours contre elle le chat ronronnant qu'elle posa sur le comptoir où, la queue dressée, le dos arrondi et le poil ébouriffé, il quêta de nouvelles caresses. Mais ces caresses mêmes soulevaient le désir de Patrice qui suivait des yeux le lent trajet de la main sur l'animal, et son cœur se mit à battre aussi fort que si cette fille s'était allongée nue à son côté et l'avait à son tour caressé. D'un suprême effort pour dissiper le malaise, il demanda :

— *E suo ?*

— *Si e mio, l'ho trovato due mesi fa. E gentile...*

Patrice, plus lucide, aurait triomphé en entendant cette voix dont le son venait de muer. Déjà grave, elle était descendue encore d'un ton mais restait cassante, proche d'une dangereuse brisure émotive. Le nuage rose demeurait sur les joues rondes. Ils ne pouvaient plus ignorer le trouble qui les prenait l'un et l'autre dans la salle déserte et fraîche. Le corps de cette fille donnait faim et envie de mordre. Les trois mètres qui les séparaient n'étaient plus qu'un élément du jeu, une des règles qui en compliquaient le déroulement prévu, inévitable.

— *Avete delle sigarette ?* demanda-t-il, comme pour mesurer à son tour la tension de sa propre voix.

— *Si signor. Americane o inglese ?*

— *Americane.*

Elle passa le bras par-dessus le comptoir et du bout des doigts attrapa un paquet dans le tiroir-caisse. Ainsi penchée et dressée sur la pointe des pieds, elle tendait sa robe déjà trop courte qui remontait jusqu'à mi-cuisse, découvrant la rondeur de ses jambes et leur saignée pâle et veinée. Quand elle se retourna, Patrice était derrière elle, le souffle court, le cœur battant. Il prit la main qui tenait les cigarettes, la trouva trop forte et l'abandonna sans caresse. Le chat sauta du comptoir et les laissa seuls. La jeune fille souriait. Ses seins se soulevaient à intervalles très courts. Patrice fouilla dans sa poche et tendit mille lires. Le contact du billet sembla la réveiller. Le sourire disparut comme après une angoisse désirée et vaincue. Ce corps si jeune, à peine jailli des lignes lourdes de l'adolescence, restait offert, à peine protégé par le tissu léger de la robe. Si Patrice n'avait pas été doué d'inspiration, il aurait porté la main vers le corsage et caressé les deux colombes. A aucun prix, il ne fallait rompre l'enchantement. Prenant la monnaie, il gagna la sortie. Sur la promenade il crut une seconde qu'il aurait un éblouissement. Coudes collés aux hanches, il courut vers la plage. Le gardien lui prêta un maillot et il se jeta dans l'eau tiède du lac. Le bain chassa l'obsession trop douce, le désir animal, et il se retrouva ruisselant exposé sur le ponton à la brûlure lénifiante du soleil.

L'heure du dîner approchait quand il regagna le Vittoriale. Au clocher de Gardone, sept heures sonnèrent dans le ciel rose. Patrice suivit le chemin bordé de chèvrefeuille américain brûlé par le soleil. Près du théâtre inachevé, il rencontra la comtesse Centurini coiffée d'un chapeau de paille, un sécateur à la main, une gerbe de fleurs sur le bras.

— Avez-vous pris un bon bain, Patrice ?

— Merveilleux, comtesse. Jamais on ne croirait que nous serons demain au mois d'octobre. A Venise, il faisait froid.

— C'est tout de même, je crois, le dernier jour de l'été. Votre tante a hâte de le voir finir. Elle n'est pas comme vous, elle déteste la chaleur. Je crois qu'elle vous cherchait tout à l'heure.

Ils marchaient le long de l'allée de gravier. Le jardin commençait à bruire du chant des grillons. A la tombée du soir le Vittoriale, fermé aux visiteurs, se préparait à la nuit, orgueilleux et solitaire parmi ses oliviers et ses cyprès.

— Vous savez, Patrice, dit-elle, si vous le désirez je puis vous présenter des jeunes filles et des jeunes gens de votre âge. Il n'en manque pas à Gardone. Vous devez avoir envie de vous amuser. Hier, ma nièce vous a vu et je crois qu'elle aimerait vous connaître. Elle n'est pas très jolie, mais elle est très riche.

— Bien sûr, dit Patrice, j'aimerais connaître votre nièce, seulement je n'ai pas très envie de m'amuser. Je suis heureux ainsi, libre d'errer dans le jardin, de rêver comme je le désire, de me baigner, de vivre au soleil.

— Vous ferez comme vous voudrez, mais il me semble qu'à votre âge...

— Je n'ai pas le même âge tous les jours...

— Ah ! voilà votre tante.

Mercédès Bongiovanni apparaissait au bout de l'allée, marchant lentement, appuyée sur sa canne à pommeau d'ivoire. Son regard myope ne les découvrit pas tout de suite. Quand elle les aperçut, elle s'arrêta pour les laisser venir.

— Tu es un bel animal, Patrice, dit-elle. Cette vie au soleil te transfigure. Et puis au moins ici tu dors toutes tes nuits. Qu'as-tu fait aujourd'hui ?

— Je me suis baigné, c'est tout. Ah si, tenez, j'ai rencontré une fille avec laquelle j'ai eu très envie de faire l'amour...

— Faire l'amour ! quelle horreur cette expression ! Tu salis l'amour. Je préfère encore quand tu emploies un de ces gros mots vulgaires comme coucher... ou comment dis-tu ? embrasser ?

— Non, baiser, ma tante.

— Oh, tais-toi, tu es cynique. Et alors que s'est-il passé avec cette jeune fille ?

— Rien, dit Patrice, c'est justement ça qui est bon. Je n'ai rien essayé. Je me suis contenté de la désirer.

— Tu es trop compliqué pour moi... Que pensez-vous, chère amie, de cette fin de jour ? Je viens de me promener à l'entour du mausolée et dans le vallon. Il n'y a pas d'instant plus poétique pour une âme sensible. Je pensais au cher Gabriele et à ses rêveries... Il me semblait rencontrer son fantôme.

— Je vous laisse, dit la comtesse souriante, le dîner m'attend et Teresina fera un malheur si je ne suis pas là.

— Allez, chère amie. Je vais faire encore quelques pas avec Patrice.

Rina Centurini partit sous son chapeau de paille. La marquise prit le bras de son neveu et se dirigea vers une portion du jardin qu'elle affectionnait particulièrement parce que D'Annunzio y avait entassé une multitude de souvenirs baroques : une mitrailleuse prise aux Allemands, un Savonarole de bronze voisin d'une négresse nue aux jambes écartées, un sarcophage de Vicence et un chien de pierre.

— Sais-tu ce que j'ai découvert aujourd'hui aux archives ?

— Non.

— Tu te souviens que le poète avait une fille naturelle prénommée Renata...

— Oui, il parle d'elle dans *Notturno*.

— Eh bien, cette fille...

Leur promenade s'acheva par la cour centrale du Vittoriale. Mercédès Bongiovanni s'y arrêta et saisit la main de Patrice :

— C'est étrange, dit-elle, je m'habitue à cette architecture baroque. Et les premières fois je trouvais cela affreux. Qu'en penses-tu ?

— La même chose. Je me suis accoutumé à cette masse désordonnée et parfois vulgaire. Une âme règne sur ces pierres.

— Ah ! je suis heureuse de te l'entendre dire.

Ils restèrent un moment immobiles et silencieux. La

nuit tombait vite, percée des derniers cris d'hirondelles qui tournoyaient autour du grand arbre roux.

— Quelle horreur, des chauves-souris, rentrons vite...

Le charme se rompait avec trop de facilité. Patrice ne dit pas un mot de toute la soirée et gagna sa chambre de bonne heure. La fenêtre ouverte donnait sur la nuit profonde d'un bleu ténu. Une lumière brillait au faîte du palais de l'île Borghèse. Du lac montait un concert de voix discordantes qui s'essayaient au bel canto. Des jeunes pêcheurs le soir allaient dormir dans leurs barques avec des filles.

Patrice prit une feuille blanche et écrivit lentement :

« Chère Amie,

« Je vous assure que vous me manquez. Ce n'est pas mensonge ou flatterie mais sans vous il semble qu'il n'y ait plus vérité ni mesure dans tout ce que nous disons ici. Votre ironie m'aidait à ne pas me laisser agacer par les manies douces de ma tante. A demeurer le seul contrepoids de ces entretiens délirants sur D'Annunzio et la religion, je finis par me demander si j'ai bien toute ma raison.

« Vous avez un mot merveilleux sur les amis. Pourquoi faut-il tout de suite que j'aie envie d'être le vôtre ? Vous venez de m'en donner un brusque désir que je ne sais pas refréner. Je n'oublie pas notre retour sur le vaporetto et le charme de votre voix. Il me semble d'ici que je l'entends encore.

« Que pouvez-vous bien faire dans les Dolomites quand le soleil s'obstine au-dessus du lac de Garde et qu'il fait si chaud que je passe mes après-midi à manger des glaces en ville. Je pense tout de même que nous n'allons pas demeurer éternellement ici. Il ne me reste pas longtemps à vivre encore en Italie et ma tante voudrait aller dans le Sud en pèlerinage. Comme je lui économise un chauffeur à livrée, elle veut faire ce voyage avec moi. Au retour nous passerons par Assise et nous nous quitterons à Florence. C'est une longue route. La vôtre la croisera-t-elle une fois ?

« PATRICE. »

Il ne se relut pas, cacheta et timbra aussitôt l'enveloppe. La maison paraissait silencieuse. Il descendit par l'escalier de marbre et courut dans le jardin. Le gardien lui ouvrit la porte et Patrice se retrouva sur la route. Une lune squelettique éclairait la campagne et promenait un sillon d'argent blanc sur le lac. Des couples surgissaient de l'ombre où rougeoyaient leurs cigarettes et le croisaient en chantonnant. Un groupe de jeunes filles passa près de lui en silence, puis chuchota et éclata de rire. Patrice allait à la poste. Il savait qu'il fallait envoyer aussitôt ces sortes de lettres, sinon le matin, au réveil, il les déchirait. Il respirait à pleins poumons avec délice l'air du soir si léger, si émouvant. Aux premières lumières de Gardone, il aperçut des visages que la nuit semblait enivrer comme lui. Sa lettre une fois postée, il fit un détour et passa par la promenade. Sur les bancs, des garçons affalés interpellaient les filles au passage. En ralentissant le pas devant le bar où il s'était arrêté l'après-midi, il aperçut la salle pleine de consommateurs. La jeune fille circulait entre les tables. Elle avait changé de robe. Celle du soir paraissait moins provocante, bien qu'elle eût épinglé à son corsage une fleur rouge. Patrice dépassa le bar et regagna le Vittoriale.

*

Il se réveilla plein de courage pour forcer le comte boxeur à reprendre les fameuses lettres, et eut la chance de le rencontrer dans le hall où il lui parla aussitôt des derniers jeux Olympiques. L'œil de Centurini brilla : un de ses poulains y avait remporté le titre de champion du monde poids coq. Intarissable sur ce chapitre, il raconta ses anciens matches, puis les mima, forçant Patrice à se mettre en garde et à feinter.

— C'est votre jeu de jambes qui ne va pas très bien, dit le comte. Il faut vous assouplir.

— Rien de tel que quelques travaux de terrassement pour s'assouplir les jambes et les reins. Que diriez-vous si nous profitions de cette occasion pour aller à San Michele écarter sous un prétexte quelconque les locataires de votre maison et reprendre la valise ?

En langage de boxe, Centurini appelait cela un coup interdit, à l'estomac. Son visage se renfrogna. Il abandonna sa garde et laissa baller ses bras. Ses yeux gris clignèrent et il se gratta la tête :

— Ma femme m'avait demandé d'aller au marché ce matin. Il vaudrait mieux remettre à demain.

— Non, dit Patrice, je vais vous conduire en voiture au marché et nous ferons plus vite. Ensuite nous irons à San Michele.

— C'est qu'après j'ai rendez-vous avec Tino qui doit réparer le moteur de ma barque.

— Il le réparera cet après-midi.

Centurini se grattait la tête avec de plus en plus de violence ; il hésita quelques instants, puis :

— Oui, mais voilà... les lettres ne sont pas à San Michele. Je vous ai dit cela pour que vous n'en parliez pas à votre tante qui me paraît indiscrète. Je les ai en réalité cachées dans l'île Borghèse, chez mes amis.

Patrice eut une sorte de haut-le-corps. Le comte avec son visage tanné et écrasé, ses rides noires, ressemblait tout d'un coup au père Leleu. La ruse, sa dissimulation le transfiguraient. N'avait-on pas tort de le prendre pour un imbécile ?

— C'est assez étrange ce que vous me dites. Mais il

me semble que cela facilite les choses. Il suffit de traverser le lac.

— Oh ! pas ce matin, il y avait un nuage vers huit heures. Ici les orages éclatent avec une rapidité foudroyante.

— Alors attendons cet après-midi.

— C'est ça. Maintenant je vais au marché.

Et le comte disparut vers la cuisine où il allait chaque matin se laver les dents, n'ayant pu s'habituer au confort des salles de bains. Patrice avait envie de rire. Le vieux malin venait encore une fois de le rouler. Dans l'après-midi, le comte, prévenu, filerait à l'italienne. Pour aller se promener sur le lac avec son rafiot à voiles. Le jeune homme avait compté sans sa tante qui montra plus de décision. Au déjeuner elle mit la conversation sur le sujet délicat malgré Boboli qui, au courant de l'affaire, exprimait sa désapprobation quant à la cession des lettres. Cet ancien officier, héros de la guerre 15-18, tremblait de voir arriver au Vittoriale la police de la République.

— Moi, dit-il, je suis contre la publication de ces lettres. On saura d'où elles viennent et nous aurons des ennuis. Et enfin cela peut nuire à notre pays.

A son bout de table, Centurini muet jusqu'alors releva la tête et approuva bruyamment. La comtesse s'inquiétait. Patrice s'efforçait de les calmer et de leur prouver que si on lui confiait ces lettres, nul ne saurait jamais d'où elles venaient. Au fur et à mesure qu'il parlait, il s'apercevait que tout était remis en question à chaque instant, qu'il n'était même plus sûr qu'on allait lui remettre les lettres. Un point lui échappait qui n'échappa pas à Mercédès Bongiovanni :

— Patrice, dit-elle en français pour être comprise de lui seul, tu ne vois pas que ces scrupules-là sont des faux-fuyants ! Ce qui les intéresse, c'est l'argent. Parles-en donc.

Boboli, qui avait vaguement compris, rougit et ne

dit rien. Il était sans doute possible que la marquise eût touché juste. Au premier mot du jeune homme, Centurini releva de nouveau la tête. Deux spaghetti interminables tombaient dédaigneusement de ses lèvres jusqu'à son assiette. D'une longue aspiration, il les fit disparaître dans sa bouche, mâchonna vaguement et dit :

— Ça, évidemment, c'est une question qu'il faudrait traiter avant.

Patrice était suffoqué. On en avait parlé dix fois sans pouvoir fixer des chiffres tant que les lettres demeuraient invisibles.

— Mais, dit-il, j'ai écrit aux Etats-Unis à un de mes amis, qui doit pouvoir me donner une idée de ce que ces choses-là doivent rapporter. J'attends la réponse d'un jour à l'autre.

Le comte resta la fourchette en l'air. Une pâleur envahit son visage et il baissa de nouveau le nez dans son assiette.

— Tu as vu sa tête, dit la marquise toujours en français, il y a quelque chose que nous ne savons pas...

La dernière bouchée avalée, Centurini dit qu'il allait préparer le café lui-même dans la cuisine. Teresina apporta les « espressi » quelques minutes plus tard, annonçant que le comte priait qu'on l'excusât. Il avait dû partir précipitamment pour un rendez-vous dans la campagne.

— Je l'ai surnommé Archibaldo, dit sa femme en riant. C'est un personnage des histoires en images pour enfants, un mari qui a peur de son épouse et file aussitôt après les repas jouer avec les gamins de la rue.

Tous rirent et l'affaire des lettres en resta là ce jour et les suivants, car Archibaldo ne montrait plus le bout de son nez écrasé. Patrice se lança dans plusieurs livres de D'Annunzio, particulièrement ceux qui agaçaient sa tante et où, par esprit de contradiction, il trouvait les pages les plus émouvantes. Le temps se gâtait et il pleuvait maintenant presque chaque jour, une pluie tiède qui nettoyait le jardin de sa poussière d'été. Le lac se refroidissait et les pêcheurs ne sortaient plus. Dans la montagne les vendanges se terminaient. Il retourna à Sirmione dont les couleurs semblaient encore avivées par les récentes ondées. Un vent violent soufflait sur la perle des presqu'îles. Les villas avaient brusquement clos leurs volets et la solitude s'emparait de la forêt d'oliviers. L'herbe pauvre jaunissait tandis que le lac hérissé de moutons blancs caressait les belles roches rouillées. Les premiers parfums de l'automne montaient de la terre humide. Le ciel si pur changeait de teintes, se couvrait de nuages que le vent déchirait et dispersait par lambeaux.

Patrice reçut une lettre d'Olivia.

« Cher Ami,

« J'aime bien vos lettres. Elles ressemblent à ces nuages roses que je vois de ma fenêtre s'accrocher au sommet des montagnes pour les rendre moins effrayantes. J'espère vraiment que nous nous reverrons. Nos routes doivent en effet se croiser. Je serai à Florence dans un mois chez un de mes oncles que vous aimerez connaître. Il s'occupe de choses très mystérieuses. Je suis d'ailleurs inquiète de retrouver Florence où j'ai vécu enfant et dont je garde un souvenir triste et passionné. C'est une ville si inhumaine! je préférerais mille fois faire avec vous ce beau pèlerinage dans le Sud et surtout revenir par Assise. Puisque vous passez par la ville de saint François, il faut absolument que vous me rameniez les pétales de rose qui guérissent de tout. Ils m'ont déjà sauvée une fois, mais je n'en ai plus. Et quoi que vous pensiez, n'oubliez pas non plus de faire une prière que le saint écoutera.

« Il s'est mis à pleuvoir depuis quelques jours. Les montagnes lavées par la pluie sont devenues d'un rouge incandescent. On se croirait en enfer. Je vais bientôt être seule dans le grand hôtel sauf une jeune femme russe dont j'allais oublier de vous parler. Elle vous a rencontré à Venise et m'a dit des choses charmantes sur vous. Il est amusant de penser que, vous connaissant si peu, j'arrive à vous découvrir à travers vos amies.

« Votre

« OLIVIA. »

Patrice ouvrit la fenêtre et contempla le lac. Le vent le teignait en un beau vert lourd. Une frange d'écume cernait l'île Borghèse. Accoudé à l'appui il entendit sa tante et Boboli qui parlaient dans le jardin. Les oliviers n'avaient jamais été aussi gris. Leur odeur âcre montait jusqu'à lui à chaque rafale de vent. Il tenait dans sa main la lettre d'Olivia. Impossible de l'ignorer, de l'oublier. « Les choses qui nous arrivent sont intrinsèquement semblables à nous-mêmes. » Qui avait dit cela ? Peu importait. Le désastre était consommé. Et il était consommé précisément par une lettre dont le charme rendait un son désespérant. La vie ne se recommence jamais. Nous pouvons regretter longtemps nos paroles et nos actes, ils restent derrière nous malicieux, nous poursuivant de leurs conséquences. Il y avait quelque chose de si fatal dans les deux rencontres de Venise que Patrice y reconnaissait la ligne même de son destin : les maladresses, les occasions manquées. En deux semaines, Olivia s'était inconsciemment emparée de lui. S'en doutait-elle seulement ? Oui, car les femmes ont de ces choses une intuition effarante. Mais que pourrait-il jamais lui faire croire si Vanda avait tout raconté ? Et on pouvait être sûr qu'elle l'avait fait.

Il plia la lettre, la glissa dans sa poche et sortit. La

voiture était au garage. Il l'aimait parce qu'elle représentait la dernière chose qu'il possédât. Dès son retour en France, il faudrait la vendre pour vivre et attendre des jours meilleurs, aussi la soignait-il avec une minutie qu'il n'avait pour rien d'autre. Ce moteur vivait comme un animal : il fallait le flatter, l'endormir, le reposer, le nourrir. Il chantait pour Patrice, après tant de kilomètres, ils se comprenaient à demi-mot, à demi-geste. Patrice prit la route du bord du lac vers Riva, traversa les longues agglomérations de villas désertes et gagna la corniche en lacet. C'était une autoroute dangereuse et trompeuse dont les ouvrages d'art restaient encore décorés du fascio, et qui filait à flanc de montagne, creusée dans le roc dur et blanc. En contrebas le lac qui allait en se resserrant comme un fjord battait les récifs à petits coups de lame. Il avait plu et le macadam luisait, gras et glissant. Le jeune homme se lança dans les virages, forçant son moteur. Les pneus criaient. Il avait du mal à redresser, après chaque tournant qui déportait la voiture. Il ressentit le bonheur de rouler dans un abîme dont la profondeur était sans effroi. Chacun de ses gestes le retenait au bord de l'accident avec une précision dont il se fût émerveillé s'il avait été conscient de sa folie. La balustrade de pierre sifflait à son oreille droite sans qu'il y prît garde. Toute seconde gagnée l'enfonçait un peu plus loin dans son rêve qui restait d'une précision mécanique. Impossible de penser à Olivia. Impossible de se souvenir de Vanda. Les obstacles grossissaient à sa rencontre, semblaient se tordre à son passage et mouraient derrière lui. L'air frais qui entrait par la vitre grande ouverte le giflait. Il ne roulait plus, il volait avec une habileté féroce. Un écart d'un dixième de seconde et c'était la rencontre avec le mur de pierre ou le saut dans le lac par-dessus le garde-fou. La mort était si proche, si facile qu'à chaque seconde il croyait la vaincre, la poursuivre, l'effrayer même. Le jeu devint encore plus angoissant sous les tunnels creusés à même le roc. Passant du jour à la nuit, il s'aveuglait pendant près de cent mètres, roulant à une allure folle dans l'inconnu total. A la fin du tunnel la lumière l'éblouissait en plein dans un virage où, agrippé à son volant, il arrachait sa voiture à la force centrifuge et la rejetait, haletante, sur une ligne droite. Fermant les yeux, il compta un, deux... puis plus longtemps, trois, quatre, cinq... avec lenteur et précision à haute voix.

L'autocar surgit énorme et rouge du tournant, barrant presque entièrement la route. Patrice venait de compter cinq. L'accélérateur était à fond. Il le laissa et visa juste entre le garde-fou et l'autocar. La masse lourde et ventrue le frôla en coup de vent. Puis ce fut le chant seul de son moteur. Il releva le pied et le chant s'atténua. Au-devant, sur la route, un enfant faisait de grands signes et tendait une perche sur laquelle étaient accrochés des citrons d'un jaune incandescent mêlés à des feuilles vertes et des piments rouges. Patrice s'arrêta et lui acheta quelques fruits géants cueillis fraîchement dans la grande citronneraie de la montagne. Les citrons dans ses mains embaumaient un parfum acide. Il mordit la pulpe fraîche et le jus gicla entre ses dents, brûlant ses gencives. Debout près de la portière, le gosse au crâne rasé le regardait en riant. Patrice lui rendit son sourire avec quelques lires et une cigarette :

— *Dove andate, signor?*

— *Riva.*

— *Anche io.*

— Allez monte...

L'enfant était pieds nus. Il se recroquevilla sur le siège voisin cachant ses pattes sales. Un bras passé par la portière tenait le bâton au bout duquel ne restaient plus que les piments. Non, il ne les vendait pas. C'était seulement pour faire plus joli. Le rouge et le jaune sont deux belles couleurs... Au mois d'avril, il vendait des fleurs au bord de la route. Bien peu d'automobilistes s'arrêtaient. Tous trop pressés... Il avait une belle « machine », le signor français. Combien de lires est-ce que ça coûtait ? Lui quand il ferait son service militaire, il conduirait des tanks. Voilà, on arrivait à Riva, au fond du fjord. Patrice avait conduit lentement, d'une main tenant le volant, de l'autre le citron qui brûlait ses lèvres et ses gencives. Le gosse descendit et Patrice longea le port où étaient amarrés quelques barques de pêche et le bateau à aubes qui desservait le lac. Riva était une ville calme dans ses vieilles pierres, avec de longues allées bordées de palmiers nains fatigués et jaunis. Sur une place où Patrice s'arrêta devant un simili-casino, il découvrit un monument, avec, en médaillon, le portrait de Boboli. L'inscription portait : « La ville de Riva reconnaissante, à son enfant l'architecte Boboli qui est assuré de trouver ici quels que soient l'heure, le jour ou l'année, gîte et couvert gratuits. » Patrice se souvenait qu'on lui avait parlé de cette étrange situation, car Boboli pouvait entrer dans tous les magasins, restaurants et hôtels, choisir ce qu'il voulait sans jamais payer. La reconnaissance délirante de la ville était allée aussi à D'Annunzio qui avait été nommé « *président ad aeternum* » du Club des Régates. Ainsi les quatre ou cinq immeubles neufs de Riva étaient l'œuvre de Boboli qui n'avait jamais accepté le moindre salaire. Patrice ne les aimait pas, mais à qui le dire sans risquer de provoquer un drame ? Il préféra errer dans les rues. Les femmes étaient quelconques, déjà trapues comme des montagnardes, avec des cheveux d'un blond terne. Quelques-unes poussaient devant elles des voiturettes de fruits semblables à ceux du gamin de la route, avec des citrons gros comme des pamplemousses et des chapelets de kakis. Le tout avait un air de fête étrange et déplacé dans ces rues grises. Les hommes, avec des visages grossiers et durs, parlaient un patois rocailleux tenant de l'allemand et de l'italien.

Patrice retourna vers la place Boboli et acheta une carte postale :

« Chère Amie,

« Je reçois votre lettre qui m'effare un peu. Je devine qui est cette Russe et n'en suis pas plus fier pour ça. Toutes les rencontres que je fais ont un caractère d'incohérence et de fatalité qui ne cesse de m'étonner... Je viens de m'offrir en solitaire une course à tombeau ouvert le long du lac. Enivrant et enfantin. Je penserai à vous à Assise et promets de rapporter les pétales de rose. Ecrivez-moi à San Marco in Lamis, chez les Paccirello. Nous y partons après-demain. Le lac se couvre de nuages légers. De Riva (que je n'aime guère), je ne suis plus très loin de votre Carezza. Mais je n'ose pas plus aller vous y surprendre que je n'ai osé vous accompagner à votre porte de Venise... »

Patrice conduisit sagement pour le retour. Le lac virait au bleu-noir et se creusait sous le vent. La rive opposée apparaissait avec une incroyable netteté, burinée dans les détails par un graveur acharné à détacher la moindre pierre, le moindre arbuste. A flanc de montagne les paysans couvraient de toiles, avant l'orage, leurs grandes serres de citronniers. Sous le ciel lourd, l'air était d'une incomparable transparence bleutée et granulée, secouée par des rafales qui tordaient les cyprès et faisaient scintiller les oliviers. Le lac trop beau, trop calme tout l'été, se donnait des airs tragiques. L'orage lui-même semblait s'arrêter un instant avant de crever et d'embrouiller les lignes nettes des montagnes et de la rive. Son souffle haletant et chaud imprégnait de gravité sombre le ciel immense et tout entier déployé.

Patrice arrivait à Gardone quand les premières gouttes d'eau s'écrasèrent sur le pare-brise. La pluie n'apportait aucune fraîcheur, mais bien au contraire cette tiédeur humide des orages d'été. Il eut le temps de ranger la voiture et, en courant, gagna le Vittoriale, puis la villa où il arriva trempé, se secouant comme un jeune chien.

— Patrice ! appela la marquise qui avait entendu claquer la porte.

Mercédès Bongiovanni était attablée devant une pile de lettres :

— Tu es mouillé, mon petit. Où étais-tu ?

— A Riva, où je me suis ennuyé.

— Quelle drôle d'idée ! Quelque chose ne va pas ?

Le cœur de Patrice bondit. Il manqua tout dire. Une minute d'exaltation et de confiance qu'il regretterait ensuite. Les yeux bleus et myopes de sa tante le regardaient avec douceur.

— Assieds-toi, et dis-moi ce qu'il y a.

— J'ai reçu une lettre d'Olivia, dit-il.

— Je te l'avais bien dit que c'est une charmante fille. Dommage qu'elle ne soit pas du tout ton genre.

— Et si elle l'était ?

— Non, vraiment, je ne crois pas. Est-ce que Vanda t'a écrit ?

— Oui, mais pas récemment. J'ai tout de même eu de ses nouvelles par Olivia.

— Elles se connaissent donc ? Comme c'est charmant.

— Ce n'est pas charmant du tout.

— Pourquoi donc ?

— J'aurais préféré qu'Olivia ne sût pas.

— Tu ne vas tout de même pas prétendre que tu es amoureux d'Olivia !

— Amoureux, non, ce n'est pas le mot. Pas encore.

— Grands dieux, jamais je n'aurais cru ça ! Quel coup de foudre ! Ça me rappelle Gabriele et la Carlotti qui...

Patrice ferma les yeux et remercia le ciel de n'avoir rien avoué de plus. Il croyait qu'on l'écoutait et la marquise ne sollicitait cette confidence que pour placer son histoire... Absurde ! Comme si l'on pouvait jamais trouver un seul être qui consentît à vous entendre.

— ... la marquise Viviani della Robbia, dont la villa était voisine de la Capponcina à Settignano, vit arriver en courant son jardinier...

Et elle l'avait interrompu non pas pour se raconter elle-même, mais pour raconter l'histoire d'une autre...

— ... naturellement elle ne résista pas à la curiosité et courut à son tour vers le sentier où il se passait quelque chose de si extraordinaire. Des pétales de rose inondaient le chemin et des paysannes costumées répandaient encore d'autres roses...

Comment étaient faits les êtres humains à qui l'on pouvait parler : sourds, muets, aveugles ?

— ... et sur ce tapis de roses un cortège se déployait. Plusieurs serviteurs en livrées écarlates précédaient Gabriele plus élégant, plus impeccable que jamais. Il tenait par la main une jeune femme à la mine altière, drapée dans une robe qui seyait à son corps merveilleux. C'était, tu l'as deviné, Niké, la marquise Carlotti qui allait être un jour la Mère Marie de Jésus et restaurer sous ce nom le Carmel du Reposoir...

— Non, vraiment, dit Patrice.

— N'est-ce pas ? ça t'étonne ? Mais il était comme ça...

Malgré lui Patrice pensait au sentier jonché de pétales de rose, aux murmures flatteurs des serviteurs en livrée, à toute la scène grotesque et délicieuse. Quelle femme aujourd'hui accepterait ces démonstrations d'amour ? Le dialogue des amants avait changé de vocabulaire et même de grammaire. Des ruses restaient nécessaires, mais d'une subtilité assez cruelle et parfois sournoise. Patrice ne se souvenait pas sans dégoût et sans honte de certaines de ses propres machinations.

— Tu as une lettre qui vient d'arriver, dit la marquise.

Le timbre était de New York.

« Cher Monsieur,

« J'ai été heureux d'avoir de vos nouvelles. Je me demandais ce que vous deveniez depuis notre dernière rencontre à Paris. Votre lettre me rassure et m'intéresse. Aussitôt après l'avoir reçue j'en ai parlé au directeur de mon journal qui m'a ri au nez. Les lettres de Mussolini et de la Petacci que vous me proposez ont déjà été publiées l'an dernier dans la presse du trust Hearst. Elles leur avaient été vendues par un Italien venu spécialement à Rome pour les proposer à leur correspondant. Je ne sais si vous êtes victime d'une mystification ou s'il existe d'autres lettres. Ce dernier cas est toujours possible. Aussi aimerais-je beaucoup que vous me teniez au courant.

« Bien vôtre... »

— Ce n'est pas mal, dit Patrice en tendant la lettre à sa tante.

Mercédès Bongiovanni ne prit pas la chose avec calme. Oubliant sa qualité d'invitée, elle voulait un esclandre.

— Me faire ça à moi. La crapule ! comment a-t-il osé ? Mon petit Patrice, nous allons nous venger ! Ce n'est pas possible. Mais au fait j'y pense, la comtesse ne doit rien en savoir...

— Probablement. Il a vendu les lettres à son insu et ne lui en a jamais rien avoué. Et qu'a-t-il pu faire de l'argent, lui si bête ?

— C'est que justement, il n'est pas si bête. Je le crois plutôt un vieux malin. Tant pis pour lui, ce soir au dîner, je mettrai les pieds dans le plat...

— Non, je vous en prie, dit Patrice, ne faites pas cela, nous allons nous amuser autrement...

Il sortit du salon, chercha le comte dans toute la villa et finit par le trouver dans la cave en train de scier du bois. Patrice était de si bonne humeur qu'il lui donna un coup de main et le travail fut vite terminé.

— Allons boire un coup, dit le comte, j'ai beaucoup sué, ça me rafraîchira...

Ils burent un coup dans la cuisine. C'était du bardolo, un bon vin que Centurini apprécia en claquant de la langue. Teresina s'affairait devant son fourneau où cuisait une marmite de pâtes.

— J'ai reçu une lettre de mon ami américain, dit Patrice.

— Ah! dit Centurini, avec une fausse indifférence.

— Oui, il a vu un bien beau match de boxe la semaine dernière entre Zale et Graziano.

— Graziano est né à New York, mais ses parents étaient Italiens... Il a un gauche formidable. Comme ça...

Le comte posa son verre et fit une démonstration à Patrice. Teresina un peu effrayée se recula et fit tomber une assiette.

— Passons donc dans la salle à manger, je crois que c'est l'heure du dîner. Pour une fois vous ne serez pas en retard.

Les trois autres les attendaient déjà. Boboli maugréait dans sa barbe d'artiste, la comtesse racontait qu'un chien du voisin lui avait volé une poule et Mercédès Bongiovanni tapotait la nappe de sa main décharnée. Le dîner commença dans un murmure de mandibules. Patrice termina le premier son assiette, et en anglais, s'adressant à Centurini, lança négligemment :

— Au fait, je ne vous ai pas dit qu'en plus du match Zale-Graziano mon ami américain trouve très intéressante votre histoire de lettres. A vrai dire, il les connaît déjà. Enfin il connaît celles que vous avez vendues à Rome sans que votre femme en sache rien...

Le vieux visage tanné, ridé, couturé du comte, devint blanc. Il manqua s'étrangler et ses yeux lancèrent un vilain éclair assez cruel.

— Qu'y a-t-il ? demanda sa femme.

— Je disais au comte qu'un de mes amis américains...

Patrice reçut sous la table un formidable coup de pied. La marquise ravie le regardait, prête à se jeter à son tour dans la bagarre.

— ... avait assisté à New York à un très beau match de boxe qui l'aurait passionné.

Et se retournant vers Centurini blême, il ajouta en anglais cette fois :

— Vous avez gagné quelques millions de lires. Il faudra m'en verser cent mille à moi et à ma tante, si vous voulez que je ne dise rien à votre femme.

Le comte lâcha un abominable juron new-yorkais appris il y a trente ans, lors de son fameux séjour olympique. Mais la discussion fut close et Boboli et la comtesse, qui n'avaient pas compris, ne s'aperçurent de rien pendant toute la soirée.

Le lendemain, la marquise passa une journée atroce à essayer de faire ses valises. Lâchement Patrice l'abandonna pour aller prendre le thé seul à Sirmione. Centurini demeura invisible. Allait-il se défiler ainsi jusqu'à la dernière minute ?

Le départ manqua d'héroïsme. Les valises une fois entassées dans la voiture, la marquise fut prise de scrupules, croyant avoir enfermé, elle ne savait plus où, une serviette de toilette ne lui appartenant pas. La comtesse mit une demi-heure à la convaincre que cela n'avait aucune importance.

— Nous aurions aimé dire au revoir au comte, assura ingénument Patrice.

— Cet Archibaldo est sûrement encore parti sur le lac ! dit la comtesse, tant pis pour lui ! Ah non, le voilà.

Centurini essoufflé et rouge apparut sur une vieille bicyclette et se précipita vers eux. Discrètement il sortit de sa poche une enveloppe bien bourrée et la glissa dans la main de Patrice.

— Il était temps, dit ce dernier... Nous allions partir sans vous dire au revoir.

On s'embrassa sur les joues. Boboli distribua de vigoureuses poignées de main et les portières claquèrent. La voiture démarra, fit quelques mètres, mais Patrice, l'arrêtant, appela le comte et lui rendit l'enveloppe.

— Excusez-moi, j'allais emporter ça qui vous appartient...

Bégayant, l'autre ne sut que remercier. La voiture était déjà loin. A l'intérieur, Mercédès Bongiovanni, la bouche pincée, dit à son neveu :

— Vraiment je ne comprends pas pourquoi tu lui as rendu l'enveloppe . Ç'aurait été une bonne leçon !

— Non, je ne crois pas que c'était possible. J'avais des scrupules.

— Tu as bien tort. Il fallait garder l'argent.

Il se demandait si, après tout, sa tante n'avait pas raison...

Chaque matin, montant de la ruelle une voix rauque le réveillait. Impossible d'en définir le sexe, car les vociférations suivaient un diapason d'une violence extrême sans jamais se briser. Les premières fois, il crut que la vivacité du débit l'empêchait de saisir le sens de ces hurlements, puis, tendant l'oreille, il comprit que la voix inconnue parlait un langage mystérieux semé de quelques rares syllabes. On lui expliqua vite qu'il s'agissait d'un fou, de son métier cordonnier dans la ruelle qui longeait la maison de son hôte. Avec une exactitude rare, il engueulait chaque jour le ciel. Curieux de le voir, Patrice un matin ouvrit les volets. Le cordonnier était là sous le balcon, devant le pas de son échoppe. Yeux et bras levés, il parlait aux nuées une langue connue de lui seul. D'un geste grandiloquent, il ôta sa casquette et l'agita comme une arme menaçante. L'effort qu'il imposait à ses cordes vocales empourprait son visage. Quelques gosses, pieds nus, se tenaient à une distance respectueuse et le regardaient sans mot dire. Personne d'autre dans la ruelle à gradins, sinon un âne inquiet écrasé sous son faix. La scène se répétait tous les jours depuis dix ans. On n'y prêtait plus attention. Le fou engueulait les nuages et les taches grises du ciel. La légende voulait que sur ses vingt ans, ses parents ambitieux l'eussent envoyé à Bari faire des études de médecine. Son cerveau n'avait pas résisté à tant de lectures...

L'après-midi, Patrice passait devant sa boutique. La porte était ouverte. Il travaillait en sifflotant. Des femmes s'arrêtaient :

— *Salve Tonino.*

— *Salve.*

Il levait la tête et faisait glisser sur son nez ses lunettes cerclées de fer pour mieux les voir. Ils échangeaient quelques mots, puis la femme s'en allait, mains aux hanches, un panier en équilibre sur sa tête, vieille ou jeune, balançant ses lourdes jupes multicolores. Patrice aimait le rythme de leur marche dans les rues de San Marco in Lamis. Les visages l'attiraient : les yeux profondément enfoncés sous les sourcils, les traits droits, presque grecs, le mélange de maigreur sarrasine et d'orgueil espagnol. Pas un conquérant qui n'eût laissé un trait dominant de sa race. Certains instants, grimpant ou descendant les ruelles, il pouvait se croire à Alger ou dans les mauvaises rues de Séville. De petites maisons basses et blanches. Un rideau de tulle vert flottant au vent servait de porte. A l'intérieur les femmes travaillaient tête nue, ayant ôté ce châle qui, dans la rue, encadrait leurs visages dans un ovale parfait. Assises sur des escabeaux, elles filaient la laine en marmottant des prières ou en jacassant. Au-dessus de leurs têtes séchaient les lourdes guirlandes de piments rouges et verts. Dans la ruelle sale, les enfants aux crânes rasés jouaient à attraper la queue des petits cochons noirs qui piochaient leur nourriture dans la rigole pestilentielle.

Patrice découvrait une Italie ignorée des collectionneurs de cartes postales. Rien de séduisant, mais une misère sauvage, des êtres humains figés dans leur solitude, comme à mille lieues du monde vivant. La terre même, rouge, semée de cailloux gris, rongée par le vent marin, apparaissait d'une dureté monotone et glaciale. Il fallait peu de kilomètres pourtant, pour retrouver la douceur adriatique, les longues plages de sable blanc à peine mordues d'écume, l'enchantement des îles de Diomède estompées dans la brume, les ports de pêche du Gargano. L'isolement de San Marco n'en apparaissait que plus fantastique. Le bourg surgissait au creux d'une vallée désertique, à trois heures de la côte, après une campagne hautaine et vide. Ils y étaient arrivés dans la nuit sans lune que les phares perçaient avec peine, secoués par les innombrables cahots des fondrières, repoussés par le vent qui les enveloppait et grinçait contre les vitres. Un petit berger leur avait fait signe et, grimpé sur le marchepied, guidait Patrice. Impossible de savoir à quelle distance ils étaient encore, car l'enfant ne l'évaluait qu'en heures de marche.

— Connais-tu la maison de Matteo Paccirello ?

— Don Matteo ? Le frère de don Luigi ?

— Peut-être.

— Oui, c'est la plus grande maison de San Marco.

Don Matteo ! C'est vrai que là aussi on usait du don comme dans les Abruzzes. La marquise avait connu Paccirello à Venise, et sauté sur l'invitation offerte pendant l'été. San Marco était à quelques kilomètres de San Giovanni Rotondo où vivait, dans un monastère, le saint homme qu'elle voulait rencontrer. La route jusqu'à San Severo avait été pour Patrice une sorte de chapelet de gloires de l'Italie avec Ferrare, Ravenne, Rimini, le château de Francesca, le temple de Malatesta blessé par les bombes, et jusqu'à cette halte de Loreto et la visite de la maison de la Vierge où les femmes priaient allongées de tout leur long sur la dalle froide, baisant de leurs lèvres sèches les saintes briques. Sous un ciel d'orage les Abruzzes étaient apparues comme une vallée tragique où les villages fortifiés dominaient les infinies cultures d'oliviers et de piments, sans une âme dans ces champs, sans un regard dans ces rues où l'on ne croisait que des ombres fuyantes. Bien sûr, il avait fallu se livrer à quelques pèlerinages d'annunziens. Mercédès Bongiovanni voulait voir, à Pescara, la maison des parents et le plafond sous lequel était né Gabriele : un vilain plafond décoré de nymphes bourgeoises et demi-nues. Le musée avait été pillé à la Libération, et ces murs et ces pavés nus, gardés par une servante boiteuse et alcoolique, eussent désespéré tout autre, que la marquise. A Francavilla aussi, il avait fallu s'arrêter, mais le port et la ville avaient éclaté sous les bombes et l'on reconstruisait à leur place des casernes blanches et vertes. Sur la colline, un couvent de pierre beige abritait encore la veuve du peintre Michetti, promue gardienne de la gloire de son mari et de la cellule froide et triste où D'Annunzio, las de ses mensonges aux femmes, s'était retiré pour écrire quelques mensonges superbes à ses lecteurs. Et tout le long, l'Adriatique les accompagnait, changeante, pâle le matin, blanche le jour, violette le soir, sillonnée de tartanes chargées à ras bord, leurs grosses voiles multicolores gonflées du même vent qui emportait les Vénitiens à la conquête des mers latines.

— *La Madona !*

Le gosse avait hurlé cela par la vitre entrouverte et les phares avaient éclairé à un tournant de la route une niche où une Vierge de terre cuite enguirlandée de fleurs séchées quémandait l'aumône d'une prière. Le vent s'était brusquement tu et l'on entendait peiner le moteur dans la côte. Puis San Marco était apparu en un bloc, surgissant de la nuit avec ses faibles lumières jaunes et son Corso grouillant d'hommes marchant au pas de promenade. Impossible de fendre cette foule désœuvrée du soir. Les jeunes gens en vêtements de ville marchaient deux par deux, se tenant par la main, curieux de la voiture étrangère qui troublait leur va-et-vient, mais indolents jusqu'à se laisser frôler par le pare-chocs et les ailes.

Ils avaient trouvé don Matteo assis au coin du feu de la salle à manger : un homme fort, au nez bourbonien, d'une élégance qui surprenait dans un endroit pareil, car tout, dans cette maison fastueuse pour San Marco, était d'une imposante bourgeoisie. Aux murs luisaient des chromos souvenirs de Vienne, de Naples ou de Bari. Cependant Patrice n'avait pas tardé à découvrir dans le salon, sous la photo gigantesque d'une grand-mère sévère, deux adorables esquisses de De Pisis : un arlequin et un saint Sébastien criblé de flèches. Il avait de nouveau regardé son hôte et décelé dans ce visage bon et doux les signes d'un raffinement et d'une sensualité aristocratiques.

Don Matteo était en quelque sorte le seigneur bourgeois de San Marco, son plus riche citoyen. Instruit et fin, voyageant trois mois par an, il passait le reste de son année sur sa terre qu'il exploitait lui-même, et vivait seul dans sa maison immense, au milieu d'une cour des miracles, constituée par les domestiques de ses grands-parents : Carmen cent deux ans, Gaetana quatre-vingt-douze, Pasquale quatre-vingt-neuf. Les vieux demeuraient dans la cuisine réunis autour du grand feu de la cheminée qu'ils alimentaient de brindilles à tour de rôle. Immobilisés dans leurs rides profondes et noires, à peu près aveugles, ils passaient là des journées silencieuses, leurs mains paralysées sur leurs genoux décharnés pointant à travers l'étoffe. Seule Carmen portait encore deux lourds anneaux d'or aux oreilles. Ils ne bougeaient plus qu'à l'entrée de don Matteo qui, au passage, leur distribuait à chacun une tape amicale. Un quatrième personnage dominait l'office : Graziella, la cuisinière, une énorme fille, mafflue, sanglée dans des robes à fleurs et qui jonglait avec les casseroles, rudoyait les vieux et forçait tout le monde à manger.

— Mangez donc, madame la marquise, mangez donc, don Patrice, sans ça vous ne serez jamais un homme important.

A San Marco les hommes riches se devaient d'être gros. Les maigres, qui se nourrissaient strictement de piments séchés, d'huile d'olive et de fromage de chèvre, formaient la racaille populaire. Graziella pesait quatre-vingt-quinze kilos parce qu'elle était la servante d'un homme important.

Mercédès Bongiovanni ne découvrit pas sans un certain effarement les incommodités de cette maison hospitalière. Elle se montra dès le premier soir très inquiète sur la façon dont on s'y prenait... Heureusement Graziella, que n'embarrassaient ni les mots ni les choses, ouvrit des placards dans l'ombre desquels dormaient de grands pots de porcelaine blanche. La marquise n'osa plus insister pour le papier et pour l'eau.

Avec stoïcisme elle admit que le manque de confort faisait partie du pèlerinage. Le soir même, au dîner, la conversation ne roula que sur le Padre Pio.

Don Matteo le connaissait fort bien, mais ne le visitait qu'assez rarement, la foule des pèlerins, la faiblesse physique du Père rendant son abord très difficile. Très agitée Mercédès Bongiovanni posait question sur question.

— Vous pourrez le voir demain dimanche, il dit lui-même la messe de six heures, les mains nues. Ensuite il s'enferme dans son confessionnal où il écoute les femmes toute la matinée.

— Mais c'est impossible, dit la marquise, il faudrait que je me lève au moins à quatre heures du matin. Je ne peux pas. Cela me donne mal à la tête. Non, il faut arranger quelque chose. Voyons est-ce que ça ne serait pas possible entre onze heures et midi, ou bien juste après le thé, vers cinq heures ?

Don Matteo ne sourit même pas. Il était la courtoisie italienne personnifiée. Puisque la marquise avait des heures aussi arrêtées, on tenterait tout de même de faciliter les choses. Il faudrait profiter des circonstances, happer le Père dans le couloir et le forcer à dire quelques mots.

— Verrai-je ses mains ?

— Je ne pense pas, dit don Matteo, car en dehors de la messe, il porte des mitaines et personne, à part ses frères et les médecins chargés d'examiner ses stigmates, n'a pu le forcer à les enlever.

— Les avez-vous vus ?

— Je les ai vus un matin, à la messe, quand il a élevé l'ostensoir au-dessus de nous. Je n'ai aperçu que deux taches brunes de sang caillé. Ses frères m'ont parlé de la blessure au côté et de ses pieds martyrisés qui le font tant souffrir quand il marche.

— J'ai lu et entendu tant de choses sur son compte, cher ami, que je n'ose y croire. Avez-vous senti son parfum ?

— Il m'a semblé que oui, une fois quand, après la messe, il est entré dans la sacristie. Son corps répandait une odeur douce et indéfinissable. Il ne semblait voir aucun de ceux qui l'entouraient et l'aidaient à se dévêtir.

— Je me suis laissé dire qu'il possédait aussi le don d'ubiquité ?

— Là, je ne puis rien vous dire, ne l'ayant pas éprouvé moi-même. Mais demain vous irez à San Giovanni Rotondo, avec une vieille amie à moi, Anna della Cruce, qui est une miraculée du Padre Pio. Elle vit dans l'espérance de sa bénédiction, de ses prières. Elle a vendu tout ce qu'elle possédait à San Marco pour se faire construire une maison près du monastère des capucins.

On parla longtemps encore du Padre Pio et de ses miracles. Ils abondaient sans qu'on pût jamais les raconter avec précisions et détails. Mercédès Bongiovanni ne cachait pas sa curiosité. Après D'Annunzio, après la Petacci, le Padre Pio allait-il l'obséder? Patrice cherchait à démêler dans cette conversation, dont il restait absent, la part de la crédulité religieuse et la part de la soif dévorante d'anecdotes. Certes, demeurait l'inconscience sublime de la marquise à choisir elle-même les heures auxquelles elle pourrait être reçue par le saint homme, mais au fond de son âme gisait peut-être une grande espérance. Le désir d'un choc violent avec un envoyé spécial du Christ en cette terre aride et désolée. Aussi fut-il ramené brutalement dans ce monde qu'il croyait avoir quitté au terme du voyage, quand sa tante s'écria à brûle-pourpoint :

— Savez-vous, cher Matteo, que je viens de passer quinze jours dans le lit de Clara Petacci ?

Patrice se reprocha son propre geste agacé. Où était-il allé lui-même ? Jusqu'à quel point ne s'était-il pas laissé abuser par ce jeu de la Foi et du Mystère ? La marquise venait de remettre les choses et les idées en place. Il n'y aurait pas de pèlerinage, ni de quête de l'absolu, mais au bout du compte de nouvelles histoires à raconter dans le salon rouge du Conventino de San Zaccharia où Casanova...

Il se faisait tard et Mercédès Bongiovanni n'était pas décidée à tout révéler dans la soirée. Don Matteo les conduisit à leurs chambres respectives et se retira non sans avoir passé dix bonnes minutes à expliquer à la marquise comment se manœuvraient les boutons électriques. Cela ne suffit d'ailleurs pas, car une demi-heure plus tard, elle vint implorer le secours de Patrice pour éteindre la lampe de chevet.

— Je suis vraiment un esprit peu pratique, mon pauvre enfant, n'est-ce pas ?

— Je n'en suis pas si sûr, dit Patrice. Vous semblez

parfois l'être dans votre conversation. Mais il est évident que les boutons électriques ne sont pas de votre ressort. D'ailleurs nous sommes ici en pèlerinage, et votre âme n'est préoccupée que de la rencontre de demain.

— Je me demande en effet ce qu'elle sera ! Crois-tu, toi, que le Padre Pio me donnera les assurances que je cherche ?

— Je ne connais pas ces assurances que vous cherchez.

— Celles de l'âme, mon enfant, des certitudes spirituelles que j'ai perdues avec Gabriele...

— La messe de six heures du matin vous l'eût peut-être dit !

— Ne sois pas absurde voyons. Je ne peux pas me lever à ces heures-là, tu le sais bien. Tu dis ça pour me faire enrager. D'ailleurs comment me comprendrais-tu ? Je n'ai jamais vu d'esprit plus fermé à Dieu que le tien. Allez, va te coucher. Non, tiens, en partant prends donc le courrier qui est sur la commode et donne-le-moi.

Patrice aperçut quelques lettres adressées aux bons soins de Matteo Paccirello. Il y en avait une pour lui, de la petite écriture bleue qu'il attendait.

— Vous êtes une cachottière, tante. Une de ces lettres est pour moi.

— Oh ! je te l'aurais donnée demain, mais je ne l'avais pas vue quand notre ami me les a remises. Qui est-ce ? Encore Olivia. C'est incroyable.

Patrice laissa la marquise enfouie sous l'immense édredon rouge. Ainsi Olivia répondait aussitôt. Il décacheta avec soin l'enveloppe :

« Cher Patrice,

« Il y a quelque chose d'inquiétant et d'amer dans votre carte postale de Riva. Vous auriez dû venir jusqu'aux Dolomites. Votre amie Vanda aurait été ravie. Depuis que vous êtes sur la route, il fait ici un temps abominable. La pluie ternit les montagnes rouges. Je dois chaque jour faire une promenade emmitouflée dans un imperméable, la tête enveloppée d'un capuchon. Il paraît que l'air est bon pour moi. Je n'ai pourtant attrapé jusqu'ici qu'un rhume épouvantable. Mais j'ai lu beaucoup... Hier un très beau livre : *Le Diable au corps* par Radiguet. Je reste songeuse et émue. Ces morts me hantent. Je comprends votre griserie à frôler la mort en voiture. Pourquoi n'avons-nous pas parlé de tout cela sur le bateau, au lieu de marivauder ? Quelque chose me dit que vous détestez aborder ces sujets avec une femme. Je crois que vous avez tort. Nous ne sommes pas toutes méprisables. Nous sommes même beaucoup plus précoces que vous.

« Je vous écris la fenêtre ouverte. La pluie a cessé avec la nuit. Il monte du jardin mouillé une senteur qui me rappelle mon enfance. Une étoile s'est levée. Je ne sais jamais si c'est l'étoile du Berger, Vénus ou la Grande Ourse. Mais cette étoile du soir touche mon cœur comme un signe discret de l'au-delà. Regardez-la une nuit, comme je le fais moi-même.

« Bonsoir, cher Patrice, n'oubliez pas au retour les pétales du rosier de saint François !

« OLIVIA. »

Patrice ouvrit les volets. Le ciel luisait au-dessus de lui. Il aperçut l'étoile.

*

Vers dix heures, Graziella avisa Patrice et la marquise que la messe était sonnée. Dans le hall d'entrée don Matteo s'apprêtait à agiter la clochette. Un jeune prêtre attendait également et s'inclina devant les deux invités. Alors, Graziella ouvrit un placard de bois blanc et tourna un bouton électrique. Au fond du placard apparut un autel pour enfant, naïvement surchargé de sacrés-cœurs et d'ex-voto en faux argent. Don Matteo agita la sonnette et la cour des miracles qui attendait derrière la porte s'avança en traînant trois chaises.

Patrice n'osait manifester sa surprise de cette messe à domicile. Le jeune prêtre d'ailleurs la parcourut à une allure de sportif, laissant à peine le temps à don Matteo et à ses domestiques de formuler les répons. Un moment Gaetana, malgré ses quatre-vingt-douze ans, écarta la chaise et se mit à genoux sur la dalle froide, son visage noir de crasse perdu dans ses mains paralysées. A l'*Ite missa est* Patrice comprit qu'il vivait un dernier privilège de seigneur, qui ne se renouvellerait peut-être jamais de sa vie, et qu'il fallait considérer comme émouvante et digne cette vision du maître abîmé dans la prière en même temps que ses domestiques.

Graziella éteignit la lumière, referma le placard et apporta un bol de café chaud que le jeune prêtre but sans mot dire.

Une femme vêtue de noir se tenait sur le pas de la porte. Don Matteo s'avança à sa rencontre et la prit par le bras.

— Mon amie Anna Della Cruce, une fidèle du Padre Pio.

Le visage était beau, avec d'immenses yeux noirs et brillants, un teint mat, des lèvres sèches. Elle approchait la quarantaine. Son timide sourire donnait une idée de sa douceur et de sa naïveté.

— Anna va vous accompagner à San Giovanni Rotondo. Elle vous guidera mieux que je ne pourrais le faire.

La femme s'assit à côté de Patrice dans la voiture et la marquise reléguée au fond essaya d'entreprendre une conversation métaphysique. Visiblement Anne de la Croix n'était pas de taille à y répondre.

— Il paraît, mademoiselle, que vous êtes une miraculée du Padre Pio ?

La route grimpait à flanc de montagne, défoncée, ravinée. Malgré l'altitude assez basse, les derniers arbustes disparurent. Sur le plateau qui semblait tout entier taillé dans un même bloc de cette pierre grise et rongée, un vent violent manqua déporter la voiture, mais à leurs pieds maintenant s'étendait l'immense plaine de Foggia et au loin l'Adriatique brillante comme un miroir au soleil. La route tourna, descendit quelques mètres et s'accrocha à flanc de montagne. Une centaine de mètres plus bas, une forêt d'amandiers aux branches nues bordait les longues plantations d'oliviers. Ils traversèrent un village à demi désert où deux enfants vêtus en moines, de bure marron, une cordelière blanche à la ceinture, jouaient à la *morra* sur le pas d'une porte.

— Oui, c'est le Padre Pio qui m'a sauvée, répondit Anna della Cruce. J'avais une tumeur à la gorge et aucun médecin ne voulait me guérir. Alors, il a dit : « Opérez-la et elle sera sauvée. » On m'a opérée en me prévenant que je n'avais aucune chance d'en sortir, et pendant que j'étais dans le coma, j'ai vu le Padre qui, à genoux, priait la Vierge de me laisser la vie.

La marquise ne semblait pas très convaincue. Elle voulait d'autres histoires.

— Le maire de San Giovanni Rotondo est communiste, raconta la femme, mais c'est un brave homme et il sait tout ce que son village doit au Padre Pio qui fait construire un hôpital avec les aumônes de ses pénitents. Après cinq ans de mariage, sa femme n'avait toujours pas d'enfant. Il est venu voir le Padre Pio et a demandé une bénédiction, qui lui fut accordée. Neuf mois après, sa femme accouchait d'un gros garçon.

— On m'a dit aussi qu'il avait redressé un bossu, susurra la marquise.

— Non, ça ce n'est pas un miracle. Ce sont tous les gens du village qui ont cru voir un jour le bossu marcher droit. Le Padre quand on lui a rapporté la chose s'est mis à pleurer en disant qu'on lui prêtait bien trop de pouvoirs.

— Est-elle vraie encore cette histoire des envoyés du Saint-Père ?

— Absolument vraie, dit Anna. En ce temps-là, le Padre n'avait plus le droit de confesser et de donner la communion. Rome le lui avait interdit pour mettre fin à sa grande renommée qui allait se répandre sur toute la terre. Or, un jour deux pèlerins sont venus en civil et ont demandé à le voir. Il les a tout de suite reçus et dès qu'ils ont été sur le pas de la porte, il s'est mis à genoux et leur a dit : « Je sais qui vous envoie. Dites au Saint-Père que je suis son fils très obéissant. » Les deux envoyés secrets sont repartis et ont convaincu Rome qu'il fallait laisser le Padre Pio confesser et soulager les misères du monde. Tenez, là, au prochain tournant vous verrez le monastère...

Une maison blanche à volets verts s'adossait au flanc de la montagne de pierre. Un long mur l'entourait ainsi que son jardin planté de cyprès. Un petit clocher signalait la chapelle.

— La deuxième fenêtre à gauche est celle du Padre Pio, montra Anna della Cruce. C'est de là que s'envolent toutes ses prières.

Tout autour du monastère ce n'étaient que pierres nues semées de rares touffes d'herbe noire. Plus loin apparaissait le village. Bien que l'on fût un dimanche, les ouvriers travaillaient au bord de la route à construire des villas. Un chemin de croix en ciment marquait les étapes de la route des pèlerins. Tous les dix mètres un mendiant drapé dans une grande cape noire à col de fourrure tendait la main. On entrait dans le monastère par une porte de bois voisine de celle de la chapelle. Anna della Cruce essaya, mais en vain, de se faire ouvrir. Il fallut passer par la chapelle. Pour la première fois de son séjour en Italie, Patrice se sentit saisi au cœur par la pauvreté et la naïveté d'une église. Le plafond colorié, les ex-voto de marbre, une sainte en cire dans sa châsse, l'encens et son odeur enivrante pour l'âme, un moine à genoux sur les marches latérales de l'autel, tout semblait figé pour une minute d'émotion et de foi. Agenouillées sur les prie-Dieu, des femmes, les cheveux recouverts de dentelle noire, le visage enfoui dans les mains, marmonnaient des *Ave Maria* qui s'enchaînaient les uns aux autres comme les maillons d'une interminable souffrance. Des pénitentes agenouillées attendaient leur tour devant un confessionnal de bois blanc où elles disparaissaient l'une après l'autre sous la tenture, en ressortaient au bout de quelques minutes, s'agenouillaient de nouveau et baisaient la main que leur tendait rapidement le prêtre. Quand ses yeux se furent habitués à l'ombre, Patrice découvrit, assis au centre du confessionnal, le Padre Pio. Assis de face, il se penchait alternativement à droite et à gauche pour entendre la confession, recueillait des murmures insaisissables, bénissait et passait à la suivante.

— Qui est la sainte dans sa châsse ? murmura de sa voix de fausset la marquise qui commençait de s'ennuyer.

Anna della Cruce fit un geste d'ignorance. Le murmure des abeilles de Dieu cessa brusquement. Deux femmes aidèrent le Padre Pio à descendre la marche et il traversa la chapelle lentement, écartant avec douceur celles qui voulaient baiser ses mains. Son pas lourd d'impotent donnait à sa silhouette une nuance d'hésitation, trahie par une obésité majestueuse. La barbe était d'un beau brun semé de taches grises. Les sourcils noirs, épais et courts surmontaient deux yeux pétillants de bonté et d'indulgence fatiguée. Devant l'autel il s'agenouilla, aidé par le jeune moine venu à sa rencontre, il commença les prières après s'être signé de ses mains maladroites aux doigts mous. Une voix grave et pure jaillit de sa gorge. Peu à peu, il leva la tête puis les yeux vers le christ de bois peint qui surmontait l'autel. Un peu de lumière des vitraux jeta un éclair blanc sur sa tête aux cheveux gris clairsemés. Ainsi psalmodiant, il apparut à Patrice d'un détachement merveilleux. Les traînées d'encens flottaient autour de lui. Les femmes répondaient en chœur de cette voix qui leur est particulière dans les églises.

La prière terminée, le Padre se releva et par une petite porte disparut dans la sacristie. Anna della Cruce fit un signe, et Patrice et sa tante la suivirent. Par une autre porte dérobée ils parvinrent dans un couloir du monastère.

— C'est là qu'ils passent tous avant d'aller au réfectoire, expliqua-t-elle. Je lui ferai signe et il viendra nous voir.

— Ce n'est pas ça que je veux, dit la marquise, il faut que nous ayons un entretien particulier. Les choses que j'ai à lui dire ne se disent pas dans un couloir.

— Alors pourquoi ne vous confessez-vous pas ? dit Patrice.

— Me confesser, ah mais ça, tu es fou, mon pauvre enfant. Ça n'arrange rien !

Ils attendirent près d'une demi-heure, jusqu'à ce que sonnât la cloche du repas. Anna mit un doigt sur ses lèvres. Une porte s'ouvrit et un moine apparut, mains jointes, tête baissée, le capuchon rabattu, suivi de ses frères. Ils priaient à haute voix en marchant d'un pas égal et traversèrent le couloir sans un regard pour les visiteurs collés contre le mur. Le Padre Pio n'était pas parmi eux. Anna attrapa par la manche le dernier moine et, désignant la marquise, lui expliqua quelque chose que Patrice ne comprit pas. Le jeune capucin arborait une barbe noire et un visage tanné par le soleil.

— Le Padre Pio ne prend aucun repas depuis huit jours, dit-il. Quand nous allons au réfectoire, il monte dans sa cellule et prie pour la paix du monde. Il boit un demi-verre d'eau par jour. Vous le verrez cet après-midi, quand il confessera les hommes.

Mercédès Bongiovanni fut rassurée. Après avoir tant désiré la rencontre, à la dernière minute le cœur lui avait manqué. Elle se serait volontiers enfuie si elle avait su où se trouvait la porte.

— Eh bien, dit-elle avec une bonne humeur contrariante, nous reviendrons cet après-midi. Cela vaut mieux, il fait si glacial dans ce couloir sans une chaise, sans même un seul banc...

*

Ils revinrent avant la fin du salut. Dans la chapelle comble on trouva une place pour la marquise et Patrice suivit les hommes massés à droite et à gauche de l'autel. Un orgue invisible accompagnait les chants. Un jeune capucin balançait l'encensoir et des volutes grises montaient en tournoyant lentement vers la nef où des anges aux joues roses jouaient de la trompette. Patrice se demandait s'il n'allait pas céder, s'il n'allait pas lui aussi s'agenouiller et formuler les répons de la voix monotone des paysans italiens. Adossé au mur, il croisa les bras, les décroisa, manqua mettre une main dans sa poche, perdit patience, chercha insolemment dans l'assistance un visage de femme digne d'intérêt, n'en trouva pas, et le salut se termina par un dernier *Ave Maria* qui retentit comme un hymne de triomphe. Il suivit la foule des hommes et se retrouva dans la sacristie où le Padre Pio qui s'était tenu invisible, près de l'orgue, apparut à son tour, abandonnant ses doigts moites aux baisers fervents d'un carabinier, d'un jeune paysan et d'un vieillard adipeux. Le saint homme souriait dans sa barbe, un sourire d'une bonté large et tendre, avec un rien de bonhomie. Il flatta le dos d'un rouquin qui apportait son enfant à bénir. Au milieu de la sacristie, on avait disposé une chaise et un prie-Dieu sur lequel s'agenouilla le premier confessé. Patrice observait, car le visage ouvert du Padre Pio venait tout à coup de se refermer sur une douleur profonde et muette, tandis qu'il écoutait l'homme parler à voix à peine basse. D'un geste lent, il donna l'absolution et abandonna sa mitaine à un furtif baiser, puis passa au deuxième. Patrice ne saisissait pas le sens du murmure de l'homme agenouillé, mais cette confession nue, dépouillée de tout secret, avait un caractère si pur, si naïf qu'il crut voir, un instant, dans la barbe et la personne du Padre Pio, cette image du bon Dieu que l'on figure dans les histoires d'Epinal. Au fur et à mesure des aveux, le visage du Padre se colorait de souffrance, comme s'il se chargeait de tous les péchés qu'on lui dévoilait, les prenait à son compte et s'en remettait à Dieu de les lui pardonner par une faveur spéciale, car il n'y avait pas de doute qu'il jouissait de faveurs spéciales ayant reçu les saints stigmates et la douleur des martyrs.

La séance ne dura guère. La fatigue accablait le Padre Pio. Il fallut l'aider à se relever. Son bon sourire réapparut. La voix belle et grave dit quelques mots affectueux. Patrice le suivit vers la porte du couloir où, à cette heure, sa tante devait piaffer d'impatience. Elle était effectivement là au bras d'Anna della Cruce dont le visage s'illumina à la vue de son sauveur.

— Mon Père, dit-elle, la marquise aurait aimé quelques mots de vous.

Le Padre Pio s'arrêta malgré les sollicitations d'un jeune capucin qui voulait l'entraîner.

— Que désirez-vous ?

— Mon Père, dit la marquise à demi terrifiée, j'ai des doutes...

Et sa main si longue, si inhabile accompagna le mot « doute » puis retomba, impuissante à exprimer une pensée aussi délicate.

— Il faut prier, dit-il, ne jamais cesser de prier. Donnez votre cœur à la prière, en invoquant les souffrances de Jésus et l'infinie bonté de Dieu. Les sacrifices vous aideront...

— Mon Père, interrompit la marquise, je ne suis pas toujours sûre que Dieu m'entende...

—Soyez humble, aimez vos sœurs, vos frères. Répandez l'amour autour de vous. Donnez votre cœur. Et priez toujours que l'on vous donne la paix. C'est dans l'amour du prochain que vous trouverez le chemin de la foi...

— Mon Père...

Le Padre Pio donna sa bénédiction et ne résista pas à l'appel du jeune capucin qui l'entraînait, car d'autres femmes s'approchaient et s'agenouillaient. Ils disparurent dans un couloir barré par une grille : « Closura. »

La marquise restait interdite et muette, mais déjà Patrice savait quelle explosion suivrait. Il eût pourtant bien tout donné au monde pour qu'il n'y eût aucun commentaire de cette scène pathétique. N'était-ce pas là le langage pur des apôtres, leur incompréhension supérieure, cette façon de survoler les âmes, d'ignorer leurs incertitudes et de les appeler vers soi à une hauteur qu'elles ignoraient ?

A ces moments-là, on voudrait être sourd, rester plongé dans son angoisse, vaincu et solitaire. Mais il n'y a pas de silence quand on le désire, il n'y a de véritable silence que le jour où un mot, un seul mot vous sauvera.

La marquise attendit tout de même d'être dans la voiture pour parler :

— Eh bien, il n'a rien vu. Tu as pu le constater toi-même, Patrice. J'espérais un éclair, une rencontre de nos deux âmes. Il s'est contenté de me dire ce qu'il dit à tout le monde. D'ailleurs, je l'ai vu de près. Il me faisait penser à un gros curé de campagne...

Patrice ne répondait pas, ses pensées allaient au « gros curé de campagne », à cet homme foudroyé par le ciel et qui, ne comprenant probablement rien à ses stigmates, les acceptait comme un don du Christ. Qu'aurait-il eu à faire de la théologie, des preuves de l'existence de Dieu, des commentaires de l'Ecriture ? Son propre corps était un miracle vivant. Il l'offrait à ses pénitents. Et les paroles qu'il avait prononcées auraient tout aussi bien pu jaillir de la bouche de Jean-Baptiste. Il fallait aller vers lui avec tout l'élan d'une âme pure et non rempli de doutes et de questions. Voilà que, par un étrange détour, c'était lui Patrice qui n'oublierait pas la bénédiction du Padre Pio, alors qu'il était venu sans rien demander, sans rien espérer.

*

Ils passèrent encore trois jours à San Marco, mais Mercédès Bongiovanni ne voulut pas retourner à San Giovanni Rotondo. Patrice put s'esquiver un matin et apercevoir d'assez loin le Padre Pio qu'une foule entourait, avide de le voir, de toucher sa robe, de baiser ses mains. Un vent glacial soufflait sur le plateau désolé. Au loin luisait toujours l'Adriatique. Un après-midi, ils allèrent à Manfredonia. Les pêcheurs regagnaient le port, leurs barques vertes chargées à craquer de poissons blancs et rouges. Une pluie diluvienne tomba et les ruelles transformées en torrents déversèrent une boue jaunâtre qui marquait d'une frange la mer limpide. Le château de Manfred dominait la plage étroite, semée d'un épais varech brun et odorant. Au retour, ils s'arrêtèrent à l'église de Santa Maria di Seponto, isolée et restée païenne dans ses murs et ses colonnades malgré la Vierge byzantine au sourire ambigu qui trônait au-dessus de l'autel. Dans le sous-sol, les fondations romaines avaient été transformées en vestiaire d'ex-voto. Ils admirèrent les centaines de robes, les cheveux des filles exaucées, les béquilles des infirmes. Puis, la route coupait la plaine en diagonale, dans une solitude silencieuse, et le soleil couchant dessinait à l'horizon de longues barres bleues, rouges, violettes sur lesquelles se découpaient des alignements funèbres de cyprès. Le lendemain, ils visitèrent encore Monte Sant'Angelo, où saint Michel-Archange est apparu au taureau. Dans la basilique souterraine, toute une exploitation mercantile de l'apparition détruisait l'atmosphère humble et mystérieuse de la grotte. Patrice ne s'intéressa qu'aux enfants du village, si manifestement sarrasins que l'on eût cru à une invasion récente. Le ciel était lourd, comme chargé de toutes ces puissances ténébreuses qui jaillissaient de la roche en miracles sans cesse renouvelés.

Le dernier soir, Patrice écrivit à Olivia :

« Chère Amie,

« Tout ce qui se voit, se devine, se laisse pressentir ici ne saurait se décrire. J'ai posé le pied sur une terre qui recèle de si profonds mystères que je commence d'avoir des doutes. Je commence à douter de mon incroyance... Je préfère me taire et ne pas proférer de sacrilèges. Il me semble qu'ici on doit en être immédiatement puni. Dieu jette des sorts.

« J'ai trouvé votre lettre qui a failli me rendre

furieux. J'ai dû attendre trois jours avant de vous répondre. Parlez-moi moins de Vanda et plus de ce que vous allez faire. Je n'ose rien dire, à peine que je désire infiniment vous rencontrer de nouveau, entendre votre voix, votre léger accent.

« Je crois que vous allez à Florence maintenant. Nous allons donc nous y rencontrer la semaine prochaine, non sans que je m'arrête à Assise pour les pétales de rose... et pour saint François. Ne souriez pas trop de toutes ces tentatives, j'ai déjà trop tendance à croire moi-même qu'elles seront vaines.

« Sincèrement vôtre,

« PATRICE »

*

Le matin du départ, don Matteo révéla à Patrice sa passion secrète. Il l'attira dans une grande pièce obscure et basse, ouvrit les volets et, prenant le jeune homme par le bras, s'approcha d'une armoire.

— Aimez-vous les belles choses ?

— Je pense.

— Alors regardez.

Il tourna une petite clé dans la serrure, pressa le bouton électrique et Patrice découvrit six étagères de poupées, de cuisines miniatures, de chaises, fauteuils, lits, tables minuscules.

— Depuis trois générations nous faisons collection. Je suis allé à Nuremberg rien que pour acheter cette pendule.

La contemplation de Patrice ne dura pas longtemps. Don Matteo éteignit l'électricité et referma la porte. Ses trésors souffraient à peine d'être vus quelques minutes.

Ils arrivèrent de nuit à Florence. Patrice ne vit rien, conduisit sa tante chez la baronne Picanti, et trouva pour lui-même une chambre dans une pension sur le quai delle Grazie. Sa valise à peine posée, il ne résista pas. La nuit emprisonnait la ville dans un étau d'une incroyable lourdeur. A peine apercevait-on l'Arno occupé à rouler une boue jaunâtre entre deux quais déserts. Le Ponte Vecchio surgit au-dessus du fleuve, trop célèbre pour que l'on fût véritablement ému. Patrice tourna à droite, suivit une ruelle en ruine, passa le marché aux fleurs et échoua sur la place de la République. Les éclairages au néon juraient avec le silence morne de la ville. Il entra dans le café de Giuberosse. A part une dizaine d'hommes emmitouflés dans leurs manteaux et réunis autour de deux tables, il ne vit personne qui pût le retenir.

Certains soirs ainsi tout se refusait. La chance ou le hasard ne se forçaient pas. Il revint sur ses pas, attentif dans l'ombre à l'aspect sinistre des rues, à leur lourdeur oppressive. Quelque chose d'inconnu l'inquiétait déjà. Dans la rencontre avec Florence, il s'agissait de ne pas laisser place à l'erreur, à la mésentente. Ce n'était pas la découverte féerique de Venise, mais une ville terrestre et solide, respirant l'air toscan, agitée par des voitures, des tramways, avec des brasseries illuminées au néon, des couples d'étrangers qui restaient étrangers et se promenaient le Baedeker à la main.

Où était Olivia ? Passait-elle à cette heure dans la rue voisine ? S'étaient-ils manqués d'une minute chez Giuberosse ? Ni l'un ni l'autre ne le sauraient. Leurs deux vies avançaient, les routes allaient se croiser et s'ignoraient encore. Le dernier jour du voyage avait paru d'une longueur impossible. Chaque borne kilométrique le rapprochait d'elle, mais la marquise avait voulu s'arrêter à Pérouse, à Arezzo, dans les églises au bord de la route. Il avait beau se dire que de toute façon il aurait semblé vraiment trop étrange de vouloir la rencontrer dès ce soir, rien ne taisait son impatience et cette véritable faim d'elle qu'il éprouvait depuis quelques jours, une faim qui le distrayait de tout spectacle. Déjà à Sirmione, la beauté de l'Italie lui devenait intolérable en solitaire.

Patrice retrouva l'Arno, suivit le quai et gagna son hôtel. La fenêtre grande ouverte sur le chant nocturne du fleuve, il s'endormit d'un sommeil qui dissipa en un instant tous ses désirs, et ses rêveries du jour firent place aux fantômes de la nuit.

La fraîcheur du matin le réveilla. Une pluie fine et grise vernissait la colline sur l'autre rive. L'Arno coulait comme un fleuve de boue au moka.

De sa fenêtre, la ville apparaissait dure, silencieuse, renfermée. Il fallait se glisser en elle et s'acclimater sans heurts. Olivia serait le premier être à travers lequel il prendrait conscience de Florence. A cette heure, il ne raisonnait plus sur l'inconsistance et le caractère purement imaginaire de ses désirs. Un coup de téléphone suffirait à recréer une Olivia de chair et d'os, elle qui, depuis un mois, n'était plus qu'un mythe, une de ces histoires que les enfants aiment se raconter. Sa voix au bout du fil relierait la nuit de Venise au jour de Florence. Le temps de la séparation finirait par n'être plus entre eux qu'un battement de paupière prolongé...

Patrice se rendit chez la baronne Picanti, et trouva sa tante en train de prendre son petit déjeuner dans sa chambre.

— Alors mon enfant, qu'as-tu déjà vu ?

— Rien encore. Avant de voir quelque chose, je veux voir quelqu'un. Avez-vous le numéro de téléphone de l'oncle d'Olivia ?

— Déjà ? Je te dis que tu es fou. Cette jeune fille n'est pas du tout ton genre. Non, tiens, je vais plutôt te faire connaître une plantureuse créature, mi-Italienne, mi-Allemande, dont les charmes sont faits pour toi. Laisse-moi arranger cela.

— Arrangez cela aussi, si vous y tenez, mais donnez-moi le numéro de téléphone d'Olivia.

— Non. Je ne vais quand même pas satisfaire tous tes caprices !

— J'ai pourtant acquiescé à beaucoup des vôtres !

— Ne sois pas insolent ou alors tu n'obtiendras rien de moi.

— Donc, si je ne suis pas insolent, j'obtiendrai ce numéro de téléphone ?

— Je n'ai pas dit cela.

— Au fond, que désirez-vous ? Est-ce un marché ?

— Je ne voudrais pas d'un marché. Je voulais seulement te faire une surprise. Ton impatience gâche tout. J'ai déjà téléphoné à l'oncle d'Olivia et nous allons les voir cet après-midi. Là. Tu es content ?

— Oui, dit Patrice.

Il s'agissait tout de même de ne pas trop le montrer.

*

Il était libre. Mercédès Bongiovanni, après un pèlerinage dans des pays perdus, avait besoin de reprendre contact avec la civilisation. Le pédicure, la manucure et une tireuse de cartes convoqués par elle attendaient dans l'entrée. Patrice n'avait plus qu'à marcher dans les rues, à modérer sa joie et à regarder. La pluie cessait. Un soleil pâle luisait sur la ville. Il marcha au hasard, suivit l'Arno qu'il traversa sur le Ponte Vecchio. Une ruelle se faufilait entre des ruines propres et ordonnées. Qu'avaient ces visages croisés à n'être plus les mêmes ? Rien de la légèreté vénitienne, ou de la passion méridionale. Les traits étaient anguleux, les sourcils proéminents, les bouches sensuelles avec un soupçon de férocité. La rue ne retentissait d'aucun des cris qui assourdissent à Naples, à Rome, à Venise. Ce même silence, il semblait à Patrice que l'étroitesse des rues, les fenêtres grillagées, les portes fortifiées des palais l'imposaient avec une indubitable grandeur.

Florence sortait à peine de sa dernière tragédie : livrée aux Allemands, puis aux fascistes, puis aux partisans elle sécrétait encore une haine rentrée qui, si elle n'allait plus des Guelfes aux Gibelins, montait maintenant du peuple contre un ordre écrasant, revenu dans son insolence d'autrefois. Aucune fête, aucune parade extérieure ne travestirait la férocité florentine. Le Dôme de Brunelleschi et le campanile de Giotto pouvaient étinceler dans leurs marbres de couleur, le palais Strozzi non loin rappelait sans hésitation que c'est une ville où il faut avoir peur. Une étincelle suffisait à rallumer la discorde et à déclencher la tuerie. Malgré sa toilette, la ville fleurait encore le cadavre frais. Sur les murs, les balles des tireurs de toits avaient taillé de profondes encoches. Les ruisseaux avaient charrié du sang tiède. Sur la place de Santa Croce les matrones avaient entassé l'un sur l'autre les cadavres des fascistes et les avaient brûlés. L'étroitesse des rues, les fenêtres à créneaux, la misère et la splendeur demeuraient autant d'appels à la guerre civile. Patrice ne savait pas encore qu'il fallait franchir ces portes fortifiées, pénétrer dans les cours intérieures, pour découvrir à Florence une seconde âme d'une beauté grave et méditée. Cet aspect extérieur hautain brisait son élan. Quelle déception y éprouverait-il ? N'avait-on pas trop parlé de Florence, n'avait-on pas trop chanté une poésie qui n'existait pas ? La ville refusait toute concession. Il fallait la prendre ou la fuir telle quelle, avec son histoire, son odeur de meurtre, son absence de pitié. L'âme de l'Italie se réfugiait dans ce dernier fief que les invasions laissaient intact. Si le mot haine et le mot orgueil avaient encore un sens, c'était à Florence où ils imprégnaient les pierres. Que faisait-on aujourd'hui de cette gloire passée ?

Patrice marchait et ne savait pas toujours devant quelle église ou quel palais il se trouvait. La ville déroulait sous ses yeux son long film décevant et angoissant.

*

L'oncle d'Olivia, Mr. Hardyson, avait une villa à mi-chemin de Fiesole. La route en lacets passait devant son large portail qui s'ouvrait sur une allée d'azalées et de magnolias. La façade ruisselait de glycines.

Un domestique en veste rayée bleue s'avança en courant vers la voiture et ouvrit la portière. Puis, claquant dans ses doigts, il appela un autre domestique qui vint à la rencontre de la marquise et de son neveu. Après s'être incliné, il les précéda et ne s'effaça que devant l'entrée où un troisième valet les prit en charge. Patrice n'avait pas pu ne pas remarquer la gradation savante qui présidait à leur arrivée : les domestiques de plus en plus beaux, de plus en plus jeunes. On les fit entrer dans le hall où un quatrième valet les aida à retirer leur manteau. La porte s'ouvrait sur une pièce immense, tapissée de gobelins.

— Chère amie !

Mr. Hardyson s'avançait les mains tendues, un demi-sourire aux lèvres. Cheveux blancs, teint pâle, élégance chaude et confortable. Patrice ne fut pas conquis. Cet Anglais avait la paume moite. Ses yeux étaient d'un bleu trop pâle.

— Votre visite m'est un grand plaisir. Il me semble que je ne vous ai pas vue depuis la guerre.

— En effet, dit la marquise, moi j'ai pu rester à Venise et la guerre m'y a ignorée. Je savais que votre belle maison était déserte. J'espère que l'on ne vous a rien pris durant ces années terribles ?

— Rien, j'avais de très bons gardiens, et j'étais protégé.

— C'est Olivia qui m'a appris votre retour...

— Elle est avec moi en ce moment. Je pense qu'on a dû lui annoncer votre arrivée...

— Dieu que c'est ravissant, dit la marquise se penchant sur un tableau accroché à un chevalet dans un coin de la pièce.

— C'est un Goya.

— Vraiment, cette jeune fille est d'une beauté !

— Ce n'est pas une jeune fille, c'est un jeune garçon.

Patrice jeta un regard circulaire autour de la pièce. Entre les gobelins étaient accrochés quatre autres tableaux, quatre portraits de jeunes hommes idéalement beaux.

— Même quelqu'un de très inverti pourrait s'y tromper, dit malicieusement la marquise. Ah ! ma chère Olivia...

En tailleur noir avec un chemisier de dentelle blanche, Olivia venait à leur rencontre. Patrice l'avait si bien imaginée ainsi qu'il n'éprouvait aucune surprise à retrouver le visage désiré. Faudrait-il refaire tout le chemin qui s'était parcouru de lui-même au cours de leurs échanges de lettres ? Ou viendrait-elle à lui comme s'ils s'étaient rencontrés non point une malheureuse fois, mais cent fois dans leurs rêves ? Et voilà sa voix maintenant et cette ignorance des e muets, ce léger accrochage de l'r. Patrice effleurait une main douce et Olivia ne le regardait plus. La marquise s'emparait d'elle :

— J'en ai des choses à vous raconter, ma chère petite. Savez-vous que j'ai passé quinze jours dans le lit de Clara Petacci et qu'ensuite Patrice et moi sommes allés en pèlerinage voir le Padre Pio ?

— Je sais un peu de tout cela, dit Olivia. Nous nous sommes écrit.

— Oui, c'est très mal ! Car de vous je n'ai reçu qu'une carte postale. Je suis jalouse.

Olivia rit. Patrice retrouva le son de ce rire comme s'il enchaînait leur conversation du vaporetto. Mr. Hardyson prit le bras de la marquise et l'entraîna vers la fenêtre qui s'ouvrait sur un balcon.

— Voilà, dit-il.

Voilà, c'était la ville et ses toits luisants sous le pâle soleil de l'après-midi. La coupole du Dôme, la tour du Bargello émergeaient de cette longue plaine heurtée qui, au loin, se perdait dans une brume bleutée comme la fumée d'une cigarette.

Patrice détourna son regard pour le poser sur le profil d'Olivia. La jeune fille ne bougea pas et pourtant il était sûr que les yeux sombres et dorés voyaient sans voir. A la seconde même, il jalousa les pensées inconnues qui passaient derrière le front droit et têtu.

La marquise avait froid. Il fallut refermer la fenêtre.

— Voulez-vous voir ma collection de chinoiseries ? dit Mr. Hardyson.

Deux vitrines entières regorgeaient de bouddhas taillés dans des pierres incomparables : des onyx, des améthystes, du jade, du cristal pur comme le diamant. Olivia ouvrit une des vitrines et saisit une statuette qui tenait dans le creux de la main : la pierre rose était incrustée d'or.

— Prenez-la, dit-elle à Patrice, serrez-la dans votre paume et faites un vœu.

Un vœu ? Si près d'elle il ne s'en connaissait qu'un, et c'est en la fixant dans les yeux qu'il répéta plusieurs fois : « Faites-moi gagner Olivia. Faites-moi gagner Olivia... »

— Qu'avez-vous souhaité ? demanda-t-elle.

— Je me suis souhaité beaucoup d'argent.

Il lut comme à livre ouvert la légère déception qui passa sur ce visage.

— Passons dans mon bureau, dit Mr. Hardyson. Le feu est allumé et j'ai demandé qu'on nous serve le thé.

Du bras, il écarta un des gobelins et dévoila l'entrée d'un couloir voûté aux murs tapissés d'une étoffe rouge vif uni. Le passage débouchait dans une pièce sobrement meublée à l'anglaise, sans un tableau au mur. Dans un angle près d'une haute fenêtre, un bureau recouvert de feuillets manuscrits, dans l'autre angle un lutrin portant un large livre ouvert sur une écriture orientale.

— C'est là que je suis toujours, dit Mr. Hardyson. Cette fenêtre donne aussi sur Florence.

La même étoffe rouge qui tapissait l'étrange couloir recouvrait les murs. Malgré la hauteur du plafond et la chaleur qui émanait de la cheminée anglaise où brûlait la moitié d'un olivier, Patrice se sentit mal à l'aise.

— Qu'est-ce donc que ce livre ? demanda Mercédès Bongiovanni dont le silence avait eu aussi une signification étrange.

— Un livre tibétain, dit Mr. Hardyson. Je l'ai rapporté de mon dernier voyage.

— C'est vrai, j'oubliais que vous êtes un passionné de ce pays. Vous êtes même allé à Lhassa, je crois ?

— Deux fois, chère amie. Si cela vous intéresse, je vous montrerai d'autres choses de là-bas.

Patrice restait frappé de la voix lente et précise de

l'Anglais qui, maintenant placé à contre-jour, révélait un profil assez beau, mais inquiétant et mou.

Un maître d'hôtel entra et posa le thé sur une table basse. Olivia remplit et tendit les tasses.

— Comme je le disais tout à l'heure à votre nièce, commença la marquise, Patrice et moi nous venons des Pouilles où nous avons rencontré le Padre Pio. Je suis sûre que vous vous intéressez à son cas !

— Je le connais, dit Mr. Hardyson, je possède même une photo dédicacée de lui. Sa personne ne m'intéresse guère. C'est un ignorant.

— Ah ! comme je suis heureuse de vous l'entendre dire...

Olivia s'était assise dans un fauteuil voisin de celui de Patrice qui attendait que la conversation fût assez engagée pour lui parler. Il buvait une gorgée, croquait un petit four, rebuvait une gorgée... Mr. Hardyson parlait si lentement et à voix si douce qu'il restait impossible d'oser...

— Encore un peu de thé ? demanda Olivia.

— Oui, merci.

— J'ai un souvenir à vous transmettre...

Tant pis, là c'était bien fait. Il n'avait qu'à parler le premier écartant le seul sujet qui devait rester interdit.

— Oui, c'est un bon gros homme, disait la marquise la bouche encore embarrassée d'un petit four. Il fait son possible. Cela ne réussit guère qu'avec les paysans et les pêcheurs du pays...

— Je pense que vous devinez de quoi il s'agit, dit Olivia à Patrice.

— Ne m'accablez pas !

— Savez-vous que nous sommes devenues assez bonnes amies. Vanda est une personne très curieuse, si amère, si étrangère à tout ce qui lui arrive...

— C'est possible. Je la connais au fond très peu...

— Elle m'a dit que vous aviez beaucoup d'amitié pour elle, au contraire.

— Je vous en prie, n'exagérez rien.

— C'est drôle, on dirait que vous le regrettez. Elle m'a montré les deux lettres que vous lui avez envoyées de Gardone...

— Que disent ces chers enfants ? interrompit la marquise qui avait horreur que l'on tînt une conversation en dehors d'elle.

— Je crois que nous allons nous disputer, dit Patrice, si nous continuons sur ce sujet.

— Ah... de quoi parlez-vous ?

Mr. Hardyson se permit un sourire, sans qu'il fût possible de savoir si son ironie s'exerçait à l'endroit de Mercédès Bongiovanni ou de sa nièce.

— Je vois ce que c'est, vous ne voulez pas me le dire. Moi, j'ai déjà deviné... ah ! ah ! Sais-tu, Patrice, ce que le Saint-Père a dit à Mr. Hardyson au sujet du Padre Pio ?

— Attention, coupa l'Anglais, ce n'est pas à moi qu'il l'a dit, mais à mon secrétaire. Je ne puis vous garantir la chose de la même façon.

— Je pense, oncle Henry, qu'il vaudrait mieux ne pas répéter ces choses-là. Je vous jure que je n'aime pas ça.

— Oh ! dit la marquise, soyez certaine que je ne répéterai rien.

— Puisque Olivia ne veut pas, n'en parlons plus. J'ai eu des renseignements sur le Padre Pio par un lama tibétain qui est entré en communication avec lui.

— Où donc se sont-ils rencontrés ?

— Ils ne se sont rencontrés nulle part. Vous savez que le Padre Pio a le don d'ubiquité que possèdent également presque tous les hauts lamas. Ils se sont parlé, si je puis dire, dans la quatrième dimension. Il paraît qu'au fond leurs pensées sont assez semblables même sur l'au-delà...

— L'au-delà ! dit la marquise, mais c'est passionnant !

— Vous connaissez la théorie bouddhiste. Celle des Tibétains semble plus poussée, plus raffinée. D'après eux, un laps de temps plus ou moins long s'écoule entre le moment de la mort et celui où le défunt renaît parmi l'une ou l'autre des six espèces d'êtres animés qu'ils reconnaissent.

— Et que sont ces espèces ? Je pense qu'il y a naturellement les animaux...

— Ces espèces sont les dieux, les non-dieux, sorte de titans, les hommes, les non-hommes, c'est-à-dire les fées, les génies aimables ou malfaisants, les animaux et enfin les yidags, êtres monstrueux torturés par la faim et la soif, et les habitants de divers purgatoires qui y endurent d'abominables souffrances...

— Ma terreur à moi est de revivre dans le corps d'un animal, dit la marquise. Auriez-vous encore un peu de thé, chère Olivia ?

La jeune fille se leva. Patrice remarqua sa pâleur et un certain énervement qui brisait la grâce de ses gestes. De toute évidence, elle n'aimait pas cette conversation. Mr. Hardyson s'était levé pour ouvrir une petite vitrine Louis XV. Il en rapporta un sous-verre entouré d'un cadre doré.

— Voici un drapeau tibétain brodé dans un monastère de Lhassa. Les signes que vous voyez sont les signes de la réincarnation. Je suis loin de connaître toute leur signification. Seul un jésuite de Rome, le père Flavien, est capable en Occident d'analyser et de traduire ces symboles.

— Un jésuite ?

— Cela ne devrait pas vous étonner, dit Mr. Hardyson, l'Eglise catholique possède tous ces secrets et les garde pour elle, précieusement. Ceux qui essayeraient, laïcs ou religieux, de les dévoiler, sont menacés de morts mystérieuses.

— On me l'a déjà dit, susurra la marquise assez effrayée. Mais vous-même, Mr. Hardyson, ne craignez-vous pas ?

L'Anglais eut un geste vague et désabusé. Il ne craignait pas la mort. Olivia se pencha vers Patrice :

— Vous ne dites rien ?

— Que voulez-vous que je dise ? Je ne sais encore si ces choses m'amusent, me passionnent ou m'indiffèrent. Je suis loin d'être initié. Mes premiers réflexes seraient de sourire...

— Vous auriez tort.

— Me direz-vous pourquoi ?

— Peut-être, dit-elle après une hésitation, quand nous nous reverrons.

La marquise ayant déjà remarqué leur rapide aparté, interrompit Mr. Hardyson :

— Je parie que ces deux enfants sont déjà en train de se donner rendez-vous ! Mon neveu, ajouta-t-elle, est un sceptique matérialiste. Je crois que ces considérations sur l'au-delà ne le passionnent guère.

— Ma foi, dit Patrice vexé, je vis peut-être dans un autre monde que mon heureuse santé ne me permet pas de quitter, mais je ne suis ni matérialiste, ni sceptique, ce serait trop simple.

— Il suffirait de peu de chose pour vous convaincre, dit Mr. Hardyson, je le pressens fort bien. Voyons tout de suite, si vous le désirez, ce que me dit à votre sujet mon guide tibétain...

— Vous avez un guide tibétain ? demanda la marquise qui ne savait pas au juste s'il s'agissait d'un mutilé en casquette qui perçoit des pourboires à la sortie ou d'un de ces petits livres avec lesquels elle visitait les monuments historiques.

— Mon guide a été un des plus hauts lamas du monastère de Chörten Nyima. Il est mort vers 1135.

Au début de mes entretiens avec lui, j'étais loin de saisir le sens de son enseignement. Ce n'est qu'après plusieurs années et mon premier voyage à Lhassa que j'ai été foudroyé par ses vérités. Depuis, je suis son disciple préféré. Il a abandonné tous les autres pour se consacrer uniquement à moi. Ainsi nous correspondons chaque jour.

— Mais par quel moyen ?

— J'écris sous sa dictée.

Mr. Hardyson se dirigea vers son bureau et prit un des nombreux feuillets étalés. Une écriture fine et sans aucune solution de continuité couvrait la page.

— Il me dicte en anglais. Depuis trois mois, j'écris ainsi un gros volume sur la philosophie de l'éternité. De temps à autre, il s'arrête pour une diversion reposante. Alors je glane quelques directives sur l'avenir des peuples, des avertissements sur la guerre... je vais essayer quelque chose avec votre neveu.

— Après, vous essaierez avec moi, dit la marquise déjà envieuse.

Olivia s'était levée. Patrice discerna son extrême contrariété. Elle sonna le maître d'hôtel qui emporta le plateau.

— Vous m'excuserez, dit-elle, j'ai un coup de téléphone à donner. Je reviendrai après votre petite expérience.

Mr. Hardyson prépara deux chaises devant son bureau et fit asseoir Patrice à sa gauche.

— Détendez-vous, dit-il, efforcez-vous de penser le moins possible. Je vais prendre votre main droite dans ma main gauche.

Le jeune homme manqua esquisser un mouvement de retrait au contact de cette main moite qui se posa sur la sienne. L'Anglais avait pris son stylo et l'appuyait sur une feuille de papier blanc. Une minute passa et Patrice sentit se glacer brusquement la paume de Mr. Hardyson. Il tenta de chasser les pensées que lui causait cette sensation, et n'arriva pas à faire le vide en lui-même. L'Anglais soupira bruyamment et murmura la formule sacrée : « *Aum mani padme houm hri!* » Sur le papier, le stylo manifesta quelques velléités de bouger, la main qui le tenait se renversa, tordue par une sorte de convulsion. La plume appuya de nouveau sur la feuille et ne put que dessiner une zébrure maladroite. Mr. Hardyson respirait de plus en plus bruyamment.

— Je ne peux pas, dit-il avec colère.

Patrice osa le regarder. Le visage pâle était devenu écarlate, de grosses gouttes de sueur ruisselaient du front.

— Je ne peux pas, dit-il; chère amie, quelqu'un ici doit avoir un objet bénit. Avez-vous une médaille ou un chapelet ?

— Absolument rien! dit-elle. Comme vous m'inquiétez!

— Et vous, monsieur ?

— Moi non plus, je n'ai rien, mentit Patrice.

— Alors, essayons encore une fois.

Le deuxième essai ne réussit pas mieux. Mr. Hardyson s'essouffla au point de frôler la syncope.

— Quelque chose ne va pas, dit-il en dégrafant son col. Comme il y a des groupes sanguins différents, nous devons appartenir à deux groupes cérébraux opposés. Cela ne m'était jamais arrivé.

— Je crois que j'ai toujours été réfractaire à ces choses-là, dit Patrice; je ne pourrai en aucun cas faire un bon médium.

— Voilà la meilleure preuve que tu n'es qu'un matérialiste, dit la marquise.

Mr. Hardyson sonna pour qu'on lui apportât une tasse de lait froid.

— Je voudrais vous montrer la chapelle où je prie, dit-il.

Ils le suivirent dans un étroit couloir encore tapissé d'étoffe rouge. Une première porte s'ouvrait dans le mur.

— Ma cellule, dit-il, en appuyant sur un bouton électrique qui déclencha un éclairage indirect.

La pièce, à peine large d'un mètre cinquante, assez profonde, avait pour tout mobilier un lit de sangle et une table rustique ornée d'une plume d'oie, d'un cahier savamment ouvert à une page demi-écrite, et d'un crâne auquel semblaient adhérer encore des morceaux de chair.

— Mes retraites se passent toujours dans cette pièce. Il y a un trou d'aération dans le plafond. La porte reste fermée. On me passe ma nourriture par le guichet.

— Etes-vous resté longtemps ainsi ? demanda la marquise qui n'osait s'aventurer dans l'étrange réduit.

— Mes séjours ne durent guère qu'une semaine, toutefois avant guerre, je suis resté trois mois ainsi, sans voir un être humain. Je ne savais plus quand était le jour et quand était la nuit. En ce temps-là, mon guide me faisait dessiner. J'ai fait plus de deux cents dessins dont la signification m'est encore inconnue.

Mr. Hardyson éteignit la lumière et les précéda de nouveau dans le couloir. Un escalier étroit descendait sur la gauche. Il poussa une porte et alluma l'électricité.

— Voilà la chapelle, dit-il en s'effaçant devant les deux visiteurs.

La chapelle en fait, par son plafond, semblait une section du tunnel du métro. Quelques bancs la garnissaient de chaque côté d'une allée médiane. Un linge blanc recouvrait l'autel surélevé. Le missel était à gauche. Mr. Hardyson appuya sur un nouveau bouton électrique et une croix apparut au centre de l'autel, sans Christ, les quatre branches égales, éclairée par un faisceau lumineux qui partait du centre de la voûte.

— Les éclairages sont réussis, dit Patrice.

Il n'avait dit cela que pour entendre sa propre voix et dissimuler une partie de son malaise. L'acoustique aussi était une réussite, les voix rebondissaient, caverneuses et tristes, jusqu'au fond de la chapelle.

— Il fait bien froid ici, dit Mercédès Bongiovanni très pâle.

Mr. Hardyson les ramena vers le bureau. Son teint avait retrouvé sa blancheur maladive.

— Comment vous remercier, cher ami, de ce passionnant après-midi ? Il faudra un jour que vous vous décidiez à venir prendre le thé avec moi chez ma cousine Ilia Picanti qui aimerait tant vous connaître.

Mr. Hardyson s'inclina sans sourire, tendit sa main molle et appela un domestique.

— Et Olivia, dit la marquise, nous aurions aimé lui dire au revoir. Il faudra nous la prêter quelquefois. Mon neveu sera enchanté de visiter Florence avec elle.

Olivia réapparut. Tandis que la marquise remettait son manteau, Patrice s'approcha d'elle :

— Quand vous revois-je ?

— Quand vous voudrez, si vous n'êtes pas trop effrayé par tout cela.

— Il n'y avait pas à être effrayé. Je possède sur moi un talisman qu'il faudra d'ailleurs que je vous remette. Les pétales du rosier de saint François n'ont pas été du goût du guide tibétain.

Une lueur ironique passa dans les yeux d'Olivia.

— Merci. Je n'étais pas sûre que vous satisferiez à ce que vous jugez probablement comme un caprice.

— Je ne pense plus que ce soit un caprice. Leur efficacité est évidente. Voulez-vous que nous nous retrouvions demain ?

— Oui, je serai libre le matin.

— Où ?

— Où ? Tenez, donnons-nous rendez-vous à onze heures dans la cellule du Christ aux Outrages de Fra Angelico.

— Je vous attendrai là, dit-il.

*

La porte franchie, il se trouva aussitôt à l'intérieur du couvent. Une colonnade agile encadrait le cloître spacieux. Un cèdre au tronc noir écrasait le jardin à la pelouse verte, et dispersait sa ramure au-dessus des toits. A travers ses branches, on apercevait un ciel pâle et bas. Patrice marchait avec précaution dans le silence. Bien que San Marco fût au cœur de Florence aucun des cris et des rumeurs de la rue ne parvenait jusqu'à cette oasis. C'est là qu'avaient porté leurs pas les frères dominicains de l'Angelico. Et tandis qu'ils se promenaient, lents et paisibles, le plus illuminé d'entre eux peignait, à même le mur, ces bouleversantes fresques de l'amour divin. Devant la crucifixion, Patrice crut ressentir le choc même que donne la découverte d'une âme nue. La beauté devenait mystique et la souffrance le symbole d'une ascension qui élevait les cœurs vers un ciel rose pastel.

Au premier étage les cellules des moines s'alignaient le long d'un couloir qui tournait à angle droit. Patrice écarta un guide bénévole qui le laissa seul contre l'aumône de quelques lires. Il ne pouvait ici tolérer d'autre voix que celle d'Olivia. Ces murs même repeints avec maladresse, la grande voûte de charpente qui coiffait le couloir et les cellules, imposaient l'ancienne règle du silence. Patrice entra dans chaque petite pièce. Presque toutes contenaient une fresque de Fra Angelico ou d'un de ses élèves : mêmes visages, même limpidité du ciel rose ou bleu pâle. Saint Dominique, à genoux et scalpé, priait, les yeux éternellement levés. Des linges transparents voilaient à peine la nudité du Fils de Dieu.

Dans le Christ aux Outrages, aveuglé par un bâillon, le visage mordu de souffrance, Jésus était menacé d'une main détachée qui volait vers sa joue, d'une bouche qui crachait et d'un fouet. Réaliste ou surréaliste, cette composition d'une si grande liberté tirait son émotion de sa naïve douleur.

— Je n'étais pas très sûre que vous le trouveriez facilement, dit Olivia derrière lui.

Elle portait le même tailleur noir que la veille, signe volontaire ou involontaire d'une absence de coquetterie.

— Nous avons la chance d'être en novembre, dit-elle, les touristes manquent. L'été, ils visitent San Marco par troupeaux de cinquante ou cent, précédés d'un guide qui est obligé de hurler pour se faire entendre de tous. Je ne connais rien de plus déprimant que cette prostitution des chefs-d'œuvre.

— J'en ai un peu souffert à Venise, dit Patrice.

— Vous aimez la solitude et voilà que je viens vous rejoindre dans l'endroit de Florence où on a le plus besoin de silence.

— Ne dites pas cela. Je n'aurais peut-être pas compris le Christ aux Outrages, si vous ne m'aviez donné rendez-vous ici même. Il me semble qu'il éclaire pour moi maintenant une certaine notion de l'injure et de la souffrance.

— Oui, je l'aime, dit Olivia, pour tous les outrages qui continuent à travers les siècles.

Ils longèrent le couloir jusqu'à la cellule de Savonarole, conservée intacte avec son mobilier, ses livres, sa fenêtre grillagée et son austère silence à l'extrémité du couvent.

— Celui-là aussi, ils l'ont tué, dit Olivia, comme un hérétique, je ne comprends pas.

— C'était un insurgé. Il n'a pas cru à la prière dans

un couvent et a voulu se battre. Quand on se bat, c'est qu'on cherche une mort.

Ils errèrent encore quelque temps de cellule en cellule, durent une nouvelle fois décourager le guide qui s'offrait à les conduire. Dans le cloître tranquille, Patrice s'arrêta et caressa de la main une des colonnes. La pierre dure et granulée ne se rayait même pas sous l'ongle.

— Vous aussi ? dit-elle. Enfant, j'aimais laisser des signes de mon passage, tracer une croix sur les arbres, enfouir sous une pierre un tube d'aspirine contenant un message de moi. Un coup d'ongle ne suffira pas à égratigner cette colonne. Il faudra plus que ça pour que l'on se souvienne de vous à Florence.

— Je m'en doute. Ce n'était là en effet qu'un de ces gestes enfantins que je ne réprime ni n'analyse... je m'y laisse aller.

Le cloître était désert et merveilleusement calme, sans même un cri d'oiseau. Patrice et Olivia tournaient sous les arcades.

— Vous avez manqué être horrible hier, dit-il. Si l'on ne nous avait interrompus, je crois que nous nous serions fâchés à cause de Vanda.

— Là, c'est vous qui êtes absurde. Je n'avais pas la moindre intention de dire du mal d'elle. Je pense comme vous que c'est une charmante femme, bien que j'aie, au fond, beaucoup de difficulté à la comprendre.

Patrice aurait presque souri de cette façon de tourner les choses car la jeune fille n'avait pas pu ne pas saisir la gêne qui entourait le souvenir de la Russe.

— Votre ironie me rend petit garçon... je ne vous croyais pas si habile. Vous savez très bien que Vanda m'est un remords. Je l'ai rencontrée si vite et tout s'est passé sans que j'y sois pour grand-chose...

— Oui, elle me l'a dit. N'est-ce pas après que je vous ai quitté à la Ca d'Oro ?

— Exactement.

— Je pensais que vous alliez rentrer au conventino, mais je sais comment sont les hommes de votre âge. Toujours avides...

— Avides ? Peut-être... Et les femmes ?

— Non, ce n'est pas la même chose. Elles sont plus lentes. Elles ne dévorent pas les jours et les nuits.

— Vanda les dévore.

— Vanda mourra jeune. Je l'ai vu dans sa main.

— Où allons-nous si vous lisez dans les lignes de la main !

— Vous êtes un horrible Français sceptique.

— Et si je n'étais pas sceptique ? Si ma visite d'hier m'avait, au contraire, laissé une impression étrange, inexplicable ?

Olivia s'arrêta et pâlit. Patrice osa poser sa main sur le bras de la jeune fille. Il devina la précipitation de ce cœur qui battait presque aussi fort que le sien.

— Venez, dit-elle, sortons de ce cloître trop silencieux. J'ai besoin de bruits, de voix humaines.

Ils allèrent jusque chez Doney où, sur le coup de midi, le Tout-Florence venait se compter. Olivia ne parla presque plus et Patrice dut chercher dans sa tête plusieurs sujets de conversation qui s'épuisèrent l'un après l'autre. Maintenant, il savait avec quelle prudence il devrait aborder certaines choses s'il ne voulait pas effrayer la jeune fille. Une fois franchie la porte de Doney, il leur sembla que le danger était passé, qu'ils ne seraient plus face à face, avec la crainte de se dévoiler trop. Doney était à Florence ce que Harry's était à Venise. Une foule bruyante se pressait autour du bar. Patrice fut frappé de la qualité aristocratique des jeunes femmes qui riaient aux éclats. Quel était cet autre visage des Florentins ? Certes, on lisait encore de la dureté dans les traits des hommes, mais ils semblaient amollis ou peut-être simplement adoucis par une indifférence dédaigneuse. Les jeunes gens se faufilèrent jusqu'à une table. Olivia serra plusieurs mains au passage et il craignit de la voir happée par un groupe joyeux, ensuite par un quarteron de vieilles folles couvertes de bijoux.

— J'ai eu peur de vous perdre, dit-il, mais vous vous êtes échappée assez élégamment. Que prenez-vous ?

— Un chocolat chaud.

Il la regarda sans surprise car ce chocolat qui eût ridiculisé toute autre femme répondait à ce côté enfantin que, malgré la maturité de sa conversation, elle gardait précieusement sur son visage et secrètement dans son âme.

— Je vous envie d'être ici pour la première fois, dit Olivia, vous découvrirez peu à peu le mystère de Florence.

— Il est possible que je ne le découvre pas. Mon premier contact a été rude, sans plaisir de ma part. Je me doute que ce qui est à aimer est caché aux yeux de tous.

— Etes-vous paresseux ?

— Parfois, oui... comme je crois qu'il faut l'être. Il arrive aussi que le but à atteindre soit pour moi si décisif, si important, que ma volonté s'en trouve décuplée.

— Mais vous aimez les bars, les boîtes de nuit, les femmes, le plaisir. Je m'étonne que vous aimiez aussi autre chose...

— Cela ne vous semble pas conciliable ? Moi si, je ne vivrais pas sans ce que vous appelez le plaisir et les autres choses.

— Alors, que préférez-vous ?

— J'aimerais que cela reste un secret. Un jour, je vous en découvrirai le sens. Ou bien, j'opterai définitivement pour l'un ou pour l'autre, selon que j'aurai été déçu ou non.

— Je vous crois superficiel et instable, dit Olivia après un temps.

— Instable ? Je n'y puis rien. L'instabilité est une forme de l'inquiétude, c'est-à-dire, peut-être, de la modestie. Quant à être superficiel, je vous assure que ce n'est pas si facile, qu'il y faut presque du métier.

— Je ne vous comprends pas. Il est vrai que vous êtes Français...

— ... et les Français sont légers, charmants, intelligents ou tout à fait stupides, mais irrémédiablement Français, dit Patrice en souriant. Que puis-je tout seul contre cette légende, moi qui n'ai pas d'idées préconçues sur les Espagnoles ?

Ce fut le tour d'Olivia de sourire et tout son visage s'en trouva distendu, apaisé, confiant. Patrice aimait ses yeux et leur éclat changeant, sombre et doré à la fois, avec de vives lueurs qui passaient comme autant d'éclairs. Autour d'eux le brouhaha s'intensifiait, une voix de baryton dominait le tumulte traversé de rires féminins. Des rombières, la bouche pleine de gâteaux salés piapiataient, poussaient de petits cris, se fâchaient contre le garçon qui n'apportait pas assez vite le marsala ou le lacrima-christi.

— Croyez-vous, dit Patrice, que je puisse vous remettre les pétales de saint François dans un endroit pareil ?

— Oui, donnez-les-moi. Peu importe l'endroit et que ces gens sachent et nous trouvent ridicules, je désire tant ces feuilles.

— Elles vous protégeront.

— Je les garderai sur moi, même si mon oncle... Surtout n'en dites rien.

Il sortit de son portefeuille deux sachets de papier. Il aurait aimé raconter à Olivia où il les avait obtenues, mais dans cette foule, avec ces gens qui heurtaient sans cesse leur table et les forçaient à se parler à voix haute, toute confidence de cette sorte devenait impossible.

— J'aurais aimé vous expliquer...

— Une autre fois, dit-elle.

Une autre fois, il la remercierait d'avoir désiré ce talisman qui l'avait conduit à Assise. Une autre fois il raconterait comment le jeune franciscain de Santa Maria degli Angeli, après la visite de la Porzioncola, lui avait ouvert la porte du cloître où le rosier miraculeux poussait derrière un grillage. Et comment il s'était trouvé pendant quelques secondes face à face avec un de ces miracles permanents qu'aucune science n'explique ou ne commente et qui déroutent les hommes jusqu'à faire lever en eux les grains de l'espoir et de la foi. Non rien de tout cela n'était exprimable ici et Patrice ne se rendait même pas compte qu'en se permettant d'en parler avec la jeune fille, il acceptait déjà, dans l'avenir, de s'ouvrir à elle de certaines choses qu'il avait jusqu'à ce jour considérées comme sacrées, incommunicables à un être humain, fût-il le plus cher au monde...

— Partons, je suis fatiguée.

Un quart d'heure plus tard, Patrice arrêtait l'auto devant la grille de la villa de Mr. Hardyson.

— N'entrez pas, dit-elle, c'est inutile. Il n'y a plus que cinquante mètres, je les ferai à pied.

— Quand vous revois-je ?

— Je ne sais pas, je suis très prise ces jours-ci. Téléphonez-moi bientôt.

— Dois-je apprendre à jouer de la guitare ?

— Vous n'en jouerez jamais assez bien pour me décider à mettre le nez à ma fenêtre quand je ne veux pas sortir. Soyez patient.

— Je ne le suis pas, dit-il. Pourquoi apprendrais-je à l'être ? A partir du moment où je désire vous revoir et où je ne le puis pas, il me semble que les jours sont longs et la vie très courte.

— Alors téléphonez demain soir...

Olivia disparut dans l'allée non sans se retourner et faire un dernier signe de la main à Patrice.

*

L'après-midi, Mercédès Bongiovanni mobilisa son neveu pour visiter la Capponcina à Settignano, où D'Annunzio s'était si longtemps retiré en toute simplicité avec ses cinq chevaux, ses dix lévriers et ses domestiques. Sa maîtresse, la Duse, habitait la villa voisine. La pluie rongeait la façade de la Capponcina, ses murs s'effritaient, son balcon croulait sous le poids d'une glycine desséchée. La vue — une des plus belles de toutes les collines qui entourent Florence — dominait une large vallée d'un vert puissant sur lequel tranchait la grisaille légère des oliviers alignés avec cette science du paysage que possèdent seuls les Toscans. Florence apparaissait sur la droite, enveloppée de cette même brume bleutée qui, la veille, du balcon de Mr. Hardyson, avait semblé à Patrice la fumée d'une invisible cigarette blonde. De la ville montait un murmure confus balayé, de quart d'heure en quart d'heure, par la cloche d'une église voisine.

Ainsi Florence s'inscrivait dans une légende et un paysage qui la portaient à travers les siècles. Elle était l'image même de cette Italie dont Patrice ne comprendrait qu'après l'avoir quittée combien elle importait à l'exercice de l'intelligence et de la sensibilité. Il fallait s'y promener avec nonchalance, sans autre soin que de retenir en soi son plaisir, de le promener sur les différents visages de la ville, l'un dur et hautain, l'autre tendre et secret. Aujourd'hui Florence ne pouvait plus être l'occasion de passions amoureuses, d'effervescences sentimentales. Les poussées de fièvre de la guerre civile s'éteignaient. L'Arno, la coupole de Sainte-Marie-des-Fleurs, les jardins du palais Pitti, le cloître de Saint-Marc seraient les étapes d'une lente découverte du cœur et d'une certaine manière d'aimer.

*

Patrice téléphona le lendemain soir.

OLIVIA. — Qu'avez-vous vu de nouveau à Florence ?

PATRICE. — Je suis retourné à San Marco. Je n'aime vraiment que les choses qui me sont très familières.

OLIVIA. — Il faudra tout de même voir le reste...

PATRICE. — Oui, mais je vous attends...

OLIVIA. — Vous ne m'avez pas attendue pour connaître le reste de l'Italie !

PATRICE. — C'est là que vous vous trompez. Depuis Venise, j'ai tout visité avec vous.

OLIVIA. — Vous êtes horriblement Français... Je suppose que les femmes aiment ça. Si je suis sincère, je dois avouer que je suis aussi très sensible à tous les compliments, même quand j'en sais la vanité ou l'exagération...

PATRICE. — Il ne s'agit ici que de vérité. Je vous mentirai peut-être par la suite, mais pas aujourd'hui ni même demain. En tout cas si je mens, je prends toujours soin de le faire mal pour que nul n'en doute.

OLIVIA. — Est-ce pour me faire votre propre éloge que vous me téléphonez ?

PATRICE. — Ne soyez pas aussi dure. Je vous téléphone d'abord pour entendre votre voix, ensuite pour obtenir un rendez-vous...

OLIVIA. — Là, vous vous faites des illusions. On ne me voit pas aussi aisément et je remets tous les rendez-vous que je donne.

PATRICE. — Avec moi ce sera une mauvaise méthode car je suis susceptible et obstiné. Je vous poursuivrai. J'ai besoin de vous pour connaître Florence. Il y a des choses que je ne puis voir sans vous.

OLIVIA. — N'exagérez pas du tout. Plus vous me poursuivrez, moins vous me trouverez. J'ai toujours rêvé d'être une étoile filante ou un de ces êtres mystérieux qui disparaissent dans la nuit dès qu'on les touche.

PATRICE. — Je ne veux pas vous toucher, je veux vous voir. Il y a un monde de l'une à l'autre chose.

OLIVIA. — Tout à l'heure, ma voix vous suffisait. Voilà ce que c'est : donnez un peu et l'on exige tout. Votre tante a raison, vous avez un appétit féroce. Au fond, j'aimerais rester pour vous la jeune fille du téléphone : une voix dans le lointain au bout du fil... Seriez-vous capable de tomber amoureux rien qu'au son d'une voix ?

PATRICE. — N'exigez pas trop de moi. D'abord, j'ai eu plus que votre voix. Ensuite, il y a une progression de l'amour qui fait qu'une voix seule bientôt ne suffit plus.

OLIVIA. — Alors, c'est horrible. Quand une femme a tout donné, que reste-t-il à découvrir ? C'est ainsi que les amants se lassent.

PATRICE. — Ils peuvent aussi se lasser si on ne leur donne rien.

OLIVIA. — Pas du tout. Voyez Chateaubriand et Mme Récamier...

PATRICE. — Elle donnait peu parce qu'elle ne pouvait pas donner tout. Son refus tenait à une mauvaise conformation physiologique.

OLIVIA. — C'est une honte. Jamais vous ne devriez dire une chose pareille. D'abord, comment le savez-vous ?

PATRICE. — Tout le monde le sait, voyons. Il n'y a que vous qui attribuiez encore sa pureté à sa seule vertu.

OLIVIA. — Je sens que je vous détesterai si vous ne m'apprenez que des choses pareilles.

PATRICE. — C'est vous qui me mettez sur la voie. Je

n'y peux rien. Ne parlons pas de ça, si vous préférez. Et donnez-moi un rendez-vous pour demain matin.

OLIVIA. — Non, pas demain, de toute façon je ne pourrai pas. Après-demain si vous y tenez encore.

PATRICE. — Où désirez-vous ?

OLIVIA. — A la galerie Pitti, devant le portrait de Marie-Madeleine par le Pérugin à onze heures du matin.

PATRICE. — Je serai exact, mais je vais trouver le temps long jusqu'à ce rendez-vous.

OLIVIA. — C'est vrai que vous devez vous ennuyer. Il faudra que je vous présente des amies délicieuses que j'ai ici. Elles sont presque toutes ravissantes et adorent les Français. Si vous savez vous y prendre, elles meubleront vos heures creuses. Je suis même sûre que si vous rencontriez Edda, vous ne me téléphoneriez plus que par politesse. Voulez-vous que je vous l'amène après-demain ?

PATRICE. — Pour jouer le jeu, je devrais dire oui. Mais voilà, je ne joue pas le jeu, c'est non. C'est vous seule que je désire rencontrer devant un Pérugin.

OLIVIA. — Vous avez vraiment tort. Edda est ravissante et presque intelligente. Son père a un palais à Venise.

PATRICE. — Un palais à Venise... je crois que cela mériterait réflexion. Aujourd'hui, c'est non d'une façon catégorique. *Ma, chi lo sa ?* L'avenir n'est pas à nous. J'avoue qu'assurer mes vieux jours en épousant un palais à Venise n'est pas entièrement pour me déplaire. Tout de même, je demande du temps pour réfléchir.

OLIVIA. — Etes-vous désintéressé, Patrice ?

PATRICE. — Personne n'ayant encore voulu m'acheter, je ne le sais pas. J'ai toujours besoin d'argent et je ne veux pas faire grand-chose pour en gagner. Peut-être cela me conduira-t-il un jour à accomplir des actes particulièrement intéressés ? Mais je n'en serai pas responsable. D'ailleurs, personne n'a dit qu'être désintéressé était une vertu. Cela peut aussi bien, pour certains, être un signe de faiblesse mentale.

OLIVIA. — Comme vous êtes cynique ! Votre tante vous juge très bien.

PATRICE. — La pauvre chère ! Ses jugements me font toujours penser au mot célèbre de Villiers de l'Isle-Adam : « L'homme qui t'insulte n'insulte que l'idée qu'il a de toi, c'est-à-dire lui-même. » Que dirai-je de plus ?

OLIVIA. — Rien évidemment. Vous le prenez d'un peu haut. Si je n'avais pas ce même défaut, je plaindrais votre orgueil. Admettons que vous soyez cynique parfois, et sincère d'autres fois. D'ailleurs, tout cela n'a pas d'importance. Nous sommes trop jeunes pour que notre caractère ne change pas. Si vous étiez comme moi, vous seriez effrayé de tant d'avatars. Je ne me crois plus un jour semblable à la veille. De Venise à Florence il y a eu des étapes, la solitude dans les Dolomites, vos lettres, votre amie Vanda et d'autres choses encore.

PATRICE. — Je n'aime pas ces « autres choses encore ». Méfiez-vous des hommes jaloux. Leur imagination travaille vite.

OLIVIA. — Patrice, ne jouez pas la comédie ! Je vous assure que cela s'entend malgré le téléphone. Et d'abord d'où m'appelez-vous ?

PATRICE. — De mon hôtel. Comme voilà plus d'un quart d'heure que nous parlons, j'ai fini par amener autour de moi tous les objets nécessaires. Une chaise que je suis allé chercher avec mon pied, puis un cendrier et une boîte d'allumettes. Tout à l'heure si le fil est assez long, j'irai m'allonger sur mon lit.

OLIVIA. — Dieu merci, pour moi le fil est assez long, je puis me promener de long en large dans ma chambre. J'ai fini par m'asseoir dans un fauteuil de reps vert qui me fait horreur... Je ne sais pas si vous êtes comme moi, mais je déteste téléphoner.

PATRICE. — Sûrement pas autant que moi. Je n'aime pas parler sans voir. Cela me semble inhumain. Quand j'étais enfant, et que je me confessais encore, je suppliais toujours le prêtre de me montrer son visage. Il refusait, si bien que j'ai fini par ne plus me confesser. Comme je ne me confessais plus, je n'ai plus cru en Dieu.

OLIVIA. — Est-ce si simple que cela ?

PATRICE. — Presque aussi simple. Maintenant j'ai d'autres raisons personnelles pour expliquer mon incroyance, mais je n'en parle jamais. A quoi bon ? Les idées et les préjugés se font et se défont dans nos têtes sans que nous nous en apercevions aussitôt. Il est possible qu'un matin je me réveille avec la foi. Vous y serez pour quelque chose.

OLIVIA. — Moi ?

PATRICE. — Oui, grâce à vous j'ai fait une rencontre inoubliable, il y a quelque temps.

OLIVIA. — Le Christ aux Outrages ?

PATRICE. — Non, saint François. Dans le silence de sa tombe souterraine ornée de lys, savamment éclairée, avec un orgue lointain qui jouait du Bach, j'ai souffert de ma pauvre solitude. Rien de tel qu'une pareille peur pour vous faire douter un instant que l'on ne croit pas. Assise est la seule ville de pierre qui puisse indiquer le chemin de la foi.

OLIVIA. — Patrice, vous m'étonnez. Qui croyez-vous impressionner en me parlant ainsi ? Méfiez-vous, je suis très crédule sur ce chapitre-là. Je vais imaginer je ne sais quoi et me préparer une désillusion de plus.

PATRICE. — C'est vrai, nous sommes trop solennels. La faute m'en revient. Je n'ai aucune conversation intermédiaire entre le marivaudage et les choses sérieuses. Vous me faites passer d'un extrême à l'autre sans que j'aie le temps de m'en apercevoir.

OLIVIA. — Oui, pourquoi ne me parlez-vous pas des mêmes choses que les autres ?

PATRICE. — Par inaptitude à un certain art du vide. Je n'arrive même pas à imaginer quelle conversation un jeune homme de mon âge peut avoir avec une jeune fille du vôtre. Peut-être me le direz-vous ? Ou est-ce votre faute si je ne puis vous parler de la pluie et du beau temps, du dernier potin de Florence, du dernier divorce de Paris ?

OLIVIA. — Ce n'est pas ma faute, car tous les autres m'en parlent.

PATRICE. — Tous les autres ? Vous m'inquiétez !

OLIVIA. — Patrice, vous êtes trop exigeant. Que voulez-vous savoir ? Toutes mes fréquentations, toutes mes pensées ?

PATRICE. — Toutes vos fréquentations me suffiraient. Vos pensées, je m'en charge. C'est un domaine où il est bon de faire travailler son intuition et son imagination.

OLIVIA. — Vous me faites peur. Tenez, parlons de choses sérieuses. Je préfère ce jeu. Savez-vous ce qui me ferait plaisir en ce moment ?

PATRICE. — Ce qui vous ferait plaisir ? Voyons... quelques secondes... ce n'est pas si facile... car nous sommes dans le domaine des choses sérieuses...

OLIVIA. — Le domaine des choses sérieuses est plus délicat. Je ne pense pas que vous trouverez...

PATRICE. — Aimeriez-vous par exemple qu'un archéologue fasse la preuve de l'authenticité de l'évangile de saint Jean ?

OLIVIA. — Je n'ai besoin d'aucune preuve de ce genre pour croire à l'authenticité de saint Jean. Ne vous moquez pas de moi.

PATRICE. — Il est difficile de trouver. Aimeriez-vous avoir une fresque de Fra Angelico dans votre chambre ?

OLIVIA. — Non, ce n'est pas ça. Dans ma chambre, il

y a un Greco et un Filippo Lippi qui suffisent à mes yeux.

PATRICE. — Alors, je donne ma langue au chat. Impossible de trouver au hasard, absolument sans aide.

OLIVIA. — Je crois qu'en effet vous ne trouveriez pas.

PATRICE. — N'excitez pas ma curiosité, je n'en puis plus.

OLIVIA. — Mais voilà, êtes-vous quelqu'un à qui je puisse faire un aveu pareil? Vous me paraissez si Français, si facile à choquer.

PATRICE. — C'est vrai que je me choque, pour certaines choses seulement. N'ayez pas peur, de toute façon, je ne dirai rien qui montre mon étonnement.

OLIVIA. — Au fait, je me demande pourquoi j'ai envie de vous dire cela.

PATRICE. — Olivia, je ne vais pas vous supplier longtemps; je vais lâcher le téléphone, sauter dans ma voiture, forcer la porte de votre maison et de votre chambre, et vous faire avouer tout, sous la torture.

OLIVIA. — Alors je vous le dis... Voilà, ce soir, malgré mon lit bassiné, mes deux bouillottes, le radiateur, j'ai peur d'avoir froid... et je voudrais dormir avec un homme. Non pas un homme en particulier, mais n'importe quel homme qui tienne chaud... c'est horrible ce que vous allez penser de moi.

PATRICE. — Non, ce n'est pas horrible. Cela creuse seulement en moi une sensation étrange. Votre désir est au fond le plus naturel qui soit. Je sais que quand vous dites dormir, il ne s'agit que de cela et pas d'autre chose. Dormir avec un être humain d'un sexe opposé m'est toujours apparu comme un retour à la création, une sorte d'inconscient besoin de retrouver celui ou celle qui vous a enfanté. Je ne vois rien d'extraordinaire.

OLIVIA. — J'aime bien que vous expliquiez cela

ainsi. Vous me rassurez. Je ne sais pas ce que c'est que la chaleur d'un homme. Je l'imagine très douce.

PATRICE. — Là, je serais très capable de vous renseigner. Dans l'armée j'ai toujours trouvé la chaleur des hommes fort nauséabonde, particulièrement celle des hommes d'écurie. Je suppose que ceux-là sont exclus de votre pensée.

OLIVIA. — Ils ne sont pas exclus, car je n'ai pensé à aucun homme en particulier, seulement à un être humain immobile et idéal qui n'aurait même pas les pieds sur cette terre.

PATRICE. — Au fond, c'est un ange gardien que vous désirez près de vous. Ne vous y trompez pas, vous ne le trouverez jamais. Ils sont très rares. Et vous êtes trop jolie pour qu'un homme accepte longtemps de jouer ce rôle.

OLIVIA. — C'est si atroce que les rapports entre hommes et femmes soient ainsi faussés...

PATRICE. — Olivia !

OLIVIA. — Oui.

PATRICE. — Je vous entends moins bien. Il me semble que votre voix s'éloigne.

OLIVIA. — Oui, j'essayais moi aussi d'allumer une cigarette et j'avais écarté un peu l'écouteur. Depuis combien de temps parlons-nous ?

PATRICE. — Plus d'une demi-heure. C'est une véritable occupation de la ligne. J'espère que personne n'avait envie de téléphoner à Mr. Hardyson.

OLIVIA. — En effet, je l'espère. J'espère aussi que personne ne nous écoutait.

PATRICE. — Vous pouvez être sûre que toutes les téléphonistes de Florence sont au courant de vos désirs les plus secrets. Demain la ville entière le saura.

OLIVIA. — Ne me faites pas peur.

PATRICE. — Seriez-vous prête à recevoir une piqûre de Penthotal ? Vous connaissez ce sérum qui fait avouer les pensées les plus secrètes, même celles qui sont cachées dans notre subconscient.

OLIVIA. — Certains jours, oui. D'autres, non. Que resterait-il de nous si nous étions mis à nu ? J'aime les êtres secrets. Je voudrais moi-même être un plus grand secret que je ne suis.

PATRICE. — Ne craignez rien, vous êtes, au moins pour moi, un secret vivant. Le jour où je vous découvrirai n'est pas encore proche.

OLIVIA. — Qu'en savez-vous ?

PATRICE. — Pourquoi chercherais-je à percer ce secret si c'est peut-être un secret qui m'attire ? Au collège on m'appelait toujours l'amateur. Je le suis peut-être resté : l'amateur de théâtre qui veut ignorer les coulisses.

OLIVIA. — Je n'ai jamais vu de coulisses, et je ne veux pas en voir. Plusieurs fois j'ai eu l'occasion de rencontrer des acteurs qui m'avaient plu dans de très beaux rôles, et ils ont aussitôt cessé de me plaire...

PATRICE. — En somme, si Dieu vous apparaissait brusquement, vous cesseriez de croire en lui ?

OLIVIA. — Peut-être...

PATRICE. — Son rôle est en effet trop magnifique pour que l'on puisse supporter d'en connaître le maquillage et les trucs...

OLIVIA. — Décidément, vous avez une prédilection pour le blasphème.

PATRICE. — Et vous trouvez cela assez bas ?

OLIVIA. — Non pas bas, mais mesquin. Qui croyez-vous offenser ainsi, sinon l'idée que vous vous faites de Dieu, c'est-à-dire vous-même ?

PATRICE. — Voilà qui m'est bien retourné ! Je n'ai plus rien à dire sur ce grave sujet.

OLIVIA. — Patrice ?

PATRICE. — Oui ?

OLIVIA. — Quelle heure est-il ?

PATRICE. — L'heure où tous les enfants sont couchés. Peut-être dix heures du soir...

OLIVIA. — Je suis une enfant et je vais me...

PATRICE. — Vous berce-t-on encore ?

OLIVIA. — Non. Personne n'a conquis ce droit.

PATRICE. — Même pas les fantômes de votre étrange maison ?

OLIVIA. — Il n'y a pas de fantômes, il n'y a que des génies bienfaisants. Les malfaisants sont arrêtés sur le pas de la porte par une inscription tibétaine : *Lha gyalo ! Dé tamtché pam !*

PATRICE. — Qui veut dire ?

OLIVIA. — Les dieux triomphent ! Les démons sont vaincus.

PATRICE. — Etes-vous sûre que les démons sachent lire le tibétain ?

OLIVIA. — Non, sûrement pas. Il suffit à n'importe qui de lire la phrase. Les démons ne la comprennent pas, mais la musique des mots les frappe de paralysie.

PATRICE. — J'ai lu une autre formule dans le bureau de votre oncle.

OLIVIA. — *Çoubham astou sawadja gatam.* « Que tous les êtres soient heureux... »

PATRICE. — Absurde.

OLIVIA. — Ne dites pas ça. Notre bonheur est la somme du bonheur des autres.

PATRICE. — Cyniquement, je continuerai de croire qu'il est plus ou moins fait du malheur des autres.

OLIVIA. — Vous êtes monstrueux, Patrice, je crois qu'il vaut mieux que je ne vous écoute plus. Je tombe de sommeil. Voilà une heure que nous parlons.

PATRICE. — Et nous pensions avoir l'un et l'autre horreur du téléphone.

OLIVIA. — Bonsoir, Patrice.

PATRICE. — Encore un mot.

OLIVIA. — Non, plus, c'est fini. Il est tard. Mes

paupières se ferment. Comme vous dites aux enfants français : le marchand de sable est passé.

PATRICE. — Alors, après-demain, onze heures...

OLIVIA. — Palais Pitti, devant le portrait de Marie-Madeleine par le Pérugin.

PATRICE. — Je serai en avance.

OLIVIA. — Eh bien, tant pis, vous attendrez. Bonsoir, Patrice.

PATRICE. — Bonsoir, Olivia.

*

La rencontre avec Marie-Madeleine était une des rencontres importantes de l'Italie. Le beau visage ovale au teint mat et aux lèvres d'une sensuelle naïveté touchait Patrice au cœur. La pécheresse et la sainte, admirablement confondues, le regardaient avec un calme qui n'apaisait pourtant rien, car depuis le long bavardage téléphonique de l'avant-veille, il vivait dans une anxiété qui lui gâchait ses minutes les plus précieuses. Le besoin de revoir Olivia, de lui parler le brûlait. Il se fût volontiers endormi les trente-six heures qui le séparaient encore de la jeune fille, mais à Florence c'était impossible. Trente-six heures passaient vite et aboutissaient à ce visage rayonnant de grâce. Une contemplation muette donnait naissance à un dialogue secret entre le tableau et son admirateur. Patrice se plaçait sous des angles différents pour découvrir tour à tour l'ironie, la sensualité, l'émotion et la calme sainteté de ces yeux brillants. Marie-Madeleine s'animait sous la lumière changeante d'un regard. En donnant ce rendez-vous, Olivia livrait un peu du monde sensible et imaginaire d'une jeune fille rêveuse. Le choc, très rare, qu'il ressentait était inexplicable. Il ne l'avait éprouvé que trois ou quatre fois en Italie devant des tableaux ou des sculptures qui lui semblaient avoir été peints ou travaillés avec une intention spéciale à son égard, quatre ou cinq siècles auparavant.

Un pas résonna dans la salle et Patrice ne se retourna pas. C'était elle.

— Je l'aime, dit Olivia derrière lui. Je l'aime d'un amour particulier, un peu comme si j'avais été autrefois le modèle qui posa pour le Pérugin. Nous avons la même âme et pourtant pas le même visage. Venez vite, après cela je ne supporte plus de regarder rien d'autre.

Ils descendirent l'escalier en courant après avoir parcouru les dernières salles à toute allure, tête baissée pour ignorer les Titien, les Raphaël qui couvraient les murs de chairs opulentes et faciles. Sur la place Pitti, Patrice remarqua combien Olivia avait les traits tirés, un visage las et fatigué. La lumière cruelle du jour abîmait son visage.

— Mon oncle a dû vous paraître étrange, dit Olivia, j'ai peur que vous ne l'ayez pas bien compris. Cette atmosphère dans laquelle nous vivons est difficile à supporter. Que diriez-vous de prendre tous vos repas avec un convive invisible dont le maître d'hôtel garnit l'assiette et change les couverts ? Au début je prenais cela pour une douce manie, mais mon oncle accorde tant de présence à cet hôte invisible que je me surprends à y croire.

— N'importe qui de sensible aurait le même réflexe.

— Non, Patrice, c'est atroce, car je crois tellement en Dieu, en notre Dieu, que toutes ces manifestations occultes blessent ma foi. Je me prends à avoir peur dans le couloir rouge. Depuis dix ans je n'ai pas osé aller dans la chapelle sacrilège. Croyez-vous que je vais perdre ma foi ?

— Ne me posez pas de questions pareilles. C'est trop grave. Comment vous répondrais-je autrement que par des banalités rassurantes ! Je ne sais pas ce qu'est la foi et je ne le saurai peut-être jamais. Je comprends tout de même quelle anxiété doit créer cette atmosphère, puisque j'en ai été moi-même saisi.

— Ah ! vous voyez ! Vous aussi ! Il est impossible d'y échapper.

Tous deux venaient de franchir la passerelle qui remplace le pont Michel-Ange détruit par les Allemands à leur départ de Florence. Ils s'engagèrent dans la via Tornabuoni et arrivèrent devant chez Doney dont Olivia poussa la porte. Une foule dense s'agglutinait autour du bar. Olivia semblait chercher quelqu'un. A l'autre bout de la salle une voix forte et sonore l'appelait. Un jeune homme faisait signe. Ils se dirigèrent vers une table où était déjà assise une jeune femme assez jolie et rieuse. Le couple était espagnol. Patrice fut présenté, puis s'assit. L'enchantement prenait fin. Peu décidé à parler, il laissa tomber la conversation en français, et les trois, l'oubliant, retrouvèrent leur langue naturelle, bruyante et rauque. Que pouvaient-ils se dire si rapidement et sans prendre le temps de respirer ? Le jeune homme s'étonnait d'Olivia qui venait de changer de visage en un instant. Elle rayonnait de gaieté. Patrice se trouvait lourd à côté de la jeune fille qui passait avec tant de légèreté d'une angoisse réelle à ce plaisir si évident qu'était la rencontre de ces amis.

— Vous avez l'air si sérieux, Patrice, dit Olivia, que mes amis me demandent si vous avez eu un deuil ?

— Moi sérieux ? Disons distrait... ce serait plus juste. Je trouve Doney semblable à tous les bars du monde et les buveurs avec des têtes incroyablement impersonnelles. Voilà mes réflexions sérieuses. Vous voyez que ça ne va pas loin !

— Mais vous êtes sérieux et cela m'étonne. La première fois, je vous avais cru incapable de l'être.

— On ne peut jamais préjuger d'un caractère à la première rencontre. Ni moi du vôtre, ni vous du mien.

D'ailleurs les peuples latins sont ceux qui font preuve du moins de compréhension entre eux.

— Nous sommes si différents, dit le jeune Espagnol. Rien dans nos sentiments même n'est comparable. Vous jouez avec l'amour comme si c'était un art, tandis que notre psychologie à cet égard est à peine digne de l'homme des cavernes.

— Quelle idée, dit Patrice intérieurement flatté, les Français ne sont pas toujours des artistes. L'amour est pour eux un sentiment esthétique. Et puis surtout ne généralisons pas... il y a trop de dissemblances d'une génération à l'autre. Je suis sûr qu'il y a des Espagnols qui savent cultiver un sentiment amoureux avec autant de brio que le ferait un Français... ou un Italien. Car les Italiens ont aussi leur mot à dire. Le monologue de Dante pour Béatrice est peut-être ce que je connais de plus beau au monde...

Patrice s'arrêta : on ne pouvait absolument pas mêler Dante à cette conversation impromptu. Olivia seule l'aurait écouté, mais il ne pouvait grossièrement limiter la conversation à eux deux. D'ailleurs un intermède se présentait sous l'aspect de la marquise Bongiovanni qui venait de les apercevoir.

— Eh bien, ma chère Olivia, il n'y a plus jamais moyen de vous rencontrer. J'ai toujours dit que je serai jalouse de Patrice qui a beaucoup plus d'audace que moi. Présentez-moi vos amis, je vous prie.

Le couple s'était levé. La jeune fille les nomma en souriant. Mercédès s'épanouit au nom de l'Espagnol.

— Mais vous êtes un parent de la comtesse Caro ?

— Je suis son neveu.

— Savez-vous qu'elle fut ma meilleure amie au couvent ?

L'interruption soulagea Patrice. Mercédès récitait la généalogie des Caro. Des bribes de phrases lui parvenaient, mais il s'était délibérément mis à penser à autre chose et à chercher dans la foule un visage qui lui plût. Que n'eût-il pas donné à cet instant pour que Vanda ou une autre quelconque aventure de l'an passé fît une apparition sensationnelle et parfumée. C'eût été sa vengeance que de se lever et de s'entendre appeler mon « bichou » ou mon « lapin ». Mais dans ces circonstances-là le hasard se montrait mesquin. Il fallait avouer aussi qu'à part Béatrix et deux ou trois autres, il n'avait guère approché que des femmes sans intérêt qu'il ne risquait pas de rencontrer à Florence. Il se découvrait imbécilement jaloux sans avoir envie de réagir, jaloux sans raison de l'amitié d'Olivia pour d'autres et rageait plus encore d'être venu ici dans l'espoir de lui parler et de voir la conversation tourner en bulles de savon.

Olivia se levait. Patrice proposa de la reconduire :

— Merci, dit-elle, mes amis me déposeront. Je suis sur leur chemin. Téléphonez-moi bientôt.

— Qu'appelez-vous bientôt ?

— Lundi prochain.

— Je n'appelle pas ça bientôt.

— Impossible avant.

— Je me résigne.

Patrice ne resta pas longtemps avec sa tante qui déjeunait en compagnie d'un prince romain célèbre pour sa collection de bagues de cigare. Il prit sa voiture et se consola à San Gimignano, grimpa sur la tour la plus élevée d'où la ville étrange apparaissait dans son informe chaos de forteresse démantelée. Un guide ennuyeux le suivait. Il ne savait rien, si ce n'est répéter qu'Eve Curie était montée sur cette terrasse le jour de l'arrivée des troupes françaises en 1945.

*

Patrice dut se retenir pour ne pas téléphoner le soir même, ni le soir suivant. Le lundi, il ne téléphona pas non plus. Il ne s'y décida que deux jours plus tard, espérant un mot de reproche de la part d'Olivia. Il eut ce mot de reproche et manqua devenir fou de joie. La jeune fille donnait rendez-vous chez Doney, le lendemain à onze heures. Elle y arriva en retard d'une demi-heure cette fois avec un manteau nouveau, une robe rouge. Un foulard noué sous le menton amincissait encore le bel ovale de son visage.

— Je vous en veux de ne pas m'avoir téléphoné plus tôt, dit-elle. Puisque vous avez une voiture et que vous êtes un chauffeur si obligeant, je vous aurais demandé de me conduire à Bologne chez une cousine qui vous aurait beaucoup plu.

— Est-il trop tard ?

— Oui, Maria est partie hier pour Bellagio et je ne la reverrai plus avant l'été prochain.

Patrice était ravi. Il fit dévier la conversation avec la pénible impression qu'Olivia ne l'écoutait pas, que son attention se dispersait, que son regard cherchait dans la salle comble et enfumée de Doney un être quelconque qui vînt la distraire de lui. Un Italien grisonnant surgit qui déploya aussitôt mille grâces ridicules et affectées envers la jeune fille. Sa conversation donna au jeune homme des envies de meurtre.

Patrice se leva, s'excusa et promit de téléphoner. Il avait brusquement un rendez-vous. Olivia parut surprise et désolée. Il était trop tard pour revenir en arrière. Dehors, la pluie fine calma son extrême agacement. Sans aucun doute, elle s'amusait à ce petit jeu ou bien sa compagnie l'ennuyait. Il alla prendre un verre dans un bar voisin et en ressortit pour passer devant Doney. Par la vitre, il aperçut la jeune fille qui disait au revoir à l'Italien grisonnant. L'homme s'éclipsait et Olivia resta seule, debout. Patrice poussa la porte à tambour et entra. Il crut qu'elle l'avait vu et lui souriait, mais c'était au couple espagnol de l'autre jour qui fondit sur elle. Il n'eut plus qu'à sortir. L'après-midi la pluie cessa et il partit pour Volterra avec sa tante. La marquise voulait retrouver dans la ville fortifiée les traces de l'amoureux passage de D'Annunzio et de Donatella. Mais ce jour-là, il était impossible de se passionner pour l'unique fresque de Giotto dans l'église, le musée étrusque, les remparts prodigieux d'où la vue s'étendait à l'infini sur la Toscane aride. De loin en loin s'élevaient les colonnes opaques des vapeurs de soufre jaillissant du sol. Un vent glacial se leva et balaya les remparts. Les ruelles étroites de Volterra restaient à l'abri. Cette ville à demi morte, avec sa population fardée de blanc par le travail de l'albâtre, respirait un ennui définitif et désespéré.

*

Le soir même, la baronne Picanti donnait un grand dîner. Patrice se trouva assis entre une Autrichienne avec laquelle il parla anglais, et une Egyptienne avec laquelle il parla italien. Deux Anglais qui l'ennuyaient horriblement encadraient la marquise. Elle avait essayé sans succès toutes les bassesses auprès de sa cousine pour être assise à côté d'un ancien secrétaire de D'Annunzio. L'Autrichienne était jolie, mais sans plus. L'Egyptienne avait des yeux merveilleux et un nez camus. Patrice ne s'ennuyait pas. Ses voisines étaient agréables et faciles à dérider. Il mourait d'envie de donner à chacune un rendez-vous différent. En face de lui, se tenait un Français d'une cinquantaine d'années, aux cheveux gris, à la voix forte et nette. Patrice avait recueilli quelques échos de la conversation qu'il tenait avec la baronne Picanti. L'homme parlait de New York, de Tanger, d'expansion économique, de guerre.

L'Autrichienne saisit le mot de guerre et s'en empara :

— Croyez-vous, dit-elle, que nous y allons encore ?

— Il est possible que nous en approchions, dit Patrice, certains signes laissent présager que nous n'en sommes pas loin.

En face de lui, l'homme intervint.

— Les chiffres et les cours de Bourse indiquent déjà une tendance qui n'est pas à négliger. Cependant la transformation économique préparatoire n'est pas entamée. Toutes les industries se sont trop brusquement retournées vers une production pacifique pour reprendre du jour au lendemain les formes de l'économie de guerre.

— Peut-être, dit Patrice, mais on aurait bien tort de se fier aux pronostics des financiers et des hommes d'affaires. Ils sont par principe et par nécessité professionnelle avides et bornés. Je crois à d'autres présages. Par exemple, si l'on m'annonçait que Cocteau est en train d'écrire une deuxième suite au *Potomak,* je croirais beaucoup plus en une guerre comme celles qui ont suivi le premier et le deuxième volume...

— Ah ! Cocteau, dit une dame éloignée, quel génie ! Quel malheur qu'il ait des mœurs aussi spéciales ! Ne trouvez-vous pas ?

— Cocteau d'ailleurs, reprit Patrice, ne nous donnerait là qu'un signe entre mille. Ainsi m'écrit-on de Paris que les libraires vendent actuellement dix fois plus de ce qu'on appelle les romans d'évasion et d'amour. Il n'y a pas de doute que le public, déjà terrifié par l'approche de la guerre, cherche par tous les moyens à s'en évader moralement. Le dérèglement des saisons, l'hiver doux, l'été pluvieux sont des indices qui ne trompent pas non plus. Comme en temps de guerre, on voit les êtres s'aimer jeunes et s'épouser sans argent...

Patrice s'interrompit avant l'inévitable intervention de la marquise Bongiovanni. Jalouse des propos de son neveu, elle voulut le contredire :

— Moi, je ne crois pas à tout cela qui est absurde.

L'amour de la paix triomphera dans le cœur des hommes pendant de longues années. D'ailleurs, si l'on en croit la prédiction du Bouddha vivant, ce n'est pas une guerre qui ravagera notre planète, mais c'est une épidémie foudroyante qui brûlera tout sur son passage.

— Le Bouddha vivant, dit Patrice, n'a pas fixé de date. Quant au feu qui brûlera vif des millions d'êtres humains, c'est très probablement le feu déclenché par la bombe atomique.

Le dîner fut égayé par ces badineries. L'Autrichienne se révéla plus spirituelle que ses premières paroles l'auraient laissé espérer. Patrice l'invita à dîner pour le lendemain et, à sa grande surprise, elle accepta avec plaisir. L'Egyptienne au contraire se révélait ennuyeuse. Malgré sa jeunesse, on apercevait déjà les premières traces des ravages que la graisse commettrait sur elle. Mais le jeune homme restait fasciné par les yeux, la blancheur des bras et le bleu des cheveux. Il essaya de lui demander un rendez-vous qu'elle refusa sans grâce.

En face de Patrice, l'homme aux cheveux gris continuait une conversation en aparté avec sa voisine. Quelques bribes de phrases passaient la table sans qu'il fût possible de se faire une idée exacte des propos échangés. Etait-ce un financier, un industriel, un diplomate ? Impossible de deviner. Son élégance parfaite, sa voix nette et scandée, l'intelligence particulière de son visage ne pouvaient aider à le classer. La curiosité de Patrice était attirée par cet inconnu auquel il avait brutalement et avec audace coupé la parole pour le plaisir d'un court feu d'artifice qui avait secoué un peu les dîneurs, bien qu'il ne l'eût pas prolongé.

Le dîner terminé, la baronne Picanti ouvrit son salon. Un Italien s'empara de la blonde Autrichienne. Patrice évita sa tante à laquelle on avait peu prêté attention et qui était de mauvaise humeur. En passant il demanda à la baronne qui était l'homme aux cheveux gris.

— Mais voyons, c'est Jean Lebreuil...

Jean Lebreuil ! Bien sûr il fallait être un initié pour savoir qui était cet homme. Ce nom se prononçait souvent et à propos de tout dans le monde des affaires. Il représentait des centaines de millions et peut-être même quelques milliards. Comment ne l'avait-il pas deviné ? Patrice ignorait d'où venait sa fortune, mais l'homme semblait capable de l'avoir créée entièrement de ses propres mains. De profil, son nez droit, son front court et son menton carré donnaient de la force et de la rudesse à un visage qui, de face, paraissait plus ouvert et moins dominateur.

Le maître d'hôtel passait le café et les liqueurs dans un service de Venise.

— Le goût du cognac est-il aussi influencé par la guerre ? demanda une voix derrière Patrice qui se retourna.

Jean Lebreuil se tenait là, debout, une tasse à la main.

— Je ne pense pas, dit le jeune homme. Les paradoxes ne sont pas aussi généraux que nous aimerions qu'ils soient.

— Croyez-vous vraiment que les hommes d'affaires sont bornés et naïfs ?

— Tous ceux que j'ai approchés m'ont paru ainsi.

— Il est possible que vous ayez un peu raison. Je suis très mal renseigné... Ils ont peut-être des excuses comme par exemple de concentrer leur attention sur un certain travail qui ne souffre pas de distraction. Leur répit, ce sont les banalités.

— Il y en a d'autres que les banalités épuisent...

— Que faites-vous dans la vie ? questionna Lebreuil.

— Rien encore, dit Patrice. Je n'ai pas eu le temps

jusqu'ici. Cela devient urgent. Dès mon retour à Paris, il faudra que j'entre dans le cercle infernal : travail et loisirs forcés.

— Téléphonez-moi, Elysées 45-14. Notez-le, je ne suis pas dans l'annuaire.

Patrice nota et Mercédès Bongiovanni s'empara de Lebreuil qui reçut le choc sans sourciller, avec une politesse à peine exagérée. A part l'Autrichienne et l'Egyptienne, toutes les femmes étaient d'un âge canonique ou mûr qui laissait froid le jeune Français. Un instant seul, il chercha des yeux une victime aux sarcasmes qui bouillonnaient en lui. Le ton tranchant et un peu condescendant de Lebreuil ne l'impressionnait pas. Son verre de cognac à la main, il examina les gravures qui décoraient un coin du salon. Derrière une tenture une porte s'entrebâillait. A tâtons, il chercha l'électricité, découvrant un boudoir avec un canapé recouvert de soie noire et de châles libanais. Deux fauteuils contemplaient le téléphone posé sur une petite table. Patrice s'allongea sur le divan qui sentait le musc ou quelque parfum oriental approchant. La lumière très basse laissait dans l'ombre le plafond. Tout cela très baudelairien, très lourd d'intention et indécemment évocateur de voluptés pâmées.

Le numéro d'Olivia était si facile à composer sur le cadran...

— Bonsoir, Olivia.

— Ah ! je suis furieuse contre vous ! Pourquoi êtes-vous parti si vite ?

— Votre ami m'ennuyait !

— Ce n'était pas ma faute !

— Si.

— Non.

— Très bien, alors c'était la mienne.

— Vous avez mauvais caractère !

— Souvent.

— Il faudra vous corriger.
— Je n'ai pas envie.
— Ne soyez pas absurde.
— Je n'ai pas d'autre originalité.
— Patrice ?
— Oui.
— Etes-vous ivre ou plein de remords ?
— Un peu les deux.
— Ah ! j'aurais dû m'en douter.
— Etes-vous assise dans votre horrible fauteuil ?
— Non, je suis couchée, j'ai un gros chandail sur ma chemise de nuit et des papillons dans les cheveux.
— Des papillons, c'est charmant !
— Non, c'est horrible, je les déteste.
— Dites du mal des papillotes, mais pas des papillons.
— C'est ça, moquez-vous de moi.
— Non, je préfère un rendez-vous.
— Vous n'en méritez aucun.
— Il n'est pas besoin de mériter les choses pour les obtenir.
— Vous avez raison, mais vous devriez savoir qu'on ne doit pas le dire.
— Olivia !
— Oui.
— Je voudrais un rendez-vous dans le désert.
— Il n'y a pas de désert à Florence.
— En tout cas, pas chez Doney.
— Je n'aime que Doney.
— Et moi je vous aime seule.
— D'abord, vous ne m'aimez pas...
— Ne placez pas la conversation sur ce terrain ou bien je vais être interminable.
— D'où me téléphonez-vous ?
— De chez Maria Picanti.
— Alors, vous n'êtes pas seul.

— Si, j'ai trouvé un téléphone dans le boudoir pendant que les invités savourent les liqueurs.
— Il y a toujours des jolies femmes chez les Picanti.
— Pas ce soir.
— Pas une seule ?
— Pas une seule.
— Patrice, vous mentez.
— Un tout petit peu seulement.
— Vous êtes horrible, je vous déteste et vous n'aurez pas votre rendez-vous.
— Alors je le prendrai de force ou par ruse.
— Ne croyez pas cela.
— Venez demain à midi aux Cascines et je vous expliquerai comment j'ai l'intention de m'y prendre.
— A midi c'est tard.
— Nous déjeunerons ensemble où vous voudrez.
— Je cède par curiosité.
— Vous remarquerez que j'ai le triomphe modeste.
— Oui, Patrice, vous avez toutes les qualités. Bonsoir.
— Bonsoir, Olivia.

*

Ils se promenèrent aux Cascines et déjeunèrent dans une trattoria de Fiesole. Olivia, bien qu'habillée de couleurs vives, lui parut pâle et maigrie. Ses yeux brillaient d'un éclat emprunté à la fièvre. Patrice, oubliant son agacement du jour précédent, la contemplait et l'écoutait avec émotion. La trattoria était déserte et leur table reculée dans un angle de la pièce. Une serveuse entrait, déposait les plats et disparaissait avec une discrétion exagérée les laissant seuls dans la salle nue, aux tables ornées de nappes à carreaux rouges et blancs. Tout ce que Patrice percevait de faiblesse et de fragilité chez Olivia suggérait qu'il n'y aurait rien de plus beau que de la protéger, de l'envelopper d'un sentiment fort et doux. Il la voyait désarmée, en proie à des craintes sans objet et dangereuses. Une main d'Olivia reposait à plat sur la table et il put la saisir sans qu'elle se retirât. De l'index il caressait les doigts qui ne répondaient à aucune de ses pressions. Pour avoir longtemps désiré une rencontre aussi parfaite, Patrice en appréciait mieux qu'à aucun moment de sa vie le goût fugitif. Pourquoi la jeune fille abandonnait-elle sa main ? Pourquoi les laissait-on seuls dans la salle ? Pourquoi cette apparence soudaine de complicité au moment où il voulait parler ? Patrice se taisait encore quelques instants avant de prononcer des paroles aussi définitives qui rompraient le charme. Une intuition secrète le confinait dans un silence qui prolongeait aujourd'hui, pour la dernière fois peut-être, cette période de son amour. L'aveu fait, il savait qu'un nouveau jeu commencerait, qu'un peu de comédie entrerait dans leurs rapports, qu'Olivia se sentirait plus femme et moins jeune fille. Ce qu'il retenait au bord de ses lèvres, c'était l'avenir engagé par un mot. Toute la jeunesse, la fraîcheur et la naïveté de cœur qu'il retrouvait grâce à elle ne devaient pas s'évanouir aussi subitement. Déjà, à cette heure, Patrice se promettait de décommander l'Autrichienne qu'il trouvait fade. Il ne gâcherait pas ce dernier jour d'Italie. Le lendemain matin, il serait sur la route emportant le souvenir intact du visage et du sourire d'Olivia.

Place Mino da Fiesole un vent glacial les gifla. Olivia se recroquevilla dans sa fourrure.

— Je suis sûre que vous auriez aimé monter jusqu'à l'esplanade de San Alexandro, dit-elle, mais ce vent me tue, je ne le supporte pas. Raccompagnez-moi et allez-y seul. La lumière bleue et rose du Valdarno est inoubliable à cette heure.

— Je n'ai pas envie de vous quitter.

— Nous nous verrons demain.

— Non, ce sera trop tard. Je pars demain matin.

— Ce n'est pas vrai ?

— Si. C'est mon dernier jour d'Italie et je vous suis reconnaissant de l'avoir passé avec moi d'une façon aussi simple.

— Patrice, il faudra nous revoir.

— Je n'ai plus que ce désir.

— Nous pourrions être de vrais amis.

— Nous pourrions aussi être plus.

— Je ne crois pas.

— Dites-moi seulement que je puis garder un espoir.

Olivia se tut un instant et laissa Patrice prendre son bras. Tous deux évitaient de se regarder.

— Un espoir ? Je n'aurais pas le droit de vous en refuser un. De toute façon, je sais que votre imagination aura vite fait de se lasser de moi.

— Il ne s'agit plus de mon imagination.

— Nous verrons. Patrice, nous verrons. Ecrivez-moi, j'aime vos lettres.

Ils reprirent la voiture sans plus ajouter un mot et suivirent la route en lacet qui descendait la colline. Patrice s'arrêta devant la villa de Mr. Hardyson. Olivia tendit sa main qu'il porta à ses lèvres après avoir relevé un peu le gant et dénudé un coin de peau.

La jeune fille franchit le portail et s'engagea dans l'allée de gravier. Patrice la suivit des yeux mais elle ne se retourna pas...

Il lui restait à dire adieu à l'Italie sans confondre les deux amours qui y étaient nées. Jamais plus peut-être son cœur ne souffrirait un tel enthousiasme. Venise, Olivia, Florence seraient les rendez-vous toujours possibles de sa vie entière. Il se jurait de leur consacrer chaque instant de liberté que l'existence offrirait.

Sa tante le vit partir avec une émotion inattendue. Patrice fut désarmé de voir une larme au coin des yeux myopes de la chère femme et regretta quelques-uns de ses mouvements d'humeur. La retrouverait-il ? Dans son inoffensive démence elle demeurait touchante. Peut-être même lui avait-elle appris quelque chose qui était inséparable de l'Italie : le goût du baroque et la curiosité d'une existence absolument frivole. Elle resterait, elle aussi, à jamais inséparable des souvenirs du voyage italien à travers la sensibilité, l'art et l'amour.

Patrice arriva de nuit à Genève par un temps glacial. Au réveil, il ouvrit ses volets sur une ville embuée. Du brouillard cachait le Léman et la montagne enneigée s'estompait dans un ciel trop blanc. Il eut envie de fuir, de reprendre la route, trop peu sûr de ce qu'il venait chercher ici, pas très fier de s'avouer que l'adresse inscrite par Vanda dans son carnet le tentait encore.

Quelques instants plus tard, il marchait sur le quai du Rhône. Le brouillard se déchirait et des lambeaux de brume dérivaient à la surface des eaux que traversaient des cygnes blancs et noirs. Taillée dans une pierre hygiénique, la ville ressemblait à un gigantesque bonbon servi dans l'ouate. Sous le pont du mont Blanc le Rhône coulait à grands coups d'épaule. Une calotte de neige comme en portent les médecins dans les hôpitaux couvrait la tête de la statue de Rousseau. D'un bon pas, il suivit le quai des Eaux-Vives jusqu'à ce que le vent chassât la dernière volute de brouillard. La neige ne tombait plus et la rive opposée apparut tout d'un coup nette et dessinée, enchâssant le lac couleur de turquoise. Le jeune homme respirait un air pur qu'une apparition voilée du soleil ne parvenait pas à réchauffer. En retournant vers le centre de la ville, il plongea dans une foule qui lui parut d'une santé éclatante. La veille encore il croisait dans les rues de Florence des visages émaciés et ardents qui pouvaient passionner un étranger. Patrice erra quelques heures dans la ville, acheta des cigarettes, du chocolat, mangea des gâteaux bourrés de crème et atteignit l'heure du déjeuner. Il était passé devant deux ou trois bars avec la tentation d'y entrer et la crainte d'y rencontrer inévitablement Vanda qui, pourtant, n'était peut-être même pas en Suisse. La neige fondait, le soleil perçait le plafond bas des nuages. Il reprit sa voiture et suivit le bord du lac jusqu'au Palais de la Paix. L'immense bâtiment dormait dans son enceinte. Quelques voitures stationnaient en haut de la place. Un gardien voulut arrêter Patrice qui lui jeta en pâture le nom d'un ministre. De l'allée centrale déserte il passa sans encombre sous la voûte jusqu'à la cour intérieure. La Paix avait un aspect froid et immatériel peu séduisant. Patrice fit demi-tour et contourna le bâtiment. Une voiture passa sous la voûte et un délégué arabe en descendit, appuyé sur les épaules de deux huissiers qui s'étaient précipités à sa rencontre. Un paon faisait la roue en se promenant sur la pelouse semée de plaques de neige. Le parc descendait en pente douce jusqu'à la voie du chemin de fer masquée par des allées d'arbres. Patrice suivit une allée de gravier rouge jusqu'à un rond-point où une sphère zodiacale en métal doré reposait, immobile, sur un pivot. Il lut l'inscription à Woodrow Wilson, sourit de la naïveté grandiose du palais et de tous les symboles auxquels on avait si fortement cru. Le froid rendait encore plus perçants les cris des essaims de grèbes noirs qui survolaient le parc.

Patrice fit demi-tour par l'allée de gravier, humant l'air qui glaçait ses poumons.

A l'autre bout de l'allée, une silhouette lente apparut. Une femme en trench-coat clair et béret marchait à sa rencontre. Il détourna les yeux pour la laisser venir et ne se décida à la regarder que quand il fut sur elle. Vanda avait tellement changé que Patrice eut une hésitation qu'elle devina aussitôt. Son sourire s'effaça et une lueur d'angoisse passa dans ses yeux.

— Que fais-tu là ? dit-elle.

— Je visite comme un petit jeune homme bien élevé qui apprend sa géographie. Et toi ?

— Je me promenais. Y a-t-il longtemps que tu es à Genève ? Pourquoi ne m'as-tu pas téléphoné ?

— Je n'aime pas téléphoner. Je crois que je préférais te rencontrer par hasard ou ne pas te rencontrer du tout.

— Peut-être as-tu raison.

— Que fais-tu maintenant ?

— Je me promenais dans cette allée où mon père est tant de fois venu.

— Ah...

— Rentrons, veux-tu ? dit-elle.

— Où voudrais-tu aller ?

— Un bar, un bistrot ? Rien ne me dit. Allons chez moi.

Comment n'avait-elle pas froid à peine vêtue de ce trench-coat blanc, un foulard rouge autour du cou ? A marcher ainsi, Patrice retrouvait le souvenir de leur rencontre vénitienne, ce pas qui ne s'accordait pas au sien, cette lassitude qui semblait perpétuellement émaner de la jeune femme. Il avait beau faire, il n'arrivait pas à la situer. Un réflexe de petit bourgeois continuait de l'inquiéter : que faisait-elle ? De quoi vivait-elle ? Quel homme l'entretenait tantôt largement tantôt mal ? Et au contraire, s'il n'y avait rien dans cette vie, rien d'autre qu'une aventure déroulée sans fin, sans halte, sans répit ?

Vanda habitait dans la vieille ville une des rares maisons anciennes conservées intactes. L'appartement était vide. Au mur demeuraient les traces des meubles qu'on avait dû enlever. Patrice n'osa questionner et suivit la jeune femme qui ouvrit la porte d'une chambre où s'entassait au contraire un fouillis extraordinaire : des icônes accrochées au mur, des valises empilées les unes sur les autres, des monceaux de lettres ouvertes sur une commode ancienne, un réchaud à alcool et, sur une table de chevet, la photo d'un barbu, le nez surmonté d'un lorgnon. Dans les angles du cadre avaient été encastrés de petits portraits des membres de la famille impériale.

— C'est ici, dit-elle. Je me suis réfugiée dans cette pièce. Tout le reste a été vendu au fur et à mesure que la dèche se prolongeait ou que j'avais envie d'un voyage à Venise, à Rome ou à Paris.

— Et quand il ne restera plus rien ?

— Nous y sommes presque comme tu peux en juger. A part les icônes et mes bijoux, je n'ai plus que mon lit, mais valises et la photo de mon père.

— Alors ?

— Alors rien. J'attends cette minute sans angoisse et sans impatience.

Elle ôta son béret qui découvrit la masse fauve de ses cheveux. Sous l'imperméable elle ne portait qu'une robe de laine.

— Cigarette, Patrice ?

— Merci.

— J'ai un bon souvenir de toi.

— Nous nous sommes si peu vus.

— Peut-être est-ce la meilleure chose qui pouvait nous arriver. Après ton départ j'ai eu encore faim de toi. Tes lettres m'ont fait plaisir. Pourquoi ne m'as-tu plus écrit ?

— Ne l'as-tu pas deviné ?

— Si, bien sûr. Je voulais seulement savoir si tu l'avouerais.

— Contente ?

— Non, ça je ne puis pas dire que je suis contente.

Ils s'étaient assis tous deux sur le lit, encore assez distants l'un de l'autre, et tiraient sur leurs cigarettes presque entre chaque mot. Patrice pensait à Olivia et

Vanda également. « Je n'ai rien promis », pensait-il, ne doutant pas du consentement de Vanda. « Rien promis », cela voulait dire qu'il pouvait encore jouir de sa liberté une dernière fois. Cette excuse n'était déjà plus, une fois formulée, une excuse mais une absolution.

Etendant la main, il enserra dans ses doigts le poignet aux entailles de rasoir. En fermant les yeux, il se laissa aller à confondre le velouté des deux peaux. Elles se ressemblaient non par la couleur, ambrée chez Vanda et blanche chez Olivia, mais par la finesse du grain, et la fragilité des os.

— A quoi penses-tu ? demanda-t-elle.

— Au geste que je vais faire pour te prendre et te coucher sur ce lit.

— Comment es-tu si sûr de mon consentement ?

— Je ne suis pas sûr, ce n'est pas la même chose, je n'y ai pas pensé. Pourquoi ne consentirais-tu pas ?

— Et si j'ai un amant ?

— Ou bien tu l'as déjà trompé avec moi, ou bien tu ne le tromperas pas puisque je t'ai connue avant lui.

— Raisonnement facile. On dirait d'ailleurs un raisonnement féminin.

— Tu as raison, c'est une femme qui m'a appris ça.

— Il y a beaucoup de femmes dans ta vie, Patrice ?

— Il y en a eu une et quelques autres.

— Une et quelques autres... j'aime assez cette formule. Y en aura-t-il deux et quelques autres ?

— Probablement, je le crois et je l'espère.

— Ah ! tu espères aimer ?

— Je n'espère que cela.

— Patrice, quel enfant tu fais !

— Un enfant qui embrasse bien.

Il la prit par la taille et la força à s'allonger, mais Vanda conservait sa cigarette dont elle lui jetait de rapides bouffées au visage. Un sourire railleur s'esquissait sur ses lèvres. Patrice retira la cigarette à demi consumée et l'écrasa dans un cendrier. Le baiser ne lui apprit rien. Vanda embrassait bien et anonymement avec une science un peu voulue qui gênait. Il la tenait à la taille étroitement serrée contre lui, l'immobilisait de toute la force de ses bras comme si elle avait pu, un instant, penser à s'échapper.

— J'étouffe, dit-elle, laisse-moi fermer les rideaux.

Patrice se rejeta sur le côté du lit. Il voulait ne penser à rien, seulement attendre la seconde où elle se déshabillerait, écouter les froissements maladroits d'une femme qui se dénude dans l'obscurité. Vanda ne trompa pas son espoir. Il l'entendit quitter les chaussures, les bas, retirer la robe, la ceinture. Toutes ces défroques tombaient par terre, abandonnées. Quand elle s'allongea, elle fut surprise de sentir qu'il n'avait quitté aucun de ses vêtements. Elle se plaignit qu'il la griffait avec les boutons de sa veste et à son tour il jeta au loin ses affaires, tout d'un coup follement impatient de se retrouver nu contre elle. Aucune habitude ne pouvait émousser l'angoisse de ce premier contact de deux peaux qui s'attiraient aussi violemment. En quelques secondes Patrice se laissait envahir par une ivresse et une frénésie où toute sa force ne suffisait pas à le rapprocher assez du corps convoité. Il avait beau la heurter de tout son long, chercher à lier leurs genoux et leurs chevilles, il ne parvenait pas à effacer ce déchirement causé par l'impossibilité d'aimer parfaitement. Comme il croyait deviner en Vanda le même désespoir, sa rage croissait et il aurait voulu l'étouffer... Vanda gémissait plaintivement. Patrice, les yeux fermés, n'arrivait pas à chasser l'image d'Olivia. Il eût été facile d'ouvrir les yeux, de reconnaître la Russe, mais il s'y refusait. Plus il pensait à Olivia, plus il fermait les yeux. L'effort désespéré de son imagination parvenait à chasser la réalité, et ces lèvres qu'il pressait contre les siennes prenaient un goût inconnu et frais qui versait l'ivresse. Il lui tint les bras pour qu'elle ne fît aucun des gestes qu'Olivia n'aurait jamais osés, et la caressa avec douceur et précaution pour ménager sa pudeur. Docile, Vanda obéissait et cachait son front contre l'épaule de Patrice qui la parcourait, renouvelait son corps, croyant découvrir un être neuf et pur. L'étroitesse de Vanda favorisa encore plus loin l'illusion. Lui, maintenant, serrait les dents pour qu'aucun nom ne lui échappât...

Ils dormirent peut-être une heure ou deux, jusqu'à ce que Vanda se levât pour mettre de l'eau à chauffer dans une bouilloire. Eveillé, Patrice se garda d'ouvrir les yeux pour ne pas voir la chambre en désordre, la silhouette peut-être en peignoir. Son bas-ventre le brûlait comme s'il avait fait l'amour avec du feu. L'illusion demeurait, mais amoindrie, réduite à l'état de souvenir.

— Patrice...

— Oui.

— Ouvre les yeux.

Vanda était là en peignoir et l'amour avait plaqué sur son visage un masque jaune et luisant, avec de grands cernes mauves sous les yeux. Elle tendait une tasse de thé et une cigarette allumée.

*

Patrice retrouva l'ivresse le lendemain. Il ne pouvait plus quitter Genève. Faire l'amour avec Vanda en pensant à Olivia le troublait au point qu'il se croyait devenu la proie d'un stupéfiant. Il vint habiter avec elle au Bourg de Four, dans l'appartement désolément vide où sa présence ne mettait aucun ordre. La Russe se complaisait dans cette insouciance poussiéreuse. Patrice y vivait les yeux fermés dans un mutisme quasi absolu qu'il avait fini par imposer. Ils ne prononçaient pas dix mots dans la journée et ce qu'il connaissait le mieux d'elle, c'étaient ses plaintes pendant la nuit, le souffle rauque qui montait crescendo. La neige tombait de nouveau et les enveloppait dans un manteau d'ouate où s'étouffaient tous les bruits. Au bout d'une semaine Patrice ne sortait plus. La jeune femme remontait des cigarettes et des sandwiches. Quand ils ne faisaient pas l'amour ou ne dormaient pas, ils écoutaient des disques de musique russe dont elle avait une impressionnante collection.

De la fenêtre, il apercevait la place du Bourg de Four dont l'agitation le laissait sans envie. Il observait d'un œil indifférent les entrées et les sorties du café Aeschlimann qui, gorgé d'étudiants, reflétait le soir sur la neige de la place les lueurs mauves et ambre de ses vitres.

Patrice ne comptait plus les jours. Sa bouche se desséchait à force de fumer. Rien ne l'attirait au-dehors. Toute la journée, il pensait à Olivia, se rappelait leurs conversations, sa mauvaise humeur, se reprochait d'avoir retardé une de leurs rencontres simplement pour venger sa susceptibilité. Il ne lui venait pas à l'idée d'écrire comme si c'eût été une trahison. Jamais elle ne comprendrait combien violemment il avait commencé de l'aimer dans les bras de Vanda.

Au bout de dix jours, il se souvint brusquement qu'Olivia avait promis d'écrire à Paris. La première lettre devait l'attendre là-bas, il en avait l'intuition nette et certaine. Le sens de l'humour lui revenant avec la lucidité, il annonça qu'il allait acheter lui-même quelques cigarettes, posa un baiser sur le front de Vanda qui se tirait les cartes et sortit. Il devait être cinq heures du soir. Patrice traversa le Bourg de Four jusqu'au marchand de tabac, prit effectivement des cigarettes et descendit la colline jusqu'au garage. La voiture était là encore pleine de ses bagages. Il n'abandonnait chez Vanda que son rasoir et sa brosse à dents, perte peu sensible qui resterait en souvenir de son passage sur la tablette de verre de la salle de bains.

La nuit, sur la route gelée, lui parut interminable. Il conduisit prudemment, ne voulant pas se tuer à la veille de lire une lettre d'Olivia. Il creva deux fois et eut du mal à trouver un mécanicien pour réparer une légère avarie du moteur. L'aube se levait quand il franchit la porte d'Italie. Il n'avait pas revu Paris depuis un an. Il prit par les quais à hauteur de la gare d'Austerlitz jusqu'à la Cité. Depuis deux ans il logeait là dans un hôtel médiocre, mais dont les fenêtres donnaient sur la place Dauphine. La directrice, une vieille fille à cheveux gris, l'accueillit avec joie.

— Vous auriez dû me prévenir, monsieur Belmont, je ne vais pas avoir une très belle chambre à vous offrir aujourd'hui. Il faudra vous contenter de quelque chose de moins bien.

— Ça ne fait rien. Je prendrai ce que vous avez. Y a-t-il du courrier ?

— Du courrier ? Voyons... Non, je n'en vois pas... Ah ! mais voilà le facteur...

Le facteur poussait la porte.

— Voilà, mademoiselle Drinlin, c'est tout pour ce matin.

Patrice avait déjà vu en un clin d'œil sur le dessus de la pile le timbre italien et reconnu l'écriture d'Olivia.

— Eh bien, monsieur Belmont, vous avez justement une lettre, dit la vieille fille. On dirait que vous vous êtes donné rendez-vous ce matin...

II

Les amours

Les jours passaient. Patrice savait qu'il était temps de vendre la voiture et de songer à gagner sa vie. Il ne pouvait compter que sur lui-même dans cette course à l'existence qui tout d'un coup s'imposait à lui après tant d'années de dilettantisme, de gratuité, d'études bâclées, de plaisir. On avait pensé à lui jusqu'à ce jour, en le munissant d'un petit héritage dont il voyait la fin, en le nourrissant, l'habillant et le logeant pendant la guerre. Les fées singulièrement bienfaisantes qui avaient veillé à protéger sa jeunesse dans la tourmente se fatiguaient de le porter à bout de bras. En fait, ce qu'on lui demandait, c'était un effort de vie, une participation aux règles de la morale commune qui veut que l'on mérite ce que l'on gagne. L'hiver s'annonçait et bien qu'il fût assez doux, il n'était pas question d'aller coucher sous les ponts. La lettre d'Olivia ajoutait une note grave à ces préoccupations.

« Cher Patrice,

« Depuis votre départ, il pleut sans cesse sur Florence. Je n'ouvre plus ma fenêtre la nuit pour contempler les étoiles. Je n'apercevrais qu'un ciel noir et froid. Je ne vois plus de tableaux et je ne déjeune plus dans les trattorie de Fiesole, mais je suis allée à trois soirées qui se sont terminées à l'aube. Ma gaieté n'a paru artificielle qu'à moi-même. J'aurais aimé vous dire combien votre présence me plaisait et combien notre amitié me reposait. J'aurais voulu les prolonger comme ces belles choses que l'on rêve. Je n'ai pas ici d'amis qui me conduisent dans les musées. Et pourtant c'est là ma vraie vie, celle qui me donne le plus de joies. J'aurais aussi voulu vous parler de cette atmosphère dans laquelle je vis et qui détruit mes nerfs. Mais cela vous l'avez deviné. Je n'ajouterai rien. Ecrivez et dites-moi ce que vous faites. Vous ne connaissez pas votre bonheur d'être à Paris. Un jour peut-être m'y verrez-vous débarquer sans crier gare !

« OLIVIA. »

Patrice garda la lettre dans sa poche comme un talisman. L'accord singulier de son arrivée avec celle du message de la jeune fille était de ces signes qui ne peuvent tromper.

Quand il ouvrit son carnet d'adresses, le premier numéro qu'il trouva fut celui de Jean Lebreuil. Une secrétaire répondit et le pria de laisser nom et adresse. Le lendemain Patrice recevait un pneumatique le priant de passer, à quatre heures, avenue Hoche.

Lebreuil habitait un hôtel particulier de la plaine Monceau. Il y avait installé, au rez-de-chaussée, trois bureaux d'où il dirigeait ses affaires. Patrice fut étonné de découvrir la modestie de l'installation, les deux secrétaires travaillant dans une pièce sans jour, le caissier-comptable installé dans une cage vitrée à l'entrée du couloir. Plus tard, il comprendrait que l'absence de façade était la force de Lebreuil. Mais la première impression décevait plutôt et Patrice se demandait si, en lui vantant le pouvoir de cet homme si puissant, on n'avait pas cédé à un mythe. Une secrétaire le fit attendre dans un salon assez maladroitement meublé. Il inspecta la pièce, s'assurant qu'aucun des livres classiques qui ornaient la bibliothèque n'était jamais lu, puis se prépara à ne pas rater une entrée qui le laissât brusquement embarrassé de son manteau, de son chapeau et de ses gants. Dix minutes passèrent.

— Monsieur Belmont ?

— Oui.

— M. Lebreuil vous attend.

Patrice suivit la jeune fille qui avait une verrue brune sous le lobe gauche de l'oreille. Un couloir, une porte rembourrée. La secrétaire s'effaça. Lebreuil était à l'autre extrémité d'une pièce immense jalonnée de fauteuils jusqu'à hauteur du bureau, où l'homme d'affaires restait assis et tendait une main nette et soignée à Patrice qui se hâta.

— Comment allez-vous ?

— Comme un homme qui a quitté Florence !

— Bah, vous y retournerez ! Que faites-vous maintenant ?

— Encore rien. J'ai vendu ma voiture pour vivre. Cela donne un petit répit.

— Avez-vous fait des études ?

— Comme tout le monde.

— Savez-vous taper à la machine ?

— Un peu.

— C'est essentiel, beaucoup plus qu'un doctorat. Voulez-vous travailler avec moi ?

— Pourquoi pas ? dit Patrice. De quoi s'agira-t-il ?

— De tout et d'être discret. J'ai besoin d'un aide pour coordonner mes activités. Je ne vous accorderai que très peu d'initiative. Vous ne ferez que ce que je vous demande. Mes affaires sont très importantes. Vous apprendrez à les connaître au fur et à mesure. Etes-vous d'accord ?

— Tout à fait.

— Quel âge avez-vous ?

— Vingt-huit ans.

— Eh bien voulez-vous que nous commencions aujourd'hui ?

— Certainement !

— Très bien, prenez ce dossier, étudiez-le et faites-moi en vingt lignes un résumé clair de l'affaire, sans commentaires. A demain matin.

— A demain, monsieur.

Patrice avait déjà traversé la moitié du bureau quand Lebreuil l'arrêta :

— Monsieur Belmont.

— Monsieur ?

— En sortant, vous demanderez à ma secrétaire de vous conduire au caissier, vous lui indiquerez votre nom et vous lui fixerez le chiffre des appointements que vous désirez. A demain.

— Je vous remercie, monsieur.

L'important était donc de ne pas passer pour un imbécile et de ne pas lésiner. Patrice fixa un chiffre double de celui qu'il avait cru que Lebreuil lui offrirait.

Il commençait à peine à se donner une importance.

Ses fonctions demeurèrent longtemps imprécises à Patrice. Il voyait Lebreuil chaque matin. L'affairiste était aimable et brusque à son habitude. Aucun rapport mondain n'existait plus entre eux. Le dîner de Florence appartenait à une autre vie et leurs rapports actuels se situaient sur un plan différent. Patrice ne s'en plaignait pas. Cette brusquerie de Lebreuil était salutaire et sans mensonge. Les propos échangés restaient distants. Patrice plongeait dans les dossiers et tentait de prêter un peu d'imagination aux rapports de gestion, aux chiffres. Il s'efforçait de s'intéresser aux statuts d'une société, aux comptes rendus des conseils d'administration, aux projets d'augmentation de capital. Peu à peu, ce langage obscur et rigide lui devenait familier. Les affaires de Lebreuil ne requéraient aucune spécialisation. Il s'agissait de vendre ou d'acheter des titres, d'approuver des bilans ou de répondre « non » aux solliciteurs. Les lettres de ces derniers étaient la chose qui stupéfiait le plus Patrice. Il y découvrait comme dans un miroir le prestige de son patron, l'auréole dont sa fortune le parait et le piédestal sur lequel il se maintenait sans cesse en équilibre, exposé aux ambitions de tous. Civilités et flatteries dépassaient les bornes. Lebreuil les accueillait avec une politesse si habile qu'il paraissait dupe de cette considération hypocrite. Patrice le croyait — sans trop de raisons, car l'homme ne se livrait jamais — profondément seul et méprisant.

D'autres choses accaparaient son attention dont la moindre n'était pas de retrouver Paris après un an d'absence. L'hiver était exceptionnellement doux et lumineux, favorable à de longues promenades solitaires, les mains dans les poches, à la recherche d'une rêverie, à la poursuite d'une histoire à se raconter. L'Italie avait ouvert Patrice à la curiosité, et Paris était plein de pièges pour les curieux, plein de réminiscences, de regrets, de désirs. Il ne marchait jamais seul dans la rue, mais accompagné de l'ombre furtive d'Olivia à laquelle il expliquait qu'il l'aimait et qu'à Paris ils seraient heureux. Il en arrivait d'ailleurs si, pour une raison ou pour une autre, il ne pouvait se promener une bonne heure dans sa journée, à se retrouver le soir avec une angoisse et une peine semblables à celles qui l'eussent affecté si Olivia avait décommandé un rendez-vous et aggravé son absence. La poésie de Paris, le charme indicible de certaines heures à la pointe de la Cité troublaient Patrice et accentuaient encore ses prédispositions à des rêveries parfois puériles. Des heures passaient qui pour certains auraient semblé perdues et pour lui l'enrichissaient à sa manière, le fortifiaient dans cet espoir encore absurde de retrouver Olivia et de s'en faire aimer. Patrice constatait déjà combien cet amour transformait sa vie, allégeait son cœur, modifiait beaucoup de ses attitudes. Il adoptait à l'égard de quelques amies une conduite qu'elles ne comprenaient pas, les écoutant avec attention, les reconduisant chez elles le soir et les abandonnant à la porte avec une politesse et un respect qui avoisinaient l'injure. A dire vrai, il ne s'était jamais montré à leur égard aussi prévenant, aussi charmant et aussi distant. En chacune il retrouvait un symbole d'Olivia, symbole qu'il respectait avec une nuance d'ironie et de regret comme s'il leur reprochait de n'être pas tout à fait, et pour leur malheur, ce qu'il désirait le plus passionnément.

Enfin Patrice avait des amis auxquels il consacrait ses meilleurs instants et les plus vifs sentiments de son cœur. Il les avait découverts aux époques les plus diverses et les mariages mêmes ne les lui faisaient pas perdre. D'ailleurs, en général, ses amis se mariaient peu ou si discrètement que cela restait sans importance. Patrice les retrouvait toujours avec fébrilité, attendant de l'amitié plus qu'elle ne saurait donner et toujours étonné quand cela dépassait encore ses espérances. Il en arrivait par enthousiasme, certains soirs alcoolisés, à se dire avec émotion que c'était la seule chose au monde qui comptât. Il en oubliait les déceptions, l'agacement qui naissait de certains tics trop familiers que l'on retrouvait chaque jour.

Les lettres d'Olivia prenaient une importance de plus en plus considérable dans sa vie. La jeune fille, avec un humour délicat, s'efforçait de ne pas le prendre au sérieux. Le ton de leur correspondance s'aggravait. Patrice écrivait : « Les sentiments que j'ai pour vous... » Elle répondait : « Votre imagination dépasse de loin tout ce que je croyais. » Ils parlaient de Dieu, du théâtre, de la mort, de poésie, d'amitié. Elle le chargeait de lui acheter à Paris des crèmes de beauté, du rouge à lèvres, les poésies complètes de

Ronsard et en échange lui envoyait une cravate, une médaille, un livre. Bientôt ils en vinrent à ne plus attendre la réponse à leurs lettres, mais à s'écrire chaque jour. Tout aidait Patrice à croire à son amour, à le fortifier dans ses espoirs, à orienter déjà sa vie comme s'il avait dû prévoir qu'un jour il retrouverait Olivia pour ne plus jamais la quitter...

Lebreuil qui semblait satisfait, exigea une plus grande activité de Patrice, l'envoya le représenter dans des conseils d'administration, lui confia des achats de meubles pour son salon et de tableaux pour une galerie de peinture qu'il avait à New York. Patrice n'en conservait pas moins l'impression de rester un dilettante et de disposer, pour son propre plaisir, de ces sommes énormes. Il acheta comme pour lui-même des Gauguin et des Renoir, des bureaux Louis XV et des Fragonard. L'illusion persistait, bien qu'il vécût dans un hôtel de second ordre et déjeunât dans des bistrots. Qu'importait de n'être propriétaire que de trois valises et de quelques livres qu'il abandonnait dans des chambres d'hôtel pour ne pas s'encombrer?

La vie allait-elle malgré cela rester calme et simple comme il le craignait? Patrice n'y croyait pas. Un matin, il eut au téléphone une voix tendre, un peu rauque à certaines intonations, gênée par un léger accent anglais. Béatrix passait par Paris et désirait le voir.

La photo qui ne le quittait jamais depuis dix ans gisait maintenant au fond d'un tiroir. Patrice eut la curiosité de la reprendre et de la contempler. En vérité, il ne l'avait pas regardée depuis la nuit de Venise. Les photos restent immuables. La beauté de Béatrix traversait les événements et se conservait avec ses ombres et son amertume. Au fond du tiroir, gisait également un paquet de lettres que Patrice ne lisait plus. A les ouvrir, il n'aurait pourtant éprouvé aucune déception. Cette femme lui avait écrit les seules lettres que l'on puisse écrire à un adolescent. Mais Patrice ne savait y trouver que le reflet de sa passion si maladroite alors, les réponses à ses serments, à ses prières, à son désespoir. Béatrix gardait encore sur lui ce pouvoir qui n'avait été que trop certain pendant des années. Elle avait déclenché l'amour et un flot brûlant de désirs, d'aspirations, de confusions qui blessaient un cœur mal préparé. Les souvenirs de Patrice c'étaient les souvenirs de son aveuglement et de la détresse qui s'en était suivie. Ne plus penser à elle ne servait à rien. Elle l'avait, peut-être sans le savoir, marqué de son sceau et la route qu'il suivait aujourd'hui à l'âge qui était celui de Béatrix au moment où il l'avait connue ressemblait étrangement à celle qu'elle avait elle-même suivie. Patrice ne savait s'il l'aimait encore et s'inquiétait de la revoir sans s'être préparé à l'idée de ce retour. Mais serait-ce un retour ? Béatrix était partie et revenue cent fois. Ils s'étaient aimés, détestés, réconciliés cent fois. Et lui se laissait toujours reprendre au moment où elle le désirait, n'ayant pas juré de ne plus la revoir. L'immuable beauté de Béatrix l'emprisonnait. Ce visage intelligent, ces immenses yeux bleus tachés de vert, cette bouche cruelle par la lèvre supérieure, sensuelle par la lèvre inférieure, détenaient un pouvoir d'une qualité impossible à mesurer. Enfin Béatrix faisait l'amour avec une sorte de rage, de passion, de pudeur et de révolte contre l'imperfection, qui enchaînait les corps.

Patrice la retrouva dans un bar de la rue du Colisée où ils se donnaient tous leurs premiers rendez-vous depuis dix ans. Son parfum non plus n'avait pas changé, ni la marque de ses cigarettes.

— Comme tu as maigri, mon petit !

— Vraiment, tu trouves.

Il jeta un rapide coup d'œil dans la glace et n'y rencontra que son visage habituel.

— Je ne t'ai pas vu depuis au moins un an.

— Oui, mais je t'ai envoyé des cartes postales.

— Je les ai reçues. On me les a fait suivre. J'ai lu ta carte de Venise, à Venise quinze jours après ton passage et celle de Florence, à Florence le lendemain de ton départ. J'ai été triste de ne pas te voir là-bas. Nous ne nous sommes jamais rencontrés ailleurs qu'en France où je ne suis pas la même qu'à l'étranger. Dis-moi, Patrice...

— Quoi donc ?

— C'est vrai que tu es amoureux ?

— Ah ! je vois que tu as rencontré quelqu'un qui t'a lu des lettres de D'Annunzio !

Béatrix rit. Elle semblait heureuse, reposée. Il se demandait si elle avait un amant en ce moment ou si les trains, les avions, les cocktails et la lecture suffisaient à apaiser sa fringale de vie. Malgré le temps, malgré Olivia, il n'aimait pas l'idée que la jeune femme eût un amant.

— Patrice ?

— Oui.

— A quoi penses-tu ?

— Je me demandais si tu as un amant.

— Non, pas en ce moment. C'est une période calme. Je lis, je vais au théâtre, je voyage.

Béatrix restait la plupart du temps hors de portée de sa compréhension. Avec lui, elle n'avait jamais tout à fait réagi comme une maîtresse. Leur différence d'âge ne suffisait pas à tout expliquer.

— Y a-t-il longtemps que tu es à Paris ?

— Huit jours.

Ainsi, elle était restée huit jours sans lui téléphoner, Patrice aurait pu la rencontrer par hasard et s'étonner de sa présence à Paris. Ce silence de huit jours le blessait.

— Je ne t'ai pas appelé avant, dit-elle, j'étais malade.

— Très malade ?

— Oui.

— Pourquoi ne m'avoir rien dit ?

— J'étais laide, harassée de fatigue, des cernes autour des yeux. D'ailleurs j'ai encore un peu de fièvre.

Patrice se taisait. Il aimait la pudeur de Béatrix qui n'avouerait jamais. Et pourtant elle savait qu'il savait. Mais toujours elle s'employait à cacher ces moments tragiques où, par un sursaut de volonté, elle luttait contre elle-même, souffrait les pires tortures, en sortait victorieuse et affaiblie, et sans même garder au fond de son cœur l'espoir qu'elle saurait ne plus rechuter. Que de mensonges avait-elle inventés, ces jours de « maladie » pour cacher la vérité à Patrice. Elle mentait et il ne l'oubliait pas, bouleversé qu'elle s'efforçât de conserver intacte en lui l'idée qu'il se faisait d'elle.

— Où allons-nous dîner ? demanda-t-elle.

— Un bistrot, veux-tu ?

— Bien sûr, mais changeons de rive. Je ne t'aime pas sur les Champs-Elysées.

Ils quittèrent l'atmosphère enfumée du bar où des poules bien portantes s'efforçaient d'être gaies avec des hommes d'affaires. Patrice aimait un restaurant de la rue Mazarine. On y mangeait des plats russes et la clientèle était juste un peu snob sans trop le paraître. Ainsi Béatrix ne perdrait pas pied avec le monde dans lequel elle vivait et lui la gardait dans le cadre qu'il aimait. Ils trouvèrent une table sans trop de difficulté.

— Je me suis toujours demandé, dit-elle, quelle sorte de vie tu préférais. Il me semble que je t'ai toujours vu irrité par mes amis et vexé de me voir avec eux. Pourtant nous n'aurions pas pu vivre dans une île déserte !

— Non, dit Patrice, je n'aurais pas vécu dans une île déserte avec toi. Je t'aurais trop vite ennuyée. Ta présence m'afflige de curieux complexes que je n'ai pas avec d'autres femmes. Peut-être serait-ce tout simple de dire que tu m'intimides. Avant de te voir, je bouillonne de choses à te dire. Et quand tu es là, je reste paralysé à la seule vue de ton visage qui me bouleverse, me plonge dans le passé. J'attends le geste — c'est toujours toi qui le fais la première — qui me dira si je puis, oui ou non, approcher ce visage, ces lèvres et les tenir contre moi.

— Patrice, tu es trop gentil. Au fond, je pense toujours au mal que je t'ai fait. Il aurait mieux valu, la première fois, rompre pour toujours.

— C'eût été en effet une solution raisonnable mais indigne de nous. Etre raisonnable dans ce domaine, c'est de la folie. Je n'ai rien à regretter, ni la passion, ni les déchirements, ni le plaisir, ni le désespoir. Il faut toujours que l'on soit blessé au moins une fois. J'aurais pu l'être bêtement. Je l'ai été avec bonheur. A la guerre ceux qui perdent un bras gardent au moins la vie.

Elle restait songeuse. Patrice lui prit le poignet qui tenait dans l'anneau du pouce et de l'index. Rien que ce signe unique de la race de Béatrix effaçait toute ombre de regret. Mais qu'avait-il à lui dire ? Mercédès Bongiovanni lui avait sans doute parlé d'Olivia. Il attendait que Béatrix revînt sur le sujet mais sans se décider à le faire lui-même. Elle était la seule qui pût l'entendre.

— Je n'aime pas beaucoup les choses russes, dit-elle. Ça me brûle la bouche. Parle-moi, Patrice.

— De quoi te parlent les hommes qui veulent te séduire ?

— C'est inutile, tu ne vas pas me séduire.

— Non, en effet, c'est vrai. Je me souviens de ma maladresse et comment je te proposais des parties de tennis ou un bain dans la mer quand tu attendais autre chose. Je regardais les chasseurs qui t'entouraient admirant à la fois leur habileté et la tienne. Tu te jouais d'eux. Aimais-tu cela ?

— Beaucoup, je pense, d'ailleurs je l'aime encore. C'est un jeu enivrant et compliqué. Tomber devient une délivrance.

— Enfin, Béatrix, tu n'aimes pas que cela.

— Non, c'est vrai aussi, j'ai des instants de paix quand je traverse mon jardin, joue avec mon chien ou lis un livre. Les soirs où je dîne seule sur ma terrasse sous le ciel noir, luisant d'étoiles, je crois avoir trouvé le bonheur. Alors on me téléphone pour aller prendre un verre en ville, et je descends, incapable de résister à l'appel. N'est-ce pas incohérent ?

— Où est l'incohérence ? Nous ne sommes que cela.

Leur dîner s'achevait et le restaurant se vidait. Ils sortirent sous la pluie.

— Viens chez moi, dit-elle, je n'ai pas envie de traîner ce soir.

Béatrix habitait un grand hôtel des Champs-Elysées qu'il n'aimait pas pour de mauvais souvenirs. A la porte, il marqua un imperceptible temps d'arrêt.

— Viens, dit-elle presque agacée.

Une lumière en veilleuse avait été laissée dans la chambre. Le lit était ouvert, la chemise de nuit posée sur l'oreiller.

— Je voulais te donner cela, dit Béatrix qui lui tendit un petit paquet laissé sur la commode.

Patrice ouvrit l'emballage : un minuscule briquet en or.

— Béatrix, je ne sais pas...

— Ne sois pas bête, voyons. Aide-moi à défaire ma robe dans le dos. Je vais me coucher, tu me raconteras une histoire, tu m'embrasseras sur le front et je dormirai, car je meurs de fatigue.

Elle ôta sa robe, la jeta sur un fauteuil, puis s'enferma dans la salle de bains. Ainsi il n'y aurait pas d'équivoque ce soir. Ce serait une rencontre pure.

Pourquoi fallait-il que ce fût toujours elle qui donnât le ton et non pas lui ? Patrice n'avait pas su marquer sa réticence. Ou alors était-elle assez fine pour deviner les hésitations qui naissaient en lui ? Patrice regarda les photos dans les cadres de maroquin rouge. Le basset de Béatrix, le premier mari de Béatrix, lui-même, puis une femme nue avec des seins merveilleux et des yeux d'Egyptienne, le second mari de Béatrix, son frère, un aviateur de vingt ans, un roi allié, le troisième mari.

Elle réapparaissait, en chemise de nuit, passait devant la lampe basse qui découpait sa silhouette sous la soie, posait ses bijoux sur la table de nuit et entrait dans le lit face à Patrice qui eut le temps de voir les jambes nues et un coin d'ombre entre les cuisses. Son cœur battait, tandis que la jeune femme parlait le plus naturellement du monde et s'appliquait une crème blanchâtre sur les joues.

— Assieds-toi sur le bord du lit. Dis-moi comment elle s'appelle.

— Olivia, dit-il, je croyais que tu le savais.

— En réalité, je ne sais rien. Ta tante m'a juste parlé d'elle une fois, en laissant place à mille sous-entendus comme tu peux le deviner.

— Vraiment, c'est absurde que l'on en parle. Il n'y a rien, tu entends, rien qu'un espoir pour moi. Je n'ai pas parlé d'amour, pas même caressé sa main, et pourtant je sais que j'aime cette jeune fille. Je l'ai su tout de suite...

— Alors tu ne couches pas avec elle...

— Non.

— C'est triste !

— Je préfère ne pas y penser. Je me laisse aller à l'enivrement têtu d'aimer. Olivia est un être si précieux, si rare que les sentiments qu'on lui porte ne peuvent être que précieux et rares.

— Comment l'as-tu connue ?

Patrice raconta la première soirée, puis les autres rencontres. Béatrix ne l'interrompait pas, le regardant avec étonnement, lui si peu bavard d'habitude avec elle et qui toute la soirée avait attendu cette minute pour avouer... Elle se souvenait de lui encore presque enfant, tanné par le soleil, passant ses journées même pas dans l'eau, mais sous l'eau où il pêchait, remontait avec des paniers débordants d'algues et d'oursins violets, ses cheveux noirs et courts collés sur sa tête, inconscient de son agilité, de sa force, heureux de vivre, surpris et presque triste après leur premier baiser, une nuit, sur le chemin de ronde, si impatient la première fois au lit qu'il s'était blessé, puis plus tard à Paris, tout d'un coup changé, sanglé dans un trench-coat, amaigri, désespéré par ce qu'il ne comprenait pas... Et le voir là enfin qui s'ouvrait de nouveau, respirait avec étonnement, aimait, après une période d'une amertume et d'un cynisme desséchants dont elle n'avait cessé de se sentir coupable. Elle le perdait. Et Béatrix n'aimait pas perdre un seul des êtres qui l'avaient adorée. Elle fermait les yeux pour mieux s'affirmer : « Je ne le reverrai plus, je ne le reverrai plus... »

— Tu as sommeil ? Je t'ennuie avec mes histoires...

— Non, mon chéri, je n'ai pas sommeil, ou plutôt si un peu, mais tu ne m'ennuies pas. Je fermais les yeux simplement pour penser à quelque chose de perdu. Me feras-tu connaître Olivia ?

— Peut-être.

— Alors je garde cet espoir. Embrasse-moi sur le front, là où je n'ai pas de crème. Bonsoir, Patrice, et essaye d'être heureux. Cela en vaut la peine.

Il avait hâte de fuir les Champs-Elysées et ce palace enluminé. Un taxi le conduisit sur la rive gauche et il entra dans un bar où il aperçut une fille ennuyeuse qui avait couchoté avec un peu tous ses amis, sauf lui.

Nouvelle fuite vers un café cette fois où il eut le bonheur de tomber sur Antoine et Guillaume buvant des rhums blancs. L'un et l'autre prenaient, depuis peu, dans la vie de Patrice une telle importance qu'il savait, en les retrouvant, que sa soirée, sa nuit seraient sauvées. L'alcool aidait à leur folie commune, à cet état d'excitation perpétuelle qui naissait, comme une étincelle, de leur seul contact. La rencontre avec Béatrix allait s'effacer, se perdre dans une nuit qui serait extravagante, sans préméditation, mais parce que leur amitié l'exigeait. Guillaume, blond, émacié, possédé par le propre don de son intelligence et de son imagination, parlait avec autant de rapidité qu'Antoine mettait au contraire de lenteur à s'exprimer. Leurs esprits se complétaient et s'associaient avec diablerie. Antoine, le plus jeune des trois, avait un visage naturellement doux que la fatigue creusait et des yeux sombres que l'avance de la nuit rendait de plus en plus brillants. Ses expressions de bonheur tenaient du génie.

— Patrice, dit Guillaume, tu pues la femme parfumée. Nous ne connaissons que la moitié de ta vie, mais tu vas nous dire des bras de qui tu sors. Il est insensé que nous, tes amis, ne sachions pas qui tu fréquentes. Au parfum, je parierais plutôt pour une femme du monde que pour une barmaid.

— C'est juste, Guillaume, et je l'ai même baisée sur le front, si tu veux tout savoir. D'ailleurs cela n'a pas d'importance. Ce que je voudrais d'abord c'est un rhum blanc et puis ne plus vous quitter de la nuit.

— Nous quitter ? Il n'est que minuit. Antoine et moi t'attendions.

Patrice n'avait plus qu'à se laisser aller aux démons favoris, et à jouer le jeu qui consistait surtout à trouver des cibles et à varier l'angle sous lequel on enverrait les fléchettes. Le plus simple était de se liguer contre un couple absurde. Il n'en manquait jamais. Ce soir-là, une femme assez jolie, aux lèvres prometteuses, s'ennuyait sur une banquette du café, en compagnie d'un Enarque, au cou étranglé par un col dur. Cet homme encore jeune et pâle leur tournait à demi le dos. La femme apercevait les trois amis, dont les sarcasmes s'élevaient d'un ton au-dessus de la normale. Elle comprit le manège, étouffa un sourire et manifesta cyniquement sa joie du ridicule qui rejaillissait sur son compagnon. Les tables voisines, alertées par les réflexions tenues à voix plus que hautes, fixaient à leur tour un regard moqueur sur l'Enarque en col dur qui, indifférent et ignorant de ce qui se passait, parlait à voix si basse qu'on ne l'entendait pas et que l'on croyait assister à un film muet. Il fut passé au crible, de la couleur de ses chaussettes à la couleur de ses yeux, et en même temps que jugé sur ces apparences extérieures, c'était toute une honnête conception de l'amour bien élevé, des illusions masculines qui comparaissait devant un tribunal impitoyable dont Guillaume s'était d'office nommé procureur général. Il n'y avait pas de défenseur.

Guillaume élevait encore la voix si possible. Patrice eût presque demandé un répit. Cet acharnement l'inquiétait. Déjà il voulait un miroir pour être bien sûr qu'entre cette tête de Turc et lui-même il n'y avait aucun trait commun. Guillaume en eut brusquement assez.

— Ces imbéciles nous ennuient, dit-il, allons boire ailleurs...

Les trois amis passèrent devant le couple. La femme sourit, son compagnon leva des yeux inquiets et reprit très vite son galant monologue. N'importe, il était trop tard et jamais il ne saurait comment sa soirée avait été gâchée par ce trio d'inconnus.

Satisfaits d'avoir semé le trouble ou l'ironie dans un cœur féminin, ils humaient l'air de la rue. A cette heure de la nuit, le boulevard Saint-Germain semblait désert. Il y avait au fond peu d'échappatoires dans ce quartier tranquille. Les trois caves où l'on dansait et buvait n'avaient plus de mystères pour eux. Il fallait pourtant bien se laisser prendre, peut-être même envoûter par la musique de jazz, les danseurs de jitterburg, les filles en pantalon et chandail collant, les vedettes de cinéma et le romantisme facile de l'après-guerre. Les trois amis n'y trouvaient pas ce que les autres venaient y chercher. Spectateurs et acteurs, ils n'étaient pas dupes de la comédie. Guillaume qui avait déjà écrit plusieurs livres, précieusement bourrés de talent, avait toujours dix mains à serrer et dix personnes à qui tourner le dos. Antoine et Patrice retrouvaient des visages connus et de temps à autre le souvenir déjà estompé d'une nuit plus tendre que les autres. A leur arrivée, on ne dansait plus. Un petit cercle s'était formé autour du pianiste, du contrebassiste et du saxo qui improvisaient. Une table vide s'offrait sous le portrait à l'huile de la femme à barbe.

— Toute notre joie est d'être ensemble, dit Guillaume. Je me demande ce que nous trouverions d'atroce s'il nous prenait la fantaisie de venir ici seuls.

— Je crois, en effet, dit Patrice, que ce serait atroce.

— Etre ensemble ou ne pas être, dit Antoine, il n'y a pas de salut hors de là.

— C'est-à-dire qu'il n'y a pas de salut hors du bonheur ou tout au moins de nos plaisirs, affirma Guillaume. J'ai peut-être quarante ans aujourd'hui mais je ne le crois pas. L'important est donc de fermer les yeux sur les laideurs qui nous entourent. Cette musique est horrible et me cause pourtant un réel plaisir. Je ne vais tout de même pas m'en aller sous prétexte que je préfère Bach. Je pressens déjà le retour du romanesque qui fleurit sur tous les fumiers. Ah ! vivement qu'on s'aime et qu'on voyage ! Dieu merci, l'un d'entre nous vit déjà ainsi — Patrice est amoureux et il voyage...

Guillaume ne se trompait pas. Patrice aimait les voyages et l'amour. Il était amoureux des deux. Le mot lui fit penser à Béatrix. L'insatisfaction qu'il avait gardée en la quittant s'était envolée au contact de ses amis. Elle dormait avec sa crème sur le visage. Une fois de plus, elle avait gagné. Patrice s'était conduit puérilement en lui abandonnant le beau rôle. Il manqua lui en vouloir sur l'instant de troubler ainsi sa sérénité et la sorte de promesse qu'il s'était faite.

— Patrice, une femme te regarde.

Il leva les yeux et aperçut mêlée à la foule, au bras d'un Chinois inquiet, la silhouette de Vanda. Leurs regards se rencontrèrent sans broncher. La jeune femme détourna la tête la première, affectant de ne pas le reconnaître.

— Je la connais. Nous lisions Dostoïevski ensemble et elle me nourrissait de thé et de toasts à la confiture. Elle a de bonnes raisons de me détester ou de me mépriser. Partons, je suis fatigué et j'ai faim.

Tant que la Russe aurait quelques bijoux à vendre, il était sûr de la rencontrer ainsi dans n'importe quelle boîte de nuit de l'Europe. A sa propre indifférence, il mesurait combien elle lui était devenue étrangère.

Tous les trois se dirigèrent vers un bar-tabac où l'on servait des œufs sur le plat et un mauvais vin rouge. Il leur restait ce dernier secours avant d'aller se coucher. Antoine voulut casser la gueule d'un Américain ivre qui l'injuriait en assurant qu'il ne serait pas assez beau pour coucher avec sa sœur, ni même avec sa mère. Une brume opaque s'emparait de leurs cerveaux. Dans ce bruyant bar-tabac où l'on s'entassait à dix sur les banquettes, des engueulades, des chansons naissaient par bouffées brusques. Les voix s'éraillaient. Un effort d'extrême volonté était nécessaire pour retrouver dans ce tumulte l'ombre d'une pensée, le brillant d'un paradoxe.

La nuit froide les enveloppa dès leur sortie.

Il restait un bout de chemin à faire ensemble pendant lequel Patrice confia à ses amis ce qu'il aimait faire avec les femmes. Antoine ne l'aimait pas moins. Guillaume se montra plus précis et plus violent dans les termes. Sans vanité ils se décernèrent des brevets de maîtres, et accordèrent à leur pays le monopole de la sexualité la plus raffinée.

— Il faut tout de même bien que nous soyons fiers de quelque chose en France, dit Guillaume.

L'air glacé fouettait leur ivresse et leur volubilité. Il fallut toute la volonté de Patrice pour qu'ils se séparassent enfin à un carrefour, d'où chacun prenait une rue différente. Antoine serra deux mains dans l'ombre, affecta de régler sa respiration, puis piqua un pas gymnastique dont l'écho s'entendit encore longtemps.

— Bonsoir, Patrice, dit Guillaume, rendez-vous demain puisque nous ne nous quittons plus. Tu me diras qui était cette femme méprisante qui n'a pas voulu te reconnaître.

— Oh ! non, car demain je ne me souviendrai plus de rien.

Patrice rejoignit les quais. Les ponts découpaient la Seine en larges tranches au fond desquelles luisait une eau sombre et triste. Sous la coupole noire et sans étoiles du ciel, Paris dormait d'un sommeil lourd que ne troublait pas le passage des camions des Halles. Patrice était ivre et n'arrivait plus à très bien rassembler les éléments épars de cette soirée. L'apparition inopinée de Vanda ne lui paraissait même plus très réelle. Ni même le dîner avec Béatrix. D'ailleurs que signifiait cette coalition pour qu'il n'aimât pas Olivia ? Ses amis eux-mêmes l'en détourneraient, tant il tirait de plaisir à les suivre dans leurs folies. Il savait qu'en poussant la porte de sa chambre d'hôtel, un terrible désespoir le saisirait, qu'il regretterait de n'avoir pas prolongé cette nuit jusqu'à son extrême limite. Certains soirs il préférait continuer de marcher jusqu'à épuisement de ses forces plutôt que de s'abandonner au sommeil. Où allait-il ? Son existence lui apparaissait tout d'un coup totalement dénuée d'intérêt. Certes, il n'avait plus la naïveté de croire qu'il entreprendrait de grandes choses, mais cette naïveté était bien indispensable. Alors à quoi se résumaient ses journées, sinon à gagner un peu d'argent, à en dépenser plus qu'il n'en gagnait, à écouter Guillaume qui le dopait un instant et puis à ajouter un jour à un jour sans se rapprocher d'Olivia, sans conquérir ce mince visage aux yeux sombres et dorés dont l'image le poursuivait. Patrice ne s'aveuglait pas assez pour nier qu'il n'y aurait pas de solution à cette fuite du temps perdu, tant qu'un être désirable et aimé ne l'accompagnerait pas. Un instinct secret l'avertissait qu'Olivia était cet être, qu'elle le blesserait, qu'elle l'agacerait comme agacent toutes les femmes mais qu'elle était faite pour lui sur ce modèle rêvé et désiré depuis toujours, qu'elle lui apporterait ce poids d'amour dont l'absence lui pesait, qu'il y aurait une solution à toutes les peines du monde en la prenant dans ses bras...

Dans sa chambre d'hôtel, Patrice trouva un volumineux courrier qui l'attendait. Dans la pile, une lettre d'Olivia... Il s'assit au bord du lit. Il était vraiment ivre. La chambre tournait autour de lui tandis qu'il essayait de lire. Inutile... Patrice ferma les yeux, s'allongea tout habillé et s'endormit avec la lumière allumée. La lettre d'Olivia se détacha de ses doigts et tomba par terre.

Au réveil, Patrice retrouva presque tous les détails de sa nuit. Son premier soin fut de chercher le briquet en or donné par Béatrix. Il fouilla en vain toutes ses poches et décida que sa journée serait catastrophique. La lettre d'Olivia traînait par terre. En la lisant, il se découvrit une migraine qui dispersait son attention et dut s'y reprendre à deux fois. Olivia comptait toujours les étoiles, mais sortait un peu plus souvent. Un Sud-Américain lui faisait de folles propositions. Son oncle allait publier ce que le guide tibétain lui dictait depuis un an. La marquise Bongiovanni donnait thé sur thé chez sa cousine et ne parlait plus de regagner Venise. Le couvent de San Marco était fermé aux visiteurs pendant un mois. Olivia citait encore un long poème d'Eliot « Mercredi des Cendres ». Patrice fit sa toilette et retrouva un peu de fraîcheur. A onze heures, il avait rendez-vous avec Lebreuil qui s'excusa de l'avoir dérangé pour rien. Patrice se sentit de mauvaise humeur. La journée commençait mal avec la perte du briquet en or. Il téléphona à l'hôtel de Béatrix.

— Allô, Béatrix ?

— C'est toi mon petit ?

— Oui, ça va mal ! J'ai dû me lever d'un mauvais pied ou trop boire, cette nuit, après t'avoir quittée.

— Et puis, tu as oublié le briquet que je t'ai donné hier.

— Il est chez toi ! Quelle joie ! Je croyais l'avoir perdu. Tout mon cafard venait peut-être de là. Puis-je passer le prendre ?

— Non, pas maintenant. Mais je le fais descendre, tu n'auras qu'à le demander au concierge de l'hôtel.

— Ah bon ! dit-il, sans savoir exactement si sa déception était réelle ou feinte. Quand pars-tu ?

— Demain ou après-demain. Téléphone-moi avant, que nous prenions un verre ensemble, car je ne reviendrai pas de sitôt à Paris.

— Merci, tu es un ange, je t'embrasse.

— Moi aussi mon petit.

Patrice raccrocha et se sentit mieux. Il tua sa journée comme il put et peu avant le dîner, ouvrit le bloc de papier à lettres :

« Chère Olivia,

« Les quelques lignes de vous qui me sont arrivées hier soir et que j'ai maintenant devant moi pour vous écrire comme l'on écrit devant une photo, ces quelques lignes viennent comme toujours me toucher à un point de ma sensibilité ignorée de ceux qui m'ont entouré et m'entourent aujourd'hui. Pourquoi est-ce vous qui choisissez ces mots-là plutôt que d'autres ? Quoi que vous en disiez, ce n'est pas mon imagination qui m'attache à vous ainsi, mais bien au contraire vous qui me jetez des liens. De quelle jeune fille pourrai-je jamais espérer de telles paroles ? Puisque nous parlons franchement, il faut que je vous avoue que les femmes m'ennuyaient quand il ne s'agissait pas avec elles presque uniquement de sauter dans leur lit. J'avais cette idée-là, ancrée dans ma tête avec quelques autres et un peu de mépris. Je sors rarement avec une femme qui n'a pas été, qui n'est pas, ou qui ne sera pas ma maîtresse. Voilà que vous renversez tout, que vous rétablissez l'honneur de la correspondance et qu'en vous lisant je ressens ce frisson de plaisir que me donnent toujours les lettres d'une belle Circassienne que vous devez connaître. Mlle Aïssé. Si vous ne la connaissez pas, je vous conjure de rechercher ses lettres qui ont été réunies en un volume par Sainte-Beuve et vous verrez que vous avez eu une sœur au XVIIIe siècle. Une sœur en fragilité, en esprit, en poésie, en délicatesse. Mais voilà, Mlle Aïssé était amoureuse d'un beau chevalier qui ne pouvait l'épouser. Elle lui a consacré sa vie et sa mort, avec une patience et une vertu qui jurent avec les mœurs de ce temps. Son existence s'est trouvée bouleversée par cette passion si noble chez elle que, malgré ses convictions religieuses, elle n'hésita pas à se donner entièrement, sachant pourtant que ce serait le signe même de sa perdition.

« Peut-être me trompé-je, ne vous fâchez pas en ce cas, si je vous dis que votre intelligence, votre cœur sont capables de passion, que peut-être déjà cette passion a brûlé, qu'en tout cas elle doit encore brûler. Je ne vous écris pas que je vous aime pour le plaisir de m'en convaincre dans ma solitude, mais parce que vous êtes à l'image de ce que je désire le plus au monde, un être capable d'intensité. D'autres que nous deux liraient ces lettres qu'ils ne comprendraient pas que nous parlions ainsi, vous de votre vie à Florence, moi de mes sentiments.

« Nous ne nous ressemblons guère en apparence encore que, depuis quelque temps, vous sembliez prendre plaisir à ce que j'aime comme vous, c'est-à-dire brûler des nuits. Il faudra un jour que je vous dise à quel besoin cela répond. Peut-être ne le savez-vous pas ?

« Plus que tout je désire vous revoir. Ne viendrez-vous pas à Paris ? Au mois de juin, je pourrai m'échapper quinze jours. Où serez-vous à ce moment-là ? »

Olivia, depuis peu, acceptait ces sortes de lettres et y répondait avec adresse et élégance, sans pour cela perdre un pouce du terrain sur lequel elle se réfugiait, ni abandonner son scepticisme quant aux sentiments profonds du jeune homme. Au moins acceptait-elle la discussion que Patrice menait avec âpreté et logique. Depuis leur séparation, ses rêveries, ses désirs se nourrissaient presque uniquement de ce sentiment auquel il finissait par donner une force et une stabilité qui l'étonnaient lui-même. Olivia ne fléchissait pas, mais acceptait déjà la discussion.

Patrice sortit poster aussitôt la lettre. Il n'aimait pas les garder avec lui ni se relire. Les choses perdaient leur force à être méditées. La jeune fille comprendrait-elle le rapprochement avec Mlle Aïssé ? Peu importait d'ailleurs, car ce n'était au fond qu'une allusion légère, l'association de deux visages pâles sous des cheveux noirs et de deux styles d'écriture d'une rare qualité.

Patrice se dirigea vers le boulevard Saint-Germain par la rue Dauphine. Sans qu'il sût pourquoi, ce quartier s'attachait à lui, se modelait sur ses sentiments. Les cloches de Saint-Germain-des-Prés rythmaient la vie de ce quartier désuet où l'on dansait le jitterburg et buvait du rhum vingt-quatre heures sur vingt-quatre, au fond de caves décorées de toiles d'araignées ou dans des bars éclairés au néon qui faisait de chaque client un autoportrait après décès. Patrice avait beau aimer de nombreux autres quartiers de Paris, aucun ne lui était aussi fraternel. Il était sûr, une fois dans le cercle enchanté, de ne jamais se perdre, d'y faire les rencontres qu'il désirait, même les plus impossibles. C'était là que l'on rencontrait en effet Guillaume et Antoine à condition de ne pas leur donner rendez-vous.

Pourtant ce soir-là, il eut beau les chercher, il ne les trouva pas.

Patrice s'inquiétait de ces rencontres ratées. En attendant, la soirée risquait d'être morne. Il eut beau dîner dans son habituel restaurant russe de zakouskis, de blinis, de borsch, propres d'ordinaire à le distraire, rien n'y fit. La salle était pleine. A la table où il était assis la veille avec Béatrix, deux jeunes Anglais se prenaient pour lord Alfred Douglas. Il allait payer quand la porte s'ouvrit sur Vanda. En un éclair, Patrice retrouva le souvenir effacé de leur rencontre nocturne que l'enivrement lui avait totalement fait oublier. C'étaient trop de hasards en vingt-quatre heures dans Paris. Vanda devait habiter le quartier et y vivre d'une vie qui l'obligeait à côtoyer toujours les mêmes habitués de bars ou de caves. Elle était seule et jeta un rapide regard sur son ancien amant. Une seconde d'hésitation permit à Patrice de se lever comme pour l'accueillir. Vanda s'efforça d'être naturelle et se dirigea vers lui.

— Bonjours, mufle, dit-elle.

— Impossible de faire deux pas sans te rencontrer, c'est le destin.

— Je suis venue avec des amis qui ne connaissent que ce quartier de Paris.

— Et où sont-ils ce soir ?

— Ils vont me rejoindre ici.

— Mille regrets. Nous aurions pu dîner ensemble...

— Pourquoi ?

— Pourquoi pas ?

— Oui, en effet. Que fais-tu en ce moment ?

— Oh ! des tas de choses qui aident à tuer le temps.

— C'est bientôt le mariage ?

— Ne sois pas absurde, je l'ai vue cinq fois dans ma vie.

— Je te croyais assez porté sur les décisions rapides.

— Non, dit Patrice, pas dans tous les cas. Parlons plutôt de toi. Les derniers bijoux sont vendus ?

— Non, mais j'ai un amant.

— Ce Chinois avec lequel tu étais hier soir ?

— Exactement, c'est un Japonais.

— Il paraît qu'ils baisent divinement.

— Divinement est le mot. Fini l'interrogatoire ?

— Oui, d'ailleurs j'allais partir. Vous pourrez prendre ma place. Bonsoir.

— Bonsoir, il vaut mieux qu'il ne me voie pas avec toi.

— Jaloux ?

— Mortellement.

— Bigre, ça existe encore ?

— Idiot. Tu le seras plus vite qu'aucun autre avec Olivia.

— Ne t'en fais pas, je le suis déjà.

Dans la rue, Patrice s'aperçut qu'il était trop tôt pour aller dans un des cafés habituels. Un taxi passait qu'il héla pour se faire conduire aux Champs-Elysées. L'hôtel de Béatrix ruisselait de lumières. Le concierge n'avait aucun petit paquet déposé pour lui.

— Madame est là, je puis lui téléphoner si Monsieur le désire.

Patrice dit oui. Le concierge parla à voix basse dans l'appareil, puis raccrocha.

— Si Monsieur veut monter, c'est l'appartement 721.

Béatrix était déjà couchée, sans trace de crème sur la figure. Elle posa un livre sur la table de chevet et tendit à Patrice le briquet en or.

— J'avais oublié de le laisser en bas. Comment estu, mon petit ?

Question absurde ! Il n'en savait rien lui-même, trop occupé de trouver Béatrix belle et reposée. Il se pencha vers elle pour la remercier et posa un baiser un peu long au coin des lèvres. La jeune femme ne bougea pas et c'est lui qui dut laisser glisser son baiser le long de la joue et vers le cou brûlant. Deux mains saisirent sa tête et la relevèrent. Béatrix le regardait comme si elle essayait de deviner ce qui se passait en lui. Rassurée elle ferma les yeux. Ses lèvres avaient toujours ce même goût de fruit tiède que l'on écrase et mord... Patrice se laissa glisser sur le lit, emprisonnant de ses bras deux belles épaules nues. Quand il voulut la caresser sous les draps elle se détacha de lui et le repoussa :

— Non, je ne peux pas aujourd'hui... Oh, ne fais pas cette tête d'enfant déçu. Ce n'est pas ma faute. Tu peux dormir avec moi si tu veux. Tu t'en iras de bonne heure demain matin.

Il s'endormit les lèvres appuyées contre son épaule nue. Le corps de Béatrix tiède et parfumé frôlait à peine le sien dans le grand lit. Inconsciemment Patrice saisissait une jambe, un torse qu'il tentait d'approcher de lui, mais qui se raidissaient. Dans son immobilité, la jeune femme, que le sommeil fuyait, écoutait le souffle régulier de son amant et la pulsation légère de son corps. Elle tenait une dernière fois en sa possession l'homme auquel elle avait fait le plus de mal et le plus de bien. Tout se terminait cette nuit dans d'étranges rêves où leurs deux désirs se rejoignaient et se confondaient. Certes, Patrice rêvait d'Olivia et Béatrix pensait peut-être à un autre homme, mais leurs deux corps demeuraient liés sur terre, palpitant l'un contre l'autre...

*

Béatrix partie, Patrice retrouva le lendemain Guillaume qui attendait seul dans un café du boulevard Saint-Germain.

— Ah ! dit Guillaume, tu ne peux rien me cacher. Ton œil brille et il est en même temps vague et distrait. Ou bien tu as bu, ou bien tu as eu une aventure. D'où sors-tu ?

Patrice avoua une partie de la vérité pour justifier son absence des deux derniers jours. Guillaume exultait.

— C'est merveilleux, disait-il, raconte, raconte.

Patrice protestait. Non vraiment, il ne fallait pas mettre de romantisme là où il n'y en avait plus et d'ailleurs, il y avait Olivia...

— Ça non, dit Guillaume, tu ne vas pas nous faire le coup, toi aussi. Tu veux te marier ?

— N'anticipons pas, je n'en suis pas encore là. Il ne s'agit pas de se marier, mais d'abord de s'aimer.

— Ce n'est tout de même pas parce qu'une jeune fille, peut-être charmante, est amoureuse de toi que...

— Halte-là, dit Patrice avec sérieux, tu ne m'as pas compris : elle n'est pas amoureuse de moi, c'est moi qui suis amoureux d'elle...

Qu'importait ! Ce soir-là Guillaume était prêt à tout trouver charmant, délicieux et, selon son adjectif le plus courant : sublime. Après un dernier verre, ils partirent bras dessus, bras dessous pour le restaurant russe où Antoine ne tarda pas à les rejoindre. Le trio reformé comme il l'était à peu près tous les soirs retrouva sa délirante fantaisie. Aucun obstacle ne les empêcherait plus de franchir cette nuit, d'y faire des rencontres, de se moquer des têtes qui leur déplaisaient, d'attendre l'aube en salant un dernier œuf dur dans un bistrot plein à craquer des plus infatigables noctambules de Paris. Les heures s'envolaient par bribes, tintaient au clocher de Saint-Germain-des-Prés. Antoine lançait un bon calembour toutes les deux minutes. Patrice avait très soif et essayait, en vain, de ne pas vider ses verres d'un seul coup. Ils eurent une longue conversation avec une folle qui faisait des ménages le jour et écrivait des poèmes la nuit et leur plaqua deux gros baisers sur la joue en les appelant Tonio, Mano et Tritrice. Aveuglés par la fumée, ils persistèrent à commander des cognacs infects dans un bistrot étroit où l'on s'écrasait comme dans un wagon de métro. La fatigue les rendait lucides, diserts et mal élevés. Ils offraient des verres à des femmes auxquelles ils tournaient ensuite le dos. Guillaume apercevait un visage lui rappelant un souvenir qu'il racontait aussitôt à voix haute avec une effarante précision dans les détails les plus intimes. Ils se quittèrent parce que le jour venait et rendait à Patrice un peu de son sang-froid, à Guillaume un peu de sa fatigue, à Antoine l'idée fixe qu'il devait à neuf heures pousser la porte d'un bureau où il n'aurait pas assez de toute la journée pour se remettre et y écrire dans un état voisin du somnambulisme quelques lignes d'un livre étonnant que ses deux amis attendaient avec une impatience folle.

Leurs nuits s'inscrivaient ainsi les unes à la suite des autres, dans le cadre restreint d'un village dont ils méprisaient le snobisme, les prétentions parfois grotesques, le côté artiste raté, mais qui les tenait malgré tout prisonniers de sa fringale de vie, de sa soif prodigieuse, de sa lutte désespérée contre un Paris abandonné par la frénésie.

« Savez-vous, cher Patrice, écrivait Olivia, que je suis très sensible à votre comparaison avec Mlle Aïssé. Avant de vous répondre je me suis procuré le petit livre que j'ai dévoré d'une traite, éblouie par l'éclat de ce cœur et la malice de cette intelligence. Pourquoi le Chevalier ne l'a-t-il pas épousée ? Je n'arrive pas à le comprendre ni à savoir de quel côté venaient les scrupules. Bien sûr, vous allez dire : à quoi bon le mariage ? Je le dirais volontiers avec vous, moi qui n'aime que les secrets. Rien ne me semble plus beau que deux êtres qui s'aiment, se voient peu et quand ils se rencontrent devant des tiers feignent l'indifférence et ne se relient l'un à l'autre que par des regards rapides, des frôlements de mains imperceptibles à quiconque n'est pas dans le secret. Je sais que je vous parle là d'un rêve absurde et qu'il faut, bien entendu, sacrifier à une pesante réalité sans esprit et sans grâce. Les choses en sont encore là pour moi qui ai refusé le mariage jusqu'ici. Mais il approche et sera probablement pour cette année. C'est une fatalité à laquelle on ne saurait toujours échapper. Le mariage réserve peut-être plus de liberté que je ne le crois. N'empêche que je l'échangerai sans plaisir avec le célibat, même s'il s'agit du Prince Charmant.

« Florence est absurdement fournie en princes charmants. Je leur trouve je ne sais quoi de dur et d'ingrat qui m'écarte d'eux. Ils ne savent pas s'amuser. Je leur préfère les Américains qui finiront par être les derniers à savoir rire. Il y a aussi deux Français que l'on voit chez la baronne Picanti. Ils sont laids, prétentieux, intellectuels et se croient promis à tous les succès parce qu'ils sont Français à l'étranger. Ce sont les seuls qui au cours d'une sortie, un soir, ont cherché à m'embrasser. Un Italien a voulu me violer dans sa voiture, mais cela, c'était trop grossier et sans aucune chance de succès. Depuis nous sommes bons amis et il me raconte tout (principalement des horreurs) sur sa femme.

« Ecrivez, Patrice. Faut-il encore que je vous répète que vos lettres m'apportent les seules choses qui me manquent à Florence ? Vous êtes bien un Français coureur comme vos compatriotes qui sont ici. Au moins la distance fait-elle que je ne vous crains pas. Je ne me méfierai qu'au mois de juin si vous apparaissez à Bellagio où je crois que votre tante veut également aller. »

« Chère Olivia, répondait Patrice, je ne sais pas encore si vous jouez avec moi ou si vous êtes tout à fait sincère. Votre lettre a creusé en moi des sensations plus qu'amères. Je voudrais les attribuer à la jalousie seule, mais peut-on parler de jalousie au point où j'en suis ? Je dois seulement constater que l'idée de vous voir mariée est juste de celles qui me tuent. Je suis à la fois tué et résigné comme on doit l'être. Il y aura donc des choses irrémédiables cette année contre lesquelles je ne puis rien à distance et avec mon faible pouvoir de persuasion. Bien sûr, vous allez vous marier et il est juste que vous ayez été difficile. Je ne sais pas quels sont les candidats ni comment vous choisirez l'élu, mais je sais trop ce que je vais ressentir et de quelle absurde fatalité je serai encore la victime. On ne soulève pas les montagnes. Mes sentiments pour vous sont d'un tel ordre que je ne saurais vous les expliquer clairement. Je vous dis tout de suite que je vous détesterai si vous en épousez un autre et pourtant je ne puis aujourd'hui vous offrir le mariage sans paraître ridicule. Tout semble concourir à me maintenir dans l'indécision et l'impuissance. Je n'ai jamais rencontré d'être aussi charmant que vous et qui me donne autant à réfléchir sur cette question-là. N'excitez donc pas ce qui, après tout, est de la jalousie et un sentiment amer que je garde de mes défaites et de ma vie en partie manquée jusqu'aujourd'hui. J'ai aimé follement sans esprit de suite. Cette fois j'aime avec décision et entêtement le seul être qui me soit apparu intégralement comme la réponse à mes désirs. Je n'ai rien à offrir, rien à dire de peur d'être trop amer et ensuite, par réaction bien masculine, affreusement cynique.

« Et puisque je n'en suis ni à une incohérence ni à une contradiction près, je préfère vous dire qu'il est peu probable que je vous déteste jamais. Ne me parlez plus de projets aussi désespérants pour moi. Je préfère espérer dans ma folie que je vous convaincrai un jour. Soyez cruelle, c'est votre droit, le droit de tous ceux qui sont aimés. Craignez une revanche qui vous fera regretter ce que vous aurez refusé en choisissant un jour, par ennui, distraction ou faiblesse, votre prince charmant.

« Bien entendu j'apparaîtrai à Bellagio en juin, mais je ne voudrais pas troubler les intrigues de ceux qui désirent tant vous voir mariée et vous ont persuadée de cette absurde nécessité. »

« Patrice cher, écrivait Olivia, en voulant sonder mon cœur vous m'avez blessée. Votre lettre injuste et cruelle (car c'est vous qui l'êtes le premier) a détruit ce que nous avions construit à distance : une amitié lointaine et un peu amoureuse que je voulais garder intacte. Cette fois vous écrivez des mots empreints d'une effrayante réalité. Je les lis avec tristesse comme s'ils allaient briser notre entente et m'obliger à voir en vous un véritable soupirant alors que je m'obstinais à vous prendre pour un bâtisseur de châteaux dans mon pays. Ce qu'il y a d'inouï, c'est que vous soyez si indécis et si décidé, si persuadé d'un amour construit sur le sable mouvant de quelques rencontres.

« Je n'ose plus rien vous écrire. Il me faut quelques jours de repos. Je relirai votre lettre et j'attendrai ce mois de juin qui nous réunira. Ce sera mon tour de vous convaincre que vous êtes complètement fou. Vous ne savez pas la femme que je suis. »

Dans l'intervalle de ces lettres, Patrice eut à vivre comme tous les autres jours, c'est-à-dire qu'il dormit peu, mangea distraitement, but beaucoup. Il rencontra encore une fois Vanda perchée sur le haut tabouret d'un bar et échangea avec elle quelques paroles aigres-douces. La jeune femme le haïssait et ne le lui cachait plus.

Lebreuil fit venir Patrice un matin :

— Je voudrais que vous me montiez une bibliothèque pour mon hôtel particulier. Je ne veux que des livres reliés. Prévenez-moi quand vous aurez dépensé cinq millions.

Patrice était décidé à ne plus s'étonner de rien. A quoi cela aurait-il servi d'ailleurs ? Lebreuil gardait le secret de ses intentions et s'il déroutait ses interlocuteurs, ce n'était pas systématiquement par plaisir. Il y avait en lui de l'incohérence et du génie. Le jeune homme eût préféré être intéressé à d'autres affaires, mais il ne détestait pas non plus acheter des livres. Avec prudence, il s'efforça de composer une bibliothèque homogène. Plusieurs fois, Patrice refusa de toucher des commissions offertes par des libraires désireux d'écouler des vieilleries. Pourtant la tentation était forte : Lebreuil n'en saurait rien et l'argent se fait rare aux fins de mois. A chaque refus, Patrice se demandait s'il ne passait pas pour un imbécile. L'honnêteté poussée à ce point relevait du cabanon. Un matin le financier le reçut hâtivement dans son bureau :

— Dites-moi, Belmont, vous avez commandé cinquante mille francs de livres chez Imbert et Cie ?

— Oui, à peu près pour cinquante mille. Ce sont des Chateaubriand et des Victor Hugo...

— Peu importe. Il se trouve qu'Imbert est un de mes vieux amis, et j'ai dîné avec lui hier. Il prétend que vous refusez la commission qu'il vous offre.

— C'est exact, monsieur.

— Mon ami, vous êtes impardonnable. Cela ne m'aurait pas coûté un sou de plus et vous auriez gagné cinq mille francs. Au lieu de cela c'est lui qui les a gardés. N'avez-vous pas besoin d'argent ?

— Si, certainement, mais je répugnais...

— Tstt, tsst... tout cela n'existe pas. Apprenez que les affaires ne sont qu'un mouvement d'argent d'une poche à une autre. C'est pendant le trajet qu'il faut percevoir son pourcentage. Sinon vous resterez toujours comme le spectateur du match de tennis qui tourne la tête de droite à gauche et de gauche à droite pour suivre la balle. C'est peut-être amusant un certain temps, mais n'avez-vous jamais eu envie de jouer même si vous êtes ridicule à côté des champions ? Croyez-moi, acceptez une commission dans la mesure où elle ne retombe pas sur moi. Sinon je serai forcé de considérer que vous êtes un indifférent et les indifférents ne m'intéressent pas. Il n'y a rien à tirer d'eux.

Patrice se le tint pour dit et gagna donc un peu plus d'argent sans être plus riche pour cela. Le moindre billet s'évaporait instantanément de ses doigts et se transformait magiquement en dîners avec Guillaume et Antoine, en petits cadeaux qui pleuvaient sur Olivia et contribuaient à la désarmer. L'époque favorisait cette folie. D'un seul coup, il semblait que les Français se fussent débarrassés de la hantise de l'épargne. Patrice s'apercevait qu'il était lui-même pris dans la ronde infernale, que le souci du lendemain était le dernier qui lui importât et que, selon la formule consacrée, « tout s'arrangerait ». Il faut bien avouer que la confiance accordée au destin et la soif de vivre demeuraient les seuls signes poétiques de cet après-guerre. Certes, il est possible que la jeunesse d'Antoine et de Patrice, la maturité de Guillaume ne gagnassent rien à cette frénésie. Au moins ne désapprenaient-ils pas les plaisirs.

— Qu'à cela ne tienne, disait Guillaume, si nous épuisons trop vite les plaisirs de la nuit, si ceux d'aujourd'hui nous lassent, demain nous en inventerons d'autres.

Et le fait est que les plaisirs s'inventaient d'eux-mêmes au cours de leurs randonnées, les nuits se suivaient sans se ressembler, leur apportant sans cesse des rencontres qui semblaient faites expressément pour eux. Des femmes passaient qui ne demandaient qu'à se laisser cueillir. Patrice s'en défendait de son mieux, poursuivi par des scrupules qui l'étonnaient lui-même. Le mois de juin approchait. Dans quelques semaines, il arriverait à Bellagio où sa vie se jouerait enfin. Le séjour serait décisif. Il avait beau être sûr de lui-même, pénétré de la profondeur de ses sentiments, un doute levait en lui. « Je l'aime, pensait-il, mais si je découvre que je ne l'aime pas, suis-je capable de revenir en arrière ? » Il ne savait pas encore qu'aimer d'un amour plus mûr que celui de l'adolescence, c'est toujours douter de n'aimer pas assez. Olivia écrivait les lettres les plus charmantes du monde. Qu'eût-elle dit de la vie de Patrice ? Un désaccord subsistait entre ce qu'il osait lui avouer et l'existence qu'il menait. Il lui semblait toujours que cette jeune fille lointaine dont nul, hormis Guillaume et Antoine auxquels il en avait parlé une seule fois, ne connaissait l'existence, demeurait un secret, un trésor dont la présence invisible donnait à ses gestes et ses pensées une mystérieuse signification. Les tentations qui passaient à sa portée ne faisaient qu'accentuer la réalité de cette présence. En dehors de ses amis, il recherchait une solitude qui n'était plus la solitude puisqu'il y dialoguait avec cet ange muet attentif à ses moindres propos. Pour le printemps, Paris se couvrit de feuilles et de fleurs qui accompagnèrent les promenades diurnes de Patrice, sensible à cet éclat naturel, à ce jaillissement léger et multicolore. Avec ravissement, il se découvrait naïf et sentimental, espérant des signes qui l'eussent fait ricaner un an plus tôt. Il écrivait à Olivia : « Je vous dois tout », persuadé que, sans elle, sa vie aurait glissé sur une pente fatale qui l'eût lentement desséché. Elle répondait : « Comment pouvez-vous tenir une correspondance si régulière avec moi ? Vous ne devez même plus vous souvenir de mon visage. Moi-même hier je me demandais avec inquiétude si vos yeux étaient marron clair ou foncé. Par moments, je crois que je vais cesser de vous écrire et me réfugier dans le silence jusqu'à votre arrivée. Vous possédez un tel pouvoir de persuasion que je vous attends avec inquiétude. »

Patrice n'essayait même plus de lire. Les romans lui échappaient des mains pour laisser place à un dialogue imaginaire avec la jeune fille. Les intrigues amoureuses les plus simples le lassaient immédiatement. Il en venait de plus en plus à s'isoler, à n'avoir le jour pas d'autres distractions que de partir à la recherche de souvenirs diffus dans Paris.

Il n'était pas difficile d'imaginer qu'un jour Olivia serait admise à visiter la féerie avec lui. Patrice entreprenait souvent des promenades solitaires qui n'étaient qu'une sorte de répétition de l'acte troisième de cette fameuse pièce de théâtre où le héros et l'héroïne se donnent le baiser final au tomber du rideau.

*

La bibliothèque de Lebreuil allait être constituée. Elle revenait, à mille francs près, à la somme prévue. Du bout des lèvres le financier se montra satisfait. La question ne l'intéressait visiblement pas.

— J'ai un petit déplacement à vous demander, annonça-t-il à son secrétaire. Vous partirez demain pour Londres. Je voudrais que vous remettiez en main propre cette lettre à une personne dont l'adresse se trouve sur l'enveloppe. Vous attendrez la réponse qui ne saurait tarder. Il va sans dire que vous recevrez là-bas des devises qui vous défraieront de tout.

Patrice partit à demi inquiet. L'enveloppe était fermée. Qu'arriverait-il si à la frontière on lui demandait de l'ouvrir ? Assez diplomate pour ne pas montrer son hésitation à Lebreuil, il préféra une fois de plus se confier au destin. Il était d'ailleurs fort possible que l'enveloppe ne contînt rien de compromettant qui pût être interprété contre le mandataire et son messager. Patrice prit le train plutôt que l'avion pour se donner la joie de la traversée. Il n'emportait qu'une valise légère comme ses précédents voyages lui avaient appris à le faire. Ce déplacement mettrait un peu de variété dans sa vie et couperait en deux le dernier mois avant les vacances à Bellagio. Dans son vieux carnet Patrice retrouva trois ou quatre adresses d'amis anciens perdus de vue depuis la guerre et auxquels il expédia aussitôt des télégrammes en même temps qu'il prévenait Olivia de son absence. Le voyage était sans histoire. Il s'enferma dédaigneusement dans un faux sommeil jusqu'à Calais, plutôt que de laisser son regard se poser sur des visages médiocres et ennuyeux. Ce faux sommeil avait l'avantage de laisser libre cours à ses rêves et d'imaginer tantôt qu'Olivia l'accompagnait et qu'il n'avait qu'un geste à faire pour toucher son bras, tantôt que ce train l'emmenait à toute allure vers les lacs italiens. L'arrivée au port, les tracas douaniers interrompirent ces rêveries faciles. Il n'y avait que le quai à traverser pour monter dans un bateau propre et luisant de tous ses cuivres. Patrice évita l'entrepont auquel il avait droit et préféra se mêler aux émigrants massés à l'avant, grelottants et accablés parmi les treuils et les chaînes d'ancres. Jamais pareil prolétariat n'avait vogué à la conquête de l'Angleterre. La pensée que, dans une ou deux générations, ces mineurs polonais, ces bonnes espagnoles, ces paysannes tchécoslovaques et ces Juifs roumains seraient de purs Anglais en vestons de tweed ou en complets bleus rayés laissait rêveur. Patrice s'écarta d'eux et se pencha à la rambarde. Le bateau frémit bientôt, gronda comme un bon chien que l'on dérange dans son sommeil et brassa une eau verte secouée par une forte houle. La proue piqua vers le large où la mer apparaissait d'un bleu pâle et heureux sous le ciel blanc. Patrice ferma les yeux une seconde fois pour ne les rouvrir qu'une fois la jetée franchie. Il respirait non point l'air marin, mais l'odeur *sui generis* du bateau : la bonne peinture au cambouis, l'huile et la fumée mêlées bientôt aux relents aigres des vomissements des émigrés. Décidément les premières avaient du bon où l'on buvait déjà du whisky et fumait du tabac blond... Au changement de ton des machines, Patrice comprit que l'on arrivait à Douvres. Par un hublot, il aperçut la falaise blanche couronnée d'une prairie, et le port avec son alignement de maisons bourgeoises. Toujours superstitieux, il prit soin de poser en premier le pied droit sur le sol de la perfide Albion.

A la gare de Waterloo, Patrice aperçut un grand gaillard aux joues bleues, bleues comme on dit d'un bifteck saignant. Harry avait grossi, mais s'habillait mieux. Il fit de grands gestes avec les bras, un V avec l'index et le majeur, et finalement le signe de victoire des oxonians, le pouce dressé sur le poing fermé. De bonnes bourrades s'échangèrent de part et d'autre jusqu'à ce que l'Anglais conduisît Patrice à sa voiture. Ils n'étaient pas encore arrivés à échanger un seul propos en dehors des blagues habituelles vieilles de cent ans. Aussi le Français ne fut-il pas peu surpris de découvrir dans la voiture une jeune femme blonde et élégante qui lui accorda un immense sourire. La femme d'Harry parlait environ trois mots de français qu'elle s'empressa de faire valoir. Patrice, injuste avec les Anglaises, s'étonnait de la trouver aussi ravissante avec une seule faute de goût dans son sac mal accordé à sa robe.

— Nous n'habitons pas Londres, racontait Harry, en conduisant à une allure effrayante dans les rues encombrées, mais nous sommes venus passer huit jours ici, d'abord pour vous voir, ensuite pour mes affaires. Nous vivons tout près, à Southend, et Linda vient plusieurs fois par semaine. Elle était chez Molyneux. Maintenant elle ne pose plus que pour des journaux de mode. N'est-ce pas qu'elle est jolie ?

Patrice acquiesçait, heureux sans raison d'être à Londres par un temps merveilleux et ensoleillé, de retrouver Harry avec qui il avait si souvent joué au tennis, d'avoir à son côté cette jolie fille rose et blanche aux yeux de porcelaine et au décolleté ouvert sur des seins enfantins. Dix ans avaient passé sur ses souvenirs de Londres et il retrouvait d'un coup avec surprise le bariolage, le mouvement, la rapidité et toutes les silhouettes uniformes comme si rien ne pouvait changer en cette île. Patrice avait hâte de remettre sa lettre et de savoir à quoi s'en tenir sur la durée de son séjour. Il se fit déposer Oxford Street tandis que ses amis portaient sa valise au même hôtel qu'eux où ils lui avaient retenu une chambre. A l'adresse indiquée, Patrice trouva un immeuble de trois étages et les bureaux d'un avocat. Son arrivée devait être annoncée, car un secrétaire le pria de s'installer confortablement dans une salle d'attente vide et sombre et lui demanda s'il voulait du thé. Il n'eut pas à patienter longtemps, Mr. Wilson vint lui-même le prier d'entrer. L'avocat était grand et sec, avec une nuance d'affectation distinguée dans la voix. Il s'adressa en français à Patrice qui répondit en anglais. Mr. Wilson le fit entrer dans son bureau, prit l'enveloppe — asseyez-vous, je vous prie — et la déchira. Un avocat français eût mimé toute une scène. Mr. Wilson restait impassible.

— C'est bien, dit-il à la fin, en levant vers son visiteur deux yeux roux. Je ne puis vous donner de réponse avant une semaine. Vous me laisserez votre adresse et je vous préviendrai. De combien d'argent avez-vous besoin pour votre séjour ?

— Oh ! je ne sais pas, dit Patrice, combien peut-on dépenser en une semaine ?

— Disons deux cents livres, vous serez à votre aise et si vous avez besoin d'autre chose, ne vous gênez pas.

Nanti des deux cents livres, Patrice se trouva un homme heureux. Londres lui appartenait. A l'hôtel il trouva Harry et Linda qui l'emmenèrent au bar du Dorchester où ils burent sec. Linda n'était pas la moins forte à ce jeu. Patrice eût aimé la faire parler, si ce brave Harry ne l'avait assommé avec ses souvenirs, énumérant leurs rencontres d'autrefois et prenant une voix de basse pour citer les amis communs disparus pendant la guerre. Le bar était bourré d'étrangers. Le Français n'était pas très sûr de reconnaître l'élégance anglaise dans ces hommes olivâtres et bagués. La seule jolie femme restait Linda, éclatante de fraîcheur dans une robe noire.

— Où allons-nous dîner ?

Harry prit sa mine la plus réjouie pour annoncer qu'une table était réservée au « Jardin des Gourmets », le meilleur restaurant de Soho.

— Ils font un peu de marché noir, ajouta-t-il très bas, comme s'il confiait un secret d'Etat.

Ils longèrent Hyde Park et prirent par Picadilly Street. En passant devant le Ritz, Patrice aperçut en un éclair, montant dans sa Rolls de 1920, l'immuable Barbara Smithson, l'amie de sa tante, la lesbienne la plus riche d'Angleterre et de Venise. Le jeune homme promit de revenir le lendemain ou de téléphoner pour se faire inviter à dîner. Le bavardage insensé de cette folle réunirait d'un coup d'aile Venise à Londres, le bar du Ritz au Harry's bar. Cette idée le réjouit tant qu'il lança une grande claque dans le dos de son ami qui se retourna, hilare et heureux :

— Alors, comment trouvez-vous mon Français ? demanda-t-il à sa femme.

— Charmant, dit-elle.

Surpris, Harry la regarda et acquiesça avec quelques secondes de retard. Il attendait d'autres qualificatifs et Linda venait de placer la chose sur un terrain qu'il connaissait peu et trouvait, inconsciemment, dangereux.

— Ah oui, charmant, dit-il, tous charmants ces Français. Et si vous aviez vu les succès qu'il remportait à seize ans au club de tennis. Il nous chipait toutes nos filles.

— Je vous les rendais toujours après !

— Ça c'est vrai, il ne savait pas les garder.

Que tout cela était merveilleux ! En quelques heures, Patrice redécouvrait l'Angleterre, le souvenir des parties de tennis, le rire de gorge du brave Harry si bon et si lourd, et en même temps il se savait assez adroit pour attirer l'attention de Linda et la mettre du côté des rieurs, de son côté. Sans aucun doute les yeux de porcelaine avouaient leur complicité.

La voiture, après avoir dépassé Picadilly Circus, pénétrait dans Soho où nos nombreuses compatriotes arpentaient le trottoir, passant et repassant devant les petits *pubs* ouverts, gorgés de Maltais, d'Italiens et de Français. Dans ces rues étroites et sales, entre deux haies de maisons basses, la forte voiture de Harry créait un mouvement de surprise. Elle s'arrêta juste à côté d'une Rolls, face à un restaurant vert, pompeusement nommé *Au Jardin des Gourmets*. Patrice s'arrogea toutes sortes de droits sur le menu et le vin, en parlant français avec le maître d'hôtel. Au début, il crut que Harry allait lui laisser la parole, mais le brave garçon, trop heureux de se déployer, s'empara de la conversation sans qu'il fût possible de placer un mot. Patrice jetait de rapides regards à Linda et sous la table commença tout de suite de lui faire du pied. A quoi bon perdre du temps ? La jeune femme n'en fut pas moins surprise et manqua éclater de rire. Il enserra avec force le fin soulier entre ses deux chevilles.

— Alors savez-vous ce que le premier candidat député a dit devant les électeurs ?

— Non, dit Patrice avec ingénuité.

— Il a dit : regardez mon concurrent, son père était un ivrogne, sa mère était une ivrognesse et lui, leur enfant, de quoi a-t-il l'air, sinon d'une bouteille de whisky ? Vous ne voterez pas pour lui. Alors vous savez ce qu'a dit le second ?

— Non, dit Patrice toujours ingénu et préoccupé de frôler le mollet de Linda.

— Il a dit : regardez mon concurrent, son père avait la diarrhée, sa mère avait la diarrhée, et lui, leur enfant, de quoi a-t-il l'air, sinon — bouchez-vous les oreilles une seconde, ma chérie —, sinon d'une m... ? N'est-ce pas qu'elle est bonne ?

— Ravissante, dit Patrice qui n'avait pas entendu la fin et guettait sur les joues de Linda les roseurs qui venaient y mourir. Elle était si Anglaise à cette minute, pure et rouée à la fois avec son teint de pêche, qu'il l'eût volontiers promue à la gloire de représenter son pays dans l'univers. Hélas, Harry racontait une autre histoire... Ils sortirent tard et se jetèrent en hâte dans quelques *pubs* avant la fermeture, puis dans des clubs qui fermaient plus tard, enfin dans une boîte de nuit où à deux heures on vint leur retirer leurs verres à demi pleins et passer la carte des jus de fruits. Patrice, las de cette course avec les règlements, accepta, morose, de boire un jus de fruit pour pouvoir au moins danser encore avec Linda que la prudence commençait d'abandonner. A quatre heures ils prirent deux œufs au bacon, au Lyon's tea de Leicester Square. Harry n'avait jamais été si heureux. En regagnant l'hôtel ils s'assirent tous les trois à l'avant, Linda entre les deux hommes et Patrice lui caressa les jambes sous la jupe.

La sonnerie du téléphone le réveilla vers neuf heures. Une voix de jeune fille était au bout du fil.

— Mr. Belmont ?

— Oui.

— Ici la secrétaire de Mr. Wilson. Mr. Wilson me prie de vous demander si vous seriez libre à dîner ce soir.

— Je n'ai pas de smoking, dit Patrice atterré.

— Je préviendrai Mr. Wilson de façon que tout le monde soit en costume de ville.

— Alors c'est entendu. Veuillez remercier Mr. Wilson.

— A vingt heures ce soir, Mr. Belmont.

Patrice raccrocha. Il avait mal à la tête et des scrupules au sujet de Linda. Mais sans leur petit jeu la soirée eût été désespérément morne. Harry était vraiment trop jovial, trop ennuyeux avec ses histoires. Comment avaient-ils pu être amis quinze ans auparavant ? Sans doute en étaient-ils, à cette date, au même point et depuis, seul Patrice évoluait. La guerre, en isolant les Anglais dans leur île, les avait dangereusement abrutis. Tous ces scrupules pouvaient aussi bien être vains. Quoi de plus méritoire que de distraire une Anglaise qui s'ennuie ? Quant à Harry, s'il était cocu c'était peut-être pour l'avoir mérité. Patrice ne poussait pas le besoin de se justifier jusqu'à invoquer une revanche de Mers el-Kébir. En cette terre chacun récoltait son dû, les maris insuffisants les premiers. Un bain tiède chasserait scrupules et nuages et au déjeuner il serait froid avec Linda.

Londres vivait un matin heureux et ensoleillé. Patrice s'essayait à quelques réflexes très britanniques comme de regarder d'abord à droite en traversant les rues. Cette circulation à contresens l'agaçait. Un taxi le conduisit à Regent's Park au sein d'un univers de tulipes. Il n'en avait jamais tant vu à la fois et de couleurs aussi variées. Les longues plates-bandes harmonieuses brillaient au soleil de l'éclat de leurs mauves, leurs rouges, et leurs jaunes d'or. Le parc, insensible à la vie bruyante qui l'entourait, lui parut une véritable oasis multicolore. Sur les pelouses vertes des vieilles filles accroupies lisaient, jambes écartées, dévoilant un univers peu engageant. Patrice regrettait sincèrement qu'une impudeur aussi généralisée n'eût pas de plus bel objet. En vrai Français il mourait d'envie de cueillir une brassée de ces tulipes qu'aucun gardien ne surveillait et malgré lui ses regards s'égaraient sur ces cuisses offertes au vent, dans l'espoir fallacieux d'en découvrir une paire enfin attrayante. La chasse s'avéra vaine. Il tourna autour des pelouses, huma un air qui semblait pur, découvrit un théâtre de verdure où l'on jouait Shakespeare, ramassa un bébé qui tombait et s'assit un long moment sur un banc. Avec délice, il s'avouait déjà du plaisir à se répéter qu'il respirait à l'étranger, que cette terre n'était pas la sienne. Voyager loin n'était pas forcément nécessaire pour se sentir délivré. Etre seul dans le parc aux tulipes suffisait à son bonheur du jour. Naturellement Olivia eût aimé cette halte. Olivia ! Patrice avait fort peu pensé à elle depuis son arrivée. Il en eut un pincement au cœur et se trouva absurde. A quoi bon se refuser à Paris des plaisirs faciles quand il sombrait à Londres dans le premier piège tendu à son goût exagéré du flirt ? Non, même Mers el-Kébir ne justifierait pas cette petite trahison. Aujourd'hui, il n'enverrait qu'une carte postale pour se prouver à lui-même qu'il n'était pas cynique. La perspective du dîner l'effrayait. Quel besoin avait eu ce Mr. Wilson de l'inviter ?

En regagnant l'hôtel, il trouva Harry dans le hall. Linda les rejoignit peu après. Son mari émit un petit sifflement d'admiration en la voyant arriver. Le fait est qu'elle apparaissait plus ravissante encore que la veille, vêtue d'une robe claire aux manches courtes d'où émergeaient deux beaux bras à la peau blanche veloutée d'un léger duvet blond. Rien que ces bras effacèrent les scrupules de Patrice. Hilare, le bon Harry ignorait l'intrigue légère qui se tissait devant lui. Le jeune Français fut radieux et les entraîna à la National Gallery qu'ils n'avaient jamais visitée, et où l'attention studieuse de Harry lui permit de caresser à loisir le bras de Linda. Ils se quittèrent peu avant le dîner...

Ce n'est qu'en rentrant à pied à son hôtel, dans un Londres désert et noir, sans aucun signe de vie, que le jeune homme comprit l'importance de sa soirée chez les Wilson. L'avocat et sa femme l'avaient reçu avec la plus délicate politesse. C'était un grand dîner. Mrs. Wilson avait eu à sa droite un ancien ministre, lord Maple qui, à l'heure du café, s'était spontanément dirigé vers Patrice pour lui parler de Lebreuil pendant plus d'une demi-heure. La courtoisie anglaise avait voulu que personne ne les interrompît. Visiblement lord Maple croyait Patrice au courant de milliers de choses que celui-ci ignorait. Force avait été de répondre avec une discrétion qui masquait adroitement une totale incompétence. Habitué cependant à glaner de droite et de gauche des informations ou des rumeurs politiques, il s'en était bien tiré et lord Maple conquis l'avait prié à dîner sous le prétexte d'une lettre à remettre à Lebreuil. En le raccompagnant à la porte, l'avocat avait tenu à Patrice quelques propos sibyllins, l'assurant que bientôt il pourrait lui remettre les papiers demandés par le financier.

Le jeune homme restait assez sceptique pour ne pas laisser s'enflammer son imagination. Les attentions qu'on lui avait prodiguées toute la soirée l'intriguaient. A quelle étroite franc-maçonnerie internationale se trouvait-il soudain mêlé ? Ces Anglais froids et guindés le croyaient-ils dans le secret ?

Le lendemain il téléphonait au Ritz et eut la chance de tomber sur Barbara Smithson.

— Ah ! c'est vous, Patrice, dit-elle, venez vite déjeuner avec moi. Comment va cette vieille folle de Mercédès ? Elle n'écrit plus. Sa dernière lettre date d'il y a deux mois. Elle me racontait que vous étiez amoureux de la nièce de cette vieille pédale d'Hardyson. Mes félicitations. Si, si, je sais tout. Je dirai à mon secrétaire de nous accompagner. Vous le connaissez, c'est ce poète yougoslave que Mercédès m'a présenté à Venise.

— Anton Svedlicht ? Mais c'est un raseur. N'y a-t-il pas moyen de l'éviter ? J'ai à vous parler.

— Entendu, si vous voulez, passez me prendre à une heure.

Vieille folle, vieille pédale, la Barbara Smithson

avait les épithètes rapides et cinglantes. Patrice l'aimait pour cette crudité et se sentait prêt à s'amuser un peu plus qu'avec le brave Harry.

Le fait est que dans la salle à manger lambrissée du Ritz, sous une profusion de dorures et d'angelots effrontés, malgré l'air pincé des maîtres d'hôtel, le déjeuner fut d'une gaieté folle. Barbara ne se déchaînait jamais tant que dans son propre pays, par réaction peut-être contre tout ce qu'elle croyait l'étouffer. Elle avait des nouvelles fraîches d'Italie et des histoires sur Hardyson. Il semblait même que cet excellent Anglais n'avait de sa vie rien pu faire, toutes portes fermées, sans que Barbara l'ait su.

— Pensez donc, mon cher Patrice, que Harold — Harold était son premier, unique et dernier mari — est passé dans le lit de ce magicien. Eh bien il paraît d'après ce qu'il me racontait encore peu avant de mourir que ça n'avait rien du tout de magique. Peter se croyait obligé de faire des prières avant et après. La qualité ne s'en trouvait pas améliorée. La petite Olivia ne doit guère s'amuser avec ce délirant personnage. Ma raison ne résisterait pas à pareille folie, vous devriez la tirer de là le plus vite possible...

Pas une particularité sexuelle n'échappait à Barbara. Rares étaient ceux sur lesquels son savoir restait sans prise. Les plus effarants et les plus intimes détails ne l'effrayaient pas.

— Comment, dit-elle, vous avez dîné chez l'avocat Wilson ? Mais c'est l'avocat des trusts anglais. Je le connais parfaitement. Il voulait épouser, dans sa jeunesse, une amie à moi, Madge Sinclair. Elle a refusé car il passait à cette époque pour un homme à femmes, et Madge était une femme très peu portée sur le vilain sexe. D'ailleurs elle m'enviait trop mon Harold si discret.

— Il y avait un ancien ministre, lord Maple.

— Non ? dit Barbara. Ce n'est pas possible. Vous

auriez dû lui parler de moi. Encore un ami de Harold. Ils étaient ensemble à Cambridge, et s'adoraient. Nous l'appelions Mappy. Il est un peu rassis depuis le temps. Il n'est plus aussi joli.

Patrice s'inquiéta. Les aimables attentions de lord Maple devenaient tout d'un coup d'une qualité sournoisement douteuse. Il s'en ouvrit à Barbara :

— Mon petit Patrice, vous ne comprenez rien. Les Anglais ne sont pas ce que vous croyez. Passé un certain âge, ils se marient, ont des enfants et mettent un terme à la bagatelle. Mappy a trois beaux enfants dans la fleur de l'âge. Sa femme est à Rome en ce moment. Enfin il a été et sera ministre de Sa Majesté.

— Alors quoi ?

— Si je me souviens bien de ce que prétendait Harold, le cher Mappy est un chimérique réaliste. A Cambridge, il avait fondé un ordre qui ressemblait à une chevalerie. Mon mari en faisait partie ainsi qu'un petit nombre de fils d'industriels ou de députés. Cet ordre devait être international et je crois qu'il a réellement eu de l'importance avant la guerre, car s'étaient réunis là des hommes assez extraordinaires, soit par leur intelligence, soit par leurs moyens industriels et financiers. Il existe sûrement un lien de ce genre entre Lebreuil et Mappy...

Patrice n'en sut pas plus long. Les certitudes se découvriraient ailleurs. Il était en tout cas passionnant de se croire au milieu d'une telle intrigue et d'en forcer indiscrètement les portes. Le dîner chez lord Maple n'avait pas lieu avant le lendemain soir. En attendant, Harry et Linda seraient d'un bon secours. Le soir en effet ils l'entraînèrent dîner dans un restaurant chinois et danser dans une boîte de nuit hongroise où Patrice profita de la pénombre des tangos pour mordiller l'oreille de la jeune femme. Le lendemain au déjeuner, Harry proposa Greenwich où ils firent un repas de poisson tandis que sous la table Linda se laissait caresser les jambes.

Le dîner chez lord Maple fut décevant. Un fils assez beau mais trop frêle, une jeune fille au visage ingrat l'accueillirent. L'ancien ministre arriva peu après, dégelant l'atmosphère. Mais pourquoi ce dîner en famille ? Patrice y vit une sorte d'épreuve que sa mauvaise humeur l'empêcherait de surmonter. Il s'efforça néanmoins de lutter contre sa propre apathie et de briller. Aidé d'un peu d'alcool il y réussit assez bien. Mappy raconta qu'il avait été à Cambridge avec Lebreuil. Patrice eut l'air de ne pas l'ignorer, cita quelques noms dont celui d'Harold Smithson. L'effet fut magique et lord Maple se laissa aller à des idées générales pour le moins surprenantes chez un ministre de Sa Majesté. Deux ou trois fois, le jeune Français fut sur le point de laisser échapper une remarque sarcastique, mais se retint. Le cynisme n'était pas de mise en cette occasion. Ces hommes croyaient en leurs propres paroles. Au dîner de Florence, la réflexion de Patrice sur la « naïveté des hommes d'affaires » avait dû cingler l'amour-propre de Lebreuil et éveiller son attention. Maintenant que, sans très bien savoir de quoi il s'agissait ni si ses soupçons se vérifieraient, il se voyait admis dans le cercle très fermé où ces hommes spéculaient financièrement et intellectuellement en liberté, la prudence consistait à ne pas se trahir.

Un chauffeur le ramena de bonne heure à l'hôtel. Jamais il n'aurait eu meilleure occasion d'écrire à Olivia.

« Cher cœur, Londres me prend trop pour que je puisse vous écrire comme à Paris. Mes journées sont occupées du matin au soir. Je vous raconterai un jour ce que je crois avoir découvert qui a une importance considérable. Je suis plus amusé de retrouver ce que j'avais oublié ou que mes yeux de dix-huit ans n'avaient pas su voir. L'autre matin, j'aurais voulu me promener avec vous dans Regent's Park, entre les immenses parterres de tulipes. C'est le meilleur de Londres. Le reste est moins amusant, à part cette indécence scandaleuse dans Hyde Park où les jeunes Anglaises se vautrent dans l'herbe avec les soldats de l'armée Anders. Je ne vous dis rien non plus de Marble Arch corner à onze heures du soir où les Royal Guards de Sa Majesté font le trottoir comme de bonnes Françaises. Je ne comprends pas comment l'on passe d'un extrême à l'autre, du puritanisme au pur et simple outrage aux bonnes mœurs sur la voie publique. Le monde entier crie que les Français sont des cochons. Que penser des Anglais ?

« A propos de mauvaises mœurs, j'ai déjeuné hier avec Barbara Smithson que vous devez connaître. Toujours en tailleur strict, le fume-cigarette au bout des doigts, elle m'a raconté des histoires. Elle semble bien connaître votre oncle.

« Enfin j'ai retrouvé ici Harry, un ami d'enfance. Il est resté dans notre enfance. L'ennui c'est que le tennis et le football ne me passionnent plus autant. Je l'aurais déjà semé, s'il n'avait eu une femme ravissante avec laquelle je flirte discrètement.

« Vos lettres, je l'espère, s'amassent dans mon petit casier à l'hôtel. A mon retour, je me jetterai dessus, chère Aïssé. Peu de jours me séparent encore de vous. Arriverez-vous à Bellagio avant moi ? »

Le lendemain Harry pria qu'on l'excusât. Il avait un déjeuner avec ses anciens camarades de Cambridge. Patrice serait-il assez gentil de rester quelques heures avec Linda ? Bien sûr, il s'excusait de lui demander cela, les femmes sont toujours si ennuyeuses. Elle l'accablerait de questions sur la mode et les chapeaux à Paris, toutes choses sans intérêt.

Linda apparut fraîche et rose, comme ces bébés qu'on a envie de mordre. Ils déjeunèrent dans un grand hôtel de Piccadilly. Patrice put enfin lui caresser les jambes sans plus se gêner. Quant à elle, elle le trouvait adorable et racontait mille choses avec humour. Il la fit boire pour qu'elle devînt encore plus rose. Les deux beaux yeux de porcelaine brillaient d'une lumière que le jeune homme trouvait naïve. Que voulait-elle faire après déjeuner? Elle voulait aller dans un Park, s'asseoir sur un banc avant de retrouver Harry à quatre heures. Tant pis pour elle, Patrice lui dit en un temps record ce que les Anglais disent rarement aux femmes, et ce que les Français n'osent même plus répéter dans leur propre pays. Incroyable, comme elle mordait à tout, c'en était presque trop facile. Ils passèrent plus d'une heure dans Victoria Park avant de regagner l'hôtel où ils avaient rendez-vous avec Harry. Mais l'Anglais n'était pas là. Patrice se sépara de Linda dans l'ascenseur. Elle habitait l'étage au-dessus. Il se sentait heureux et léger. Cette brève liaison dangereuse l'enchantait dans la mesure où il ne la poussait pas plus loin. Aussi quelle ne fut pas sa surprise, dix minutes plus tard, d'entendre frapper à sa porte. Linda apparut timidement après avoir jeté un coup d'œil dans le couloir pour être sûre que personne ne l'avait vue.

— C'est défendu! dit-il. Vous n'avez pas peur?

— Non, je voulais vous demander si vous n'auriez pas un peu d'eau de Cologne française?

— Si, bien sûr... Est-ce tout?

— Oui... Ah! je n'aime pas ces hôtels. Les femmes de chambre surveillent toujours pour voir les visites que l'on reçoit. Je préfère la France...

Elle s'était approchée de lui au point qu'il n'avait qu'à avancer la main pour la toucher et la prendre par la taille.

— Vous connaissez bien la France?

— Oui, j'y suis allée avec mes parents. Nous descendions dans des hôtels où personne ne m'épiait. J'aurais pu faire tout ce que je voulais.

— Personne ne vous a vue entrer chez moi ?

— Personne.

— Vous êtes ravissante, Linda ! Et des lèvres...

Il y porta non les siennes, mais son index avec lequel il redessina la bouche rose corail. Les privautés qu'il se permettait sournoisement sous les tables de restaurant, il s'en sentait maintenant incapable. Leurs deux cœurs battaient violemment, et Patrice ne se décidait pas. Quelque chose qu'il ignorait encore le paralysait malgré tout son désir, bien que cette belle fille fraîche et rose fût là, offerte et radieuse de convoitise. Parce que cette situation et ce silence entre eux ne pouvaient se supporter longtemps, il la prit par les épaules, la fit pivoter, déposa un baiser à peine appuyé sur la nuque offerte et la poussa dans le couloir. Non, jamais elle ne comprendrait... Qu'importait !

Harry et sa femme regagnaient Southend le lendemain, avec force promesses de venir bientôt à Paris. Patrice reçut un coup de téléphone de Mr. Wilson le priant de passer le soir à sept heures : les documents seraient prêts. Sa dernière journée lui appartenait. Il dégrafa son col de chemise et descendit vers la Tamise.

Au pont de Westminster des vedettes à moteur racolaient les passagers pour des excursions en amont du fleuve jusqu'à Hampton Court. Le bateau n'était qu'à moitié chargé de vieilles filles avec des souliers à barrettes, un jeune ménage accablé d'un enfant et un couple d'une dignité parfaite aux cheveux blancs, très retour des Indes. La vedette passa sous les ponts de Lambeth, puis de Chelsea, longea longtemps d'affreux docks à demi détruits par les bombardements. Londres s'étirait indéfiniment dans une succession de nauséabondes horreurs. A Richmond la ville cessa enfin pour laisser place à deux rives vertes d'un exquis dessin. Des rameurs luttèrent de vitesse un long moment avec la vedette à moteur et se firent dépasser dans un hurrah des vieilles filles qui descendaient à tour de rôle dans la cabine boire d'énormes tasses de thé qu'elles répandaient à demi sur leurs jupes. Le bateau arriva à Hampton Court pour le déjeuner. Patrice se crut heureux : la ville était ancienne avec un pont de pierre à dos d'âne et un château royal. Un coup d'œil dans le guide l'eût assuré qu'on y visitait un musée de peinture italienne, mais il n'était pas venu en Angleterre pour y voir le Tintoret et des imitations du Titien. Il préféra déjeuner sur la terrasse d'un restaurant face à la Tamise, dans une douce chaleur d'été, servi par un maître d'hôtel vénitien, un garçon de Turin. La ville était calme, immobile, muette après le déjeuner, orgueilleuse de ses vieilles maisons, assez enlaidie par tous ses magasins rouge vif ou vert pomme. Patrice passa devant les grilles du château, puis revint vers une longue pelouse au bord du fleuve. Un gardien lui loua une chaise longue et il s'endormit face au soleil brûlant. A son réveil, il n'était plus seul sur la pelouse. Des dizaines de chaises longues avaient été dressées autour de lui, où des femmes faisaient la sieste, les cuisses toujours écartées. Pas un homme auprès d'elle. Patrice se demanda où pouvaient être les hommes. On n'en voyait jamais dans les parcs, sauf des soldats. La vedette à moteur repartit vers les quatre heures. Le soleil déclinait et il commençait à fraîchir. De nouveaux rameurs, cette fois aidés par le courant, les suivirent longtemps. Le groupe de vieilles filles les acclama de la main droite, la gauche maintenant ferme l'éternelle tasse de thé. De retour au pont de Westminster, Patrice conclut qu'il avait passé une heureuse journée de sa vie, sans pensées, sans soucis. Son bonheur eût été complet s'il avait trouvé Linda pour lui faire du pied sous la table. Au lieu de cela, il trouva Mr. Wilson qui lui remit une enveloppe cachetée, le remercia vivement et ajouta une lettre personnelle de lord Maple. Patrice ne fut pas surpris d'y lire en termes gonflés un éloge de la France, l'expression d'une vive sympathie et l'espoir que des relations plus suivies seraient de nouveau établies avec Lebreuil. Mappy s'excusait encore d'avoir reçu si simplement le jeune Français et le priait de croire qu'il devait cette simplicité aux rigueurs que l'après-guerre imposait à la Grande-Bretagne.

Mr. Wilson tendit sa fine main aux poils roux et le gratifia de sous-entendus vagues que Patrice ne comprit pas, mais encaissa d'un air entendu. Le lendemain matin, il prenait l'avion pour Paris. Il était temps : sans un mot d'Olivia, l'Angleterre l'ennuyait.

*

Dans la pile des lettres qui l'attendaient, il prit la seule dont l'écriture ne lui disait rien, retardant le plaisir de décacheter les cinq ou six enveloppes d'Olivia.

« Patrice, il faut que tu viennes. Demain soir ce sera trop tard. J'ai eu du mal à trouver ton adresse. On me dit que tu n'es pas là. Je te supplie de venir. Maintenant je rentre et je ne sortirai plus de ma chambre à l'hôtel de l'Univers, rue Jacob. J'ai des choses à te dire.

« VANDA. »

La lettre datait de deux jours... A l'hôtel de l'Univers, il se heurta au concierge qui le regarda l'air soupçonneux.

— Veuillez attendre, monsieur, s'il vous plaît.

Il disparut par une petite porte derrière laquelle il y eut un chuchotis de voix. Apparut une femme entre deux âges, dont on apercevait d'abord le volumineux corsage de satin blanc, puis deux énormes boucles d'oreilles en verre rouge qui s'efforçaient de donner de la majesté à la beauté vulgaire du visage :

— Monsieur voudrait voir Mlle Volinoff ?

— Oui, dit-il sans commentaires.

— C'est que...

— Eh bien quoi ?

— Veuillez attendre une seconde, s'il vous plaît.

La grosse femme disparut et le concierge la remplaça comme s'il était chargé de surveiller le jeune homme.

— Qu'est-ce que ça veut dire ? Est-elle là oui ou non ?

— Je ne sais pas, monsieur. On va vous renseigner tout de suite.

Le corsage de satin blanc réapparut, suivi de la silhouette maigre d'un homme en imperméable qui s'adressa à Patrice.

— Vous connaissez Mlle Volinoff ?

— Qu'est-ce que ça peut vous foutre ?

— Monsieur, je vous en prie, dit la grosse dame avec effroi. Monsieur est inspecteur de police, il a le droit de poser des questions à des inconnus.

— Montrez votre carte.

— La voilà, ma carte.

— Alors... que se passe-t-il ?

— Oh ! Monsieur, c'est une chose qui n'était jamais arrivée dans notre hôtel.

Patrice se doutait fort bien de ce qui était arrivé à Vanda et voulait se le faire confirmer.

— Mais quoi ?

— Mlle Volinoff s'est suicidée et pas proprement, avec un rasoir.

— Quand ?

— Cette nuit. On l'a découverte à l'heure du petit déjeuner.

— Maintenant vous allez me dire, reprit l'inspecteur, ce que vous veniez faire ici.

— Tenez, dit Patrice, si ça vous amuse.

Et il tendit les quelques lignes griffonnées par Vanda sur le papier de l'hôtel.

— Et voici encore mon adresse. Maintenant je voudrais la voir.

— C'est impossible, dit l'inspecteur, elle a laissé un message sous enveloppe pour vous.

— Donnez.

« Cher Patrice, décidément tu ne viendras pas. J'espère que ce n'est pas mauvaise volonté de ta part sinon tu risques de t'en repentir longtemps. Peut-être me serais-je tuée de toute façon. C'est à toi que je pense ces dernières minutes par une absurde et dernière incohérence. Je te remercie de m'avoir empêchée de mourir à Venise malgré la beauté du geste. Je t'ai un peu aimé ce qui était bien doux et c'est de cela que je me souviens. Garde ce secret entre nous deux. Si je ne te l'ai pas avoué, c'était pour ne pas troubler tes pensées qui vont ailleurs. Je suis seule depuis quelques jours et l'amertume m'envahit, me ronge et finalement me dévore. Sans désirs, une vie ratée ne se recommence pas. Je voudrais, si je ne suis pas trop défigurée par la mort, que tu viennes poser tes lèvres sur mon visage. Patrice, je t'aime, j'étais venue pour toi à Paris. Pardonne-moi. »

— Il faudra laisser cette lettre pour l'enquête, dit l'inspecteur.

— Je ne crois pas. D'ailleurs je vais la brûler. Elle ne contient que des choses trop personnelles pour intéresser la police.

— Mais, monsieur, dit la grosse dame bavant de curiosité, ça peut tout de même être intéressant.

— Non. Et de toute façon, vous allez me conduire à

la chambre de Mlle Volinoff. Je veux seulement la voir.

L'inspecteur accompagna Patrice...

Le pire était qu'après ces sortes de choses, il fallait s'en évader, marcher dans la rue, respirer, voir Lebreuil et lui remettre la lettre de Londres, s'efforcer de dormir une nuit, se réveiller le lendemain avec encore sur les lèvres le goût de cette chair froide et morte, couleur de cire, avoir sur sa table de chevet les lettres d'Olivia qu'il n'osait plus ouvrir. Une minute de drame dans la vie, ce n'est pas long, mais cela pèse sur des jours et des jours. Il fuyait ses amis, sa propre chambre d'hôtel, et aurait voulu se perdre dans le travail ; hélas Lebreuil ne lui demandait rien de nouveau. Par un curieux hasard, aucune lettre d'Olivia ne s'ajoutait plus aux enveloppes toujours cachetées. Ce n'est que le cinquième jour que Patrice reçut une carte postale :

« Cher ami, je reçois votre lettre de Londres. Comme vous avez raison de vous amuser et de flirter. Je vous avais toujours dit que ce que vous éprouviez pour moi ne résisterait pas à une jolie fille un peu blonde. D'ailleurs moi aussi je veux m'amuser à partir de maintenant, Florence semble se détendre avec la venue de l'été. Je ne crois pas que j'irai à Bellagio où tout est si morne. Bien à vous. »

Patrice mit la carte dans sa poche, partit à la recherche d'Antoine et de Guillaume et les trouva dans un bar de la rue Saint-Benoît. La pensée de leur raconter quoi que ce fût ne lui vint même pas à l'esprit. Il ne s'agissait pas de les mettre à son diapason, mais bien de rattraper le leur et de les suivre, d'effacer l'âcre brûlure que ces derniers jours lui laissaient dans la gorge. Les êtres qui disparaissent dans la mort et ceux qui se méprennent sur vous n'ont pas le droit de vous entraîner dans leur erreur. Patrice restait persuadé que la mort était une erreur, une faute contre le destin. Quant à lui, il se défendrait jusqu'à la dernière minute.

— Ah, dit Guillaume, j'ai passé une journée assommante et je n'en pouvais plus. S'il n'y avait pas eu l'espoir de vous retrouver tous deux, je me demande ce que j'aurais fait.

Tout ce qui avait pesé sur lui cette journée, il était décidé à le rejeter, à s'en débarrasser et il se montra d'une fantaisie débordante qui les emporta tous trois. Au restaurant, ils se trouvèrent encadrés par deux tablées fort bourgeoises qu'il ne fut pas difficile d'effrayer :

— Alors n'est-ce pas, disait Guillaume à Antoine, dès que l'orchestre attaque tu fais ton entrée dans ton costume de mouche. Tu traverses la scène, tu t'inclines deux fois et j'arrive paré des plumes du coq. Nous nous regardons. Tu mimes l'effroi...

— En somme je serai la mouche du coq. Et Patrice ?

— Exactement. Patrice, lui, n'a pas de costume du tout. Ce n'est pas plus indécent que d'avoir un collant. Nous lui mettrons une émeraude dans le nombril. Donc la musique attaque la deuxième partie de la symphonie et Zakouska Blinis entre à son tour. Là j'ai prévu un arrêt pour laisser aux applaudissements le temps de se calmer. Je ne sais pas si vous vous rendez compte de l'importance qu'a pour notre ballet la présence de la chère Zakouska. Sa beauté et sa célébrité aideront au succès de notre entreprise qui, je l'avoue, par certains côtés risque de choquer un peu le public habitué à moins de modernisme.

Les deux tables voisines se taisaient et n'écoutaient plus que Guillaume, inquiètes de ne pas l'avoir reconnu plus tôt, et sans bien savoir qui il pouvait être.

— C'est Lifar, susurra une dame à voix basse pour que tout le monde l'entendît.

— Mais non, Lifar est brun, corrigea une autre. Je crois plutôt que c'est Diaghilev.

— Diaghilev est mort, dit un des hommes agacé et qui, du coup, fit figure d'érudit.

La soirée continua sur ce ton jusque dans un bistrot de Montparnasse où ils mangèrent des œufs durs et burent un horrible vin blanc. Au comptoir à côté d'eux, une putain respectable était accoudée et se confiait au garçon :

— Regarde par la vitre. Le voilà qui repasse à nouveau. Tu l'as vu ? Y a une heure que ça dure. La première fois il est entré, j'étais au café du coin et il m'a fait signe. Je suis sortie. Il marchait devant en se retournant. Je croyais qu'il voulait pas faire ça dans le quartier où il est peut-être connu. Au bout de dix minutes j'en ai eu marre, j'ai essayé de le rattraper, alors il s'est mis à courir. Alors je me suis arrêtée. Il s'est arrêté. Je suis revenue sur mes pas. Il m'a suivie. Je suis entrée dans le café et il m'a attendue dehors en regardant par la vitre. J'ai voulu sortir encore et il m'a suivie, mais rien à faire pour y parler. Moi ça me fait peur ces petits vieux. C'est presque toujours des saligauds. On sait jamais ce qu'ils vont te demander. Heureusement ils paient bien.

— Ça compense, dit le garçon aimablement.

— Pardonnez-moi, madame, interrompit Antoine avec une nuance d'affectation dans la voix, mais nous sommes trois gaillards ici qui vous rendraient bien volontiers le service d'attraper ce satyre et de vous le livrer mort ou vif.

— Vous êtes bien poli et je vous dirais pas non, si mon mari n'allait pas venir ici d'une minute à l'autre. Y saura bien arranger ça.

Rue de Rennes, ils se heurtèrent à une silhouette hésitante qui zigzaguait sur le trottoir. Guillaume la rattrapa par la manche et gratta une allumette qu'il fit flamber sous un visage imberbe de vingt ans à peine.

— Cet enfant a trop bu. Où sont tes parents, mon petit ? Pourquoi as-tu lâché la main de ta mère...

— ... dans la culotte d'un zouave, acheva Antoine.

— Je vous vends mon manteau cinq cents francs, dit l'ivrogne amateur, pour me payer un taxi et aller voir Garry Davis. Je suis un citoyen du monde et il doit me recevoir à n'importe quelle heure de la nuit.

— Ah ! c'est merveilleux, dit Guillaume, nous sommes enfin en présence d'un homme du monde. Peut-être va-t-il nous aider à franchir ce dernier pas qui sépare notre demi-monde du vrai monde. N'hésitons plus, suivons-le...

Ils ne le suivirent pas : le sujet de Garry Davis s'écroula sur le trottoir en pleurant. Des agents ne tarderaient pas à le ramasser. A Saint-Germain-des-Prés, ils entrèrent dans un dernier bistrot où leur euphorie ne pouvait étonner personne. Guillaume reçut dans ses bras un petit homme à lunettes qu'il ne reconnaissait absolument pas, mais qui avait fait de nombreuses conférences sur lui. Antoine et Patrice furent émus et révoltés par le dédain de leur ami au point d'aller à tour de rôle bavarder avec le petit homme qui avait fini par s'asseoir dans la rue sur le bord du trottoir et recommençait là son éternelle conférence, récitant des pages entières des romans de Guillaume. Lassés à la fin, ils abandonnèrent le conférencier qui, pesamment, s'endormit le front contre la poignée de son parapluie. Il n'était plus question pour Patrice d'avoir peur de ses pensées. La mort de Vanda appartenait à la série des choses que l'on surmonte et à la carte d'Olivia il serait répondu par une lettre qui effacerait tout.

Il se leva, le lendemain, dispos, malgré la longue nuit de veille et décacheta les enveloppes d'Olivia.

Toutes ses lettres antérieures à la carte postale effaçaient la brutalité des derniers mots. Patrice écrivit comme si rien ne s'était passé entre eux, enfin conscient qu'Olivia venait de perdre la face en avouant sa jalousie.

A onze heures, il avait rendez-vous avec Lebreuil. Le financier était d'excellente humeur. Devant son secrétaire il se livra à une amusante comédie, marchant de long en large dans son bureau, expliquant ses méthodes de travail, priant Patrice de garder le silence sur ce qu'il avait entendu et vu à Londres.

— Un jour, tout ceci vous deviendra clair et vous comprendrez où nous allons. Il faut surtout que vous cessiez de croire que le monde est livré à des forces aveugles. Ne soyez pas dupe...

— Je ne suis pas dupe de cela, dit Patrice, mais je n'en reste pas moins un simple spectateur, non un acteur.

— Vous avez l'étoffe d'un acteur pourtant. J'ai besoin d'hommes comme vous ; je ne vous ai pas pris au hasard, croyez-le bien et je me trompe rarement. Partez en vacances. Réfléchissez bien à ce que je vous ai dit et à votre retour vous me direz si vous vous sentez l'étoffe nécessaire pour continuer de naviguer dans les zones un peu moins gratuites que celles que j'ai pu offrir à votre activité depuis que nous nous connaissons. Allez, au revoir...

Patrice serra la main amicale qui se tendit et partit sans réfléchir.

III

Les revoirs et les promesses

Le masque le plus heureux de l'Italie apparut brusquement au sortir d'un tunnel après Domodossola. La voie longeait les jardins d'azalées, de magnolias géants et de palmiers au bord du lac tranquille. Le jour rose se levait sur les Borromées fleuries et le lac, étale comme un miroir, mouillait d'une eau calme les plages désertes. A Stresa, il abandonna ses bagages à destination de Bellagio, et descendit avec un sac tyrolien sur le dos. La ville était vide à huit heures du matin, sans autre âme qu'un prêtre de comédie italienne, au large chapeau noir, qui salua Patrice. Tous ces palaces désaffectés, ces villas closes derrière leurs grilles contribuaient à serrer son cœur, et à créer en lui, en même temps, l'enivrante sensation du retour au bonheur. Dans le train, les voyageurs devaient se réveiller, écraser leur nez aux fenêtres, prisonniers de leur aquarium roulant. Avec orgueil, il se flattait d'avoir choisi la rencontre la plus intense et la plus réelle en débarquant comme un simple pèlerin. Un café ouvrit sa terrasse face au lac et Patrice s'installa à une table pour avoir la première joie de commander un espresso et de se brûler la gorge avec le liquide noir et sucré qui réveillait les morts. Il resta ainsi plus d'une heure dans la paix déserte du matin, bientôt baigné de soleil au point d'ouvrir largement sa chemise et de se laisser brûler la poitrine. Une sœur trottinante passa comme si les serviteurs de Dieu étaient les seuls à se lever si tôt avec le garçon de café qui l'avait servi et maintenant balayait la terrasse en sifflotant inconsciemment : « Giovinezza, Giovinezza ! » Patrice se retourna et sourit :

— C'est une belle chanson que vous sifflotez là...

Interdit, l'homme s'arrêta la bouche ouverte sur sa belle denture :

— *Si signor...*

Le Français rit de son inquiétude et le rassura. La Libération était passée. On pouvait prendre quelques libertés... Le garçon rit à son tour et entama une autre chanson. Patrice fuma encore quelques cigarettes, avant de se diriger vers le petit port où dormaient trois barques. Il dut chercher longtemps avant de trouver un être humain ressemblant à un pêcheur... Un vieil homme ravaudait un filet. Aller sur la rive opposée ? Oui, mais quand ? Aujourd'hui il n'y aurait pas de vent et il n'y avait pas d'essence pour le moteur. S'il fallait ramer cela reviendrait cher. Evidemment si le signor était prêt à payer et à ramer un peu avec lui... Le vieil homme abandonna son filet et partit prévenir sa femme. Patrice acheta quelques provisions, du vin rouge et s'installa dans la barque. A vrai dire, ce n'était même pas une barque, à peine une fragile nacelle sans tirant d'eau, surmontée de deux arcs en bois souple sur lesquels on tendit une toile rapiécée pour se protéger du soleil.

A la surface du lac à peine irisé, le bateau traçait un long V qui se perdait dans l'immensité. Sur le doigt de Patrice abandonné dans l'eau, ruisselaient de fines gouttelettes brillantes de soleil. Au fond du lac, vers la Suisse, la montagne violette plongeait tumultueusement dans l'eau bleue. Etait-il possible d'atteindre une félicité pareille ? Dans l'enthousiasme, il prit la place du batelier et rama avec une énergie joyeuse. Stresa se perdait dans une brume de chaleur. Ils abordèrent l'après-midi sur la rive opposée dans un port rose isolé du monde. Patrice offrit un verre de vin au vieux, le paya d'un large pourboire et prit un chemin qui longeait le lac, puis s'enfonçait dans la campagne, à travers des champs de maïs. Il allait au hasard, se fiant seulement à son instinct d'orientation, écrasant sous ses gros souliers la terre rouge et sèche, ivre déjà de la musique qui montait de ce sol chaud. Le travail était arrêté dans les champs. Quelques paysans et paysannes dormaient à l'ombre des arbres, les femmes leurs jupes retroussées jusque sur la tête pour se protéger des mouches. Il parcourut des kilomètres ainsi jusqu'à la fin des champs de maïs sans rencontrer une maison. La terre se dessécha, puis se couvrit d'une nuée de pierres blanches rongées par la pluie et comme abandonnées là par un vaste raz de marée. Patrice arriva vers sept heures dans un village sans nom. Sur la place du centre, les hommes menaient boire leurs chevaux dans de grandes auges vertes de mousse. Un café à la sortie sur la route offrait du pain, du saucisson et du vin. Une paysanne en noir, les cheveux gris tirés en arrière par un chignon, le conduisit dans sa cuisine et posa une assiette et un verre au bout d'une longue table épaisse. Elle considérait sans étonnement cet étranger brûlé par une journée de soleil et qui but avec avidité. Une marmite chauffait dans la grande cheminée. Patrice joua avec une enfant blonde, reprit du vin, accepta une assiette de soupe et finit par demander si on ne pourrait pas le coucher. Il n'y avait qu'une grange... Il y déposa ses affaires, avant d'errer dans le village. Les portes ouvertes donnaient sur l'unique pièce de maisons sans étage, avec le lit dressé sur le carrelage rouge et, comme dans les Pouilles, les piments en grappes vertes et rouges accrochées en guirlandes aux poutres du plafond. La cinquantaine de maisons qui formait le village se serrait autour d'une église délabrée aux portes cadènassées. Sur le pas des portes les hommes mâchaient leurs cigarillos noirs, crachaient à cinq pas et suivaient le Français des yeux. La paix du soir tombait sur la campagne environnante, percée de temps à autre par les cris aigus d'un essaim d'hirondelles acharné à tourner en rond autour du clocher. Patrice respirait l'odeur du foin échappée des granges, mêlée au parfum aigre des soupes à l'oignon. Il alla tremper son visage brûlant dans l'eau de la fontaine qui le rafraîchit. Un troupeau de chèvres rentrait dans son étable poussé par un enfant aux pieds nus qui vint quémander une cigarette.

— *Come te chiama tu ?*

— *Piero.*

Patrice lui donna une barre de chocolat achetée en Suisse. L'enfant s'enfuit sans remercier.

Un groupe de filles déboucha de la route, des paniers de linge en équilibre sur leurs têtes. Elles marchaient au pas, accordées à la chanson de l'une d'elles un peu en retrait. Elles étaient aussi pieds nus, leurs jambes lourdes mais bronzées et polies par le soleil émergeaient de jupes noires qui battaient la mesure. Leur rire résonna aux oreilles du jeune homme qui les contemplait sans qu'elles détournassent la tête. Aucune d'elles ne pouvait passer pour jolie. Patrice ne sentait de plaisir qu'à les regarder passer en étranger, conscient de la seconde de coquetterie qu'elles avaient eue et de leur émoi devant cet inconnu. Il alla dans un champ au bord de la route et s'étendit face au ciel rose et mauve du soir. La campagne bruissait du chant des cigales surexcitées par la chaleur. Patrice attendit la tombée de la nuit, dans un vide de pensées, de sentiment et d'attention qui atteignait à la perfection. A demi somnolent, il retraversa le village et gagna son café-épicerie. La femme lui servit un dernier verre de vin dans la salle basse où l'enfant blonde dormait déjà. Pour ne pas la réveiller, ils parlèrent par signes. Patrice admirait les deux visages, celui de l'enfant pur dans le sommeil, celui de la femme, aux traits réguliers et creusés par la fatigue de la journée. Les rides affluaient vers deux beaux yeux noirs enfoncés dans leurs orbites sous les sourcils charbonneux. La bouche était mince et serrée sur les lèvres violettes. A la regarder de près, on la devinait jeune, trente-cinq ans à peine. Où était l'homme ? La femme esquissa un geste désabusé :

— *Americano...*

Patrice n'osa demander ce qu'ils étaient venus faire dans ce village perdu au pied des Alpes. La femme paraissait soumise, indifférente à un passé qui l'avait, une fois pour toutes, écrasée de son poids et vouée à la solitude.

Il but son verre de vin et s'en alla dans la grange. En grimpant à une échelle, il parvint jusqu'à une sorte d'étage sous le toit. La chaleur était étouffante et il dut ôter quelques tuiles pour se donner de l'air. Par le trou ainsi pratiqué, il apercevait, juste au-dessus de lui, un ciel qui se fondait dans la nuit et se pointillait d'étoiles. Patrice s'allongea dans la paille sèche et parfumée, ne cherchant même pas à fermer les yeux. Ce coin de ciel devenait pour lui un univers choisi entre des milliards, la raison même de ses songes, peut-être l'écriture de son destin. Ainsi tout se jouerait en ce mois de juin sans qu'il fût véritablement maître de sa vie. Demain soir, il serait près d'Olivia, entendrait de nouveau sa voix à l'accent chantant. Ce qu'il engageait de plein cœur lui apparaissait enfin d'une merveilleuse gravité. En aimant Olivia et en réussissant à s'en faire aimer, il allait droit à une conclusion jamais envisagée jusqu'à ce jour. Cette conclusion, il l'acceptait sans crainte dans le silence de cette grange, face à ce morceau de ciel et pourtant combien de fois l'avait-il fuie auparavant ? Aimer cessait d'être un jeu. La vie elle-même cesserait d'être un jeu sans conséquences. Tout le carnaval passé de ses désirs, passions, violences ou regrets aboutissait à cette décision qu'il prenait, encore incertain d'Olivia. Ceci, à n'en pas douter, devenait un tournant. Le tournant franchi, il n'apercevrait plus la cohorte des Béatrix, des Vanda, les attitudes de la jeunesse : le cynisme, la désinvolture. Il serait seul sur la route, seul ou avec Olivia. Tout restait à faire dont le moins important n'était pas de prendre conscience de soi-même et des autres. Il lui semblait dans la tiédeur moelleuse de cette première nuit italienne que tout ce qu'il avait entrepris jusqu'à cet instant où il allait retrouver la jeune fille convergeait vers cet unique souhait. Pas une erreur n'avait été inutile, chacune de ses découvertes portait un fruit. Pourtant Patrice savait qu'il hésiterait encore avant d'abandonner une certaine prise de vue de l'existence. A vrai dire, il manquait cette nuit la réponse de l'objet aimé, son acquiescement à cet acte de folie pure auquel il donnait les apparences mêmes de la raison...

Le petit jour le réveilla. Patrice rassembla ses affaires et descendit par l'échelle. Sur le pas de sa porte, la femme de la veille lavait déjà son linge. Elle lui prépara un café qu'il but debout, sur le coin de la table. L'enfant blonde dormait encore et trouverait au réveil une barre de chocolat sur son oreiller. Sa mère, les manches retroussées sur des bras rouges, prépara un peu de pain et de saucisson et regarda partir Patrice debout sur le seuil, les mains aux hanches. Le village au nom inconnu était déjà vide de ses hommes. Il se retourna plusieurs fois pour en fixer le dessin dans sa mémoire. Les maisons grises aux toits de tuiles rouges, le clocher boiteux avaient protégé sa première nuit d'Italie. Jamais il n'aurait pu débarquer à Bellagio sans cette transition. Pour retrouver Olivia au sortir du train de Paris, il fallait changer de peau, ne plus être l'homme qui entrait chaque matin à onze heures dans le bureau de Lebreuil, ou passait ses nuits avec Guillaume et Antoine.

Il retrouva la route nationale un peu plus au sud et monta dans un autocar qui allait à Côme où il déjeuna en se refusant à visiter quoi que ce fût. L'après-midi, un autre autocar bondé de marmaille et de femmes qui se signèrent avant le départ le conduisit à Bellagio par la route du bord du lac. Patrice redevint avide, bien que suffoqué par l'odeur de ses voisines et les nuages de poussière soulevés sur la route. Le lac étroit glissait entre deux rives. Après un coude, il s'élargit et devint sous le soleil d'un bleu sombre et profond. La montagne à pic changeait elle-même de couleur et, à contre-jour, prenait des reflets d'un violet chaud qui se découpait en larges tranches sur le ciel pâle.

L'autocar s'arrêta sur la place du port de Bellagio, face au débarcadère. Le voyage initiatique s'achevait. Sous ce ciel, sur cette place, au bord de ce lac, il n'avait plus un pas à faire. Le décor du dernier acte était dressé. L'intrigue se resserrait enfin après une longue dispersion où l'unité de lieu n'avait pas été respectée. Olivia passait ici tous les jours, mangeait des glaces dans les trattorie sous les arcades, et se baignait sans doute de cette petite plage que l'on apercevait sous le jardin de l'hôtel. Patrice observa avec plaisir que le facchino rôdant sur le port ne se précipitait pas vers lui pour l'aider à porter son sac. Avec son short et sa chemisette chiffonnés, ses chaussures poussiéreuses, sa barbe de la veille, il n'était pas un étranger de marque. A l'hôtel où sa chambre avait été retenue, on faillit même mal le recevoir. Mercédès Bongiovanni n'arriverait que la semaine suivante. Il eut droit à une vue sur le lac, à la pointe extrême de la presqu'île. Ses valises étaient arrivées avant lui. Il en tira avec volupté les linges propres, les pantalons clairs qui seraient son déguisement de l'été. Un bain le rafraîchit, chassa la fatigue de la journée de marche et de la nuit inconfortable dans la grange. A la tête de son lit, il y avait un téléphone. Patrice s'allongea et fuma plusieurs cigarettes avant d'oser le décrocher...

— Allô, Olivia...

— Ah ! non ce n'est pas Olivia, attendez, je vais la chercher.

Une voix de jeune fille avait répondu à Patrice, en français, avec un fort accent. Il entendit encore des murmures autour du téléphone, puis...

— Allô, c'est vous Patrice ?

— Olivia ?

— Mais vous ne deviez pas arriver aujourd'hui ?

— Non, demain seulement ! Je n'ai pas résisté.

— Aïe, Patrice, vous êtes toujours en avance... je ne vous verrai pas aujourd'hui, je suis invitée à dîner à Tremezzo.

— J'en étais sûr...

— Comment, vous en étiez sûr ? Vous n'allez pas commencer à me faire des reproches le jour de votre arrivée. Je vous verrai demain, nous irons à la plage, ou plutôt non, trouvez-vous vers onze heures chez le marchand de glaces sur le port. Je vous quitte très vite, je prends le bateau à six heures...

Patrice ne put rien ajouter. La voix moqueuse le congédiait gentiment et le renvoyait au lendemain. Quoi d'anormal qu'elle n'eût pas la même impatience que lui ? Il s'habilla et sortit. Au bar, des groupes affalés dans les grands fauteuils buvaient du whisky glacé. Un chasseur, presque nain, se hissa sur la pointe des pieds pour lui présenter une allumette enflammée. La première bouffée de fumée le détendit. Traversant le jardin, il longea la plage privée de l'hôtel. C'était une plage artificielle : un peu de ciment avec une couche de sable. Sous un toit de palmes, un petit orchestre : piano, batterie et saxophone, jouait des rengaines ravissamment démodées. Patrice gagna les arcades de la place que des toiles tendues entre les piliers protégeaient du soleil. Dans cette sorte d'allée à la lumière tamisée, circulait une brise fraîche presque humide. Les magasins étalaient leurs marchandises sur le trottoir. Des couples d'Anglais rouges comme des homards, les femmes dans des robes criardes, les hommes en shorts et chemisettes, s'arrêtaient devant les étalages et se livraient à de longs calculs mentaux sur la valeur des changes. Patrice allait sortir de sous les arcades, lorsqu'il entendit la voix d'Olivia mêlée à une autre voix. Sans comprendre ce qu'elle disait, il s'arrêta et regarda par un interstice laissé entre une tente et un des piliers, et aperçut la jeune fille qui traversait la place en compagnie d'une amie. Les deux robes blanches, ceinturées, l'une d'une écharpe de gaze verte, l'autre d'une écharpe rouge, couraient vers le débarcadère où le bateau à aubes venait d'accoster, et débarquait ses voyageurs. Elles eurent juste le temps de prendre un billet et de sauter sur la passerelle que l'on retirait. Maintenant, il n'avait plus qu'à se reprocher de n'avoir pas eu le réflexe assez prompt pour sauter avec elles dans le bateau, les accompagner pendant la traversée, et revenir par le suivant. Sa propre indécision l'irrita. Abandonnant la place dont les pierres blanches réfléchissaient à cette heure la chaleur torride de l'après-midi, Patrice enfila une ruelle en escaliers qui montait au cœur de Bellagio. La ville, bâtie à flanc de colline, s'étageait sans ordre jusqu'au grandiose jardin de la villa Serbelloni. L'étroitesse des rues conservait la fraîcheur de l'ombre entre les maisons chaotiques adossées les unes aux autres, mêlant leurs murs rose et vert pâles, un peu lépreux, un peu sales, bariolés par le linge séchant aux fenêtres ou sur des fils tendus d'une maison à l'autre. Des fenêtres tombaient les voix aiguës et chantantes des femmes, accompagnées de cris d'enfants. Patrice dépassa le village. Derrière les murs bordant le chemin, on devinait l'ordonnancement fastueux des jardins où s'écrasait une flore serrée de pins, de magnolias, de palmiers, de bambous géants. Bien qu'il fût plus de six heures, la chaleur était encore telle qu'il ne rencontra personne d'autre que des jardiniers, leurs outils sur l'épaule, marchant d'un pas traînant et indifférent. Au bout d'un quart d'heure, il parvint au faîte de la colline d'où la vue incomparable s'étendait à la fois sur les deux bras du lac. Patrice oublia son agacement précédent et se crut heureux. Il ne se voyait pas tel qu'il devait être : minuscule humain, au centre de ce grand cirque de montagnes violettes, sous le chapiteau d'un ciel pâle de tiédeur, à ses pieds un lac d'un bleu indigo si violent qu'il avait la profondeur d'une mer. Un espoir insensé l'ouvrait à cette beauté grâce à un cœur sensibilisé par cet amour pour la jeune fille à la robe blanche qui avait traversé la place, en hâte, sans qu'il eût le courage de courir après elle, alors qu'il attendait cette rencontre depuis plus de six mois. Assis sur un promontoire rocheux, il resta une longue heure à contempler la féerie du jour qui se lasse et rosit sous le soleil déclinant. Un doucereux parfum inconnu montait jusqu'à lui, venu peut-être des jardins que l'on arrosait à cette heure pour leur prêter un dernier éclat avant la nuit. Les variations du soir, imperceptibles et frémissantes, achevaient de donner à cette journée le sens de la plus profonde beauté. La qualité du plaisir était telle que Patrice savait qu'en dehors d'Olivia il était prêt à ne rien demander d'autre. Face à ce déploiement voluptueux de l'Italie, qu'importe le reste ? Non, rien n'existe, ni la mort, ni le devoir, ni aucune des réalités quotidiennes auxquelles on s'accroche ailleurs. Pourquoi n'être pas heureux, pourquoi se priver de bonheur quand des soirs pareils existent quelque part dans le monde et que la présence d'Olivia, consentante ou non, leur donnera, demain et les jours suivants, les saveurs de la perfection...

*

Olivia arriva en retard, mais seule et dans la robe blanche entr'aperçue la veille. Elle ne ressemblait plus que de loin à son image de Venise, à peine à celle de Florence. Ce que son visage avait eu d'un peu anguleux et dur s'était adouci, presque féminisé. Patrice était encore incapable de situer exactement la transformation, d'en reconnaître d'un coup la signification sensible. Cette silhouette presque nouvelle créait en lui un choc qu'il ne cherchait pas à cacher.

— Je vous trouve très belle, simplement très belle comme si vous étiez ou alliez être heureuse.

— Ne vous moquez pas de moi. Je me sens affreuse et si fatiguée de la soirée d'hier.

— Je vous ai vue hier.

— Quand ?

— Vous traversiez la place en courant.

— Alors, vous connaissez déjà la robe que j'ai aujourd'hui !

Patrice ne se défendit pas d'avoir gaffé encore que la faute fût légère et inattendue. Il s'étonnait néanmoins du désespoir d'Olivia, n'en discernant pas exactement l'humour de la vérité. La serveuse s'approchait de leur table.

— Que désirez-vous ? Une cassata ?

— Une cassata ? Vous n'y pensez pas ! Vous m'avez déjà trouvée tellement grosse...

— Olivia !! Je me demande où vous avez pêché cela ! Je vous ai trouvée belle ! c'est tout à fait différent.

— Belle ? Alors, je ne l'étais pas avant ?

— Je crois surtout que vous n'étiez pas insupportable, mais tout aussi belle.

— Moi insupportable ? Aïe, Patrice, je croyais que

vous alliez me couvrir de compliments et ce sont des insultes ! Si c'est tout ce que vous me rapportez de Paris...

— Non, je vous ai aussi rapporté des pots de crème, du fond de teint, du rouge à lèvres comme vous me les aviez demandés et... une surprise si vous ne vous moquez plus de moi.

— Ah ! si vous ne me dites pas tout de suite ce que c'est, je ne dors plus, je ne vis plus...

— Ne dormez plus, ne vivez plus, mais commandez quelque chose à boire à cette serveuse couverte de petits boutons.

— Un jus, je voudrais.

— Un jus ? Un jus de fruit ?

— Oui, c'est ça, un jus de tomate, mon médecin me dit que ça n'engraisse pas.

Patrice s'écarta un peu pour la regarder. La mince silhouette à taille de guêpe était à jamais vouée à la légèreté.

— Déjeunons ensemble, dit-elle, je n'ai pas envie de remonter à la villa. Ma cousine nous rejoindra tout à l'heure. La voilà d'ailleurs...

Marchant sous les arcades, une jeune fille blonde aux yeux très noirs se dirigea vers eux d'un pas lent. Elle prit un fauteuil d'un air las et commanda une cassata :

— Je viens de voir passer un Anglais merveilleux dans une petite voiture noire, tout à fait mon type, blond et distingué, dit-elle. Il paraît qu'il est tous les soirs au bar du Grand Hôtel. J'irai aujourd'hui...

— Je crois l'avoir vu hier en tout cas, dit Patrice, blond, distingué... ivre.

Mais il n'était plus de la conversation, les deux jeunes filles se lançaient avec sérieux pour la cousine, avec humour pour Olivia, dans une discussion serrée sur les mérites comparés des Anglo-Saxons et des Latins.

— N'avez-vous pas envie de vous baigner? demanda-t-il, profitant d'un court répit entre deux répliques.

— Oh ! non, dit Olivia, pas avec ce vent.

Patrice chercha le vent, et n'aperçut que quelques risées courant à la surface du lac. La journée s'annonçait de nouveau torride.

— Allez-y vite, dit Olivia, je vous attends ici.

Patrice courut vers l'hôtel se changer, pas fâché de ce répit. La rencontre venait en quelques secondes de le bouleverser, de l'agacer et de le combler à la fois, comme si la jeune fille mettait tout son art à le surprendre. L'éclat sombre et doré des yeux, la voix et son accent n'avaient pas perdu leur pouvoir. L'eau froide du lac détendit ses nerfs. En regagnant la plage, il regarda autour de lui. L'hôtel, presque au complet, était là, allongé dans les transatlantiques. Pour la plupart des couples mûrs, avec des enfants à l'âge ingrat qui s'ennuyaient sans comprendre pourquoi les parents passaient leurs vacances dans des endroits aussi dépourvus de plaisirs. Une seule belle fille sur toute la plage rachetait le lot. Quand elle sortit de l'eau, Patrice admira la beauté d'un corps bien bronzé, à la peau tendue. Le maillot blanc ne cachait aucune de ses formes et à hauteur du sexe s'était légèrement rentré suivant une prometteuse ligne verticale. De longs cheveux noirs roulèrent sur ses épaules quand elle ôta son bonnet. Elle disparut dans une cabine et Patrice retourna s'habiller, plus frais, plus léger...

Olivia était toujours assise à la terrasse du marchand de glaces sous les arcades, entourée d'amis italiens qu'elle lui présenta. Ils mirent une bonne heure avant de s'en aller, provoquant involontairement la nervosité de Patrice qui souhaitait les envoyer à tous les diables et détestait leur familiarité avec la jeune fille. Il était tard lorsqu'ils déjeunèrent sur la terrasse de l'hôtel. Olivia mangea une tranche de melon et but une larme de lacrima-christi. Les tables étaient suffisamment isolées pour qu'ils pussent parler sans gêne, mais par une invincible pudeur ni l'un ni l'autre ne se décidaient à d'autres considérations que banales sur les ressources de Bellagio, les amis communs de Florence, l'arrivée prochaine de Mercédès Bongiovanni. Sans le vouloir, ils plaçaient leur première rencontre sous le signe de cette réserve tacite, tous deux indécis de la route à suivre, presque gênés de ce tête-à-tête tant désiré qui, maintenant, les surprenait. Olivia jouait la coquetterie avec un art que Patrice n'avait pas soupçonné auparavant. A la fin du déjeuner, il offrit une cigarette et la flamme du briquet en or offert par Béatrix.

— Voilà du nouveau, dit-elle, je ne vous le connaissais pas. Un cadeau ?

— Un cadeau.

— De qui ?

— D'une amie.

— On ne vous a pas donné un briquet en or simplement parce que vous êtes sympathique. C'est la belle Anglaise ?

— Non, Olivia, vous ne trouverez pas, c'est une inconnue pour vous et qui le restera probablement. Je lui dois certaines choses très anciennes et elle m'en doit d'autres.

— Lesquelles ?

— Olivia, si je vous racontais cela entre une tasse de café et un cognac, ce serait trop simple. Quel besoin avons-nous de fouiller le passé ? Voilà que si je vous raconte le mien, vous serez obligée de me raconter le vôtre et je ne veux pas.

— Il faudra pourtant.

De la terrasse protégée par un store qui filtrait une reposante lumière orangée, on apercevait le lac et la rive d'en face avec sa frise de villas au bord de l'eau. Une voile latine et une barque de pêcheur semblable à celle qu'avait prise Patrice pour traverser le lac Majeur étaient là, immobiles dans une nappe de lumière scintillante.

— Tout cela est trop beau, dit Olivia après un silence, je n'ai plus envie de rien d'autre. Comment vivre sans Italie ?

— Je le pensais hier soir.

— Et pourquoi prenons-nous l'habitude de cet éclat au point de ne plus y porter toujours la même attention ?

L'après-midi ils se promenèrent sur la route que Patrice avait suivie la veille et Olivia obtint du jardinier qu'il les laissât entrer dans le parc de la villa Giulia. Le propriétaire, un banquier romain toujours absent, laissait ce domaine aux seuls soins d'un ménage qui ne pouvait l'entretenir. La splendeur du jardin était donc une splendeur mélancolique et fanée, belle dans son abandon byronien, avec ses allées tachées de mauvaises herbes, ses palmiers décadents, ses forêts de bambous enchevêtrés et jaunis. Une profusion de dahlias géants d'un brun-roux et cuivré contrariait cette lente ruine. Olivia les caressa du bout des doigts. En suivant une allée de cyprès, ils descendirent jusqu'à une terrasse dont le balcon de pierre donnait à pic sur l'autre bras du lac qui s'enfonçait dans la montagne vers Lecco.

— Je ne sais pas si je ne préfère pas ce côté, dit Olivia. La maison de mes cousins regarde toujours Tremezzo dont la vue est gâchée par les hôtels. Ici, c'est encore nu et désarmant de splendeur. Les derniers jours, je suis venue lire vos lettres sur ce balcon de pierre. Je ne sais pas ce que je rêve : peut-être que je suis une princesse à la fenêtre de son palais et que mon peuple arrive en barque pour m'acclamer et couvre le lac de fleurs blanches. Fermez les yeux,

Patrice, et ouvrez-les ensuite, vous verrez ce tapis de narcisses. Parfois, l'illusion est si forte que j'ai envie de m'y laisser tomber. Je ferais un trou dans les fleurs, un trou bleu juste à la forme de mon corps. Et tout mon peuple pleurerait. Mais non, ce n'est que le soleil qui étincelle sur l'eau... Tout de même, Patrice, il faut que je vous dise la vérité. Je me crois un peu folle. La vie a longtemps été pour moi une atroce mésaventure...

— Je voudrais tant ne rien savoir...

— Si, il faut pourtant. Vous ne comprendriez rien à moi. Quand j'ai eu seize ans, j'ai rencontré...

Patrice ne dormit pas cette nuit-là. Il ne chercha même pas le sommeil, approcha un fauteuil de sa fenêtre et contempla le lac enluné. Une lumière froide, coupante, détachait les ombres des arbres et la rive. Du jardin de l'hôtel montait le concert nocturne des cigales et, de temps à autre, un son de voix étouffé par l'imposant prestige de la nuit. Pourquoi Olivia avait-elle parlé ? Il risquait maintenant de ne plus trouver le repos, hanté par cette histoire, effacée certes, mais qui avait creusé une profonde blessure. Ce soir, la blessure était en lui. Il la reconnaissait, en épiait la gravité, le caractère irrémédiable et se reprochait de n'avoir pas eu assez de volonté pour l'éviter. Le mal fait, il faudrait vivre avec, le surmonter, le vaincre comme la jeune fille l'avait elle-même vaincu. Quelques instants, il avait cru qu'il ne serait jamais assez fort pour oublier et déjà se décidait à partir avant qu'il fût trop tard, avant que leurs relations prissent une forme telle que toute séparation fût impossible. Ce soir il s'expliquait le visage douloureux à certains moments, cette sorte d'absence, de fuite et aussi ce désir de s'étourdir, d'être légère qui semblait nouveau en elle et l'avait surpris, presque désarmé. Mais lui n'avait rien pour s'étourdir et restait livré à ses réflexions, sans le secours de Guillaume et d'Antoine qui étaient bien les deux remèdes à tout chagrin. Ses amis lui manquaient, avec qui il eût immédiatement chassé les ombres de cet aveu d'Olivia.

L'aube se leva et Patrice s'endormit. Un coup de téléphone d'Olivia le réveilla.

— Patrice, on nous prête une voiture. Voulez-vous en profiter pour aller à Vérone ? C'est assez loin, il faudrait partir tout de suite. Etes-vous prêt ?

— Pas du tout, mais je peux l'être dans un quart d'heure.

— Très bien. Lavez-vous bien quand même, j'ai horreur des hommes qui sentent mal... je vous prendrai à l'hôtel.

La jeune fille apparut dans une robe légère à petits carreaux rouges et blancs. Ils passèrent au garage où on leur donna les clés d'une Lancia que les cousins prêtaient avec mille recommandations.

— Ma cousine Maria voulait venir, dit-elle, j'ai eu du mal à l'éviter. Elle connaît bien Vérone, mais elle serait venue avec nous ce soir à la villa d'Este, et je n'y tiens pas.

— Parce que nous allons à la villa d'Este ?

— Oui, j'ai une invitation. Vous aussi, vous êtes invité à une soirée dansante.

— Bien, je suis prêt à tout...

La route longeait le lac de Lecco.

— Je n'ai pas dormi, dit-il après un temps.

— Avez-vous une moustiquaire ? Il faut en réclamer une.

— Non, ce ne sont pas les moustiques.

— Ah ?

— C'est vous.

— Moi ? Qu'ai-je fait ? Oh, Patrice, attention...

Ils évitèrent de justesse un autocar qui prenait son tournant sur la gauche.

— Peur ?

— Vous allez vite.

— Je n'y pense jamais.

— Que vous ai-je fait pour que vous ne dormiez pas ?

— Ces confidences...

La jeune fille ne répondit pas.

— Je me torture seul... J'avais raison de croire qu'il valait mieux ne jamais savoir. Vos confidences sont allées si profondément en moi que j'ai peur...

— Taisez-vous, Patrice, ne dites plus rien. Ramenez-moi vite, je ne veux plus vous voir.

— Vous savez bien que je n'en ferai rien. Je vous tiens, je ne vous lâcherai pas. Mais cette nuit, j'avais atrocement mal en pensant à vous. Il a suffi que vous apparaissiez pour que tout s'efface.

Les yeux d'Olivia avaient brutalement reflété une détermination si violente, si dure qu'il osait à peine y croire. En répondant sèchement, il avait arrêté cette surprenante explosion d'humeur.

— Ne m'en veuillez pas, dit-il, je possédais une image de vous, légère, absurde, contradictoire, et que je n'échange pas sans difficulté avec une autre plus douloureuse, plus profonde, plus réelle. Ce n'est qu'une attaque de ma jalousie, défaut dont on se corrige mal. N'est-ce pas absurde de vouloir être le premier à vous conquérir, à vous trouver tant de charme comme si j'étais seul à m'en apercevoir ? S'il y a eu quelqu'un avant moi, c'est justice puisque j'ai eu quelqu'un avant vous. De quoi me plaindrais-je, Olivia ? Vous êtes pure et pour moi pareille encore à ce lac de narcisses dans lequel vous voulez vous jeter.

La jeune fille ne répondit pas, et abandonna sa main que Patrice baisa et garda sur le volant à côté de la sienne. Ils arrivaient à Lecco au fond du lac et traversèrent sans la regarder la médiocre petite ville industrielle. La route reprenait en pleine campagne entre les champs de maïs.

— C'est juste, dit Olivia, nous ne sommes jamais à la hauteur de ceux qui nous désirent.

— Nous sommes peut-être mieux qu'un désir, plus humains, plus vrais. Pourquoi s'en plaindre ?

— Je ne me plains pas. Croyez-vous que je ne veuille pas savoir qui vous a donné ce briquet ?

— Ce briquet en or ? Ah, oui, je peux vous le dire... Elle s'appelle Béatrix. Je la vois quelquefois quand elle vient à Paris ou que je vais à Biarritz. Ce briquet est un adieu... Vous savez vous-même très bien que l'on peut dire adieu à certains êtres.

— Pour moi, ce passé est mort.

— Pour moi aussi. Nous rêvons aujourd'hui. N'est-ce pas beau que ce soit le jour où nous allons dans la ville des amants éternels ?

Après Brescia qui apparut comme une ville heureuse et confortable, bâtie dans une pierre claire imperméable au temps, ils suivirent la route qui longeait le lac de Garde. Patrice ralentit pour désigner à la jeune fille la presqu'île de Sirmione où l'an passé il venait chercher dans la forêt d'oliviers et la ville romaine une qualité d'émotion qu'il n'oublierait pas. Large et profond comme une mer, le lac de Garde apparaissait sous le soleil et le vent léger, d'un bleu violent, secrètement accordé au ciel. Puis, ce fut Vérone, ouverte et heureuse, la traversée de l'Adige bouillonnant, le cri d'admiration d'Olivia pour Saint-Zeno. Patrice avait son plan. Avant le déjeuner, ils coururent au fond de la vieille ville sonner à une grille de fer au fond d'une cour. Une enfant vint ouvrir et recueillir le droit d'entrée au jardin Giusti. Longeant les bosquets de camélias, suivant le dédale d'un chemin maladroit qui grimpait entre les chênes et les arbustes jusqu'à une terrasse, ils parvinrent à une loggia d'où la ville entière apparut dans la splendeur de ses coupoles, de ses clochers, de ses palais. L'heure s'envola de Sainte-Anastasie pour retomber comme à regret sur le moutonnement léger des toits en terrasse. Patrice saisit le bras d'Olivia et caressa inconsciemment le coude nu qui ne se dérobait pas et semblait acquiescer au spectacle parfait.

En déjeunant devant les arènes, sous les arcades de la grande place, ils oublièrent leur malaise matinal, heureux comme des enfants d'être seuls, livrés à eux-mêmes, toute cette journée. Ils eurent le temps de se promener dans les salles du Castel Vecchio, de contempler les Giotto de Saint-Zeno sous la conduite d'un sacristain intarissable et enfin de trouver avec difficulté, masqué par les ruines d'un bombardement qui l'avait miraculeusement épargné, le cloître de Roméo et Juliette. Un gardien s'empara d'eux, insensible à l'ironie de Patrice qui voulait bien payer cinquante lires, être ému, mais sans y croire. Olivia, plus frémissante, s'abandonna à la mélancolie de ce jardin aux rosiers morts et de cette chapelle désolée où l'on prétendait avoir célébré le mariage secret. Dans le caveau, elle frissonna à la vue du sarcophage de pierre, creusé peut-être pour une tendre forme :

— Vous n'êtes plus si sûre d'avoir été Héloïse. Peut-être était-ce Juliette ?

— Non, dit-elle, j'ai peur. L'amour est un sentiment si tragique que son idée seule me terrifie. Je le crains, je veux toujours le fuir...

Il ne répondit pas, sensible à l'effroi qui naissait aussi aisément de la rencontre d'une légende où la passion et la fatalité s'étaient jouées de la vie de deux amants, peut-être imaginaires, peut-être vrais, mais voués d'une façon ou d'une autre à l'éternité. Patrice prit la main de la jeune fille et la baisa plus longuement qu'il ne l'avait fait le matin même, caressant de ses lèvres une peau à goût d'amande douce. En revenant au jour, ils retrouvèrent le cloître silencieux et en firent le tour.

— Vous rappelez-vous ? demanda Patrice.

— Oui, dit Olivia, le couvent de Saint-Marc. Il me semble que j'étais différente d'aujourd'hui. Maintenant j'ai besoin de m'agiter, de ne pas me laisser aller à la mélancolie de ce jardin abandonné aux ronces et de ce puits mort et rouillé. Nous aurons passé une belle journée et je vais être heureuse de danser ce soir à la villa d'Este.

— Bien, alors partons.

Ils firent un dernier détour, par la Piazza Erbe où se tenaient un marché perpétuel de fruits, de légumes et une quantité de camelots infatigables. Sur de grosses tables de bois, des paysannes découpaient des pastèques dont le jus dégoulinait sur le pavé, dessinant de larges taches de sang rose. Des gosses avançaient leurs billets de cinq lires et saisissaient les tranches de fruit qu'ils dévoraient avidement, penchés en avant pour ne pas salir leurs loques.

— Vous savez ce qu'on dit, Patrice ?

— A propos des pastèques ?

— Oui, qu'il suffit d'une pastèque à un Italien pour vivre. Il apaise sa faim avec la chair, aiguise ses dents avec les pépins, se désaltère avec le jus et se lave la figure avec ce qui reste du fruit.

— Philosophie idéale. Je voudrais vivre dans une île à pastèques.

— Vous y vivrez sans moi.

— Alors, je renonce.

A l'extrémité de la place se dressait, sur une colonne, le lion de Venise qui avait étendu sa puissance jusqu'à Vérone. Rongé par la pluie, le marbre, autrefois rose, étincelait au soleil. Patrice le désigna du doigt.

— Venise nous fait signe...

— Venise nous a oubliés.

— Moi je ne l'oublierai pas plus que notre retour sur le vaporetto, le son de votre voix et cette façon que vous avez eue de me quitter...

— Oui, je me souviens, je n'ai pas voulu que vous m'accompagniez. J'habitais chez un ami d'enfance, un vrai ami, rien qu'un ami... L'auriez-vous compris ?

— Sûrement... Tandis que votre étrange réflexe m'a longtemps troublé.

Traversant la Piazza Erbe et laissant derrière eux le vacarme du marché, son odeur puissante, les cris des marchands, ils suivirent une ruelle qui les conduisit au Corso Cavour où était restée la voiture.

— Je suis morte, dit Olivia. Si vous ne conduisez pas comme un fou, le retour va me détendre et sauver ma soirée.

Ils traversèrent de nouveau la campagne rousse et or en cette fin d'après-midi. Le lac de Garde, secoué par un vent violent, se couvrait de moutons blancs. Patrice allait sagement sur la route bordée de platanes géants. Au passage il eut encore un regard pour Sirmione et sa forêt d'oliviers argentés. Olivia s'allongea sur le fauteuil et ferma les yeux, bientôt endormie. La légère poitrine se soulevait selon un rythme paisible sous la robe largement échancrée où l'on apercevait la naissance des seins enfantins et pâles. Le jeune homme eut garde de klaxonner ou de freiner trop brutalement et parvint à Côme à la tombée du soir mauve sur les montagnes et le lac. Lorsque la voiture s'arrêta dans le parc de la villa d'Este et qu'un chasseur ouvrit la porte, Olivia brutalement réveillée poussa un cri :

— *Qué pasa ? Qué pasa ?...* Aïe Patrice, je suis folle. J'ai dormi comme un bébé. Ma robe est toute fripée, je ne vais pas pouvoir aller...

Elle fouillait désespérément dans son sac.

— Ah, non, ne me dites pas que j'ai oublié mon peigne. Alors ce n'est pas la peine que j'aille danser.

— Préférez-vous rentrer maintenant ? dit Patrice imperturbable et retournant déjà à la voiture.

— Maintenant si vous vous moquez de moi, je serai seule au monde.

Olivia retrouva son peigne, défripa sa robe et, après être restée un interminable quart d'heure dans les toilettes, rejoignit Patrice dans le hall où tous les majors des Indes semblaient s'être donné rendez-vous avec leurs épouses pour une ultime partie de whist avant la prochaine guerre. Le son d'un orchestre lointain les dirigea vers un salon à peine plus grand que les autres, décoré de désuètes boiseries blanches. Sur une piste des couples tournoyaient sans brio. Des exclamations s'élevèrent d'une table vers laquelle Olivia se précipita. Le jeune homme reconnut le couple espagnol rencontré chez Doney à Florence et deux jeunes hommes, probablement italiens, calamistrés, bruyants et qui invitèrent aussitôt la jeune fille. Patrice, qui eût tant aimé étrenner la première danse avec elle, en conçut une mauvaise humeur qu'il cacha très mal jusqu'à l'instant où Olivia se trouvant libre, elle lui demanda une rumba qu'il ne savait pas danser. L'épreuve fut cruelle. La jeune fille ne l'épargna pas. Humilié, il préféra la ramener à la table avant la fin des trois danses. Tenu en dehors de la conversation qui se passait à peu près entièrement en espagnol, il ne tarda pas à se sentir péniblement étranger à l'ambiance de cette soirée imprévue, alors qu'au contraire Olivia semblait y prendre une extrême joie. Un des Italiens, plus entreprenant que les autres, dansait avec elle d'une façon qui irritait Patrice. Il fut encore bien plus agacé lorsque ce garçon, sous prétexte de refermer le collier de la jeune fille, lui passa les mains autour du cou, attardant ses doigts jaunis par le tabac sur la peau blanche.

Patrice avait besoin d'air. Sans s'excuser, il sortit de la salle et, traversant l'hôtel, gagna la terrasse. Comment pouvait-on danser quand la nuit au-dehors atteignait une telle perfection dans le silence ? Quelques couples muets fumaient, à demi couchés dans des chaises longues, avares de paroles, face au lac scintillant sous la lune. Un violent parfum émanait de massifs de rhododendrons rafraîchis avant la tombée de la nuit. Patrice s'accouda au balcon et laissa passer les minutes... Exalté par un peu d'alcool, blessé dans son amour-propre et sa jalousie extravagante, il n'arrivait pas à comprendre pourquoi ces plaisirs adorés par Olivia lui semblaient ce soir-là futiles, odieux et tristes. Avec Guillaume et Antoine, il ne s'ennuyait jamais une seconde. La qualité de leur compagnie effaçait-elle tout ce qu'il découvrait cette nuit? Du coup, il ne se croyait plus d'âge à supporter ces plaisirs vains : le champagne, la danse, les conversations ternes autour d'une table dans une atmosphère de boîte de nuit. Olivia n'y était plus la même. En quoi les coquetteries assez faciles auxquelles elle se laissait aller ce soir ressemblaient-elles à sa véritable personnalité? Il ne comprenait plus qu'elle l'eût autrefois accusé d'être superficiel et instable quand elle en donnait aujourd'hui l'exemple même le plus troublant. Ce que Patrice oubliait de se dire, c'est que la réciproque était aussi vraie et qu'il se montrait ce soir-là d'une intransigeante raideur. Olivia n'avait rien promis, ne l'aimait pas ou pas encore. Sa jeunesse lui appartenait. Elle restait libre d'en faire l'usage le plus généreux. Un couple passa derrière lui, parlant à voix basse. Son cœur battit. N'osant pas détourner la tête, il attendit qu'ils se fussent éloignés et les suivit. Impossible dans l'ombre de reconnaître la robe à petits carreaux. Il dut s'approcher et entendit une voix anglaise. Agacé de sa suspicion maladive, Patrice jeta sa cigarette et regagna le salon où l'on dansait, se promettant que si Olivia était assise, il l'inviterait aussitôt à un slow, et que si elle était sur la piste, il ne l'inviterait plus de la soirée. La jeune fille dansait. Il se punit donc en prenant une chaise loin d'elle et en faisant un effort pour parler avec la jeune femme espagnole qui eut assez d'esprit pour ne pas lui demander s'il s'ennuyait. De temps à autre, il quêtait un regard d'Olivia qui ne venait pas. Quelques heures traînèrent encore avant que l'orchestre s'en allât. Le retour s'organisa suivant des lois que Patrice ne comprit pas. L'amie d'Olivia monta à côté de lui et Olivia s'installa avec les deux Italiens et l'Espagnol dans une seconde voiture. Une course éperdue s'organisa dans la nuit. Le Français finit par doubler en plein tournant et les laissa loin en arrière. A Tremezzo il les attendit tandis qu'on réveillait les marins du bac. Olivia descendit de l'autre voiture échevelée, essoufflée, claironnant ses adieux. Patrice n'avait pas dit un mot à la jeune femme qui l'accompagnait. Il se sentait furieux contre elle et eût préféré être seul dans cette course stupide et inutilement dangereuse. Phares allumés, il descendit la légère passerelle de bois qui craqua sous le poids de la voiture. Un des marins du bac dirigeait la manœuvre à grands cris. L'auto amarrée sur le pont, Patrice tendit la main à Olivia qui hésitait à sauter sur le bateau. Il la cueillit presque dans ses bras encore haletante et tiède de la partie de plaisir.

— Ces garçons sont idiots, dit-elle, parce que je blague avec eux, ils se croient tout permis...

— Non, pas parce que vous blaguez avec eux, mais parce que vous leur permettez un peu...

Le moteur hoquetait puis prenait de la vitesse. Au passage, le bac heurta le ponton qui gémit contre la poupe. Le bateau vira dans l'eau noire et pointa vers la seule lumière de Bellagio. Olivia frissonnait. Il dut la couvrir de son veston.

— Vous vous êtes ennuyé, Patrice ?

— Comme rarement dans ma vie.

— Je sais, c'est ma faute, j'aurais dû amener une amie avec qui vous auriez pu parler et danser.

— Vous êtes charmante d'inconscience. La seule amie tolérable, vous savez bien que c'est vous et que je n'en désire pas d'autre.

— Alors pourquoi étiez-vous si « en dehors » ?

— Impossible de le savoir. Ou peut-être si...je vous avais eue une journée entière à moi, je voulais vous conserver jusqu'à la fin. Je suis d'un égoïsme sans nom et incapable du moindre partage...

— Oh, Patrice, une étoile filante...

— Oui, une étoile filante. N'est-ce pas mieux qu'une explication entre nous ?...

— Ne soyez pas amer. Vous vous êtes ennuyé, voilà tout, peut-être parce que vous y étiez décidé dès le début.

— Oui, mais cela gâche notre journée de Vérone.

— Aïe, Patrice, ne me dites pas ça...

— Ce « aïe Patrice », qui surgit dans la conversation vous ferait tout pardonner. J'ai aimé votre voix d'abord, vos yeux ensuite, puis votre visage entier, votre silhouette et votre fragilité de corps, de cœur et d'esprit.

La lumière de Bellagio se rapprochait rapidement. Accoudés à la rambarde, ils se parlaient de profil, leurs regards fixés sur l'eau qui bouillonnait sous la large étrave du bac...

— Ce n'est pas vrai, vous ne m'aimez pas. A Paris, vous avez cru que vous m'aimiez et puis j'ai bien vu votre déception dès votre arrivée. Vous ne m'avez plus parlé ni de vos sentiments ni de rien. Non, vous ne m'aimez plus...

— Olivia, ne me provoquez pas...

Le moteur ralentit et le bac vira pour accoster au débarcadère. Dans l'ombre bleue de la rive, ils apercevaient la promenade aux lauriers-roses et la route qui s'enfonçait dans la masse touffue des pins. La voiture gravit avec précaution la passerelle de bois et Olivia s'assit à côté de Patrice.

— Je ne sais même pas où est votre maison.

— Prenez par la place du port et je vous guiderai.

Patrice suivit la route indiquée et s'arrêta devant la grille d'une villa invisible.

— C'est là, dit Olivia, rendez la voiture au garagiste et venez déjeuner demain. Vous connaîtrez mieux ma cousine, et mon oncle et ma tante.

Il descendit de la voiture en même temps qu'elle.

— Olivia !

— Oui.

— Me pardonnerez-vous d'avoir été de si mauvaise humeur ?

— Je vous pardonne si vous me laissez vous donner un grand coup de pied dans le derrière.

— Alors, je refuse.

— Oh ! si, Patrice, dit-elle suppliante, laissez-moi faire et après vous pourrez me demander tout ce que vous voudrez...

Elle se tenait dans l'entrebâillement de la grille entrouverte.

— Dans ce cas, alors...

Il présenta le dos, mais dès le coup de pied reçu, saisit la cheville et rattrapa la jeune fille qui avait voulu se protéger derrière la grille. Il la saisit à la taille bien qu'elle se débattît avec rage et répétât :

— Non, non je ne vous embrasserai pas.

Il ne lâcha pas et approcha ses lèvres d'un visage qui formulait une prière aussi instante. Il ne rencontrait ni la bouche ni la joue qui se dérobaient. Le baiser échoua à la naissance du cou, sur un espace de peau douce. Patrice crut deviner une seconde d'immobilité de ce corps qui se débattait et une joue qui s'appuyait contre la sienne. Olivia le pinça cruellement au bras et il la lâcha. Derrière la grille, elle lança :

— Vous ne valez pas mieux que les autres... On ne m'aura pas comme ça. Le déjeuner est à une heure demain.

Il entendit la jeune fille courir dans l'allée de gravier et une porte claquer au loin.

*

Patrice enjamba le corps blanc et artériosclérosé d'un diplomate en vacances, le paréo fleuri d'une jeune fille musclée à la peau couleur sou de bronze tout neuf et la masse gélatineuse d'une Italienne qui, dans sa folle jeunesse, s'était fait tatouer un papillon bleu sur la cuisse. Un carré de sable vierge d'empreinte semblait lui avoir été réservé. Il déboucla sa ceinture, laissa glisser son short le long de ses jambes, ôta son gilet rayé de matelot, et se trouva en quelques secondes exposé à la brûlure du soleil, vêtu de son seul maillot. Le lac étale sous le soleil miroitait au passage d'un canot rapide qui traînant deux skieurs passa à cent mètres du rivage dans une buée d'écume. L'un des skieurs voulut faire un geste du bras, perdit son équilibre et chavira. On ne vit plus que sa tête affleurant l'eau. Le canot ralentit et le deuxième skieur tomba à son tour. Patrice éteignit sa cigarette et se coucha sur le ventre. Le soleil brûla sa nuque. Il ferma les yeux et s'étonna de trouver sous ses paupières un univers rouge qui décrut peu à peu pour prendre une teinte plus calme, plus sombre. La sueur perla sur son dos qui n'avait pas perdu le hâle de l'an passé. Il devint luisant comme s'il s'était frotté d'huile. Oreilles aux aguets, il écouta cette fois le murmure confus des gens qui parlaient autour de lui. La grosse Italienne racontait avec une voix puissante sa soirée de la veille à Milan. Tout avait été ridicule : les girls avaient la peau trop blanche. Pourquoi n'obligeait-on pas ces belles filles à prendre des bains de soleil ? L'orchestre était lamentable : il jouait des tangos et des rumbas qui auraient fait pouffer les Romains. Et puis les femmes s'habillent mal l'été... La jeune fille acajou renchérissait. C'était elle qu'il avait aperçue deux jours auparavant, sortant de l'eau : un beau corps un peu lourd à la chair luisante. Patrice entrouvrit les yeux et regarda le couple allongé devant lui : un homme et une jeune femme dont il apercevait d'abord la plante des pieds nus disproportionnés au reste du corps. Ils se parlaient à voix basse et leurs bouches étaient si proches l'une de l'autre que Patrice croyait, à chaque voyelle, qu'ils se donnaient un baiser. Comme il ne pouvait distinguer sans effort ce qui se disait, il reporta son attention sur les jambes de la jeune femme. Le grain de la peau était assez grossier, mais elle avait dû s'épiler avec un soin parfait, car le mollet et la cuisse étaient polis comme du verre. Quant à l'homme, au contraire, abondamment poilu, il n'osait pas s'épiler et se passait les épaules et la poitrine à l'eau oxygénée. Un petit tapis roussâtre flottait autour de ses jambes. Patrice posa sa joue droite contre son avant-bras et regarda à travers ses cils la jeune fille allongée dans un transatlantique. Sa mère, à côté d'elle, lisait un gros roman traduit de l'anglais, assise toute droite dans un fauteuil d'osier, énorme et mamelonneuse, la tête à l'ombre d'un parasol rouge. La veille, il l'avait aperçue dans le hall en maillot, courant vers la plage. Aujourd'hui elle gardait son short et une légère blouse brique dont elle était sûre qu'elle allait à ravir avec ses yeux cernés. Chaque fois qu'une femme se levait et tâtait l'eau du pied, puis s'y jetait tout d'une pièce, la jeune fille esquissait une moue rageuse d'enfant punie. Patrice sourit de se croire perspicace et nota la date du mois à tout hasard.

Quelques notes désaccordées passèrent au-dessus de sa tête. Le jazz de l'hôtel s'installait sous son toit de feuilles de palmes. Le pianiste jouait avec un doigt, le saxophoniste tirait des cris de chat de son instrument de cuivre. Le contrebassiste chauve bâillait en passant un vieux gant de cuir à sa main droite. Sans prévenir personne ils attaquèrent un morceau qui fit sursauter les baigneurs. Patrice se leva, se raidit comme un homme mal éveillé et songea à se baigner pour éviter ces flonflons. Du plat de la main, il fit sauter les grains de sable incrustés dans sa peau, hésita quelques secondes parce qu'il était paresseux de nature et enfin se dirigea lentement vers le bord de l'eau, lentement parce que de marcher pieds nus lui faisait mal et qu'il ne voulait pas se livrer aux contorsions ridicules des imbéciles courant dans le sable qui les brûle et les blesse. Il plongea de la jetée et resta un long moment sous l'eau, les yeux grands ouverts, le corps saisi par la fraîcheur et caressé par des herbes. Le radeau n'était qu'à une cinquantaine de mètres qu'il parcourut vivement. Il s'y installa seul sur le dos et attendit d'être séché par le soleil. Au clapotis, il comprit qu'un autre nageur arrivait, mais ne bougea pas. Le radeau s'inclina et un corps mouillé s'abattit à son côté. Patrice entrouvrit les yeux et aperçut la jeune Italienne tout à l'heure en paréo rouge et maintenant avec son maillot blanc de l'autre jour. Elle retira son bonnet, libérant ses beaux cheveux noirs où brillaient des gouttelettes, puis s'étendit sur le dos en fermant les yeux. Leurs deux corps parallèles se chauffaient au soleil jusqu'à ce que Patrice, les reins meurtris par les planches, s'assît à croupetons. La jeune fille ne bougeait pas, lui laissait la liberté de la contempler. Deux seins blancs glissaient hors du soutien-gorge et le slip, très bas, découvrait un nombril creux et rose. La dévêtir entièrement n'était plus qu'un jeu pour l'imagination. Le désir était probablement la chose au monde qu'il ne se refuserait jamais. Toutes ses pensées gardées pour Olivia ne l'empêcheraient pas de saluer la beauté où elle se trouvait. Ce corps un peu lourd, gracieux dans sa lourdeur même, respirait la sensualité, la force et le plaisir. L'idée de le saisir et de s'en emparer créait une sensation voisine du vertige contre laquelle on ne luttait pas. Peu de femmes comprenaient cette liberté du désir, cet abandon à une attirance de peau et de formes. Les sentiments qu'il portait à Olivia n'appartenaient pas à un domaine si différent, mais demeuraient au moins situés sur un autre plan. Il savait déjà qu'étreindre le corps d'Olivia créerait en lui un autre vertige, plus entier, moins conscient et moins brutal que le désir pour l'inconnue bronzée. Tout ce qui le séparait encore de la jeune fille intensifiait la qualité d'émotion qu'elle donnerait. Tandis que ce corps à demi nu, si proche de lui qu'il n'avait que la main à étendre pour en éprouver la fermeté, paraissait, avec ou sans raison, d'une dérisoire facilité. Il n'était pas possible d'aimer d'abord un corps, ensuite une âme, ni l'âme d'abord et le corps ensuite. D'Olivia, il avait aimé le premier jour le visible et l'invisible, étroitement unis.

En regagnant la plage, il aperçut Maria venue jeter un coup d'œil sur les baigneurs. Elle ne le vit pas et s'en alla. Il voulut courir après elle et se rappela à temps qu'il la connaissait à peine. Dans son transatlantique, la jeune fille aux yeux cernés lisait le roman abandonné par sa mère. Patrice la trouvait agréable, mais que serait-elle sans ce mauve autour des yeux ? Allongé dans le sable, il se sécha rapidement et regagna l'hôtel pour s'habiller. L'extrême difficulté fut de choisir un costume, une chemise accordés à la chaleur du jour et à une première visite à la villa Marta...

Un domestique l'introduisit dans un salon trop chargé à son goût et le laissa en contemplation devant les portraits de famille. Patrice crut reconnaître Maria dans une enfant blonde et souriante. Il s'attardait devant le pastel lorsque la cousine d'Olivia fit son entrée et se dirigea vers lui après des détours compliqués entre les fauteuils et les tables pour remettre tous les cendriers à leur place et redresser les photos dans leurs cadres.

— Bonjour, dit-elle, qu'avez-vous fait hier ?

Patrice répondit le plus vaguement possible, persuadé qu'Olivia n'avait pas tout raconté. Il s'efforça de changer la conversation en posant des questions sur les portraits.

— Ça, c'est moi à sept ans. Là, c'est Olivia...

Il ne la reconnaissait pas du tout dans cette enfant aux cheveux châtains, aux yeux plus clairs. Peut-être y avait-il encore une vague ressemblance dans la bouche. On se serait aisément trompé. L'inspection fut interrompue par une série de cris et d'exclamations à l'étage au-dessus. La voix d'Olivia se fit perçante en réponse à une autre voix inconnue.

— Voilà maman en colère contre elle, dit Maria. Asseyez-vous là.

Une porte claqua violemment et, quelques minutes plus tard, une femme aux cheveux gris entra dans le salon, sourit à Patrice et se plaignit de la cuisinière.

— Je vais arranger ça, dit Maria. Reste avec Patrice.

La vieille dame offrit des cigarettes et un verre de porto. La difficulté dans ces rencontres inconnues était toujours les seconds mots. Patrice fit un effort considérable et les trouva. Quand il s'agissait de plaire, d'être agréé, il avait précisément envie de ne rien dire. La porte s'ouvrit de nouveau et un homme encore jeune, aux cheveux blancs, s'avança vers lui. L'oncle d'Olivia facilita les choses en abordant d'entrée la politique. Une demi-heure passa et Maria revint expliquant que si la cuisinière était apaisée et ne parlait plus de rendre son tablier, Olivia ne descendrait pas déjeuner et s'enfermait à double tour dans sa chambre, en refusant de répondre. La chose ne parut extraordinaire à personne et l'on passa à table. Dans la situation fausse où il se trouvait, Patrice se débrouillait difficilement. On parla espagnol au-dessus de sa tête sans qu'il pût comprendre, puis l'oncle l'accapara en lui demandant s'il pensait que le retour de la monarchie était possible en France. Improvisant sur une question qu'il ne se posait plus depuis longtemps à lui-même, Patrice évita la tentation de dire trop de mal de son pays et rassura tout le monde. Le déjeuner se termina sans l'apparition espérée d'Olivia. Maria n'avait pas dit deux mots, occupée surtout de renvoyer à la cuisine les bouillies jamais assez bien cuites pour ses intestins délicats qui semblaient à l'heure actuelle sa plus grande inquiétude.

Patrice espéra encore après le café, mais l'heure passait sans qu'il fût question d'Olivia. L'oncle partit pour sa sieste. La tante annonça qu'elle allait, après tout, renvoyer la cuisinière et disparut. Maria étouffa un bâillement et s'allongea sur un divan. Elle posait en vrac des questions auxquelles il s'efforçait de répondre avec patience et presque sans mentir. L'interdiction de marivauder avec cette fille assez jolie mais languissante lui pesait. A la fin, il se leva et prétexta la nécessité absolue de se baigner dans le lac pour remédier à la lourdeur de l'après-midi. La jeune fille l'accompagna jusqu'à la porte et lui dit au revoir. Patrice traversait le jardin, quand il reçut sur la tête un petit caillou. Du premier étage, accoudée à son balcon, Olivia souriait, un doigt sur les lèvres, et lui faisait signe. Comme il venait se placer sous la fenêtre, elle lança une enveloppe qui virevolta dans l'air avant d'aller choir dans un massif de géraniums. La jeune fille disparut sans plus d'explications et Patrice sortit. Sur la route, il décacheta la lettre et lut.

« Patrice cher, je ne sais pas si je ne suis pas descendue à cause de la soirée d'hier, ou parce que je me suis réellement mise en colère contre ma tante. C'était un peu lâche de vous laisser vous débrouiller avec mes monstres sacrés. Pendant que vous avaliez toute cette nourriture, j'ai trouvé un poème que je recopie pour vous :

« *Ne dites pas la vie est un joyeux festin*
Ou c'est d'un esprit sot ou c'est d'une âme basse.
Surtout ne dites pas : elle est malheur sans fin
C'est d'un mauvais courage et qui trop tôt se lasse.
Riez comme au printemps s'agitent les rameaux,
Pleurez comme la bise ou le flot sur la grève,
Goûtez tous les plaisirs et souffrez tous les maux
Et dites : c'est beaucoup... et c'est l'ombre d'un rêve.

« Jean MORÉAS. »

« La morale en est faible, mais plaisante quand on songe à vous.

« La princesse sera sur son balcon vers cinq heures, dans le jardin de la villa Giulia. Prière d'apporter une tablette de chocolat et un croûton de pain, car elle n'a pas déjeuné, la pauvre ! »

Olivia y fut la première. Patrice apportait le chocolat et le croûton de pain, qu'elle dévora sans attendre.

— Aujourd'hui la princesse à son balcon meurt d'inanition et ne prête qu'une oreille — d'ailleurs ravissante par la finesse de ses ourlets et la transparence rose de son lobe — qu'une oreille distraite aux réclamations de son peuple.

— Croyez-vous que je grossirai avec tout ce pain ?

— Non, sûrement pas. D'ailleurs écoutez ce que dit votre peuple : « Princesse, princesse, la faim est bonne conseillère... laissez-vous aller aux mouvements de votre nature. »

— Aïe, Patrice ; ne vous moquez pas de moi. C'est si terrible de vivre comme je dois le faire.

— Vous avez cela...

Il désignait du geste le lac pailleté d'or, la rive

opposée brûlante sous le soleil et le cirque de montagnes d'un violet sombre et chaud. Le bateau de Lecco, un antique vapeur blanc à aubes, naviguait au milieu du lac avec la majesté d'un cygne.

— Voici la visite du premier ministre dans son carrosse spécial. Il vous apporte une supplique.

— Qu'il la garde, aujourd'hui, je n'écouterai personne... Les affaires de l'Etat m'ennuient...

— M'écouterez-vous ?

— Oui, parlez. D'habitude, vous ne dites rien. Etourdissez-moi de paroles.

— Vous n'avez pas tenu votre promesse d'hier soir.

— Quelle promesse ?

— Celle de m'accorder ce que je voudrais si je recevais, de bon cœur, un coup de pied au derrière.

— Patrice, ne mentez pas, vous avez failli l'avoir.

— Failli ! Je suis d'accord pour ce « failli », mais je voulais l'enjeu entier, non son simulacre.

— Non, Patrice, je vous en prie, tout le monde peut nous voir d'ici. D'ailleurs, je veux vous montrer quelque chose que vous pourrez comprendre maintenant...

Ils abandonnèrent leur balcon, montèrent un escalier envahi par les mauvaises herbes et les genêts. Sur chaque palier se dressaient des statues de déesses ou de faunes, taillées dans le même granit sombre rongé par une lèpre grisâtre. L'escalier aboutissait à une clairière ensoleillée, plantée d'acacias et bordée de plates-bandes mortes où ne poussaient plus que de rares marguerites esseulées.

— Tout est abandonnée, dit-elle, pourtant il reste un être vivant, un seul qui ne mourra jamais.

Prenant Patrice par la main, elle le conduisit le long d'un talus jusqu'au pied d'un acacia où dans le creux d'une racine se dressait une petite plante verte à tige rouge et à feuilles pennées. Olivia avança le doigt et caressa les feuilles qui se rétractèrent lentement et ne furent bientôt plus qu'une boule dépourvue de grâce. Ils attendirent longtemps avant que la tige détendît ses frêles feuilles.

— Je passe des journées ici, dit Olivia, je la caresse et la fais souffrir pour qu'elle se replie sur elle-même. J'attends son déploiement et je la caresse de nouveau pour qu'elle se contracte. Je n'ai jamais pu l'habituer à moi. Je n'ai jamais pu faire qu'elle restât contractée : toujours elle reprend confiance. C'est moi.

Patrice frôla du doigt la sensitive qui se recroquevilla de nouveau.

— En moi non plus, elle n'a pas confiance. Pourtant je l'aime...

— Non, Patrice, vous croyez l'aimer. Ce n'est pas la même chose.

— J'aime ses yeux, son parfum, sa voix et sa présence plus que tout au monde.

— Je ne sais pas...

Olivia inclina sa tête qui vint reposer contre la poitrine de Patrice. Quel autre geste les eût mieux rapprochés ? Il osait à peine respirer, envahi par cette détresse secrète qu'Olivia lui offrait dans un tendre moment de confiance, le cœur battant d'une allégresse qui, sans raison, restait triste. Cette tête légère appuyée contre lui écoutait son émoi, attentive à la déroute complète déclenchée en Patrice par son geste d'abandon. Entre les arbres, il apercevait des morceaux bleus du lac miroitant. Au-dessus d'eux, naissait l'imperceptible bruissement des feuilles que le léger souffle du soir commence d'agiter. Mais qu'auraient-ils écouté, puisque, à cette minute, ils s'embarquaient muets, sourds, aveugles pour leur aventure...

Elle était trop fatiguée pour sortir le soir et il dut rester seul, tuer le temps du dîner comme il put, boire quatre ou cinq mauvais cognacs au bar, jeter un coup d'œil dans le grand salon de l'hôtel où l'on dansait au son de l'orchestre pauvrement reconstitué, et sortir dans la tiédeur du soir jusque sur le port éclairé par la lumière du glacier qui avait dispersé ses tables sous les arcades. Quelques bons Suisses allemands en shorts mangeaient des glaces, un peu honteux de dévoiler à cette heure tardive leurs cuisses rouges et pataudes. Patrice dépassa le glacier et gagna la promenade aux lauriers-roses en bordure du lac. La nuit était suffisamment lumineuse pour qu'il pût entrevoir les couples enlacés. Les femmes chantonnaient, les garçons sifflotaient. Patrice continua sa promenade jusqu'à un horrible bâtiment moderne baptisé Lido d'où s'échappait une musique bruyante. Une immense salle carrelée servait aux ébats des danseurs déchaînés entre les tables. Aucune femme n'était jolie. Toutes les bonniches de Bellagio dansaient le jitterburg avec des garçons en bras de chemise, le col ouvert sur des poitrines bronzées et poilues. Le dancing sentait la sueur, le dessous de bras, la citronnade synthétique.

Les danseuses sentent mal... aurait assuré Olivia. Demain il la retrouverait. A quoi bon chercher à tuer cette nuit ? En rentrant, après l'avoir raccompagnée, il avait posé son veston au bord du lit et respiré le parfum laissé par la tête de la jeune fille. Ce veston resterait sacré. Il ne le porterait qu'avec elle. « Où vais-je ? » se demandait-il. Elle me conduit où elle veut, avec une science inconsciente, une maîtrise si féminine que je n'ai plus qu'à fermer les yeux. N'empêche qu'aujourd'hui nous avons été d'un romantisme échevelé. Pourquoi refuse-t-elle toujours un baiser ? Ce corps qu'il serait doux de serrer contre soi, d'emporter loin dans ses bras, restait à mille lieues du sien. Ce jour était à marquer d'une pierre blanche pourtant, car Olivia avait accepté un instant d'abandon. Pendant quelques minutes elle s'était senti le besoin d'un être plus fort qu'elle qui la protégerait, l'envelopperait. L'aventure commençait aujourd'hui, enfin, après une attente si longue qu'elle paraissait une éternité. Patrice ignorait l'art des vibratos sentimentaux. Les femmes tombaient, sans préparation, par faiblesse, emportement, lassitude ou curiosité. Mais Olivia lui avait semblé si longtemps inaccessible que leur accord muet dans le jardin de la villa Giulia apparaissait comme une victoire stupéfiante, attribuable au seul hasard, à un concours de circonstances qu'il ignorait et dont il ne serait jamais le maître. Il aurait été plus heureux si la jeune fille lui avait avoué qu'un chemin insensible avait été parcouru grâce à ses lettres et que si aujourd'hui son silence signifiait : « Oui, je veux bien, je ne vous aime peut-être pas, mais je veux bien », cette acceptation venait de loin, des premiers mots de leur rencontre et de l'intelligence de Patrice à saisir le fil des émotions qu'elle éprouvait. Il resterait à jamais dérouté par la brusquerie avec laquelle elle passait d'une situation à une autre, d'une pensée pour la Marie-Madeleine du Pérugin à l'idée qu'elle serait en retard chez le coiffeur. Dans cette tête folle, extravagante, mais traversée d'éclairs charmants ou spirituels, il fallait trouver le Sésame-ouvre-toi d'un univers ombrageux et jaloux. Patrice se le promettait avec espoir, comme il se promettait de la forcer à lever vers lui un visage ouvert où ne passeraient plus que de ces nuages qu'un mot suffit à chasser...

De retour à l'hôtel, il s'arrêta dans le hall pour regarder un instant danser. La belle Italienne échauffée et écarlate était affalée dans un fauteuil, les cuisses ouvertes sous sa jupe trop courte. La jeune fille aux yeux cernés dansait avec application un tango conduit par un vieux monsieur à lorgnons.

A cette heure, Olivia dormait, perdue dans ses songes, abandonnée aux démons familiers de sa nuit, sa fenêtre ouverte sur le ciel d'encre et le jardin aux pelouses fraîches. Rien ne devait troubler son sommeil. Pas même un obscur désir de Patrice.

*

La surprise du lendemain matin fut l'arrivée de Mercédès Bongiovanni. Un taxi l'amenait de Milan, avec une montagne de bagages qu'elle ne voulut pas ouvrir de peur d'avoir à les refaire. Elle ne restait que deux jours à l'hôtel et repartait ensuite pour Gardone avant de reprendre ses quartiers d'automne à Venise. Patrice comprit qu'elle mettrait dans son séjour une note de folie qui ne serait pas détestable. Elle était particulièrement fière d'une ombrelle de toile, blanche à l'endroit et grise à l'envers, achetée à Florence et qui donnait à sa démarche une surprenante allure de chasseresse de papillons. Bien sûr, elle avait mille choses à raconter. Mr. Hardyson et elle avaient eu de longues conversations et elle n'était peut-être pas loin de se rallier à ses vues sur l'au-delà. A son retour, l'hiver prochain, l'Anglais avait promis de la mettre en communication avec un guide tibétain qu'il devait auparavant solliciter. La marquise attendait beaucoup de ce contact. Patrice l'écoutait avec plaisir et sans agacement. Deux jours avec elle ne paraissaient pas longs et sa fantaisie inconsciente apportait une note de gaieté au moment même où la sensation d'approcher le bonheur levait en lui une angoisse assez pénible à supporter dans la solitude. Olivia lui avait, en effet, téléphoné de son lit qu'elle était couchée avec de la fièvre et ne pourrait descendre à Bellagio aujourd'hui. Mercédès Bongiovanni avait, en revanche, des projets contre lesquels son neveu ne s'éleva pas. Il fallut, l'après-midi, prendre le bateau pour Menaggio et, de là, un taxi les conduisit à Dongo : un petit port de pêche, avec des filets étendus sur les quais, ses trattorie roses, son « Café-Sport » où des hommes buvaient du vin sous une charmille. La marquise fit arrêter son taxi sur la place de platanes qui semblait le centre de Dongo. Nul ne leur prêtait attention, pas même les commères occupées à laver le linge autour de la fontaine. Des gosses jouaient avec des mitraillettes en bois et un camelot ambulant dormait, le front appuyé contre son avant-bras, devant son étalage de pains de sucre et de chewing-gum. Mercédès saisit son ombrelle et se dirigea vers le centre de la place où passait la route goudronnée, s'arrêta, replia son ombrelle et, la pointant vers le macadam, annonça :

— C'est là !

C'était en effet là qu'en 1945 quelques partisans derrière une barricade avaient arrêté un convoi, fait prisonnier Mussolini et sa maîtresse, et subtilisé le trésor du Duce : des centaines de kilos d'or, des dollars, des tableaux de maître dont nul n'avait plus jamais entendu parler. La marquise arpenta la place, soucieuse et muette, jusqu'à ce qu'elle se décidât à demander à son neveu s'il n'aurait pas la bonté d'interroger une des laveuses pour la prier de raconter la scène. Patrice s'y refusa. Cette idée lui paraissait absurde. Il préférait se contenter, dans la solitude de ses réflexions, d'évoquer la minute où le dictateur avait vu s'écrouler toute sa fragile construction et se briser son dernier espoir, face à quelques partisans, hâves, déguenillés, barbus et haineux. Cette paisible place, avec son enceinte de platanes poussiéreux, avait servi de théâtre à l'épilogue d'un roman-fleuve. Ces femmes qui lavaient près de la fontaine et remuaient une eau grasse qui se perdait dans une rigole, ces femmes n'avaient peut-être pas interrompu leur travail. Les dernières répliques de la tragédie se déroulaient dans un cadre où les figurants continuaient, après la disparition des acteurs, à jouer les mêmes rôles : boire du vin rouge sous la tonnelle, savonner des draps dans la fontaine, jouer à la guerre avec des mitraillettes en bois. Déçue par le refus de son neveu, la marquise déploya son ombrelle, rejoignit son taxi, replia son ombrelle et donna l'ordre d'aller à Argegno. Après Tremezzo, la voiture quitta le bord du lac et s'engagea par une route en lacet jusqu'à un village assez proche, clair et propre, décoré de fleurs aux fenêtres de ses maisons basses. La route débouchait sur la place de la vieille église et du cimetière protégé par une muraille de cyprès. Mercédès eut plus de courage cette fois, et s'adressa à un gamin qui venait mendier des cigarettes :

— *Dove e caduto il Duce ?* demanda-t-elle.

— *Non so.*

Le gosse s'enfuit en courant. Deux autres enfants, interrogés, se montrèrent aussi ignorants. Un jeune ouvrier les regarda de travers. Enfin une vieille femme qui sentait fort mauvais leur conseilla d'aller voir le curé. Ils trouvèrent dans le cimetière un brave homme rouge et gris, aux mains sales, qui les considéra avec beaucoup de sympathie, ouvrit, pour sourire, une bouche édentée et expliqua aussitôt qu'aucun des habitants du village ne les conduirait à l'endroit où Mussolini avait été abattu. « Ils ont peur », disait-il avec une façon inimitable d'avancer la bouche pour prononcer « paoura ». Mais lui n'avait pas peur. Le jour même de l'exécution, il était venu dire une prière à genoux auprès des taches de sang caillé. Les prenant familièrement par le bras, le curé sortit du cimetière et les entraîna sur la route vers une villa protégée par un mur blanc et une grille. En bas du mur, on apercevait une croix grossièrement tracée au goudron. Le curé se signa et marmonna une prière. La marquise replia son ombrelle, essaya une contenance et rompit le silence la première :

— Pauvre Claretta ! A qui appartient donc cette jolie villa ?

— Au comte Giacomo Lorenti, répondit le curé.

— Oh, je le connais très bien. Peut-être pourrai-je entrer ?

— Non, non, vous ne pourrez pas. La villa est fermée et le comte a interdit les visites.

Mercédès Bongiovanni visiblement déçue partit à regret en rouvrant son ombrelle. Le taxi les conduisit à Cadenabia où ils prirent le bateau pour Bellagio sur un lac que la tombée du soir couvrait de grandes traînées pourpres. En débarquant sur la place, la marquise s'avoua fatiguée de cette enquête ingrate, mais n'en voulut pas moins boire un marsala sous les arcades. A une table voisine de la leur, Patrice aperçut Maria et la présenta à sa tante. La jeune fille vint s'asseoir avec eux :

— Olivia est mieux, dit-elle. Elle m'a chargée d'une lettre pour vous.

Il dut, malgré son envie brûlante, la cacher dans sa poche et faire semblant d'écouter une conversation qui roulait sur des sujets à mille lieues de ses pensées les plus chères. Quand Maria fut partie et qu'ils regagnèrent l'hôtel, Mercédès exprima son amertume de n'avoir pas été invitée à la villa Marta.

— Je connais toute la famille, sauf ces cousins-là. Ils auraient bien pu satisfaire ma curiosité en me priant au moins à dîner.

Patrice, peu soucieux de déclencher une crise de jalousie chez sa tante, n'avoua pas avoir été invité la veille. Il avait surtout hâte de se trouver seul pour lire la lettre d'Olivia. Il n'y réussit que quelques minutes avant le dîner.

« Patrice cher, j'ai eu de la fièvre ce matin et cet après-midi encore. Je dois rester couchée pour que nous puissions sortir demain. A la vérité, j'ai bien mal dormi et passé la nuit à me demander ce que j'allais faire. Ce geste entre nous ne saurait être aussi lourd de conséquences que je le crains. Je voudrais être très heureuse et pourtant j'ai peur. Il y a tant de choses qui nous séparent et que vous ne comprendrez pas parce que vous êtes un homme. J'aimerais que vous répétiez ce soir en pensant à moi :

« *Je ne veux jamais l'oublier*
Ma colombe ma blanche rade
O marguerite exfoliée
Mon île au loin ma Désirade
Ma rose mon giroflier

« Votre

« OLIVIA. »

P.-S. — Ne dites rien à Maria. Pour écarter tous ses soupçons je l'ai assurée que vous étiez un pédéraste que j'essayais de remettre dans le droit chemin. Elle a répondu : « Ça ne m'étonne pas ! »

P.P.-S. — Ne mangez pas sans arrêt des cassata. Les glaces font grossir et je ne supporte que les hommes maigres.

P.P.P.-S. — Ce narcisse séché entre deux feuilles a été cueilli par ma blanche main. Gardez-le dans votre portefeuille et n'en faites pas cadeau à Béatrix... ou à Vanda. Je ne vous le pardonnerais jamais.

P.P.P.P.-S. — Je ne sais vraiment plus quel post-scriptum ajouter. Dormez bien.

*

Un coup de téléphone réveilla Patrice.

— Je vous réveille, lézard ?

— Ai-je dit « allô » comme les gens qui se réveillent ?

— Non, c'est mieux, vous avez dit « Pronto » comme si vos réflexes s'italianisaient dans la nuit, et avec un accent si merveilleux que j'ai cru à une erreur de ligne. Je dois aussi dire que votre voix est enrouée comme si vous aviez passé votre nuit à boire du cognac.

— Ce n'est pas vrai, ma colombe, je n'en ai bu que deux.

— Maria vous a remis ma lettre ?

— Hier soir, ma blanche rade, j'ai eu du mal à semer ma tante pour la lire en paix.

— Il ne faut jamais croire ce que j'écris. D'ailleurs je n'ai plus la fièvre et je descendrai cet après-midi à Bellagio.

— Je vous attendrai, chère marguerite exfoliée, sous les arcades à cinq heures. Ma tante sera repartie.

— Dites-lui toutes mes amitiés.

— Je n'y manquerai pas, mon île au loin. Dites-moi s'il fait beau. Mes volets sont fermés.

— Radieux, Patrice. Dire qu'avant votre arrivée il pleuvait. Vous avez, comme on dit en France, une chance de...

— Halte-là, ma Désirade, ces mots ne sont pas pour vous. Je vous les refuse.

— Je ne sais pas ce que vous alliez penser. Le français est une langue si compliquée que j'ose à peine m'en servir avec des gens comme vous, toujours prêts à me tourner en ridicule. Soyez bon pour les étrangères. Dieu vous récompensera. Dites-moi aussi ce que votre tante est venue faire en coup de vent à Bellagio.

— Je croyais, ma rose, que c'était pour me voir ou nous voir tout au moins. Il n'en est rien. Elle est venue ici pour retrouver les traces de Mussolini.

— Quelle chance elle a de se passionner pour tellement de choses ! Je voudrais tant avoir de ces manies comme de chasser les papillons ou de collectionner les boîtes d'allumettes ! Pas vous ?

— Pas moi, mon giroflier, je n'ai pas l'amour des collections. Un objet unique me suffit...

— Là, je vous arrête, menteur. A cinq heures sous les arcades...

Patrice raccrocha, dormit encore une heure comme pour retarder l'instant pathétique où il pousserait ses volets et jetterait son premier regard sur le lac et le ciel. Olivia n'avait pas menti. Le temps radieux enveloppait le lac et les montagnes d'une vapeur d'un bleu ténu et léger. Presque sous sa fenêtre, à la punta di Bellagio, quatre barques de pêcheurs tendaient un grand filet. Il entendit le ahanement des hommes qui tiraient sur les filins, scandant leurs gestes sur le rythme d'une chanson.

— Eh bien, Patrice, tu n'es pas encore prêt ?

La marquise apparut dans l'entrebâillement de la porte, son ombrelle à la main.

— Non, pas du tout, je dormais. Les gens heureux dorment...

— Ah, tu es heureux, dit-elle tout d'un coup songeuse et s'asseyant sur le rebord du lit. Mais tu dors toujours avec un pyjama ?

— Comment voudriez-vous que je dorme ?

— Eh bien, je ne sais pas moi, mon mari dormait en chemise de nuit.

— Etait-il heureux au moins ?

— Ne pose pas de questions stupides. A quoi cela rime-t-il ?

— En effet, je ne sais pas à quoi cela rime. Je suis heureux peut-être ce matin par simplicité d'esprit.

— Ah, je ne comprends pas...

— Peu importe. Si vous me donnez dix minutes pour faire ma toilette et me raser, je vous rejoins dans le hall.

— C'est ça, dépêche-toi, je voudrais bien que nous allions questionner le portier de la villa Serbelloni qui, dit-on, a assisté d'assez près à l'exécution de Mussolini.

Patrice mit un soin particulier à se raser sans

s'écorcher. L'opération prit plus de dix minutes tant il s'acharna à chasser la moindre rugosité de son menton. Se raser, la fenêtre ouverte, ce matin, cessait enfin d'être un supplice. Il eût volontiers essayé quelques vocalises si sa voix avait jamais répondu à ses désirs. Hélas, rien de plus indiscipliné que cette voix d'ordinaire assez basse, mais que le moindre effort transformait en cris de chat égorgé. On avait dû trop le laisser hurler quand il était enfant... Peu importaient d'ailleurs les chansons de tous les hommes qui se rasent, Patrice n'en avait pas besoin pour entamer une journée heureuse. Olivia avait déclenché le mécanisme que rien n'arrêterait et qu'une succession de rencontres, de mots clés accélérerait jusqu'au soir cinq heures. En passant pour la troisième fois le rasoir sous son menton qui continuait de piquer, il en arrivait à se demander s'il avait jamais été à pareille fête. Un coup d'œil au lac, un coup d'œil au miroir qui réfléchissait un visage déjà bronzé par une semaine de soleil, un coup d'œil à sa montre pour s'assurer qu'il ne restait plus que sept heures avant de la rencontrer... Si toutes les femmes lui avaient auparavant causé cette anxiété heureuse, il ne doutait pas qu'il les aurait aimées passionnément l'une après l'autre. Mais voilà, elles ne lui avaient guère apporté que des satisfactions de vanité, le sentiment, faux d'ailleurs, qu'il était irrésistible parce que deux d'entre elles tombaient à quelques heures d'intervalle dans son lit. Certes, don Juan ne connaît pas le bonheur. Ses conquêtes sont trop sûres, sans failles, sans hésitations, sans regret du temps perdu aux prolégomènes parce qu'il a déjà repéré la prochaine victime. Valmont ne satisfait que son amour-propre et son habileté qui, s'il les transportait sur le plan de la diplomatie, feraient merveille pour son pays. Non, Patrice n'était ni don Juan, ni Valmont, à peine une espèce de Français qui, comme disait Guillaume, préférait l'amour et les voyages à l'ennui et au travail. A part Béatrix, auprès de qui il ne se sentait jamais véritablement un homme, mais plutôt un adolescent, presque efféminé tant elle le dominait et le surpassait dans le plaisir et les sentiments, à part elle, aucune femme n'avait fait naître cette étincelle d'allégresse qu'il ressentait avec Olivia. « A quoi penses-tu ? » disaient-elles séduites par des silences rêveurs, des mots murmurés sans suite, sans fin, comme une prière à soi-même. « A rien », répondait-il, et c'était presque vrai, car les femmes créaient en lui un dangereux vide au sein duquel il se sentait tournoyer, indifférent à sa propre chute, absorbé derrière ses paupières par un défilé d'images invisibles, obsédé par un détail vulgaire, un pouce à l'ongle mal conformé, une excroissance de chair sous le menton, un pli sur le ventre qui lui faisaient rejeter en bloc la femme qui venait de céder à une prière brûlante mais, à cette minute, satisfaite et déjà éteinte. Et avec cela sentimental dès qu'elles s'éloignaient et cessaient de l'agacer au point de s'interroger anxieusement, pour savoir si, après tout, il n'était pas amoureux et de ricaner de lui-même quand une nouvelle venue chassait jusqu'au souvenir de la précédente. Volontiers, il accusait les femmes d'être hors de portée, enfermées dans un monde dont la compréhension restait liée à une bonne volonté qu'il n'aurait jamais, faute de temps et de patience.

— Eh bien, Patrice, je t'attends !

— Voilà, tante, je suis prêt.

Sur le seuil de la porte, Mercédès frappait nerveusement le sol avec sa délicate ombrelle dont le manche se rompit dans sa main.

— C'est ta faute, Patrice. Tu me mets dans tous mes états. Qu'as-tu à te bichonner ainsi ? Nous n'allons pas voir les filles comme tu dis. Me voilà bien sans mon ombrelle, maintenant. La journée est gâchée.

— Non, dit Patrice, la journée ne peut pas être

gâchée. Un réparateur est sur la place qui vous arrangera ça en deux minutes et quant à moi, je ne me fais pas beau pour les filles, mais pour une fille.

— A propos, tu ne m'as rien dit sur Olivia.

— Comment, vous ne savez pas ?

— Mais quoi ?

— Eh bien, nous nous marions la semaine prochaine.

— Oh, dit la marquise, jamais je n'aurais cru ça !

Il était toujours attendri par la crédulité soudaine de la chère femme. Tant de bonne volonté à le croire le désarmait. Au fond, il l'enviait de traverser ainsi la vie, sans rien voir, sans rien comprendre grâce à ses tics et à sa curiosité insatiable qui la lançait sur des pistes qu'elle n'abandonnait qu'après en avoir épuisé toutes les anecdotes et décelé tous les secrets. Quelle autre douce manie succéderait à celle qui l'animait pour Clara Petacci et son dictatorial amant ? Elle n'était venue à Bellagio que pour interroger ce portier de la villa Serbelloni. Ce soir, elle serait à Gardone où s'entrecroisaient les souvenirs de D'Annunzio et de la belle Claretta. Il était rare de rencontrer un être humain qui eût autant de suite dans les idées. Patrice l'embrassa affectueusement et calma son inquiétude : non, il n'épouserait pas Olivia la semaine prochaine. Il n'était qu'amoureux d'elle et ce n'était pas assez.

La marquise repartit l'après-midi, dans son taxi, coincée entre ses innombrables valises, l'esprit tranquillisé : son ombrelle était réparée, elle avait vu Dongo et Argegno, et le portier de la villa Serbelloni, sensible aux pourboires, s'était laissé aller à conter des souvenirs inédits sur la mort du Duce. Le soir même elle serait à Gardone, de nouveau à pied d'œuvre pour reprendre son enquête : « Je commence à comprendre ce qui s'est passé », disait-elle, comme si on l'avait chargée de renouer les fils perdus de la tragédie. Il était heureux pour Patrice que ses préoccupations actuelles la détournassent d'Olivia. Sans aucun doute, si elle n'avait pas été lancée sur la piste de Claretta et de son séjour au Vittoriale, elle se serait mêlée de quelque intrigue autour de son neveu et de la jeune fille. Mais sa passion actuelle la dévorait nuit et jour, lui laissant à peine le temps de manger et dormir, limitant son champ d'investigation « psychologique et humain », comme elle disait. Tant qu'elle n'aurait pas épuisé le sujet, il était assuré d'une certaine tranquillité. Il ne la vit pas, néanmoins, partir sans regret ni attendrissement vers de nouvelles aventures dont elle finirait bien par être la dupe, lui enviant peut-être aussi ses œillères qui permettaient à la chère femme de traverser la vie dans un magique délire.

Patrice prit un bain de soleil sur la petite plage où les mêmes couples condamnés, semblait-il, à la chaise longue, lisaient sans conviction des livres interchangeables contre les Soviets ou des traductions de l'américain. Ni la belle Italienne ni la jeune fille aux yeux cernés n'apparurent. Il s'ébroua un bon moment dans l'eau, essaya des plongeons et rentra se changer, plus frais, la chair tendue sur les os, les muscles durcis.

A cinq heures, sous les arcades, assis à une table du glacier, il la vit arriver accompagnée de sa cousine plus languissante que jamais. Les deux jeunes filles paraissaient accablées par la chaleur.

— Aï Patrice, c'est atroce, dit Olivia, je suis morte de descendre ce chemin à pied. Et mon oncle ne veut plus nous prêter la Lancia. C'est trop injuste. D'abord pourquoi n'avez-vous plus de voiture ?

— Je l'ai vendue pour m'acheter des cigarettes.

— Vraiment je trouve que vous auriez pu vous passer de cigarettes ce jour-là et penser à mes pauvres jambes qui n'en peuvent plus de me porter dans cette chaleur infernale.

— Moi, je trouve, dit Maria, qu'un homme avec une voiture est tout de suite beaucoup plus séduisant. C'est cinquante pour cent de son charme. Pourquoi n'avez-vous pas de voiture ?

— Il est trop simple de séduire une femme au cours d'une promenade en voiture. Je dédaigne ces artifices.

— Moi, voyez-vous, dit Maria, s'il s'arrêtait pour me le demander, je monterais tout de suite dans la voiture rouge de l'Anglais qui habite votre hôtel.

— Seulement voilà, dit Olivia, tu peux être sûre qu'il te pincerait le derrière ensuite.

— Me pincer le derrière ? Et puis après ?

— Eh bien ma chère, je ne pensais pas cela de toi. D'ailleurs, Patrice, n'en croyez rien. Elle n'a jamais pu admettre qu'on lui pince le derrière. Chaque fois que ça lui arrive au cours d'une surprise-partie, elle renvoie une gifle.

— Peut-être bien, dit Maria, car pincer le derrière c'est bon pour les bonnes. Je n'accepterais pas non plus d'être la maîtresse d'un Français. Il font des choses trop dégoûtantes.

— Allons, bon, dit Patrice, je me sens visé. Que font donc les Français ? Comme s'il n'y avait pas qu'une seule et unique manière de faire l'amour. Que signifient les détails ? Ils varient d'un pays à l'autre.

— Les Français sont bien connus. Ne niez pas que vous êtes tous des cochons.

— C'est que, dit Olivia, ma cousine est très obsédée par ces questions. Etant parvenue à un âge assez avancé, la trentaine...

— Vingt-neuf, je te prie...

— Etant parvenue jusqu'à vingt-neuf ans à sauver son honneur, elle ne voudrait pas qu'il tombât entre les mains de n'importe quel goujat.

— Ça c'est vrai, dit Maria, pour moi c'est très important. J'aimerais trouver un Anglais. Ils ont tous de si bonnes manières...

La conversation s'étira en longueur sur ces sujets délicats. Patrice s'étonnait de voir la liberté avec laquelle les deux jeunes filles abordaient ces questions lorsqu'il s'aperçut qu'elles n'en connaissaient rien et parlaient à tort et à travers, mélangeant tout, aussi vierges dans leurs illusions que dans leur corps. Maria était le mur qui renvoyait la balle à une Olivia déchaînée, usant à tort et à travers de mots dont elle ignorait le sens, mais dont elle devinait les dangereuses interprétations possibles. Ils allèrent boire un whisky au bar de l'hôtel dans l'espoir d'y rencontrer le bel Anglais blond qui n'arriva pas. Et comme Maria ne semblait pas décidée à s'en aller, Patrice l'invita également à dîner.

On pouvait être blasé sur la féerie naturelle de

Côme, mais les dîners du Grand Hôtel renouvelaient cette féerie avec un tel bonheur qu'à chaque crépuscule le spectacle en semblait nouveau. La tiédeur du soir permettait de dresser les tables sur la terrasse, face au lac que la nuit tombante cuivrait. Les montagnes silhouettées sur un ciel rouge d'apocalypse s'enveloppaient d'ombres violettes jusqu'à la rive d'en face à ras de l'eau où s'allumaient, une par une, les lumières de Tremezzo et de Menaggio. Bâtie en avancée, la terrasse dominait le jardin d'où montait par bouffées la senteur des parterres de tubéreuses. Patrice en cueillit deux qu'il piqua dans les cheveux bleus d'Olivia.

Ils s'attablèrent tous trois, non loin de la jeune fille aux yeux cernés, tristement condamnée à la conversation de ses parents. A la table de la grosse femme tatouée, la belle jeune fille du radeau, à demi nue dans une robe de plage qui découvrait ses épaules fortes de sportive, riait à voix trop haute. Patrice subit avec ironie la comédie du dîner mais n'en fut pas moins la victime, car Maria soucieuse de ses intestins ne voulait que des légumes bouillis et Olivia de peur d'engraisser se décidait pour une pomme au four et un croûton de pain. Il dut sauver l'honneur devant le maître d'hôtel pincé, en commandant pour lui-même les choses les plus coûteuses du menu. Malheureusement pour Maria qui espérait toujours, la table du jeune Anglais resta vide pendant le dîner. Sur le coup de dix heures, l'orchestre de l'hôtel dont les musiciens revêtaient, le soir, de tristes smokings luisants, vint s'installer dans le salon. De vagues harmonies s'abattirent, par la baie ouverte, sur les dîneurs que la beauté de la nuit vouait à une muette et mélancolique contemplation. Ces quelques notes de piano et les borborygmes du saxophone secouèrent les estivants. Puisque l'on était en vacances, il fallait profiter de tout et notamment danser. La terrasse se vida en quelques minutes.

— Il me semble que je viens d'apercevoir ton Anglais, dit Olivia.

— Où donc ?

— Là, seul dans le salon, écroulé dans un fauteuil, un whisky à portée de la main. Tu as une chance.

— Comment une chance ?

— S'il te voit passer devant lui, il t'invitera peut-être à danser.

— Vraiment, tu crois ?

Il n'était pas beaucoup besoin de l'y pousser. Maria se leva et, de l'allure qu'elle voulait la plus innocente, se dirigea vers le salon. Ils la virent passer devant l'Anglais qui n'eut aucune réaction, et disparaître à l'autre bout de la pièce.

— Olivia, je vous remercie de cette soirée où je me suis senti votre complice.

— Patrice, il faut que je vous parle. Je ne voudrais pas que vous...

— Non, ne me dites rien. Je vous assure que ces choses-là se passent en silence. Un mot de vous, un sourire effacent les petites morsures des premiers jours. Je vous assure que je vous aime, qu'il y a peut-être du danger à vous aimer, mais que je vous aime...

Maria revenait, dépitée :

— Ah ! ma chère, il est saoul comme un Anglais, l'œil terne, la lèvre pendante. D'ailleurs de près, il est beaucoup moins beau que dans sa voiture.

Evitant le salon, ils passèrent par le jardin pour gagner la sortie. Sur la place du port, c'était l'habituelle promenade des filles et des garçons, la main dans la main, et à la terrasse du glacier la cohue des étrangers. Ils montèrent par une ruelle à gradins jusqu'à la route qui conduisait, à travers une succession de jardins, à la villa Marta. La grille était entrouverte et les lumières de la maison éteintes.

— Voulez-vous boire quelque chose, Patrice ?

Bien sûr, il aurait bu n'importe quoi plutôt que de la quitter après avoir espéré toute la journée être seul avec elle. Dans le hall, Maria indiqua à sa cousine qu'il y avait des jus de fruits dans le réfrigérateur et leur souhaita bonsoir en bâillant déjà.

— Je crois que vous préférerez le cognac de mon oncle. Seulement il se trouve dans le salon. Suivez-moi.

Olivia éteignit et saisit la main de Patrice. Tous deux sur la pointe des pieds traversèrent le hall et poussèrent la porte du salon.

— Je n'allume pas, dit-elle, on s'en apercevrait là-haut. Faites marcher votre horrible briquet.

La flamme qui jaillit leur rétrécit la pupille et ils furent un instant plus aveugles qu'avant, immobiles, n'osant pas bouger de peur de heurter avec fracas les meubles épars dans la pièce. Patrice serrait la main d'Olivia qui lui rendait sa pression et sa chaleur. La jeune fille avança de quelques pas, ouvrit une caisse à liqueurs et remplit un verre. La flamme, à bout de souffle, s'éteignait. Ils eurent juste le temps de trouver un canapé et de s'y asseoir côte à côte.

— Me voyez-vous ?

— Je commence à deviner votre robe claire.

— Buvez votre verre et posez-le.

C'était déjà fait. Les deux bras de Patrice étaient libres. Il attira Olivia contre lui et reçut contre sa joue le choc d'une chevelure parfumée par les tubéreuses. Dans l'ombre, de ses lèvres, il lui dessina un visage aux angles adoucis, un cou mince et flexible, enfin une bouche d'abord craintive et fermée, et bientôt entrouverte avec ignorance et timidité. Tout ce corps s'appuya contre lui, contre son épaule dans un parfait mouvement de plaisir et d'abandon...

Une horloge en sonnant minuit les fit sursauter comme si un tiers était resté caché dans la pièce.

Olivia mit ses mains sur son cœur qui battait la sarabande.

— Oh Patrice, dit-elle, j'ai peur, je suis si malheureuse...

Des larmes coulèrent qu'aucun mot n'apaisait car Patrice restait impuissant à calmer cette réaction inattendue. Prenant le beau visage dans ses mains, il l'attira vers lui et le pressa contre sa joue, avide de le saisir, d'en voler le secret et la tristesse.

— Moi, je suis heureux, dit-il enfin.

— Ne partez jamais je ne sais pas ce qui arrivera, maintenant que j'ai besoin de votre amour.

— Je ferme les yeux...

Le lendemain Patrice reçut à l'hôtel une lettre descendue par une bonne de la villa Marta.

« Patrice cher, je n'ai pas dormi, et vous ? Ce qui restait de la nuit m'a paru infiniment long jusqu'à l'aube que j'ai vue naître de ma fenêtre avec le chant de tous les oiseaux du jardin. Je vous écris simplement ce petit mot pour vous donner les quelques vers qui précèdent ceux que je vous ai envoyés l'autre jour :

« *Mon cœur et ma tête se vident*
Tout le ciel s'écoule par eux
O mes tonneaux des Danaïdes
Comment faire pour être heureux
Comme un petit enfant candide

« Je voudrais tant l'être encore moi-même !

« OLIVIA. »

Tous les soirs, ils dînèrent sur la terrasse de l'hôtel quelquefois avec Maria, quelquefois sans elle, lassée de ce rôle de chaperon. Ils rentraient par les ruelles silencieuses du vieux Bellagio ou par la promenade aux lauriers-roses, au même pas que les autres couples enlacés mais se tenant seulement par la main comme des enfants. Le verre de cognac servit encore de prétexte deux soirs, puis fut abandonné. Côte à côte sur le canapé, ils attendaient les heures scandées par l'horloge indiscrète, reculant chaque nuit le moment de se séparer. Sous l'étoffe de la robe palpitait un corps docile, encore ignorant du plaisir qui l'envahissait. En partant, Patrice emportait dans ses paumes tièdes le parfum et la tiédeur d'une chair qu'il osait à peine caresser. Les silences d'Olivia duraient des heures comme si sa vie se fût réfugiée sur ses lèvres et dans sa bouche qui gardait toujours le goût de caramel des pommes au four.

*

Un matin, le téléphone le réveilla. Olivia joyeuse annonçait que l'oncle prêtait la voiture pour aller à Milan à condition qu'on lui rapportât du whisky. Par chance, Maria, souffrant du foie, restait couchée. Ils partirent peu après le déjeuner. Patrice fut surpris de retrouver la jeune fille habillée pour la ville d'un tailleur noir, de bas de soie, de souliers hauts.

— Nous irons dans les magasins, dit Olivia, je veux faire des folies.

Au lieu de longer la côte, ils grimpèrent sur la crête et la suivirent par une route tortueuse et difficile, à travers une épaisse forêt verte, à peine clairsemée de rares villages. Puis ce fut l'autoroute, rectiligne, plongeant dans la plaine lombarde d'une désespérante monotonie avec, bientôt, ses groupes d'usines, les faubourgs majestueux de Milan, un arc de triomphe, un parc, une forteresse rouge, une grande artère, et, sur une place grouillante de promeneurs, de pigeons, de voitures, de tramways, le Dôme dans la blancheur de sa dentelle de pierre, chef-d'œuvre d'un pâtissier promu architecte. Ils entrèrent dans la cathédrale froide, insonore, écrasante, dépourvue de mesure humaine. Près du chœur, elle s'agenouilla sur un prie-Dieu. Patrice un peu en retrait contemplait cette nuque inclinée, la finesse des deux tendons, le dos humble et, plus bas, sortant de la jupe longue, les chevilles d'enfant gainées de soie. Il jalousait cette prière fervente qui absorbait la jeune fille et la transportait pour un temps dans un monde fermé. Certes, depuis le Padre Pio, depuis Assise, il n'éprouvait plus pour la prière la même hostilité, mais elle demeurait à ses yeux un acte de foi dont il se savait incapable. Cette cathédrale sans âme glaçait son cœur déjà mal disposé. La jeune fille s'abîmait dans sa prière, indifférente à l'homme qui l'attendait impatiemment. Que demandait-elle ? Et surtout que confiait-elle ? La nervosité de Patrice croissait au cours de ces minutes. Leur secret n'était à partager avec personne, pas même dans un dialogue avec Dieu. Il s'approcha d'Olivia, s'agenouilla à son côté :

— Olivia !

— Oui.

— Priez pour Vanda.

— Pourquoi ?

— Elle s'est tuée.

Il regardait droit devant lui pour éviter de voir sa réaction et y demeurer insensible, maître de lui.

— Patrice, pourquoi ne pas l'avoir dit plus tôt ?

— A quoi bon ?

— Je prierai aujourd'hui et je prierai demain et tous les jours qui viendront.

Quand ils furent de nouveau sur la place, il se reprocha amèrement sa confidence. Pâle, défaite, Olivia marchait comme un automate, appuyée à son bras. Il dut l'emmener dans un bar et la forcer à boire un alcool.

— Oh Patrice, notre journée est perdue. Pourquoi tant d'obstacles s'élèvent-ils entre nous ?

— Pourquoi tant d'obstacles ? La mort de Vanda n'en est pas un. C'est un accident. Vous aviez lu dans sa main qu'elle mourrait très jeune. Ni vous ni moi n'y pouvions rien. Pensez toujours que les suicidés sont des égoïstes...

Dans le bar silencieux où ils étaient entrés, à peine quelques couples isolés sur les banquettes se caressaient en silence. Un barman blanc et noir lisait, accoudé à côté de la caisse, indifférent à ses clients. Son journal achevé, il mit la radio en marche et une musique de jazz emplit la salle.

— Vous voyez bien, dit Patrice, qu'il est impossible de s'enfermer dans un regret. Je déplore de vous avoir dit cela tout à l'heure. L'ombre qui a passé au-dessus de vous s'envole et ce soir nous irons à La Scala écouter Monteverdi. Vous oublierez tout comme je l'ai déjà oublié moi-même.

— Vous croyez ?

— J'en suis sûr.

Olivia plaça sa main dans la paume ouverte qui s'offrait, chassa du doigt une larme qui pointait à la commissure de l'œil.

— Je suis stupide, dit-elle, quand nous avons tant de choses à faire : le whisky de mon oncle et mes achats.

A cette heure sous la haute verrière des Galeries Victor-Emmanuel, grouille une foule lente à se déplacer, difficile à fendre, une foule du dimanche en vêtements de semaine, usés et sales. Ils sont là par groupes, stationnant en rond, les mains derrière le dos, roulant les cigarettes d'un coin à un autre de leurs bouches qui apparaissent comme des balafres saignantes dans les visages à la peau bleue. Perdus dans la foule, à contre-courant, des gosses à figure d'anges sales scrutent les visages étrangers :

— *Sigarette ?*
— Non.
— *Una donna ?*
— Non.

En un clin d'œil ils disparaissent. On a l'impression qu'ils vous passent entre les jambes pour filer plus vite et se perdre dans la cohue. D'instinct on serre son portefeuille dans sa poche, on surveille sa montre, ses papiers. Tout est encore là. Une odeur de gaufre s'échappe d'une pâtisserie, se propage par ondes dans la galerie, se colle aux vêtements. A la terrasse des cafés, les consommateurs, des provinciaux en vêtements noirs, abrutis de fatigue, regardent stupidement passer ce torrent humain qui trépigne et sent la sueur et la poudre de riz. De temps à autre un remous signale le passage d'un ravissant visage de fille, indifférent aux interpellations, aux clins d'œil. Cette silhouette laisse derrière elle un sillage, les hommes s'écartent et se bousculent pour voir ses jambes. Encore l'odeur de pâtisserie à la graisse, en passant devant un café ouvert où l'on sert des espressi au comptoir. Des promeneurs fatigués mangent distraitement un gâteau, accoudés au zinc, le regard vague.

— *Sigarette ?*
— Non.

Sous la verrière, règne une chaleur intolérable, mais les hommes portent un cache-nez serré autour d'un cou décharné. Une telle poussière s'élève du trépignement des pieds que l'on suffoque et que, parvenu à l'autre extrémité de ce hall de gare, on se surprend à faire des mouvements de nageurs pour atteindre l'air libre et la place de la Scala où un Léonard de Vinci en pierre règle la circulation.

— Je n'en peux plus, dit Olivia.

Elle s'est arrêtée dans trois magasins pour acheter un sac, des bas, un poudrier, des produits de beauté. Patrice a voulu payer la première fois. Après beaucoup de protestations, elle l'a laissé faire et il a payé les autres fois. En comptant bien il doit lui rester juste de quoi payer le dîner et les fauteuils de la Scala. Olivia voudrait lui offrir une cravate, l'entraîne dans un magasin dont elle fait déballer tous les tiroirs pour finalement ne rien acheter. Ils passent devant un bijoutier et elle aperçoit un clip :

— Regardez, Patrice, comme il irait bien avec ma robe noire. Entrons demander le prix.

Trente mille lires ! Ce n'est presque rien. Il se sent honteux, gêné, agacé. Comment s'est-il laissé faire ? Il est vrai qu'elle est la première femme qui aime les cadeaux et joue à s'en faire donner. Olivia tourne et retourne le clip dans sa main, l'épingle sur son corsage, se regarde dans la glace, pousse des cris d'admiration. Patrice n'y tient plus :

— Impossible, mon cher ange, je n'ai plus d'argent sur moi. Ne retournez pas le couteau dans la plaie. C'est la première chose que j'aurais aimé vous offrir. J'en aurai plus de regret que vous.

— Non vraiment je ne voudrais pas. Quel malheur que vous n'ayez même pas un carnet de chèques !

— Mon chèque serait sans provision.

— Faites venir de l'argent de France.

— Je n'en ai pas non plus là-bas.

— Mais alors, Patrice, vous êtes pauvre !

— Pauvre ? ça je n'y avais pas pensé.

Non c'est vrai, jusqu'aujourd'hui, il n'y a pas pensé. A quoi a-t-il pensé d'ailleurs ? La chance ! Toujours la chance ! Elle a des limites. Il faut se trouver un jour dans une bijouterie à Milan pour s'apercevoir qu'il manque une des roues de l'engrenage et que la machine ne peut pas marcher sans cette roue. Il faut voir les yeux sombres et dorés, leur regard interrogateur et incompréhensif pour réaliser soudain l'ombre du drame, le malentendu qui pèse sur eux. « Je n'ai pas d'argent, Olivia ne peut pas vivre sans argent, je ne peux pas vivre sans elle. » Patrice est prêt à fuir, à claquer la porte de cette bijouterie de malheur, à abandonner la jeune fille avant qu'elle ait réalisé. Il peut aussi, ce soir, se disputer avec elle, sous le prétexte le plus futile, boucler ses bagages à l'aube, partir. Mais ce visage si proche de lui, avec la grimace de déception qui déforme les lèvres, ce visage est déjà trop sien pour qu'il ait le courage de la sacrifier.

— Nous en reparlerons, dit-il.

Ils quittent la bijouterie et retournent sur la place de la Scala. La Galerie écoule son torrent d'hommes gris et de filles en robes légères. L'ombre grimpe aux murs des immeubles. La moiteur de l'après-midi se transforme en tiédeur poussiéreuse. Olivia aperçoit la vitrine d'un chemisier, y entraîne Patrice et lui achète une cravate bleu turquoise qu'il met aussitôt. Son plaisir est si vif qu'il se demande s'il n'est pas comme elle, si un souffle ne suffit pas à chasser les plus sombres de ses nuages.

Au dîner, il voudrait quand même s'expliquer. Olivia lui en refuse les moyens. « Pour moi ce sera une pomme au four et un croûton de pain, vous savez, juste la queue dans la baguette. » Patrice rit. Avec une innocence totale, elle « patine » toute la soirée, déchaîne l'hilarité d'une table voisine de Français auxquels elle finit par demander de goûter dans leurs assiettes. S'il proteste contre la façon dont elle use de certains mots, elle lève les sourcils avec une ignorance à peine feinte. « En espagnol on dit toujours comme ça. » D'ailleurs leur conversation finit par être un tel salmigondis de langues qu'il faut une agilité d'esprit surprenante pour la suivre, en anglais, en français et en italien.

*

Saoulés de musique et de bel canto, ils reprirent la route après minuit. Patrice conduisait prudemment, un bras autour des minces épaules inclinées vers lui, les yeux fixés sur la nappe de lumière jaune qui découpait la nuit. Ils passèrent par Côme le long du lac revêtu d'une éclatante blancheur de marbre par la lune. Olivia voulut s'arrêter et s'asseoir au bord de la route.

— Un baiser au clair de lune, Patrice. Il faut que nous réalisions toutes les choses conventionnelles que désirent les amants.

— Nous ne sommes pas des amants, il n'y a que moi qui aime.

— Je ne sais pas, je ne sais pas.

— Vous ne savez pas si je vous aime ?

— Non, je ne crois pas. Mais tant pis...

Dans la voiture, ils reprirent leur marche, plus lente encore.

— Patrice, pourquoi ne jetez-vous pas votre briquet dans le lac ?

— A quoi bon ? Vous ne seriez pas plus heureuse pour cela et j'aurai l'impression d'avoir commis une petite lâcheté de plus dans ma vie.

— Cette Béatrix, qui est-elle ?

— Une femme de chair blonde et d'os aussi délicats que les vôtres, les yeux d'un bleu profond noyé par la myopie qui leur donne un inexprimable regard. Je l'ai connue très jeune. Je lui dois beaucoup. Elle passait encore quelquefois dans ma vie, l'an dernier, maintenant c'est fini. Elle réapparaîtra sans autre pouvoir que le souvenir. Je n'y peux rien si je vous connais depuis moins d'un an. Je vous jure que vous êtes la seule femme que j'aurais aimé connaître depuis mon enfance, pour n'avoir pas d'autre souvenir que vous, pour que vous n'en ayez pas d'autre que moi. Et puis ne soyez pas injuste, vous aussi avez un souvenir...

— Ce n'est pas la même chose, je m'en rends compte aujourd'hui. J'ai eu une passion si brûlante, si dévorante. Quand vous me serrez dans vos bras, je ne comprends plus. Je ne connaissais pas cela, c'est une émotion vierge et je ne sais plus où je suis. Et aussi ce baiser que vous donnez... Deux hommes m'avaient déjà embrassée, mais je gardais les lèvres fermées. La première fois je n'ai pas compris ce que vous faisiez avec votre langue, puis je me suis ouverte tout entière dans votre caresse. Je n'étais peut-être qu'un fruit mûr. Patrice, jetez-vous le briquet ?

— Non vraiment, je ne crois pas.

— Et si je vous disais que je serai votre maîtresse ce soir, si vous jetez ce briquet ?

— Je dirai non aux deux. Vous ne serez pas ma maîtresse sous condition, ni ce soir. Il y a des choses qu'il faut savoir ne pas gâcher. J'ai appris cela.

— Vous voyez que vous ne m'aimez pas.

— Si, je vous aime. Ne soyez pas une enfant.

Olivia se tut. Dormait-elle ? De ses doigts il caressa la main et le poignet si fins qui l'avaient tant surpris le soir du dîner de Venise. La route s'élargissait et, cessant d'être une corniche, s'encaissait maintenant entre les hauts murs des villas. Sans rien dire, il se dirigea vers le garage. Olivia leva la tête et vit que l'on entrait sous la voûte éclairée. Elle se donna un coup de peigne devant le rétroviseur et descendit. Le gardien leur souhaita bonsoir. Un chemin, plus raide que la route mais plus court, montait à la villa Marta.

— Patrice, est-ce vrai que vous êtes si pauvre ?

— Je ne suis pas pauvre. Je n'ai pas assez d'argent. Ce n'est pas du tout la même chose. Pourrai-je jamais vous l'expliquer ? Vous ne connaissez pas les demi-mesures et voulez les ignorer.

— Mais... si vous deviez vous marier ?

— Je n'aurai pas assez d'argent pour le faire aujourd'hui. Il faudrait attendre.

— Alors Patrice, c'est affreux. Que désirez-vous de moi ?

Ils s'étaient arrêtés au milieu du chemin rocailleux. Olivia s'appuya contre lui et sanglota nerveusement... Elle était si légère à porter qu'il ne soufflait même pas quand il parvint au haut de la côte. Il la posa à terre et la prit par la taille. Que de larmes salées sur un si doux visage ! Ils poussèrent la grille et se rendirent dans le salon comme tous les autres soirs.

— Je voudrais être votre maîtresse, vous donner tout...

— Non, ni ce soir, ni demain. Un autre jour nous verrons...

— Patrice, il faut que je vous dise...

— Quoi ?

— Je ne veux plus retourner à Florence, plus aller chez mon oncle là-bas. Vous seul pouvez me sauver... Dépêchez-vous, après il sera trop tard. Ces histoires de magie ont épuisé mes nerfs. Ramenez-moi en France. Quelquefois je me regarde dans les miroirs et je ne me reconnais plus. Les années passent et je ne me sens pas vivre. Vos lettres ont atteint mon cœur mieux que votre présence. Il me semblait que vous étiez le seul être à qui je pouvais parler. Patrice, il ne faut pas tromper mon espoir...

Il écoutait cette plainte triste et sans remède qui ne le blessait pas encore parce que, blotti contre elle, il demeurait insensible à tout ce qui n'était pas leur baiser, leur chaleur et le goût de safran de la tendre nuque. Pourtant pas un mot d'Olivia ne se perdait. Il aurait toute la solitude de sa nuit pour y penser, toute la journée de demain pour s'en souvenir, tandis que cette minute de paix physique ne serait jamais qu'une minute...

*

La plage était déserte quand il vint s'allonger sur le sable. Il s'endormit et se réveilla lorsque les premiers cris d'enfant résonnèrent à ses oreilles, bientôt suivis des parents, puis de la belle Italienne et de la jeune fille qui avait encore, ce matin-là, les yeux cernés et l'air boudeur. Vraiment elle n'avait pas de chance. Elle ferait mieux de voir un médecin qui régulariserait tout cela. Patrice se retourna sur le dos et se laissa brûler le ventre et les jambes. Olivia sous les prétextes les plus divers, un souffle de vent, une migraine, ne venait jamais à la plage. Il s'y allongeait seul les matins, encore gourd de sommeil après une nuit trop courte et achevait là quelques-uns des rêves que la lumière brutale de l'aube interrompait dans sa chambre. L'apparition des baigneurs de l'hôtel interrompit cette somnolence heureuse. Patrice les observait, les comptait comme s'ils lui appartenaient, notait les départs et les nouvelles arrivées, enviait son bronzage à la belle Italienne et déplorait que la jeune fille mal réglée ne connût pas d'autres livres que les traductions de l'anglais. Peu avant midi, il se décidait à un plongeon dans l'eau fraîche, nageait loin, puis revenait en crawl vers le plongeoir d'où il s'offrait quelques sauts de l'ange et de carpe qui déliaient ses muscles pour la journée. Il allait précisément plonger lorsqu'il aperçut Olivia qui arrivait et le cherchait des yeux. En quelques brasses il revint vers la plage et courut vers elle :

— Patrice, je voulais vous voir. Mes amis ont téléphoné pour nous inviter cet après-midi à un cocktail à la villa d'Este...

— Ne dites pas « nous inviter », mais « m'inviter ». Ce sera plus juste. Ils n'ont sûrement pas pensé à moi qu'ils ont, de plus, trouvé parfaitement funèbre l'autre soir.

— Patrice, ce n'est pas vrai. Ils nous ont invités tous les deux. D'ailleurs je n'irai pas sans vous.

— Je trouve cela absurde. Pourquoi vous lier à moi de cette façon ? Si vous ne rentrez pas trop tard, je vous attendrai.

Il n'avait réellement aucune envie de recommencer le jeu de l'autre soir. Avec son souci de maintenir entre eux le secret de leurs sentiments, Olivia jouerait la comédie de la frivolité et du flirt qu'il détestait. Il savait qu'en n'étant pas là elle s'amuserait à moins de provocations, qu'elle aurait au moins hâte de rentrer tôt et de le retrouver. Cependant elle insistait tant qu'il manqua céder à la minute même où elle acceptait l'idée d'y aller seule.

— Alors Patrice, soyez dans le jardin à minuit. Promettez-le-moi.

— Je vous attendrai.

Il promit, courut se jeter dans le lac et nagea vers le radeau. Il y était seul et s'allongea comme d'habitude sur le dos, libre sous le soleil qui le séchait lentement, bercé par le clapotis de l'eau.

« Est-ce moi, moi Patrice Belmont, est-ce moi qui souffre de si peu ? Une enfance sensible se perpétue-t-elle ainsi indéfiniment, sans répit pour le cœur et l'esprit ? Je n'y vois plus clair. Mes paupières, tendues comme deux rideaux rouges entre le soleil et mes yeux, me séparent du monde, d'Olivia, du désir. Je ne suis plus là qu'un être incohérent, blessé par d'imbéciles soupçons et une jalousie qui me ronge. C'est sa faute à elle, si ces doutes, ces interrogations renaissent et me font mal. Car j'ai mal, très mal au moment même où je puis être heureux. Mon corps me fait mal. Cet autre corps qu'il désire est loin de lui, à une distance que je ne peux franchir. C'est moi qui ai voulu l'aimer le premier jour et qui l'ai poursuivie jusqu'à ce que nous arrivions à ce point où le problème se pose de nouveau. Les quelques minutes passées dans la bijouterie de Milan ont été les plus cruelles de ma vie. Je n'en supporterai pas d'autres pareilles. Voilà que pour un regard d'elle, je suis prêt à devenir une machine à gagner de l'argent et qu'en même temps je sais que tout mon être s'opposera à cette veulerie. Le cercle vicieux ce n'est pas celui dont on ne peut sortir, c'est celui dans lequel on ne peut entrer. Je rêve, je rêve, je désire et puis voici la glace sans tain contre laquelle je cogne et bosselle mon front. Le réveil est brutal et pourtant le rêve continue. C'est cette femme que je veux et nulle autre au monde. Mes désirs peuvent errer un instant sur un autre corps mais ce n'est qu'illusion. Je ne tolérerais pas d'une autre qu'elle cette sentimentalité, ces longs poèmes qu'elle cite et qui restent gravés dans ma mémoire : « Je ne veux jamais l'oublier... Ma colombe, ma blanche rade. O Marguerite exfoliée... Mon île au loin, ma désirade... Ma rose, mon giroflier. » Il n'est pas jusqu'à ces deux vers : « Comment faire pour être heureux... comme un petit enfant candide... » qui ne me surprennent au plus sensible de moi-même. Jamais je ne supporterai d'une autre femme qu'elle soit ce mélange détonant de frivolité, d'instinct poétique, de coquetterie, et de tristesse profonde, sans aussitôt la taxer de comédie et m'irriter même de ce qu'elle aura de plus sincère. L'art d'Olivia est dans cette diversité qui rompt la monotonie de l'existence. Je ne saurais vivre sans elle comme je ne saurais vivre non plus sans mes amis... Mon univers est ainsi fait qu'il repose sur ces seuls soutiens, étrangers à la foi, l'intérêt ou la passion. Olivia n'est pas une passion, mais une raison. Je voudrais tant effacer d'un seul coup de gomme ces visages, tous ces visages qui nous séparent. Pour être juste je voudrais seulement effacer ceux qui lui appartiennent et garder les miens. Privilège d'homme ! Suis-je bien un homme en cette occasion ? Cet amour a détruit le meilleur de mes forces :

mon léger cynisme qui me préservait de la sentimentalité, mon instabilité qui me sauvait des passades. Pourquoi ne pas lui dire la vérité ? Elle a éveillé en moi une jalousie presque maladive qui fausse la plupart de nos rapports. Je ne tolère pas qu'un ami la fasse rire alors qu'il serait plus simple de la faire rire moi-même. Une envie de meurtre m'a saisi quand cet homme lui a frôlé le cou pour attacher son collier défait. Je n'y pense pas encore sans serrer les poings. Le plus extraordinaire est qu'elle se confie à moi sans savoir qui je suis. Elle ignore tout de ma vie, de mon travail, de mes espoirs, de mes préoccupations. J'admire qu'elle m'ait, non pas choisi, mais élu ainsi, dans un isolement splendide, simplement à cause de mes lettres. Je pourrais demain lui avouer que je suis un assassin, un escroc, un espion et elle me croirait. Elle m'a pris successivement pour un riche et pour un pauvre. Vers quelles erreurs sur la personne courons-nous encore ? Je la découvre aujourd'hui comme elle est, sans que cela change en rien mes sentiments. Si demain, elle me trouvait égoïste, insouciant, menteur ou comédien, quelle serait sa réaction ? D'ailleurs je n'ai pas de talent sinon celui de l'aimer et d'apprendre à vivre. Il semble même que je n'ai pas d'autre but que de me construire un art de vivre. Avant l'Italie, avant elle, ce n'était qu'un art de vivre sans heurts, sans souffrance, en épuisant les plaisirs et les jours... Depuis notre rencontre, c'est un art complexe où je dois montrer plus d'adresse et de spontanéité. En fait je ne savais pas vivre sauf pour mes amis. Antoine, Guillaume et la cohorte des autres me sont plus que des frères. Leur jugement est le seul qui me soit précieux. Le reste je m'en moque. Souvent, en aimant Olivia, j'ai pensé qu'ils l'aimeraient aussi, et que c'était en accord avec leurs exigences sur les femmes que je pourrais l'amener auprès d'eux et qu'ils l'accepteraient. Pour tout ce qui n'était pas les amis, j'ai jusqu'ici fait un minimum d'erreurs. Jamais je n'accepterai comme une de ces erreurs le fait de n'avoir pas pensé à l'argent. Il m'a toujours été nécessaire. La mauvaise volonté que j'ai mise à en gagner me fera pardonner ce que je suis prêt à réaliser aujourd'hui pour garder Olivia. Et si je dis garder Olivia, c'est m'attacher à elle et me l'attacher. Je ne conçois rien qui ne soit absolu avec elle. Elle règne sur mes pensées, mon désir. Je ne suis ni le maître, ni le créateur de mes propres sentiments. La teinte qu'ils ont prise leur a été donnée par elle. Je ne pouvais éprouver pour Olivia des sentiments vulgaires ou bas. Un mot d'elle et je suis pris au jeu. Son curieux aveu d'hier soir me bouleverse. Je n'attendais pas cette supplication. Il n'y a pas d'illusion à se faire, je ne puis l'emmener à Paris avec moi. Cette folie serait le suicide de notre amour. Que penserait-elle de ma chambre indifférente de la place Dauphine, des bistrots où je mange distraitement, des soirées que je traîne avec Guillaume et Antoine ? Cette bohème, si c'en est une, est à cent lieues de ce qu'elle espère. Ce n'est pas dans ce monde incohérent que je dois la faire vivre vingt-quatre heures sur vingt-quatre. Elle le connaîtra, puisqu'il fait partie de moi-même, mais je ne l'imagine pas s'éveillant le lendemain dans mon hôtel, découvrant l'usure du tapis, la peinture écaillée du plafond et son amant en slip devant le miroir, rasant sa barbe à l'eau froide. Toutes ces choses que je ne vois pas d'habitude, elle les considérerait d'un œil rapidement dépourvu de tendresse. Un sentiment comme le sien ne résisterait pas à cette épreuve. Non, décidément, je ne l'imagine que dans un lit à baldaquin pareil à celui de Florence, s'éveillant dans le luxe, la tiédeur et l'inconscience. Et pourquoi cette idée qu'elle n'accepterait pas de partager mon indifférence au cadre dans lequel nous pourrions vivre, pourquoi cette idée, qui m'eût inspiré du mépris pour toute autre femme, me semble-t-elle aujourd'hui si naturelle que je ne saurais lui en tenir le moindre grief ? C'est donc à moi de construire pour elle un univers acceptable. Il n'y a pas à sortir de là, pas d'échappatoire, pas de rêve sans réalité... Je ne puis rien lui cacher plus longtemps. Ce soir, je parlerai quand elle rentrera. J'ai ma journée pour penser à elle, pour choisir les mots qui ne la heurteront pas, qui lui apprendront la patience, toute une journée pour l'aimer seul avec ce léger pincement de l'aorte qui brûle parce qu'elle est avec d'autres et que, bien que je l'aie voulu, je le supporte mal... »

Patrice se redressa et aperçut la belle Italienne qui nageait vers le radeau. Deux mains bronzées aux ongles mauves s'accrochèrent aux planches. La jeune fille se hissa sur les bras, mais glissa et retomba dans l'eau. Secourable, il tendit une main et la souleva, ruisselante et souriante. Décidément son soutien-gorge était toujours mal serré. Cette fois pendant la nage, il avait glissé, découvrant un sein blanc à la pointe brune, durcie par le froid. Elle s'aperçut de son indécence et rosit de confusion en remettant sa bretelle.

— Ces maillots sont très mal faits, dit-elle en assez bon français...

Pourquoi était-ce toujours à la minute où les femmes lui parlaient qu'il n'avait plus rien envie de leur dire ? Par politesse, il s'efforça de répondre. Heureusement elle était de celles qui n'ont même pas besoin qu'on les écoute pour continuer. Comme on s'ennuyait à Bellagio ! Elle y venait tous les ans avec sa mère et c'était toujours la même chose, les mêmes têtes, le même temps magnifique, le même lac fade et pas de danseur le soir quand l'orchestre s'efforçait d'animer les clients du Grand Hôtel. Elle avait obtenu d'aller l'année prochaine à Cannes. Là, il y avait une piscine superbe et toutes les vedettes du cinéma américain réunies dans les grands hôtels... Du doigt passé entre le maillot et la chair elle s'efforçait machinalement de relâcher l'élastique qui serrait la jambe et la boursouflait. Patrice regardait ce beau corps mat, plein de vitalité, de muscles, enrobé dans une peau lisse et unie... Il avait bien de la chance, lui, d'être Français, — ou Suisse? non, Français — la France restait le pays du plaisir et de la gaieté! L'Italie sombrait dans l'ennui et l'austérité... Patrice ne protestait pas. Il s'amusait à constater qu'il avait, depuis l'autre jour, franchi un nouveau pas et que la jeune fille ne lui inspirait même pas de désir, bien qu'elle fût là près de lui, quasiment nue et offerte. Toujours cette même question des distances : l'une physique si aisée à franchir, l'autre morale plus lente à surmonter... Elle était allée à Paris, l'hiver dernier. Le couturier qui lui plaisait le plus, c'était Christian Dior. Les cabarets, la nuit, débordaient de gaieté... Patrice, qui les trouvait ennuyeux, s'amusait de cette contradiction formelle entre eux deux. Voilà au moins une fille avec laquelle aucun point commun n'existait. Il n'y aurait pas eu d'hésitation en d'autre circonstance : jouir et partir bien vite. Il la pria de l'excuser, regretta qu'elle ne parût pas plus déçue de le voir s'en aller, et plongea.

Il se sécha sur la plage, accordant le frottement de serviette au rythme d'un fox-trot d'il y a vingt ans que l'orchestre de l'hôtel, en bras de chemise, sous son toit de palme, déversait sans pitié sur les baigneurs. Au déjeuner, il eut droit à un sourire de l'Italienne, et à un entremets spécial du chef en l'honneur du Risorgimento ou de quelque chose comme ça. En regardant sa montre, il compta que dix heures le séparaient encore d'Olivia. Il en tua deux à la sieste, une à lire les journaux, cinq minutes à essayer un roman policier et constata que le plus pénible n'était pas encore passé. Le pire fut de se promener dans Bellagio. Impossible de s'y perdre comme l'on se perd dans Paris. Chaque coin de rue, chaque jardin rappelait Olivia. Le secours d'une ville immense où l'on change de quartier pour changer d'humeur lui manquait désespérément. Pour rien au monde, il n'irait s'asseoir sous les arcades et manger une glace. En désespoir de cause, il sauta dans un bateau en direction de Tremezzo et s'y ennuya aussitôt, au point de détester cette petite ville de bastringues. Un autre bateau repartait pour Bellagio. Il le prit en hâte et rentra peu avant l'heure du dîner. Au bar de l'hôtel, l'Anglais blond, solitaire et pincé, buvait un whisky, en promenant autour de lui un regard rouge de lapin blanc. Patrice mourait d'envie d'en faire autant, de sombrer dans une bonne cuite dont il se réveillerait à minuit pour accueillir Olivia. Mais l'alcool — il le devina à la première gorgée — ne lui ferait rien ce soir. Certains jours, il pouvait boire sans reprendre son souffle jusqu'à une heure avancée et ne même pas ressentir le moindre trouble divagatoire. Il but quand même des whiskies en quantité suffisante pour gâcher le goût de son dîner. Le spectacle féerique de la nuit s'appesantissant sur le lac lui parut assommant sans Olivia à son côté. L'an dernier, il avait déjà constaté comment l'Italie la plus belle devenait douloureuse quand on y inscrivait en surimpression l'angoisse de son cœur. A dix heures, restaient encore deux interminables tours d'horloge avant de se rendre au jardin de la villa Marta. Il essaya de reprendre son roman policier, mais se lassa trop vite. Dans le hall de l'hôtel, les couples mariés tournoyaient. La jeune fille aux yeux cernés dansait avec son père. La belle Italienne surveillait la porte pour se saisir de Patrice dès son arrivée. Elle la surveilla jusqu'à minuit moins le quart, heure à laquelle il dévala l'escalier pour courir sur la route. La grille était entrouverte et il n'eut qu'à la pousser avant de suivre l'allée de gravier qui conduisait, entre une haie de bambous, jusqu'à un minuscule bosquet d'acacias nains où se trouvait un banc.

Les cigarettes se suivirent sans discontinuer jusqu'à deux heures. Patrice se répétait sa propre leçon du matin, comme pour n'en omettre aucun détail. Lentement la nuit fraîchissait, l'enveloppait de son ombre sans qu'il s'en défendît, les yeux fermés, à peine sensible aux parfums du jardin. Derrière le mur voisin, des grenouilles coassaient avec une louable monotonie. Leur cri sinistre déchirait la nuit. Patrice tendait l'oreille, guettait le moindre bruit de moteur et n'espérait plus. La bouche sèche, amer de s'être laissé prendre à poursuivre son monologue du matin, las de cette attente romantique, il écrasa par terre sa dernière cigarette et s'en alla. Avec un soporifique, il dormirait toujours. Il courut sur la route, hésitant encore au cas où il entendrait une voiture, à retourner vers la villa. Rien ne vint. Dans sa chambre, Patrice se jeta sur son lit, enfouit sa tête dans l'oreiller. Que n'avait-il de larmes pour pleurer de rage !

*

De très bonne heure, on lui apporta une lettre d'Olivia :

« Patrice, pourquoi ne m'avez-vous pas attendue ? Je suis rentrée à deux heures et quart, folle à la pensée de vous retrouver. Mes amis n'ont pas voulu me ramener plus tôt parce qu'ils s'amusaient. Sans vous, je n'étais qu'une épave triste, au rire de porcelaine brisée. Le raccommodeur n'était plus là, et j'aurais voulu danser avec lui bien qu'il danse si mal. Aucun homme n'a flirté avec moi. J'ai dû leur paraître une princesse déchue qui rêve de son trône perdu. Pourquoi avez-vous fait que je ne puis plus vivre sans vous ? Je ne vous ai pas trouvé dans le jardin et je suis montée me coucher avec dans mon cœur tout le désespoir de la terre. J'ai essayé en vain de dormir et j'ai ouvert mon recueil de poèmes qui a fait monter des larmes à mes pauvres yeux que j'ai, ce matin, rouges et gonflés, au point que je refuse de vous voir avant qu'ils soient guéris.

N'est-il pas étrange qu'il me suffise aujourd'hui d'ouvrir n'importe quel livre de poèmes pour y trouver un écho de nous deux ? Téléphonez-moi vite, Patrice, je crois qu'un baiser de vous sur mes paupières guérira aussitôt mes yeux fatigués.

« Olivia. »

Il la retrouva sur le balcon de pierre de la villa Giulia, vêtue comme au premier jour, de sa longue robe blanche, ceinturée d'une écharpe de gaze verte.

— Voyez-vous, Patrice, c'est affreux, je n'ai plus de robes nouvelles à vous faire connaître, je suis obligée de revenir à celle que vous m'avez vue le soir de votre arrivée. Pourquoi ne m'avez-vous pas attendue cette nuit ?

— Ce n'est pas que je ne vous ai pas attendue, je ne suis pas venu du tout. Je crois que j'étais ivre et que je me suis endormi après le dîner pour ne me réveiller que ce matin quand on m'a apporté votre lettre.

Elle le regarda d'un air incrédule et déçu, et tourna la tête vers le lac dont un vent léger faisait trembler les innombrables paillettes d'or.

— Vous n'êtes pas juste avec moi, dit-elle. Je vous espérais cette nuit et le banc vide m'est apparu comme une injure. Dans mon pays, les hommes attendent sur place, quitte à mourir de faim et de soif plutôt que de manquer leur amante.

— Je ne suis pas de votre pays. Je ne suis qu'un Français qui s'étonne lui-même. Je vous aime, Olivia...

— Je ne sais pas...

— Je vous aime et j'adore cette petite mécanique qui vous fait répondre chaque fois : « Je ne sais pas... » Mais voilà, je suis angoissé, nerveux, et hier j'avais tant de choses à vous dire, au moment même où vous vous échappiez.

— C'est vous qui avez voulu que j'aille seule là-bas...

— Et je mourais d'envie que vous n'y alliez pas.

— J'ai cru comprendre que vous vouliez être seul.

— Décidément nous sommes deux sourds qui se croient seulement aveugles. Enfin, j'avais trop de choses à vous dire que j'ai dû garder pour moi.

— Dites-les-moi aujourd'hui, ici, sur ce balcon qui est mon royaume.

— Non, Olivia, jamais. Je ne les dirai jamais. J'ai compris qu'il ne fallait rien vous dire, sinon que je vous supplie d'attendre. C'est une grâce du ciel que je ne vous ai pas revue hier. Nous ne nous serions pas compris.

Enlacés, ils montaient côte à côte le long escalier de pierre qui, de terrasse en terrasse, conduisait à la clairière ombrée où dormait la sensitive. Olivia frissonnait de la fatigue de sa nuit blanche, Patrice se souvenait du premier jour où ils s'étaient tous deux soudain rapprochés, haletants d'émotion. Le même lac brillait entre les arbres, le même ciel étalait au-dessus d'eux un bleu pâle inaltérable. Olivia caressa la plante qui vibra et recroquevilla ses feuilles dentelées, puis se détendit de nouveau.

— Ce que nous avons de plus cruel l'un et l'autre, pensa-t-il, c'est notre orgueil.

La jeune fille s'assit dans l'herbe, étalant sa robe blanche autour d'elle comme les pétales d'une fleur immaculée.

— Patrice, vous m'avez menti, dit-elle.

— Oui.

— Ce matin en retournant voir à l'aube si vous

n'étiez pas sur le banc à m'attendre, j'ai vu tous les bouts de cigarettes que vous aviez fumés.

— Oui.

— Si je ne les avais pas trouvés, je crois que je ne vous aurais pas pardonné de m'avoir tant désespérée.

— Oui.

— Dites-moi ce que vous vouliez me dire cette nuit.

Il ne répondit pas, mais s'assit dans l'herbe derrière elle, et la renversa sur ses genoux. Un visage inconnu, aux yeux brillants levés vers lui, reposait dans ses mains comme s'il allait le modeler selon son désir.

— Je vous aime...

— Je ne sais pas... Aïe Patrice, je ne peux plus rien dire sans que vous vous moquiez de moi.

— Comment voulez-vous que je ne vous adore pas, avec ces « je ne sais pas », « aïe Patrice » et votre folie pour les pommes au four et les croûtons de pain ? L'ange que j'ai choisi un soir de septembre à Venise, dans un salon rouge, n'est pas un ange ordinaire. C'est un ange qui, dès qu'on le caresse, vous prodigue l'oubli, le plaisir et même le bonheur...

*

Patrice ne comptait plus les jours qui s'envolaient enchaînés les uns aux autres, disparus malheureusement à jamais de sa vie. Il lui fallut bien réaliser un matin que les vacances tiraient à leur fin, qu'à Paris l'attendait un Lebreuil indifférent à des amours aussi lointaines. Il dépendait de cet homme, de ses projets encore cachés et le chemin de l'espoir le plus terre à terre passait par lui. L'hiver s'était passé à dévider un écheveau. Les fils restaient à nouer. On lui avait accordé des vacances avant de l'éprouver. Patrice était suffisamment doué d'intuition pour comprendre que si on l'avait, jusqu'ici, entretenu à ne s'occuper que de peccadilles sans importance ce n'était pas pour rien. Quand il y songeait, il devait s'avouer qu'un an plus tôt il aurait renâclé à l'idée de s'engager dans une aventure de ce genre, d'être l'un des pions, même un pion intelligent, de ce damier sur lequel Lebreuil et ses amis jouaient à la paix et à la guerre, à la politique et aux affaires. L'ambition de Patrice ne l'avait jamais porté à cette sorte de rôle. En s'y livrant, il s'écartait des règles de son premier « art de vivre ». Le doux visage qui s'imprimait en lui exigeait impérativement que cette chance unique ne fût pas gâchée.

Dans l'incertitude des réactions d'Olivia, il retarda jusqu'à la veille l'annonce de son départ et déjeuna à la villa Marta entre l'oncle, la tante, Maria et la jeune fille. Olivia se déchaîna pendant tout le repas, d'une gaieté blessante pour la tristesse encore secrète qui s'emparait de Patrice. Depuis quelques jours, son insouciance enchantait leurs heures de liberté. Elle avait même accepté de venir un matin se baigner avec lui. Tous les après-midi, ils les passaient dans le jardin de la villa Giulia, allongés dans l'herbe de la petite clairière en haut du grand escalier, ou nerveusement serrés l'un contre l'autre à leur balcon de pierre dominant le lac de Lecco. Olivia, transformée, inventait l'amour avec une enfantine ingénuité, s'y livrait avec un débordement de passion qu'une pointe d'humour tempérait aux heures où ils se retrouvaient avec Maria. Chaque matin, elle lui envoyait de courts billets chargés des quelques vers qu'elle avait lus la veille avant de s'endormir. Elle en oubliait sa terreur de retourner bientôt à Florence. Et lui souffrait de la première blessure qu'il allait infliger à leur amour. Pourtant elle ne prononçait pas les mots brûlants... Penché sur elle, scrutant chaque trait de ce visage comme s'il était destiné à ne jamais le revoir, Patrice appelait de toutes ses forces l'affleurement sur ces lèvres d'un aveu que l'infinie pudeur d'Olivia retenait.

Ce dernier déjeuner lui parut trop long. Olivia l'empêchait de reprendre des plats qu'on lui présentait, en les subtilisant sous son nez. Leur complicité eût éclaté aux yeux de tout autre que les indifférents qui les entouraient. Patrice, distrait par elle, répondait n'importe quoi et n'écoutait que le premier et le dernier mot de l'oncle, se raccrochait avec subtilité à une idée qu'il croyait avoir devinée. On servit au dessert des religieuses dont Olivia ne voulut pas, mais profitant d'un moment où son voisin détournait la tête, elle déroba la petite boule de sucre et de chocolat qui coiffait le gâteau. Patrice pensa qu'il se souviendrait toujours de l'acharnement avec lequel, dans les pâtisseries, elle s'obstinait à voler les cerises et les fraises des tartes, et à décoiffer les religieuses.

Ils furent libres peu après le déjeuner :

— J'ai sommeil, dit Olivia, je voudrais faire la sieste.

— Allons dans l'herbe de la villa Giulia...

— Non, Patrice, je voudrais un lit. Allons dans votre chambre.

Ils descendirent en courant, la main dans la main, vers l'hôtel où elle exigea de faire de savants détours pour ne pas passer devant le portier. Le cœur battant, ils grimpèrent l'escalier et s'enfermèrent à double tour dans la chambre où les volets fermés filtraient des rais de soleil qui zébraient le lit et le parquet.

— C'est très mal, dit-elle, ce que nous faisons. Etes-vous sûr que personne ne nous a vus ?

— Personne.

Il voulut la prendre dans ses bras, mais elle s'échappa :

— Non pas ici. Nous sommes seuls, n'en profitez pas.

Elle tendait le bras comme pour se défendre et il saisit la main dont il baisa la paume.

— J'ai vraiment sommeil. Cette chaleur me tue.

Vous allez me laisser dormir. Je me mettrai du côté du mur et vous loin, à l'autre extrémité.

Patrice la laissa se coucher, s'allongeant après elle.

— Regardez si la porte est bien fermée.

— Elle est bien fermée. N'ayez pas peur.

Tout le centre du lit assez large les séparait. Sur la robe aigue-marine d'Olivia, les zébrures d'ombre et de soleil modelaient le corps allongé, traversaient le lit et striaient la chemise et le pantalon de flanelle blanche de Patrice. Il s'efforça de fermer les yeux. L'avoir si près de lui créait une sensation étrange d'étouffement et de désir dont il voulait rester maître. Déjà il se jurait qu'il ne romprait pas le premier ce silence et cet éloignement.

— Patrice ?

— Oui.

— Vous allez penser mal si je vous dis quelque chose ?

— Non, sûrement pas.

— Ma robe sera froissée et on devinera que j'ai dormi sur un lit.

— Je n'osais pas vous le dire.

— Fermez les yeux et promettez-moi de ne pas regarder.

Il promit, mais ses doigts se crispaient sur le drap, tandis qu'elle se dévêtait.

— Je ne suis pas plus indécente que si j'étais en maillot de bain.

— Non, pas beaucoup plus.

— Alors dormez.

— Je dors déjà.

Elle s'était à peine allongée qu'ils entendirent claquer la porte de la chambre voisine.

— Oh Patrice, j'ai peur.

— Ce sont mes voisins, des jeunes mariés arrivés hier. Donnez-moi la main, vous n'aurez plus peur.

La main se laissa prendre et leurs doigts s'emmêlèrent. Dans la chambre voisine, il y eut un bruit de voix assourdies, un petit rire de femme, un rire d'homme, un long silence, de nouveaux chuchotements. Patrice se retourna pour se coucher sur le ventre et entrouvrit les yeux. Rose et blanche Olivia. Peau blanche au grain si délicat et serré qu'elle semblait du satin tranchant sur la soie du soutien-gorge et du slip très étroit qui la serrait aux hanches et aux cuisses. Depuis le premier soir où il lui avait planté deux tubéreuses dans les cheveux, il croyait toujours respirer auprès d'elle le même parfum sucré. De la chambre voisine, parvinrent, confus et espacés, des bruits de baisers, bientôt des soupirs mais si légers, si imperceptibles qu'on les devinait à peine. La respiration courte d'Olivia trahissait son faux sommeil. Patrice mordait l'oreiller. En se retournant il avait perdu la main de la jeune fille et n'osait la reprendre.

— Que font-ils ? demanda-t-elle sans se retourner.

— Une chose très belle.

— Quoi ?

— Ils s'aiment.

Olivia tourna la tête et rencontra les yeux qui la cherchaient.

— Patrice, un jour...

— Oui.

— Un jour où je n'aurai pas peur, nous nous aimerons.

Il avança la main, attira vers lui un corps qui ne se défendit pas et le serra contre sa poitrine.

— Dormons ainsi. Je suis heureuse...

A quoi bon vivre d'autres minutes ? Le flux et le reflux imaginaires brûlant Patrice l'enchaînaient à ce corps tranquille qui l'épousait dans toute l'innocence de son plaisir. Ses spasmes furent insensibles à Olivia qui dormait.

*

Quand ils s'éveillèrent, Patrice sut qu'il ne dirait rien. Ils dînèrent ensemble sur la terrasse et tard dans la soirée il la raccompagna par le chemin escarpé qui conduisait à la villa. Elle ne pesait rien dans ses bras, pas même le poids d'un chagrin qu'il avait reculé jusqu'au lendemain. Dans le salon sans lumières dont le dessin leur était familier au point qu'ils y entraient maintenant sans même tâtonner, elle prêta une dernière fois ses lèvres, la tiédeur de son cou, la tendresse de sa gorge. L'horloge ennemie sonna deux heures et Olivia le renvoya, non sans l'accompagner jusqu'à la porte. Cette bouche était un monde florissant et profond dont il ne pouvait jamais se détacher...

— Patrice, il est tard, partez...

— Je pars, je pars, après ce dernier...

— Patrice, je vous...

— Ne le dites pas.

— Alors vous êtes un brigand et je vous déteste.

*

L'autocar partait le matin à sept heures pour Milan. Patrice chargea le portier de l'hôtel d'acheter une montagne de tubéreuses et lui confia une dernière lettre.

« Mon cœur, je pars dans l'espoir de vous gagner. La vie n'existerait pas sans vous. Si vous ne trouviez pas la force d'attendre, ne me le dites jamais pour que j'espère toujours. Comme le Mal Aimé, je répéterai : Je ne veux jamais l'oublier... je ne veux jamais l'oublier. »

IV

Les jours et les nuits

Tandis que le valet de chambre l'aidait à retirer son pardessus, Patrice aperçut sa propre silhouette dans le miroir du hall d'entrée. Par une chance inespérée, le fait d'avoir passé une journée à s'irriter sourdement contre les imbéciles avec lesquels il travaillait ne transparaissait pas sur son visage. L'enveloppe était encore en bon état. Bien sûr, il ne faudrait pas que ces imbéciles insistassent, sinon tout craquerait. Quelques minutes avant d'arriver chez Florence Stein, Patrice cherchait à localiser la véritable gêne physique qui l'obsédait depuis le matin. Enfant, on lui avait dit que cela s'appelait avoir « le cœur gros ». Cependant cette expression préfabriquée, si elle correspondait assez exactement à une douleur intercostale et à une angoisse, avait l'air d'un enfantillage. Avouer que les petites avanies de la journée le laissaient aussi sensible, c'était faire la part trop belle aux imbéciles.

— Si Monsieur veut bien me suivre, dit le valet de chambre.

Ils traversèrent le hall et le domestique s'effaça pour ouvrir la porte vitrée du salon. Florence, assise près de la cheminée sur un pouf doré, tournait le dos au feu, entourée de cinq ou six personnes qui s'écartèrent à peine pour lui. Elle tendit sa main nue, sans bague. Encore une affectation, pensa-t-il, parce que tout le monde sait qu'elle a des bijoux rares. Il prit cette main petite et blanche, aux ongles fins à peine rosés par du vernis, et la baisa non sans prendre soin d'indiquer par une pression du doigt sur la paume qu'il existait toujours entre eux une complicité qu'il n'oubliait pas.

— Vous connaissez tout le monde, n'est-ce pas ?

Oui, à peu près, sauf ce malade du foie qui avançait une main sèche et distraite, pour détourner aussitôt la tête et reparler à sa voisine. Et de plus un ignorant, remarqua Patrice : il ignore ma position dans cette maison, autrement il m'honorerait sinon d'un mot au moins d'un peu d'envie.

— Patrice, servez-vous. Tout est sur la table, et venez vous asseoir près du feu. Nous faisons cercle avant l'arrivée du gros de la troupe.

Un buffet était dressé sur une console. Il évita de se servir des cocktails toujours infects malgré ses conseils, et prit un honnête verre de sherry. Florence écarta son pouf, et il put s'asseoir à côté d'elle, à même le tapis. Ne pas oublier de louer son parfum et sa robe, nota-t-il. En face de lui, assise de travers sur un fauteuil très bas, une alerte vieille dame, la baronne Daisy, engagea une conversation sur Claudel et la poésie contemporaine. Patrice lui répondit par monosyllabes. « Encore une imbécile, pensa-t-il sournoisement pendant que la dame lui confiait ses dernières lectures. Attention aussi à ma manie irritante de cataloguer les imbéciles. La bonne éducation et l'argent en rendent certains à peu près supportables. Et si je commence à trouver tout le monde idiot, je cours au suicide. Un effort et le monde ne m'apparaîtra sous cet aspect qu'aux heures de travail : c'est bien assez. » La porte du salon s'ouvrit plusieurs fois, le cercle autour du feu dut s'élargir, les invités s'asseyant un peu partout. Florence Stein se leva de son pouf doré en s'appuyant plus lourdement qu'il n'était nécessaire sur le bras de Patrice. Inutile appui, car elle était d'une émouvante légèreté, faisant penser, avec ses cheveux blonds bouclés court autour de sa tête et son maquillage un rien exagéré, à ces poupées inséparables du mobilier modern'style 1925. Cette impression s'accentuait encore depuis quelques mois, car, avec le soin intelligent qui la caractérisait, elle avait rappelé de l'exil dans son salon des paravents laqués, des coussins et des rideaux qui redevenaient à la mode un quart de siècle après leur éclatante mais brève apparition. Patrice admirait son courage d'avouer ainsi ses quarante ans juste sonnés. Qu'importait puisque la jeunesse physique restait intacte et que ce corps soigné, parfumé, musclé, demeurait encore, pour longtemps, à l'abri des rides et de toute lourdeur. Quant au visage, sa mobilité, la variété de ses expressions, le feu du regard, le soin avec lequel il était paré le préservaient à jamais de l'ennui et d'une quelconque fatigue.

Patrice abandonna la baronne et traversa le salon. Près du feu, on faisait cercle autour d'un académicien mondain qui racontait par le menu la vie sentimentale d'Arthur Meyer, directeur du *Gaulois*. Ce badinage désuet charmait des dames. Personne ne remarqua qu'il récitait à peu près son dernier article. Entre les groupes, Florence se promenait, interrompait ceux de ses amis qui accaparaient les seules femmes à peu près jolies, et variait leurs plaisirs avec de vieilles baronnes, des hommes d'affaires ou des Juives aimables. Patrice admirait avec quel art elle brassait ses invités. Où avait-elle acquis ce doigté ? Florence et sa sœur Mathilde étaient de petite noblesse provinciale, élevées à force de miracles dans des couvents huppés. Mathilde s'était mariée à un inspecteur des Finances, Fernand Beck, Florence au banquier Samuel Stein, le jour anniversaire de ses dix-huit ans. Stein avait eu l'élégance de disparaître deux ans plus tard et on avait alors prêté de multiples amants à Florence. En réalité, elle en avait eu fort peu, mais toujours choisis suivant une savante gradation : un chirurgien, un académicien, un diplomate italien. Et aujourd'hui...

— Patrice, vous ne buvez rien !

Une main légère se posait sur son bras. Florence tendait un verre de sherry. Il s'écarta du groupe où pérorait l'écrivain.

— Quelque chose ne va pas ? demanda-t-elle.

— Rien ne va. Sauf votre robe ravissante et ce parfum que j'aime. Que demande d'autre le peuple ?

— Resterez-vous à dîner ?

— Oui, avec joie. Mettez-les tous vite à la porte. D'ailleurs, j'ai un reproche à vous faire.

— Lequel ?

— Il n'y a pas, parmi vos invités, une seule femme plus jolie que vous ! Je ne vous croyais pas si déloyale.

Elle pinça les lèvres, surprise, puis heureuse. Patrice prit son verre de sherry et la regarda s'éloigner. Son caractère lui plaisait : incisive, intuitive, et, en même temps, d'un rare courage dans la vie. Quand il l'avait rencontrée pour la première fois pendant l'Occupation, bien que pure aryenne, elle se refusait à vivre sous son nom de jeune fille. Ce petit trait, sans valeur pour certains, lui avait paru d'une qualité indéniable. Six ans après, en la rencontrant pour la seconde fois, il le lui avait rappelé avec assez de tact pour qu'elle en fût flattée.

Patrice erra de nouveau dans le salon à la recherche d'un visage possible. Il y en avait si peu ou bien alors il savait trop de choses sur eux. La femme assez jolie de ce professeur de la Faculté de médecine avait assassiné son précédent mari. Cet homme affable avait voté la mort du Maréchal. Depuis quelques affronts, il ne tendait plus la main qu'avec prudence. Cet autre, si digne, était déjà un peu ivre. L'aborder, c'était se condamner à entendre des commentaires interminables sur le Pacte atlantique. Alors qui ? Patrice cherchait une bonne volonté, tout en évitant la baronne dont, décidément, personne ne voulait. La pauvre folle s'ennuyait et s'accrochait à tous les groupes sans qu'on daignât lui faire une place. Très las, il retourna près de l'académicien qui en était aux anecdotes sur Adrien Hébrard.

— Venez, Patrice, je vais vous présenter à une charmante Espagnole... Eh bien ! venez, qu'avez-vous ?

— Rien, rien.

Il la suivit jusqu'à une jeune femme aux cheveux noirs de jais, plantés bas et serrés sur un petit front têtu.

— Amparina, je vous présente Patrice Belmont qui adore l'Espagne.

— Florence exagère toujours. Je n'ai pas encore eu l'occasion d'aller en Espagne. Si je l'aime c'est d'un amour platonique, par personne interposée.

— Comment ? je croyais... dit Florence. Et quelles sont les personnes interposées ?

— Mais voyons, les écrivains, les musiciens espagnols...

Amparina leva sur lui deux yeux bruns très beaux et un peu stupides.

— Aïe, ne me le dites pas. Il n'y a pas plus ennuyeux au monde ! Même à Madrid, c'est une vie de province comme vous n'avez pas idée. Savez-vous que le gouvernement interdit les maillots deux-pièces à Saint-Sébastien ?

— Non, vraiment ?

Grâce à Dieu, elle parlait d'abondance et Patrice recouvrait son calme. Florence s'était éclipsée sans avoir remarqué le trouble de son ami. Amparina avait un étrange accent qui ne rappelait que de loin un autre, sauf peut-être ces « aïe » qui surgissaient inopinément.

— Vous savez une chose, dit Amparina, c'est que l'Espagne, c'est très bien pour les hommes. Aïe, que c'est bon marché pour les chemises, les costumes, les chaussures ! Tous mes frères qui habitent l'étranger reviennent chaque année se faire habiller à Madrid. Si vous venez là-bas, faites-moi signe, je vous montrerai... Peut-être ne connaissez-vous pas beaucoup d'Espagnols ?

— Non, en effet, j'en connais très peu qui habitent l'Espagne.

— Mais qui connaissez-vous donc ?

Patrice hésita. Il n'avait pas, depuis que Florence l'avait jeté dans les bras de cette fille, retrouvé ses réflexes les plus prompts. A aucun prix surtout, il ne donnerait les seuls noms qu'il pouvait prononcer. Amparina le regardait avec surprise. Heureusement, Florence s'approchait de nouveau et les séparait.

— Ma chérie, je veux vous présenter un séducteur : mon ami Claude Dulong. En échange, rendez-moi Patrice qui est le seul à savoir préparer des cocktails et traite mon maître d'hôtel de barbare.

Amparina, qui trouvait Patrice un peu lent à entrer dans le jeu, l'abandonna sans regret et se tourna vers Claude Dulong qui venait de se faire connaître en gagnant une course automobile. Florence entraînait son ami vers le buffet pour lui tendre un shaker. Maladroitement, il mit trop de gin et fut obligé d'ajouter du vermouth.

— Pourquoi êtes-vous si nerveux et si distrait ?

— Aussi quelle idée de me jeter dans les bras de cette Espagnole !

— Elle est jolie.

— Oui, c'est juste, mais elle est assommante.

— Trop difficile, mon cher.

— Vous devriez être heureuse !

— Moi ? Oui et non. Enfin, c'est une question délicate. Passez-moi le shaker, je remplirai les verres.

Patrice hésitait, se demandant si, à son habitude, il ne prêtait pas à son amie des intentions et des sous-entendus dont elle était incapable. Il remplit et agita un second shaker. Florence, des verres en main, se dirigeait déjà vers deux invités qui faisaient un aparté que son œil infaillible avait repéré. Patrice la vit tendre les verres, sourire et séparer les deux hommes pour les mêler à d'autres groupes. Comme elle revenait vers le buffet, il s'esquiva et, à tout hasard, s'assit sur un canapé à côté d'une actrice qui faisait son petit numéro :

— Nous autres, comédiens, disait-elle...

On la contemplait avec un rien de stupéfaction : d'abord elle était plus jolie à la scène, ensuite elle s'y exprimait dans un meilleur langage. Les cuirs se multipliaient : « Mon mari est très colérique... J'ai fait un rêve prémoniteur. » Dans l'oreille de Patrice, une voix souffla que les rêves prémoniteurs devaient être ceux que l'on fait quand on est couché avec son professeur de culture physique. Il sourit, se retourna et vit la sœur de Florence. Plus jeune de trois ou quatre ans, jolie, vive et perfide, Mathilde Beck était tantôt chaude, tantôt froide avec Patrice qui se tenait toujours sur ses gardes.

— Allez me chercher un verre, lui dit-elle de ce petit ton sec dont elle ne se défaisait jamais.

Il revint avec un cocktail qu'elle renifla drôlement.

— C'est de vous ?

— Oui, je sais au moins faire cela.

— D'autres choses aussi, il paraît.

— Et quoi donc ?

— Je reviens d'Italie.

— Je ne saisis pas le rapport.

— Il n'y en a pas, mais j'ai passé trois semaines à Venise.

— Alors inutile de vous demander si vous avez vu ma tante là-bas.

— Tout juste.

— J'ai rarement de ses nouvelles, mais elle s'est

beaucoup indignée le mois dernier d'une mésalliance chez les Hohenzollern. J'ai eu droit à huit pages. A part cela, je crois que son conventino de San Zaccharia est toujours en place et qu'on y reçoit un mage caucasien.

— Je n'ai pas eu droit au mage, mais à des lectures de D'Annunzio et à des histoires sur vous.

— Vous avez été bien bonne de les écouter.

Mathilde Beck, portant son verre à la hauteur de ses yeux, feignait de contempler le léger balancement de l'alcool. Patrice savait où elle voulait en venir. Sa tante, la marquise Bongiovanni, n'avait rien dû cacher de ce qui s'était passé ces dernières années. Il fallait surtout montrer qu'il y était insensible et désirait seulement que l'on n'en parlât pas. Il enfonça ses ongles dans ses paumes pour ne pas trahir son agacement. Ce qui le gênait le plus, c'était cette sensation d'encerclement. En quelques minutes on l'avait deux fois cerné de très près. Il avait horreur de cette sensation, mais l'émotion était trop forte pour qu'il disposât de tous ses moyens. Mathilde devait jouir de ses effets.

— Vous savez que j'aime beaucoup ma sœur, dit-elle, et je détesterais qu'elle se méprenne sur ses amis...

Fernand Beck en s'approchant empêcha la réponse du jeune homme. La perfidie si soudaine de Mathilde avait trop bien porté pour que Patrice songeât, comme chaque fois qu'il rencontrait Beck, à lui murmurer rapidement quelques mots confus que l'autre n'écoutait pas, mais parmi lesquels une oreille avertie eût discerné un mot malsonnant. Si vain et si sûr de lui fût-il, Beck s'excusa d'avoir à entraîner sa femme vers un ami qui voulait la connaître. Patrice se retrouva seul un instant :

— Ah ! voilà mon claudélien. Cher jeune homme, vous êtes un cas très rare...

La vieille folle s'emparait de lui au moment où il eût tout donné pour être seul à reprendre son aplomb et son calme. Méchamment, il se vengea. La baronne avait tellement mangé de petits fours que son rouge coulait dans les commissures et les rides de ses lèvres.

— Je vois, madame, que vous n'avez pas de serviette. Je vais vous en chercher une.

— Non, non, ce n'est pas la peine.

— Si, si, si...

Il la planta au milieu du salon. Un mouvement tournant le conduisit près du rayon des livres où il feignit de s'absorber dans la contemplation des titres, le temps de juger aussitôt absurde sa crainte des cancans de Mathilde. A quoi bon même les arrêter ou les lui rentrer dans la gorge comme il aurait pu le faire ? C'était faire injure à Florence qui avait accepté une liaison si nette, si propre, que rien de tel ne la gâcherait. Il n'avait cédé qu'à l'émotion et à l'irritation qui naissaient chaque fois que l'on tentait, devant lui, de rappeler le souvenir d'Olivia.

— Eh bien ! Patrice, vous boudez ? Mes amis vous ennuient ?

Florence s'était approchée sans qu'il l'entendît et levait vers lui deux yeux interrogateurs qu'il n'évita pas. Leurs mains ballantes se frôlèrent l'éclair d'une seconde. Il ne fut pas ému de la sentir si proche, mais seulement calmé. Ce qu'il ressentait pour elle n'avait rien d'une passion : elle lui apportait la paix, une paix de qualité qui valait son prix. Dans ce visage, il trouvait mieux que de la beauté, une certaine sûreté, une certaine mobilité qui rachetaient amplement quelques défauts : la lèvre supérieure trop mince, les yeux écartés. Et il était si peu besoin de s'exprimer avec elle ! Toute précision dans l'ordre des sentiments aurait paru ironique... Elle apportait en revanche, dans un autre domaine, une intelligence et une compréhension que Patrice était sûr de ne retrouver chez aucune femme. De plus, ils s'étaient rencontrés à un moment critique de leurs existences : elle à quarante ans, âge qui l'inquiétait, lui à trente après une défaite dont il ne parvenait pas à chasser le goût amer. Pour ces raisons, ils se croyaient tacitement l'un et l'autre liés pour le meilleur, et plus encore pour le pire.

— Non, vos amis sont charmants et bizarrement dépareillés. Au moins peut-on choisir ! Il y a seulement que je suis las de ma journée, en même temps qu'agacé de deux petites choses très mesquines qui me sont arrivées. J'ai hâte d'être seul avec vous.

— Encore un peu de patience. Ils viennent d'arriver et il reste des petits fours. Au contenu des assiettes, mieux qu'avec une montre, vous saurez si leur départ approche. Pour vous satisfaire, je vais dire au maître d'hôtel de ne plus rien apporter.

— Merci, chère. Je ne mérite pas autant de gentillesse et je suis un sot de ne pas savoir mieux me distraire de tout ce que j'entends.

— Par moments, je ne vous comprends plus, dit-elle. Vous parlez, vous brillez, vous aimez ce qu'il faut appeler « le monde », et souvent, dès que vous êtes en face du ramassis hétéroclite qui le compose, je vous trouve braqué, agacé, prêt à mordre cette pauvre baronne Daisy qui veut vous entretenir de ses poètes.

— Je ne me reconnais pas toujours bien moi-même. Mais j'ai honte de vous enlever à vos amis en ce moment. Je vous jure que je vais m'amender et que vous n'aurez pas à vous plaindre de moi.

— Merci, Patrice.

Elle s'éloigna et il put admirer de nouveau avec quel art elle savait l'apaiser.

La comédienne jacassait toujours sur son canapé. L'académicien en était arrivé à une partie plus récente de son stock d'anecdotes. Patrice avisa un jeune diplomate grec qui s'ennuyait et cherchait un interlocuteur. Ils se rencontrèrent près d'un autre rayon de livres et le Grec, prenant un roman de Stendhal, le lui tendit en le priant de l'ouvrir à n'importe quelle page, de lire trois ou quatre phrases et de le laisser continuer. L'exploit était aussi sensationnel que celui de Julien Sorel apprenant par cœur la Bible en latin. Ils parlèrent donc de Stendhal, puis de politique et enfin de femmes. Le temps passa très vite car, cette fois, Florence plus adroite les abandonna dans leur coin. Le jeune diplomate regarda sa montre, s'étonna d'être déjà en retard et s'excusa si bruyamment auprès de la maîtresse de maison que tous les invités l'entendirent, et que ce fut le signal de la débandade.

Patrice s'affala dans un fauteuil, attendant le retour de Florence qui parlait encore dans le hall avec les derniers partants. Sans beaucoup de raisons, il trouvait cette journée plus accablante qu'aucune autre. Il avait envie de fermer les yeux, de s'abandonner à un demi-sommeil, là même, à l'instant, dans ce fauteuil, au milieu du grand salon doré, bien qu'il ne s'habituât pas à cette maison et y vînt le moins souvent possible, préférant retrouver Florence au-dehors. Les prévenances et les délicatesses de son amie ne parvenaient pas à le faire se sentir autre chose qu'un étranger parmi ces meubles et ces autres invités dont il méconnaissait l'utilité. Enfin, sa rencontre avec Florence, l'adresse avec laquelle il avait conquis cette femme qui croyait sa vie sentimentale terminée ne pouvaient non plus avoir eu pour but final de s'installer dans son appartement. Patrice croyait avoir mis de l'art dans cette conquête. Un tel résultat eût transformé cet art en quelque chose d'assez vilain qui lui aurait fait horreur, d'autant plus qu'il subsistait entre eux un mensonge par omission. S'il se sentait las, c'était beaucoup plus parce qu'en dehors d'une vie affective qui représentait pour lui un véritable besoin, il avait orgueilleusement décrété que toute décision, toute tentative, tout geste pour émerger de la vie courante seraient vains.

— Vous dormez ?

— Non, je rêve et tourne et retourne dans ma tête des idioties sans nom dont je devrais avoir honte. Alors ? Envolés les invités ?

— Enfin seuls !

Elle passa devant lui, se pencha sur la petite table et prit une cigarette dans le coffret ouvert. Ses gestes étaient élégants et étudiés. Quand donc se reposait-elle ? Patrice se redressa et offrit du feu. Elle fermait les yeux pour aspirer les premières bouffées.

— Je n'ai guère envie de dîner après tous les petits fours que la baronne Daisy a dévorés, dit-il. Si nous sortions ?

— Vous savez que vous l'avez vexée ?

— Il y a des malheurs plus grands.

— Que vous a-t-on fait aujourd'hui ?

— On m'a fait que les jours sont d'un poids tel que je ne suis pas assez athlétique pour les supporter sans grimaces.

— Oh ! Patrice, que vous êtes fatigant ! Sortons.

— C'est cela, sortons. J'ai envie manger crustacés.

— Envie manger crustacés ? Qu'est-ce que ce langage petit nègre ?

— Un langage à moi ou plutôt que j'avais autrefois. A propos, votre baronne Daisy sent mal.

— Le jeu continue. Alors bon, je continuerai, mais à condition d'employer moi aussi mon propre langage. Donc la baronne sent mal. Il faudra, la prochaine fois, lui conseiller de se laver, entre deux lectures des poètes contemporains.

— Florence, je suis brusquement gai, inexplicablement gai. Impossible de savoir à quoi cela tient ?

— En tout cas, pas à moi... Peut-être à ce langage mystérieux dont vous usez ?

— Oui, il me rappelle quelque chose, je ne le nierai

pas, mais c'est sans intérêt de vous à moi. Votre voiture est-elle en bas ?

— Je vais demander qu'Ernest se prépare.

— Non, s'il ne vous déplaît pas trop de satisfaire mes absurdes caprices de ce soir, j'aimerais conduire moi-même.

Patrice, décidé à réparer la gêne qui avait plané entre eux depuis son arrivée, entraîna Florence à la Coupole où ils dînèrent de langoustines et de vin blanc. Il voulait être gai et le fut. Son amie était sensible au rappel de leur rencontre, un an auparavant, à cet endroit même. Elle y soupait avec des amis, un soir après le théâtre, quand Guillaume était entré suivi de Patrice. Conviés, ils s'étaient assis à sa table. Ce qu'elle ne savait pas, c'est qu'en la quittant les deux amis avaient déambulé le long du boulevard Raspail et que Guillaume, avec son effrayante intuition et sa légèreté habituelle, tout en remontant le ressort détendu en Patrice, l'avait persuadé que Florence était l'une de ces citadelles qu'il se devait de conquérir, que toute garnison en était absente, bref qu'il tombait au moment idéal et serait plus que coupable de ne pas essayer. Tout cela présenté sur le mode d'une gageure digne de piquer le plus insensible des amours-propres. Le lendemain, Patrice téléphonait et l'invitait à dîner. Trois mois durant, il s'était montré d'une assiduité parfaite sur le sens de laquelle elle se méprenait, car, plus par goût que par instinct, il maintenait entre eux deux une distance et une réserve qui pouvaient tout ou rien signifier. En s'interrogeant plus profondément, Florence s'avouait qu'elle ne désirait sans doute pas autre chose que cette amitié intelligente qui les liait mais que, tout de même, un geste de sa part, à lui, serait rassurant. Chaque matin, elle raffinait sur ses toilettes, son maquillage et reconstruisait avec un soin minutieux, dans la journée, la femme qu'elle voulait être et que chaque nuit semblait détruire en effaçant le fard, en creusant les traits, en multipliant les rêves et les angoisses d'une autre femme, de quarante ans, celle-là. Etait-elle oui ou non encore désirable ? Comme toutes celles qu'une pareille inquiétude aveugle, elle se refusait à tenir compte des autres hommages qui l'assaillaient dans la journée. Un seul serait important : celui de Patrice. Plus il tardait, plus il la paniquait. Si c'était un jeu, le jeune homme se révélait fort. Si ce n'en était pas un, il fallait y discerner le premier avertissement sérieux.

Beaucoup trop secrète pour en parler à qui que ce fût, même à Guillaume qui devait tout savoir et qu'elle connaissait depuis des années, elle avait vécu trois mois étranges où le matin, en se réveillant, elle écoutait battre son propre cœur comme s'il appartenait à une autre, où elle mesurait, avec effroi, les progrès physiologiques d'un véritable « vague à l'âme » — ou plus exactement d'un « vide à l'âme » — qui la terrorisait. Pour elle qui croyait ne pas ignorer l'amour, mais l'avait toujours fait dépendre d'un degré de réussite dans la vie qui lui semblait indispensable, la complexité des désirs et des sentiments l'attirant vers Patrice était déroutante à un point extrême. Se pouvait-il ?

Fort heureusement, il avait, de lui-même, mis fin à cette angoisse. Un soir au théâtre, un geste avait rompu le douloureux enchantement. Jamais elle n'oublierait les minutes qui avaient suivi, et ce bouleversement comme une bouffée d'air frais qui dégrise. Elle avait abandonné sa main sans répondre aux pressions qui la caressaient, ni tourner la tête. Une piqûre de morphine n'eût pas agi autrement. Pendant une heure encore, sur la scène, des acteurs s'étaient agités en vain pour elle qui ne pouvait plus les entendre. Avec une joie folle qui lui serrait la gorge, elle se répétait : « Je suis sauvée, je suis sauvée... » Sauvée de l'amour certes, et à un âge où il devenait dangereux, mais en même temps sauvée de la solitude. Patrice serrait toujours sa main, frôlait du doigt la saignée du poignet comme pour en prendre le pouls. Ce contact si désiré, si léger, et en même temps si imprévu, resterait à jamais le plus parfait de leur aventure. Le premier baiser, la première nuit n'y ajouteraient rien de nouveau. Dans cette main qui tiédissait contre la sienne, tout s'avérait implicitement choisi. Leur conduite réciproque n'avait, par la suite, ni perfectionné, ni diminué cet instant parfait. Florence n'avait plus eu comme plaisir qu'à défendre cette liaison contre sa sœur qui s'en irritait sans raison apparente, contre ses amis d'autrefois qui s'en indignaient avec ou sans tact. Pourquoi Patrice, pourquoi cette liaison si gratuite avec un homme plus jeune qu'elle, qui semblait vivre de l'air du temps et se permettait, en plus, d'être coupant, parfois même insolent ? A quoi bon leur expliquer ? Florence avait d'abord dû vaincre en elle-même l'ombre d'un soupçon de culpabilité pour mieux se justifier. Sans le savoir, son amant l'y aidait en gardant à son égard une distance qu'elle ne pouvait lui reprocher. Il apparaissait peu dans sa vie extérieure et ne s'en montrait ni jaloux, ni intéressé.

Seul avec elle, Patrice révélait des accès de confiance et de gaieté qui la rassuraient avant de l'inquiéter. Ces brusques élans, si fugitifs, Florence les reconnaissait comme les signes indubitables d'une nature dont il dissimulait devant elle les retours offensifs. Derrière l'homme dont elle appréciait la conduite et la discrétion, se cachait un Patrice inconnu, mort pour elle et pour beaucoup d'autres, mais qui avait certainement connu le bonheur, s'en souvenait et n'y renonçait peut-être pas. Inconsciemment, Florence attendait la crise et à force de la redouter, l'espérait...

Après les langoustines et le vin blanc de la Coupole, ils entrèrent dans un bar du boulevard Raspail où, au bout d'un quart d'heure, tout leur parut si morne que Florence se déclara morte et voulut rentrer. A dire le vrai, la gentillesse de Patrice lui paraissait, ce soir-là, destinée à une autre. Elle remporterait une bien plus grande victoire en le laissant seul.

— Je vous laisse devant votre porte et je reconduis la voiture au garage, dit-il.

— Oui, laissez-moi ici, mais gardez la voiture pour rentrer chez vous. Ernest viendra la chercher demain à votre bureau.

Il hésita comme toujours, puis remercia. Sans le savoir, ou le sachant, elle l'aidait à ne pas rentrer chez lui ce soir. Patrice se dirigea vers Saint-Germain-des-Prés. Ce début d'avril était assez tiède pour que les terrasses des cafés débordassent déjà d'étrangers. Comment après avoir tant erré dans ces parages, s'en était-il lassé à ce point ? Usés, les banquettes et les tabourets de bar ; tristes et provinciales, les filles en pantalon écossais ; frelatés et avides de publicité, les poètes chevelus... Dans une brochure hebdomadaire sur les spectacles, destinée aux Américains, on avertissait les promeneurs qu'ils pourraient rencontrer dans les parages « de nombreux existentialistes et le fameux écrivain Jean-Paul Sartre », lequel Sartre, bien entendu, n'y était plus jamais, voyageant dans leur propre pays. A partir de ce moment-là, tout devenait une insupportable industrie. Si peu qu'il fût mêlé à cette vie, Patrice en connaissait trop les dessous pour ne pas en rire. Cette bohème publicitaire avec des fils et des filles de famille qui, en arrivant de leurs hôtels particuliers du XVIe arrondissement et de leurs châteaux du Périgord où leurs pères étaient notaires, marchands de grains, généraux en retraite, éprouvaient le besoin de troquer leurs vêtements de petits-bourgeois contre des chemises à carreaux, leurs ceintures contre des ficelles et se passaient du noir de fumée dans le cou pour être plus sales, cette fausse bohème l'irritait. Guillaume prétendait même qu'il devait exister dans le quartier un vestiaire secret où l'on pouvait se changer, et, le petit matin venu, reprendre des vêtements décents, des cravates impeccables pour regagner le foyer familial où les garçons, cessant de jouer à la bohème, préparaient les grands concours, où les filles ourlaient timidement sous les yeux de leur mère les draps de leur corbeille de mariage, avant de repartir le soir à la conquête de la liberté...

Et pourtant... restaient des rues, des heures incroyablement calmes le matin avant l'envahissement des cafés, des silhouettes charmantes que des avions invisibles parachutaient de Hollande, d'Italie, de Suède, d'Amérique du Nord. Enfin Antoine, que l'on ne voyait plus apparaître que comme un fantôme irrégulier, plus pâle, plus maigre, les yeux plus brillants que jamais, Guillaume qui habitait rue Vaneau et Patrice un hôtel voisin n'avaient jamais pu se fixer d'autres rendez-vous.

Un par un, il les visita, parcourant les terrasses, plongeant dans les bars enfumés où, sous l'éclairage au néon, s'assemblaient des blondes cadavériques et des brunes écarlates. Patrice était certain de tomber sur Guillaume et s'armait de patience. Il évita deux raseurs et finit par retrouver son ami, perché sur un haut tabouret, accoudé au bar, l'air accablé. Quand Guillaume prenait l'air accablé, cela tournait à la catastrophe. Il avait tantôt des raisons absurdes comme la lecture des horoscopes dans les journaux du soir, tantôt des raisons du même ordre que celles qui irritaient si fort Patrice : le contact permanent — hélas ! nécessaire — avec les imbéciles qui dispensaient la manne.

— Tous ces gens m'assomment, dit Guillaume, prenons un whisky et puis rentrons.

— Es-tu si pressé ? J'ai la voiture de Florence, changeons de quartier.

— Mais où veux-tu aller ? En plus de ça, nous sommes fauchés !

— Suis-moi, j'ai une idée. Nous ferons un pèlerinage.

Un an et demi auparavant, peu après le retour de Patrice qui avait passé ses vacances à Bellagio, ils avaient vécu une nuit inoubliable. La frénésie qui les animait non seulement eux-mêmes mais tous ceux qu'ils côtoyaient ou rencontraient, en cette époque heureuse, n'était pas encore morte. Impossible de se souvenir de quelles circonstances ils avaient été les jouets pour se rendre cette nuit-là, contrairement à leurs habitudes, rue de Lappe, décidés à entrer dans n'importe quel dancing pour le seul plaisir d'écouter un accordéon. En sortant de la rue de Lappe, ils se retrouvaient une demi-heure plus tard du côté de la place Maubert. Puis ils s'étaient rendus au Bal Nègre de la rue Blomet. Il était déjà plus de quatre heures du matin. Les voitures de diplomates étaient parties. Ne restaient dans la salle du bas et au balcon que des couples dispersés, vautrés sur les banquettes dans l'ombre. Au milieu du dancing, sur la piste mal éclairée par quelques lampes rouges, des danseurs ne tournoyaient plus, mais marchaient, agités de tremblements saccadés et ondoyants plus ou moins rapides suivant le rythme de la clarinette qui soutenait l'orchestre à elle seule. En réalité ce rythme ne changeait guère, commençait en rumba ou en tango, dégénérait en une mélopée que le nègre triste, debout sur l'estrade, poursuivait pour lui seul. Assis à une table proche de la piste, Patrice et Guillaume s'étaient laissé obséder par ces sons aigres...

Cette nuit historique datait déjà de plus d'un an. Sans se l'être dit, ils n'avaient jamais tenté de la renouveler. Trop d'événements s'étaient passés, trop de riens avaient bouleversé la vie de Patrice pour qu'il songeât à retrouver le fil perdu. Pourquoi y pensait-il ce soir-là, pourquoi Guillaume s'y laissa-t-il décider ? Il était plus de minuit quand ils parvinrent rue de Lappe. La porte du dancing était fermée. En frottant une allumette, ils lurent sur un écriteau : « Fermé pour trois mois par décision de police. » Quelques minutes plus tard, ils roulaient vers la place Maubert. Le bal était ouvert et sur le pas de la porte, une grosse femme racolait. Ils se laissèrent accrocher et engloutir à l'intérieur par la fumée. L'orchestre sur son perchoir jouait une rengaine pour un maigre couple de danseuses. Quelques dames d'une tristesse épouvantable essayèrent de s'animer en les voyant arriver...

Ni Patrice ni Guillaume n'eurent le courage de lutter contre la fatalité. Les fêtes mouraient dès qu'on les avait goûtées. Une seule nuit en réunissait une gerbe qui, ensuite, se dispersait, et qu'ils pourraient toujours courir pour rassembler. Se l'avouer aggravait les choses, accusait la lâche fuite du temps, gâchait des souvenirs. Les plaisirs ressemblaient à ces contes de fées où les palais s'évanouissent aux premières lueurs de l'aube et ne réapparaissent jamais. Il eût fallu inventer de nouveaux palais... Guillaume rentra chez lui. Patrice aurait aimé, cette nuit-là, se battre, vider sa colère contre un inconnu, peut-être même pleurer si ses raisons n'avaient pas été aussi stupides. Paris se dépeuplait... Il pensait que le seul être manquant manquerait toujours. Pourtant Florence ? Elle existait, elle apportait du calme et de la limpidité dans la vie. Mais, à plus de deux mètres d'elle, la vérité redevenait intolérable.

Au lieu de regagner son hôtel, il vérifia que le réservoir contenait assez d'essence et sortit de Paris par l'autoroute de l'Ouest. Conduire vite lui avait toujours fait du bien. Une voiture restait le dernier jouet d'un homme. La seule chose qu'il regrettait seulement du luxe passé était de n'en plus posséder. Sur la piste de ciment, la puissante auto de Florence roulait sans bruit. Patrice se souvenait du jour où il avait reçu à Gardone cette lettre d'Olivia qui venait de rencontrer Vanda et d'en apprendre sur lui beaucoup plus long qu'il ne désirait. Il avait conduit comme un fou le long de la corniche du lac de Garde, fermant les yeux pendant plusieurs secondes, grisé par ce nouveau jeu de roulette russe... Il éteignit ses phares et fonça dans la nuit, les ralluma, les éteignit. Son cœur battait sans qu'il parvînt à dépasser par le danger sa propre angoisse. Il ralentit et roula lentement jusqu'à Villennes où il s'arrêta devant un café de routiers. D'énormes camions stationnaient à la porte. Les chauffeurs cassaient la croûte à la longue table d'hôte recouverte de toile cirée. Une vieille femme apporta une miche de pain blanc, du saucisson et du vin rouge. La fatigue brûlait ses yeux et sa gorge irritée par trop de cigarettes. Il mangea le saucisson, but le vin qui lui glaça la bouche sans le désaltérer. A son côté, les routiers se racontaient leur nuit, en versant de grandes rasades qu'ils avalaient d'un coup de coude. La vieille femme, les mains dans la poche de son tablier, adossée au mur, les regardait distraitement. Elle avait servi Patrice sans un mot. Quand il eut terminé, elle apporta un café et reprit sa station debout. Les chauffeurs payèrent et sortirent. Patrice demanda l'heure. Pas loin de six heures. A travers la porte vitrée, il aperçut les premières lueurs du jour. Dans la basse-cour derrière la baraque, le coq chanta. La vieille femme d'un coup de torchon circulaire nettoya la toile cirée avant de le suivre pour refermer la porte derrière lui. Elle se coucherait tandis qu'il rentrerait lentement vers Paris, surpris des couleurs du matin sur la forêt et les champs alentour baignés d'une ombre mauve. Il conduisait machinalement, et c'est machinalement qu'il se retrouva vers sept heures et demie devant la gare de Lyon. Une pluie irrégulière mouillait le pavé gras tandis qu'il rangeait sa voiture et le cœur battant prenait un billet de quai pour arriver en même temps que l'Orient-Express. La locomotive s'arrêta juste à sa hauteur et les porteurs coururent le long du train en poussant leurs diables dans un vacarme infernal. Patrice resta là, planté au milieu du quai, immobile parmi le flot des voyageurs qu'il dévisageait sans pourtant les voir. Le souvenir de l'arrivée d'Olivia, deux ans auparavant, l'étreignait et le brûlait encore. Quand il fut sûr que le dernier voyageur était sorti, il s'en alla.

A la même heure, gare d'Austerlitz, le rapide d'Irun faisait son entrée parmi les mêmes sifflements de locomotive, le même vacarme de diables roulant sur le ciment. Un couple descendit de la première voiture-lit. Un homme d'une cinquantaine d'années, sec, élégant, le visage noirci par la barbe du matin, tendait la main à une jeune femme frileusement serrée dans un manteau de fourrure, et dont une nuit d'insomnie avait creusé les traits, cerné les yeux dorés. Elle paraissait boudeuse et de mauvaise humeur :

— Aïe, comme cette gare sent mal, dit-elle en français. Et quelle idée d'arriver à une heure pareille ! Je voulais manger crustacés aux Halles, tout de suite...

Il la regarda, sourit, haussa les épaules et lui prit le bras pour marcher derrière le porteur qui les précédait avec un chariot de bagages.

*

Patrice arrêta la voiture de Florence une centaine de mètres avant la galerie, dans le faubourg Saint-Honoré. Il était inutile d'exhiber devant les deux vendeuses et le portier un luxe sur lequel on jaserait. L'invalide posté à l'entrée le salua de deux doigts à sa casquette galonnée. La première grande salle exposait des natures mortes du XVIIIe et la seconde, des toiles de Braque. Patrice passa devant les tableaux sans même leur jeter un coup d'œil pour se rendre à son bureau qui donnait sur un jardin, derrière l'immeuble. Une des vendeuses, Mlle Peyne, était déjà là.

— Bonjour, monsieur, lui dit-elle. Nous sommes les premiers. La comtesse n'est pas encore là.

Il ne connaissait que trop le ton persiflant de Mlle Peyne chaque fois qu'elle parlait de la seconde vendeuse, une pauvre femme, comtesse russe qui utilisait ses dernières relations pour donner du brillant aux vernissages de la galerie. Cette guerre sourde entre la vieille fille revendicatrice et l'aristocrate défendant héroïquement ses derniers privilèges irritait particulièrement Patrice. Il devait pourtant les supporter toutes deux le matin dans son bureau quand il n'y avait presque pas de visiteurs. L'après-midi, elles se tenaient dans la galerie, se surveillant mutuellement, un sourire forcé aux lèvres.

— On vous a demandé au téléphone, voici environ un quart d'heure, ajouta-t-elle. Une dame. Elle n'a pas dit son nom, mais elle rappellera.

Patrice examina le courrier et prépara un échange de contrats entre la galerie et un peintre italien qui voulait exposer à Paris. Son travail ne l'ennuyait pas. Il s'y adonnait consciencieusement, encore qu'il fût loin de lui accorder la moindre importance. Mais puisqu'il fallait travailler pour vivre, autant chercher là une raison de tuer le temps le mieux possible. Il n'avait pas dormi. En rentrant à l'hôtel, il s'était douché à l'eau froide, rasé de près, massé avec un gant de crin. La fatigue de la nuit avait, en partie, disparu, remplacée par une étrange sensation de vide dans l'arrière du crâne, une brûlure des yeux, un dessèchement de la gorge. Il travaillerait mal toute la journée s'il ne parvenait pas à voler deux heures de sieste. Peu avant midi, la comtesse fit une apparition tardive. Elle venait d'assister au mariage civil de son neveu le prince de... Demain, les jeunes gens se retrouveraient à Saint-Pierre de Chaillot pour la grande cérémonie religieuse. Patrice écoutait distraitement. Il acquiesça quand elle lui demanda s'il ne voyait pas d'inconvénient à ce qu'elle ne vînt pas de toute la journée à la galerie. Mlle Peyne lui lança un regard de haine. Le chauffeur de Florence qui venait reprendre les clefs et les papiers de la voiture fit diversion. Il apportait en même temps une lettre et un paquet.

— Madame m'a dit d'attendre la réponse.

Patrice déchira l'enveloppe :

« Cher ami, si je ne me trompe pas, vous devez avoir aujourd'hui trente et un ans et un déjeuner avec moi dont nous avons oublié de reparler hier. Si vous êtes toujours libre, dites oui à Ernest et je vous retrouverai à une heure au bar du Ritz. Je joins à ma lettre cette plaquette qui symbolise mes vœux. Votre Florence... »

— Vous direz à Madame que c'est entendu, Ernest. Je vous remercie.

Patrice relut la lettre si brève. Elle n'écrivait jamais longuement, avare de ses mots comme de tout ce qui eût ressemblé à une précision ou à une explication entre eux. Du doigt, il fit sauter la ficelle et déballa le paquet. C'était une plaquette de quelques pages sur papier Japon : *La Chanson du Mal-Aimé* par Guillaume Apollinaire, exemplaire unique imprimé spécialement pour M. Patrice Belmont. Il tourna les pages : *Un soir de demi-brume à Londres, Mon beau navire, ô ma mémoire...* Sa main tremblait en attendant la strophe qui avait signifié tant de choses dans sa vie : « *Je ne veux jamais l'oublier, — Ma colombe, ma blanche rade...* » Ainsi, depuis la veille, tout concordait à lui rappeler sans défaillance ce qu'il voulait précisément oublier. Le nier eût été absurde. Peut-être fallait-il se laisser envahir par cette multitude orageuse de souvenirs et de sentiments diffus qui l'assaillaient. Depuis la veille, il jouait à retrouver et à fuir Olivia. Mais elle se cachait partout. Il souriait à l'idée d'une Olivia espiègle, embusquée derrière chaque visage, chaque coin de rue, chaque mot. Comment, après deux ans, le mirage pouvait-il rester assez vivace pour que le matin même, après la nuit ratée avec Guillaume, il ait couru comme un fou à la gare retrouver un autre matin lointain, le halètement de la locomotive pénétrant sous la verrière, les cris des porteurs, le flot des voyageurs, l'odeur brûlée des trains et le visage inquiet de la jeune fille agitant le bras à la portière du wagon...

Il referma le livre et se dirigea vers la fenêtre qu'il ouvrit en grand. Du soleil effleurait le jardin clos dans ses murs gris. Ne paraissait-il pas dérisoire aujourd'hui non seulement d'avoir de la tendresse, mais peut-être même d'aimer cette herbe pauvre, ces arbres malades après avoir connu le bonheur dans le parc de la villa Giulia à Bellagio parmi la floraison des magnolias, des azalées, des fuchsias qui composaient le décor naturel d'Olivia ? Accoudés à un balcon, ils avaient contemplé l'étincelant lac de Lecco, à peine ridé par le vapeur blanc de Bellagio. Olivia, le prenant par la main, l'avait conduit au creux de cet arbre où se cachait une sensitive qui se rétractait lorsqu'on la touchait du doigt. « Je passe des journées ici, avait-elle dit, je la caresse et la fais souffrir pour qu'elle se replie sur elle-même. J'attends son déploiement, et je la caresse de nouveau pour qu'elle se contracte. Je n'ai jamais pu l'habituer à moi, je n'ai jamais pu faire qu'elle reste contractée ; toujours elle reprend confiance. C'est moi... »

Mlle Peyne et la comtesse, en venant reprendre leurs manteaux et leurs sacs à main, lui rappelèrent qu'il était l'heure de rejoindre Florence. Il sortit et passa devant l'Elysée où le garde bâillait. La brève pluie du matin, suivie du soleil, avait divinement nettoyé un

Paris déjà bruissant de touristes, la caméra en bandoulière, le nez en l'air. D'énormes autocars couleur de bonbon fondant, farcis de Suédois, de Hollandais, d'Anglais, remontaient la rue Royale. Les passagers, le visage collé aux vitres, ouvraient la bouche comme pour avaler la Concorde et la Madeleine. Dans la rue, les femmes arboraient les premières toilettes légères et des robes imprimées de couleur vive. Patrice longea les boulevards jusqu'à la rue Cambon. Au bar du Ritz, plongé dans une demi-pénombre, quelques vieilles ruines incroyablement parées occupaient déjà les tables du fond. Florence serait un peu en retard comme d'habitude. Il prit place près de la fenêtre, tournant le dos à une tablée de parfaites Anglaises qu'il avait à peine aperçues. Leur conversation démente capta vite son attention. Une de ces voix lui était familière sans qu'il pût exactement la situer. En se retournant, il aperçut Barbara Smithson, la plus ancienne amie de sa tante la marquise Bongiovanni, brandissant son fume-cigarette, le cheveu plus à la garçonne que jamais, vêtue d'un tailleur gris perle en satin. Allait-elle le voir ? A cette minute, il n'y tenait pas tellement. Il faudrait ensuite présenter Florence, peut-être accepter à déjeuner ou à dîner, parler de tante Mercédès, d'Olivia dont elle connaissait l'existence.

— Patrice, est-ce toi ? demanda Barbara.

— J'en ai peur ! Comment allez-vous ? Impossible de mettre le pied dans un Ritz à Madrid, à Londres, à Paris sans vous rencontrer.

— Que fais-tu maintenant ?

— Toutes sortes de choses dont la plus proche sera de déjeuner avec une amie qui m'a donné rendez-vous ici.

— Assieds-toi avec nous une minute, que je te présente à Daphné Surry et Doris Hayward. Nous partons pour Venise demain. Mercédès nous attend là-bas pour nous conduire dans les Pouilles...

— Voir le Padre Pio ?

— C'est ça ! C'est vrai que tu y es allé avec elle ! Dis-moi, comment est-il cet homme ? Est-ce vrai qu'il a les stigmates ?

— Oui, et je ne suis pas très sûr que ce soit un homme. Mais pourquoi tante Mercédès tient-elle tellement à le revoir ? Elle a été déçue par lui.

— Oui, mais je crois que Hardyson — tu le connais, n'est-ce pas, l'oncle d'Olivia ? — lui a fortement conseillé d'y retourner et de rester plusieurs jours là-bas. Il faut persévérer si l'on veut ressentir le choc. A propos d'Olivia, est-ce elle qui vient ici tout à l'heure ?

— Non, non. C'est une amie à moi que vous ne connaissez pas.

— Mais alors, que fais-tu de ta femme ?

— Je ne suis pas marié !

— Comment, qu'est-ce que cette folie ? On m'a dit que la chère Olivia s'était mariée.

— Oui, mais pas avec moi.

— Ah ! je ne comprends rien à cette jeunesse ! dit Barbara. Et vous, Daphné ?

Daphné Surry tourna la tête vers Patrice et le contempla sans répondre. Doris Hayward secoua la tête et la plume de son chapeau décrivrit un étrange arc de cercle. Elles étaient merveilleusement conservées dans la glace. Peintes, couvertes de breloques dès le matin, elles contrastaient avec l'uniforme de Barbara par une élégance inimitable qui ne prend sa signification que dans un palace. Lasses et désabusées, elles accordaient à Patrice dont le nom ne leur disait rien une attention tout juste polie.

— Et alors qui a-t-elle épousé ?

— Je ne le connais pas.

— Si je la rencontre, je lui dirai ce que je pense.

— N'en faites rien, dit Patrice souriant. Les choses

sont peut-être très bien ainsi et voilà justement quelqu'un que j'aime beaucoup...

Il avait dit ces derniers mots assez haut pour que Florence les entendît en approchant de leur table. Barbara sortit son face-à-main pour la détailler avec insolence. Elle le pouvait sans danger. Florence paraissait radieuse et dix ans plus jeune que son âge dans ce tailleur noir. Les deux Anglaises, également myopes, mais sans face-à-main, clignaient des yeux pour mieux la voir. Patrice debout présentait Florence, en ayant soin de la prévenir par une pression sur le coude qu'il ne fallait pas s'asseoir, mais bien au contraire filer le plus vite possible.

— Chère Barbara, il nous faut partir ! Quel dommage que vous quittiez Paris demain ! Il y aura sûrement un Ritz où je vous retrouverai, lequel ?

— Comment veux-tu que je sache ? Je ne reste jamais quinze jours en place. Viens me voir à Londres en octobre !

— Quelle étrange idée vous vous faites de ma vie ! Il faut que je travaille. Non, le mieux si l'on veut vous rencontrer est de faire la tournée des Ritz, avec juste un petit crochet exceptionnel pour le Danieli de Venise. Je me demande comment vous apprécierez les hôtels des Pouilles en allant chez le Padre Pio !

— C'est ça, moque-toi de moi et va-t'en ! Je dirai à Mercédès que tu as une amie ravissante et si je rencontre Olivia je te vengerai bien.

Patrice baisa trois mains tavelées. Florence n'avait rien dit. Ils sortirent par la place Vendôme.

— Je suis désolé, nous aurions pu déjeuner ici pour ce jour mémorable, mais Barbara aurait voulu nous avoir à sa table et ce n'aurait vraiment pas été supportable.

— Vous avez une mine épouvantable, Patrice.

— Pas dormi.

— Prenez des cachets.

— Je veux dire que je ne me suis pas couché.

— Ah !

— Grâce à votre voiture, j'ai erré dans Paris d'abord, un peu avec Guillaume, ensuite seul.

— Vous êtes absurde.

— Et vous, vous êtes exquise en ce moment. Il me semble que je ne vous ai jamais vu ce tailleur et que je marche rue de Castiglione, aux côtés de la femme la plus élégante de Paris. C'est un honneur que je ne crois jamais mériter.

— Cette Barbara est une amie de votre tante ?

— Oui, très digne et très honorable vieille personne de la société anglaise, célèbre pour sa Rolls Royce qu'elle n'a pas changée depuis 1925.

— Qui est Olivia ?

— Vous le saurez en déjeunant. J'ai justement décidé que nous en parlerions.

— La connaîtrai-je ?

— Probablement pas, puisque je ne tiens pas à la revoir.

— Alors, il n'y a peut-être pas intérêt à ce que vous me parliez d'elle.

— Si, précisément, Florence, je le désire et vous me comprendrez. Où allons-nous ?

— Puisqu'on nous chasse du Ritz, allons dans votre quartier.

Rue de Rivoli, ils trouvèrent une voiture de place qui les conduisit rue Mazarine, au restaurant quotidien du jeune homme.

— Que désirez-vous ? Menu russe ? français ? italien ?

— Un habile mélange, Patrice, composez-le-moi !

— Alors zakouskis pour commencer, *fritto misto* ensuite et « surprise » du chef.

— Aujourd'hui vous avez tous les droits. Même apparemment celui de ne pas me dire si vous avez bien reçu le petit livre...

— Florence, je vous demande mille pardons. Ce livre est une folie qui m'éblouit. Je tiens à vous dire que le choix de ces vers a été, pour moi, une véritable flèche au cœur.

— Ce livre est destiné au seul secret que je crois avoir deviné en vous, non pour vous prier de le partager avec moi, mais simplement pour vous dire que toutes les femmes ne sont pas aveugles. Donnez-moi du feu.

La flamme de l'allumette tremblait assez pour que Florence coulât un regard vers Patrice. La serveuse apportait les hors-d'œuvre russes.

— Comment savez-vous ?

— Je ne sais rien, je devine. Un jour, chez moi, vous avez écrit une lettre sans doute distrait que vous avez recommencée deux fois. En partant, vous avez laissé sur la table votre brouillon. Je l'aurais jeté au panier sans le regarder, si je n'avais remarqué que vous aviez gribouillé dans tous les sens et sous tous les angles : « Cher Monsieur, je ne veux jamais l'oublier, je ne veux jamais l'oublier... » Croirez-vous que j'ai beaucoup cherché d'où venait cette phrase ? Un instinct me disait qu'elle avait pour vous une signification que je ne connaissais pas. J'en ai trouvé la source il y a deux mois, en ouvrant un recueil d'Apollinaire. Vous voyez bien que je n'ai pas de secret pour vous.

— Ce n'est pas un secret que j'ai.

— Appelez cela un secret ou appelez cela Olivia comme vous voudrez, je n'y vois pas d'inconvénient.

— Votre sœur vous a parlé d'elle ?

— Il y a deux jours, en rentrant d'Italie.

— Ah ! Le monstre ! A la fois perfide et menteuse.

— Pourquoi ment-elle ?

— Parce que, hier soir, elle m'a seulement menacé d'en parler. Et c'était déjà fait !

— Oh ! Patrice, comme vous vous compliquez à plaisir !

— Peut-être. Il serait plus simple, en effet, de vous dire qu'avant de vous rencontrer, j'aimais une jeune fille répondant au nom d'Olivia, Espagnole, rencontrée en Italie à plusieurs reprises et venue à Paris quelques jours au début de l'année dernière.

— Eh bien ! voilà qui est dit. Si vous voulez, n'en parlons plus. J'adorerais encore plus ces zakouskis si vous commandiez un verre de vodka. Comment va Guillaume ?

— Oh ! Florence, je vous en prie ! Je crois que je haïrais toute mésentente entre nous. Mademoiselle... apportez-nous deux vodkas... Non, il y a mieux à faire. Je n'ai rien dissimulé qui puisse vous blesser aujourd'hui. J'ai cru vainement que ne pas parler d'Olivia serait le meilleur remède. C'est juste le contraire qu'il fallait faire. Il me semble que je vais mieux depuis que vous avez prononcé son nom.

— Alors n'en parlons plus.

— Florence, je voudrais...

— Je vous dis, n'en parlons plus.

Ils se quittèrent tôt après le déjeuner, Florence prétextant un rendez-vous, Patrice avouant son désir d'une sieste à l'hôtel. En arrivant à la galerie, vers quatre heures, il trouva quelques visiteurs dans le hall. Assise sur une chaise, au fond, la comtesse se remettait des fatigues du mariage civil de son neveu et se préparait à celles du lendemain. Mlle Peyne, qui avait deviné l'arrivée de Patrice, s'était emparée d'un groupe de clients, les forçant à s'extasier devant un Braque qui n'était d'ailleurs pas à vendre. Sur son bureau, il trouva une petite note de la vieille fille : la dame de ce matin avait encore téléphoné au début de l'après-midi et rappellerait vers cinq heures. Patrice s'enferma et prépara sans distraction le rapport sur l'activité de la galerie qu'il devait présenter la semaine suivante à l'assemblée générale de la société financée par Lebreuil. Depuis un an, sous sa gestion, l'affaire prenait de l'ampleur. Il était question maintenant d'organiser des expositions tournantes qui partiraient pour la province et l'étranger. D'ici un mois ou deux, il irait dans toute la France pour établir l'itinéraire exact de ces expositions. Pendant l'été, il se rendrait en Italie et en Allemagne, ce qui enchantait Guillaume toujours persuadé que Patrice était voué aux voyages et au bonheur. Il était près de six heures quand il sortit du monceau de documents accumulés sur la table, parmi lesquels il fallait choisir. La sieste, au lieu de le reposer, avait, semble-t-il, accentué encore sa fatigue. Si au moins Guillaume avait été présent avec sa pharmacie de poche, ses pilules pour dormir, se réveiller, avoir faim, couper la faim, se désenivrer, chasser la migraine, les maux d'estomac ou l'ennui, tous remèdes qu'il prenait inconsidérément avec une distraction parfaite, sans que cela eût une conséquence quelconque, tant il était mithridatisé depuis vingt ans contre toutes les drogues ! Mais, à cette heure, Guillaume était occupé. N'importe qui, en tournant un bouton de radio, pouvait jouir de sa voix présentant et commentant de la musique vénitienne offerte par une crème à raser. L'élégance et la sérénité avec lesquelles Guillaume acceptait pour son pain quotidien de prêter à ces fins son esthétisme avaient quelque chose d'héroïque. Les années cruelles déjà passées, celles à venir, le présent qui appartenait aux imbéciles ne toléraient plus les esthètes. L'obstination de son ami à n'écrire que pour les *Happy few*, à refuser d'innombrables concessions à son temps — les plus extrêmes étant de parler sous l'égide d'une marque de savon, mais de parler de Venise — inquiétait toujours Patrice qui se demandait jusqu'à quel point il avait le droit, lui, de servir les combines obscures de Lebreuil.

Un café s'imposait avant de penser aux alcools du soir qui donneraient le coup de fouet nécessaire pour franchir une nouvelle nuit. Dans un bar-tabac de la rue d'Anjou, les chauffeurs des ambassades tenaient conseil. Quand il revint, Mlle Peyne l'accueillit en pouffant :

— La dame de ce matin a retéléphoné. Elle a demandé si vous étiez devenu une ombre. Elle est très drôle. Nous avons parlé pendant au moins cinq minutes.

— Son nom ?

— Elle ne me l'a pas dit. Il paraît que vous ne pouvez pas lui téléphoner. Elle rappellera demain ou ce soir à votre hôtel.

— Mais que vous a-t-elle raconté ?

— Oh ! d'abord, elle parle le français avec un accent étranger bien amusant. Elle a dit que vous étiez un drôle de « zoiseau »... Pardonnez-moi, c'est ce qu'elle a dit exactement. Ensuite, elle m'a demandé si je connaissais un bon pédicure à Paris et si elle trouverait du café en poudre, du vernis à ongles américains. Elle voulait aussi que je lui dise si elle pouvait se faire monter un croûton de pain dans sa chambre au Palace. J'ai tellement ri qu'elle m'a invitée à déjeuner demain, mais je n'ai pas osé accepter.

— Merci, dit Patrice en riant à son tour, je commence à me douter du nom de cette personne. Je la croyais loin d'ici. Elle a dit qu'elle était au Palace ?

— Oui, mais il ne faut pas lui téléphoner.

— Rien que ce mystère suffirait à la faire reconnaître. Enfin tant pis ! Elle finira bien par me joindre.

Sur sa table, il trouva une lettre venant d'Amérique, Jack Gravereau, leur correspondant de Chicago et de New York, annonçait qu'il lui serait impossible de se rendre à Paris pour la Pentecôte, comme prévu, et priait Patrice de se mettre en relation avec Pierre Gauthier, son envoyé permanent en Espagne au sujet d'une vente qui aurait lieu en juin à Ségovie. Trois Goya passaient aux enchères. Pourrait-il se rendre là-bas pour un assez long séjour afin d'aider Gauthier à ouvrir une galerie à Barcelone ? Gravereau demandait une réponse télégraphique. Cette lettre arrivait à point avec le coup de téléphone d'Olivia pour mettre fin à une cavalcade d'événements et de rencontres qui se déroulaient sans interruption depuis la veille. Il admirait avec quel tact la dernière surprise s'imposait. Le retour d'Olivia, s'effectuant sur le ton de la blague et de l'ironie, dépouillait ce revoir de toute amertume. L'important serait de ne pas perdre ce ton, de le maintenir coûte que coûte dans leurs rapports à venir. Depuis un an, le monde ne tournait plus uniquement autour d'elle. Il en avait été désespéré, puis libéré. L'indépendance sentimentale reconquise, même si elle se paie cher — et Patrice en avait souffert comme d'une blessure qu'un rien rouvre et fait saigner — était devenue un bien si précieux qu'il se savait décidé à ne plus la sacrifier. Malgré tout, il était impossible de nier que l'annonce de ce séjour possible en Espagne dans la ville même où elle habitait devenait un des éléments d'une conspiration occulte contre lui. Un enchaînement si net du destin avait un sens. Fallait-il se plier ou refuser ? Patrice décida d'ajourner sa réponse télégraphique au lendemain. La galerie fermait. Il sortit et attrapa au vol un autobus qui le conduisit par la Concorde à Saint-Germain-des-Prés.

De la plate-forme, il contemplait la rue, les trottoirs grouillants de monde à l'heure de sortie des bureaux, les mille visages qui passaient et disparaissaient parmi lesquels se trouverait peut-être, au hasard de la rue Royale ou du boulevard Saint-Germain, le visage aigu et pâle d'Olivia, ses lèvres rouges, ses yeux vert et or, ses cheveux bleus. L'an passé, quand elle était venue le rejoindre, elle se promenait des heures et des heures, seule dans les rues, s'arrêtant aux devantures de magasins, appuyant son petit front buté contre les vitrines et, au retour, geignait dans les bras de Patrice qu'elle voulait un sac pas cher du tout, un foulard, un poudrier, un clip. Pourquoi ne gagnait-il pas plus d'argent ? Pourquoi n'en demandait-il pas à son « singe », en lui expliquant qu'Olivia avait tellement envie de ce clip ? Cette façon de mêler l'enfantillage à la gravité le désespérait. Olivia jouait avec le feu. L'abîme au bord duquel elle le forçait à marcher avait fini par les entraîner tous les deux. Quelle chute ! Le vertige avait forcé Patrice à desserrer son étreinte. Olivia ne s'en était pas aperçue et avait cru qu'elle lâchait la première. Tenté un instant de lui rappeler par vanité que c'était lui le premier, il s'était tu. A quoi bon ?

L'autobus traversait la Seine et s'engageait sur le quai Voltaire. Que Paris pouvait être beau ! Jamais il ne s'y habituerait. Cette seule minute où le soleil déclinant colorait en rose Notre-Dame et la Cité effaçait tout ce qu'il trouvait d'épuisant à vivre le jour parmi des mesquineries et des ennuis d'argent.

A la hauteur de la rue des Saints-Pères, l'autobus ralentit et Patrice descendit en marche. L'hôtel était à quelques mètres. Dans son casier, avec sa clef, il trouva une note. Olivia avait déjà téléphoné. Allaient-ils passer toute la soirée à se manquer ? De sa chambre, il appela Florence. Elle sortait et dînait en ville. Guillaume également avait quitté le studio de la Radio et ne serait là que tard dans la soirée pour l'enregistrement d'une émission. Patrice prit un bain qui chassa un peu de la fatigue accumulée la nuit précédente et dans la journée. Incapable de lire et de rester en place, il se rhabilla et s'apprêtait à sortir quand la pensée qu'Olivia pourrait rappeler le retint. Assis dans l'unique fauteuil de sa chambre, il s'essaya au calme. Quelques minutes suffirent. La sonnerie retentit. Le cœur battant, il prit l'écouteur :

— Oui.

— *Si, digamé !*

— Quoi ? dit-il machinalement, encore qu'il sût parfaitement à quoi s'en tenir, car cette voix renouait d'un seul coup avec tout un passé, avec un été de bonheur, avec une jeune fille à l'accent doré qu'il avait aimée à la folie. La voilà qui revenait dans sa vie, avec ses mêmes tics, sa même voix, après s'être évanouie lentement et lâchement.

— Aïe, pardon, c'est toi, Patrice ? Je ne me souvenais plus que je t'avais demandé.

— Mais qu'est-ce que tu as dit ?

— J'ai dit « allô » en espagnol. Et comment sais-tu que c'est moi ?

— Je ne sais pas que c'est toi. Je dis toujours oui aux femmes qui me téléphonent. C'est plus prudent.

— Aïe, Patrice, tu te moques encore de moi !

— Chacun son tour. Es-tu pour longtemps à Paris ?

— Deux jours. Après, je retourne à Madrid !

— Seule ?

— Non. Ce soir seulement je suis seule.

— Où dînons-nous ?

— Mais, Patrice, je ne sais pas si je pourrai dîner avec toi.

— Alors pourquoi me téléphones-tu ?

— Oh ! comme tu es devenu *dominant* ! Si je dîne avec toi, il faut que je décommande une amie.

— Où puis-je passer te prendre ? A ton hôtel ?

— Tu es fou ? Non. Je viendrai à ton hôtel, moi, à dix heures.

— Non, ici on dîne tôt. Passe à huit heures et demie au plus tard.

— Mais je ne suis pas prête.

— Et moi, je ne peux pas attendre.

— C'est vrai ?

— C'est vrai, j'ai envie de te voir. Dépêche-toi.

— Bon, Patrice, je viens, mais tu es trop dominant. Tu ne me dis rien ?

— Non, j'ai horreur de parler dans un téléphone.

— A Florence, tu me téléphonais pendant deux heures.

— Oui, j'étais amoureux de toi et je voulais te séduire. J'avais une excuse.

— Tu n'es plus amoureux de moi ?

— Non, bien sûr.

— Tu avais dit que tu le serais toute la vie !

— Moi ? Tu dois confondre.

— Aïe, Patrice, tu te moques !

— J'en suis incapable, mais ne perdons pas trop de temps, nous serons en retard.

— Dis-moi !

— Oui.

— Je ne sais plus. Ah si ! Je voudrais manger crustacés.

— C'est promis. Nous irons dans un bon restaurant.

— Tu as de l'argent ?

— Un peu, pourquoi ?

— Je t'expliquerai.

— Alors je n'en ai pas.

— Je croyais que tu en gagnais beaucoup.

— D'abord, ce n'est pas exact, ensuite j'ai les moyens de le dépenser.

— Mais moi, je t'invite à dîner.

— C'est ça, tu me passeras l'argent sous la table. Je raccroche car sans cela nous n'aurons jamais fini.

— Non. Ne coupe pas. Je voulais te dire encore une chose.

— Je t'écoute.

— Je te la dirai tout à l'heure. C'est vrai que tu ne m'aimes plus ?

— Qu'est-ce que ça peut te faire ?

— Rien, je croyais que tu m'aimerais toujours. Dis, Patrice.

— Oui.

— Est-ce que nous irons danser dans une cave ?

— Si tu veux.

— Pourquoi es-tu si frigide au téléphone ?

— Je ne suis pas « frigide », mais je voudrais que tu t'habilles et que tu ne sois pas en retard.

— Je vais mettre une robe bleue.

— Non, je voudrais une noire.

— Mais la bleue est très jolie.

— Alors mets la bleue.

— Non, puisque tu préfères la noire.

— Alors, mets une robe verte et n'en parlons plus.

— Aïe, comme tu es avec moi ! Tu as changé !

— Oui, Olivia, j'ai changé et je voudrais te parler ailleurs qu'au téléphone.

— Nous n'irons pas dans un endroit trop connu ?

— Non, si tu veux. Pourquoi ?

— Si mon mari le savait...

— Paris n'est pas un village

— J'ai peur quand même.

— Ecoute, Olivia, sincèrement, veux-tu, oui ou non, sortir avec moi ce soir ? Si oui, lâche ce téléphone et habille-toi.

— Bien, Patrice, à tout à l'heure... Dis-moi encore !

— Non, à tout à l'heure.

Il raccrocha aussi amusé qu'agacé. A la seconde même de son apparition, Olivia répétait son numéro le plus habituel : le pas de l'indécision. Jusqu'à quel point cette indécision la persécutait dans sa propre vie est une autre histoire. Le signe sous lequel se plaçait leur rencontre paraissait heureux, mais un rien pouvait tout gâcher. Se contrôlerait-il jusqu'au bout ? L'humeur changeante d'Olivia était un perpétuel danger. Il ne se sentait plus le courage de jouer avec cette humeur. D'ici une heure, elle serait là. Patrice descendit et sortit dans la rue Jacob. Un bar voisin de l'hôtel recueillait tous les soirs, vers huit heures, une clientèle en grande partie étrangère. Dans le brouhaha des conversations qui se croisaient en anglais, en italien ou en allemand, il y avait place pour un peu de dépaysement. Il essaya de ne pas boire trop vite son whisky, mais n'y parvint pas. Cette heure d'attente s'avérait la plus cruelle de toutes celles qu'il avait subies pour Olivia. Chaque minute s'en détachait avec une désespérante lenteur. Tout ce qu'il voulait lui dire se présentait maintenant à son esprit, en désordre. Mais Patrice savait trop bien qu'on ne disait pas ce qu'on voulait à Olivia, qu'elle n'écoutait pas, qu'elle sautait d'une idée à une autre, qu'elle mènerait le jeu avec un rien de folie et un sens inné du gaspillage. Une fois encore, à quoi bon ?

A huit heures et demie, il regagna le hall de son hôtel. Dans son retard, elle était quelquefois en avance et il était plus prudent de se méfier.

Il allait malgré tout perdre patience quand elle poussa le tambour de la porte et entra.

— Aïe, Patrice, comme c'est petit ton hôtel. Tu couches là ?

— Pas dans le hall, mais dans une chambre en haut. Donne-moi au moins ta main que je la baise.

Elle portait une robe noire sous un manteau légèrement ouvert. Patrice retrouva aussitôt une bague très simple qu'elle avait autrefois à l'annulaire, et les deux boucles d'oreilles qu'il lui avait données peu avant leur séparation.

— Ah ! oui, comment est ta chambre ?

— Sans intérêt.

— Je veux voir si tu as toujours ma photo.

— Montons si tu veux, tu pourras t'en rendre compte.

Il reprit sa clef, précédant Olivia dans l'escalier jusqu'au premier. Elle pénétra dans la pièce et regarda autour d'elle la banale chambre d'hôtel avec son lit de cuivre, son fauteuil de reps rouge et le désordre masculin qui régnait sur la table. Il n'y avait pas de photos. Elle se retourna vers Patrice.

— C'est vrai que tu ne m'aimes plus ?

— C'est presque vrai.

Elle appuya sa joue contre la poitrine du jeune homme.

— Tu m'en veux beaucoup ?

— Non.

Est-ce que le geste si simple, si tentant, de la prendre dans ses bras effacerait et recommencerait tout ? Pourquoi se refusait-il, les dents serrées, à saisir ce corps tremblant qui s'appuyait contre lui avec la confiance et l'abandon d'autrefois ? Tout serait si simple... Il prit la taille légère et la serra contre lui. Le front d'Olivia rencontra ses lèvres.

— Dis, Patrice ?

— Oui.

— Où allons-nous manger crustacés ?

Qu'il était bête ! Il laissa tomber ses bras et la repoussa. Le visage avait changé, vieilli peut-être un peu. Certains traits restés longtemps enfantins, la courbure de la bouche, la narine délicate et transparente, s'alourdissaient. Une ride se préparait sur le front qu'elle plissait sans cesse.

— Qu'est-ce que tu regardes ? Ma ride ?

— Un chien peut bien regarder un évêque.

— Mais je ne suis pas un évêque.

— Quelle chance ! Non, je te regarde simplement avec un peu de distance, des yeux et un espoir différents. J'aime ton visage, mais ce n'est plus le même. Tu permettras aussi que je m'étonne de te retrouver dans mes bras, après ce qui s'est passé.

— Tu vas me faire des reproches !

— Non, tout est très bien ainsi. Toi mariée, moi libre. Chacun suit son petit destin. Aurais-tu été heureuse avec moi ?

— Oui.

— Es-tu heureuse maintenant ?

— Oui, assez souvent.

Olivia s'écarta de lui et fit le tour de la chambre.

— Alors c'est là que tu dors ?

— Oui. Quel intérêt ?

— Je voulais savoir. Il n'y a pas une femme qui habite avec toi ?

— Non.

— Tu n'as jamais embrassé une femme depuis notre dernière rencontre.

— Si, quelques-unes.

— Tu vois bien que tu ne m'aimes plus.

— Ecoute, Olivia, ne sois pas absurde. Toi, tu es mariée.

— Oui, mais il n'embrasse pas comme toi !

— Merci. Les détails ne me feraient pas plaisir.

Elle se rapprocha de lui et d'un doigt distrait caressa le revers de son veston. Patrice évitait de la regarder. Il ne pouvait s'empêcher de trouver cette minute aussi exquise que celles de leurs premières rencontres dont le souvenir demeurerait à jamais gravé dans sa mémoire. Quoi qu'elle eût dit et fait, Olivia restait pour lui semblable aux images de Venise, de Florence et de Bellagio. Cette fois, il était prévenu. Il fallait ne rien gâcher, la maintenir à cette distance et sur ce piédestal où il avait voulu la placer au début. « Je ne la toucherai pas, je ne la toucherai pas », répétait-il sans plus penser à rien. Le parfum d'Olivia lui donnait le vertige. Il saisit au vol le doigt qui errait sur le revers de son veston.

— Olivia, je voudrais te dire une chose.

— Oui.

— Ecoute-moi vraiment, j'insiste. Il faut que nous nous comprenions enfin. Je t'ai trop aimée et je t'aime encore.

— Oui, je sais.

— Non, tu ne sais pas. Si je ne te prends pas dans mes bras maintenant, je sauve une idée qui me reste précieuse. Si je te prends dans mes bras, nous commençons autre chose. De cet autre chose, as-tu peur ?

— Non.

— Sais-tu ce qu'il signifie : les mensonges autour de toi, la jalousie, les séparations, deux êtres qui se retrouvent et se perdent. Et pour moi, je prends la plus mauvaise part, celle de l'amant. C'est lui que la femme trompe avec son mari, c'est lui qui a mauvaise conscience, c'est lui qui a la part du pauvre.

— Si tu ne veux pas...

Elle lui tourna le dos. Le cou si gracile s'offrait à lui. Il en reconnaissait la peau délicate, la légère ombre du duvet sur la dernière vertèbre, sous le cheveu court et dru aux reflets bleus. Non, il ne voulait pas. Il ne voulait pas au moins ce soir. Peut-être demain. Peut-être en Espagne, s'il y allait comme on le lui proposait. Une grande épreuve l'attendait qui consistait à ne pas briser ses souvenirs, à ne pas rouvrir une blessure encore fraîche. Il avait aimé Olivia pour l'état de grâce dans lequel elle semblait vivre, cessé de l'aimer parce qu'elle était un de ces rêves terribles qui vous usent jusqu'à la corde la sensibilité, les nerfs et le cœur, recommencé de l'aimer le jour où à Paris elle lui avait enfin donné ce qu'elle ne donnerait plus jamais, et parce que leur plaisir les entraînait toutes les nuits si loin d'eux-mêmes que la confrontation de leurs caractères dans la journée n'apparaissait plus que comme le plus superficiel des heurts. Mais précisément parce que ces plaisirs avaient été trop parfaits Patrice ne lui pardonnait pas de les avoir sacrifiés aussi allégrement. Il avait su la date de son mariage et, cette nuit-là, s'était promené hagard, les poings dans les poches, la tête bourdonnante, les tempes serrées comme si les centaines de kilomètres qui les séparaient n'étaient qu'une mince cloison... Quoi qu'il en fût, il ne pouvait effacer cette période atroce de sa vie.

— Où allons-nous ? dit-elle en se contemplant dans la glace de l'armoire.

Elle avait toujours la même façon d'enrouler nerveusement une mèche de ses cheveux en rouleau, autour de l'index. Agacé, il finissait par lui taper sur les doigts. Cependant, ce soir il était probable qu'il accueillerait bien la résurrection de tous les tics d'Olivia, les « aïe » qui émaillaient sa conversation, ses coq-à-l'âne, sa faim dévorante de croûtons de pain, son désintéressement total pour le caviar, sa paresse à faire trois pas, sa coquetterie et cette façon qu'elle avait de ne plus écouter au bout de trois mots toute conversation où il ne s'agissait pas d'elle.

— Nous allons chez Prunier.

— Oh ! dit-elle avec tristesse, j'aurais tellement voulu aller dans un restaurant où tu m'emmenais autrefois !

— Non, il ne s'agit pas de recommencer. Il s'agit soit de ne pas gâcher nos souvenirs, soit d'entamer quelque chose de tout à fait nouveau. Nous n'avons pas encore choisi.

— Comme tu es compliqué, Patrice !

— Merci, on me l'a déjà dit aujourd'hui.

— Qui ? une femme ?

— Oui, une femme.

— Je suis jalouse.

— Ne joue pas la comédie et partons.

— Patrice, tu ne m'aimes plus.

— A ta place, cela me soulagerait d'un remords.

— Oh ! je te déteste !

— Et moi, crois-tu que je ne t'ai pas détestée ?

Verrait-il jamais une larme briller dans ses yeux bruns aux reflets dorés ? S'abandonnerait-elle jamais un jour ? Il la prit doucement par le bras pour la conduire vers la porte. Elle ne résistait plus. Patrice se demandait s'il n'avait pas toujours eu tort de lui céder autrefois et surtout de lui céder sur des riens, le choix d'un restaurant, d'une sortie, d'un ami, simplement pour qu'il n'y eût aucune ombre lors de son séjour à Paris. Ils dînèrent donc chez Prunier, comme ils ne l'avaient jamais fait. Patrice eut la douce revanche de constater qu'Olivia se laissait lentement intimider par lui. Avec fermeté, il écartait les sujets dangereux qu'elle abordait : « Mon mari, commençait-elle. — Non, disait-il, en ma compagnie, je te prie de chercher d'autres références que celle-là. » Après une seconde réponse un peu sèche, il discerna une lueur de désarroi dans les yeux d'Olivia et s'attendrit. Elle était venue le chercher, elle avait couru après lui et dansé sans pudeur le ballet de la séduction. Mais par bouffées, lui remontait à la gorge leur séparation un an auparavant à la fin de son séjour à Paris, ce mois merveilleux qu'elle avait si bien su gâcher en quelques heures par un caprice odieux. Il n'avait pas d'argent. Un homme sans argent n'épouse pas une femme qui croit avoir plus envie de bijoux et de robes que d'amour. Elle lui avait fait cadeau d'un sentiment immense : l'amertume. Il ne s'en débarrasserait jamais. Olivia ne saurait pas à quel point elle avait modifié sa vie, influé sur ses sentiments, décidé de sa solitude. Intimidée, elle repartait à la conquête, ne tolérant pas qu'il y eût sur terre un homme insensible à son charme ou simplement distrait à la poursuite de ses souvenirs.

— Je voudrais revoir Guillaume et Antoine, dit-elle enfin.

— Guillaume et Antoine ? Tu n'y penses pas. Nous avons été trop heureux, trop gais tous les quatre lorsque nous sortions ensemble pour oser jamais recommencer.

— Comment, tu ne les vois plus ?

— Je ne vois qu'eux, mais sans toi. C'est comme si tu étais morte pour nous. A quoi bon ressusciter ? Nous avons un an de plus, des sentiments différents, peut-être des regrets. Est-ce que ça t'amuserait beaucoup de les raviver ?

— Que tu es cruel !

Oui, ce soir il avait faim de cruauté. Il voyait avec satisfaction, presque avec vertige, le visage d'Olivia refléter peu à peu le désespoir. Il était sans doute temps de lui faire comprendre qu'on ne joue pas avec les êtres au gré de son humeur et de ses caprices. En même temps, il puisait dans son désarroi des raisons de se rassurer : il n'était plus vulnérable.

— Je t'emmène, dit-il. Nous allons chercher ce qui pourrait encore distraire une personne aussi blasée que toi.

C'est seulement dans le taxi en direction de Montparnasse que les larmes si longtemps refoulées finirent par affluer. Olivia hoquetait. Patrice donna l'adresse de son hôtel rue Jacob où ils s'arrêtèrent. Elle sécha ses larmes comme elle put pour traverser le hall. Dans la chambre, elle s'affala sur le lit, en sanglotant. Il s'étonnait que la détresse d'Olivia ne fût plus capable de susciter sa pitié. Une étrangère pleurait sans l'atteindre. Le visage enfoui dans l'oreiller, de brusques saccades la secouaient comme des frissons. Il alluma une cigarette et la laissa se calmer seule tandis qu'il marchait de long en large dans la chambre. Elle l'avait supplié d'éteindre la lumière et la pièce n'était éclairée que par l'enseigne au néon rouge du bar-tabac d'en face. Patrice appuya son front contre la vitre fraîche. Cette rue Jacob ressemblait à une rue de province avec ses petites vieilles qui promenaient leurs chiens avant de se coucher, ses couples lents qui marchaient en se tenant étroitement par le bras. Dans le bar-tabac, de jeunes garçons jouaient à la machine à sous, en buvant du vin blanc. Un an auparavant, quand elle était arrivée d'Italie, ils avaient vécu dans un hôtel voisin, seuls et ignorés de tout le monde, craignant tout de même d'être découverts. Ils avaient une immense chambre rouge au plafond peint de sirènes affriolantes. Olivia dormait complètement recroquevillée sur elle-même, sans jamais bouger jusqu'à l'aube. Pendant un mois, il était resté toutes les nuits allongé à son côté, à la poursuite d'un sommeil qui le fuyait, inquiet de perdre ne serait-ce qu'une seconde la présence de cet être merveilleux dont le corps tiède respirait lentement sous la protection du sien. Quand il la tenait dans ses bras, il lui arrivait de se dire — et de le dire — que certaines minutes effacent tout. Il se sentait absolument heureux. Pourquoi fallait-il que, dans la journée ensuite, elle se mît à gâcher à plaisir ces instants parfaits, geignant parce qu'il devait tout de même s'absenter pour son travail et l'abandonner quelques heures, boudant puérilement pendant d'autres heures parce qu'il ne pouvait lui offrir une robe, un faux bijou. Il était cruel de penser que s'il avait eu beaucoup d'argent, il aurait été très heureux avec elle. Mais voilà, c'était une époque de sa vie où il n'en avait que par à-coups. Olivia était au-dessus de ces hauts et de ces bas. Il lui fallait sur-le-champ ce qu'elle désirait, comme elle y avait été habituée toute sa vie. C'était à s'en heurter la tête contre les murs, à désespérer purement et simplement. De contrariété en contrariété, il en était arrivé à un point de tension tel que même la félicité de leurs nuits ne pouvait plus rien effacer. Olivia n'en avait pas conscience. La coquetterie prenait peu à peu en elle une forme d'obsession que rien n'arrêtait. Ces heurts parfois violents, parfois légers s'accumulaient en Patrice alors que, chez elle, l'un effaçait l'autre. Il avait trop aimé la frivolité pour qu'elle ne lui jouât pas enfin un de ces tours dont on ne revient pas. « Patrice est l'enfant du bonheur, disait Guillaume un an auparavant. Il est amoureux et il voyage ! » Il ne voyageait plus et il n'aimait plus... Dans le bar-tabac, un des garçons donnait des coups de genou dans l'appareil automatique. Le patron l'écarta pour essayer de décoincer la boule avec plus de douceur. Aux sanglots d'Olivia succédaient de temps à autre des reniflements. Comment aurait-il encore la naïveté d'avoir pitié d'elle ? Qu'elle s'humanisât semblait impossible ! Et pourtant...

Il abandonna la fenêtre pour se diriger à tâtons vers le lit où gisait Olivia. Dans l'ombre rouge, il distinguait la masse sombre du corps étendu sur la couverture claire et l'oreiller blanc. La robe dégageait la moitié d'une jambe au bas luisant. Olivia se retourna sur le dos comme pour lui échapper.

— Aime-moi, dit-elle...

Vers trois heures du matin, il se leva pour fermer les volets, ouvrir la lumière et réveiller Olivia. Elle émergea du drap, les yeux embués de sommeil comme si elle ne se souvenait plus de l'endroit où elle était. Très légèrement, du pouce, il lui caressa la tempe.

— Je suis laide, dit-elle.

— Non, pas précisément.

Mais dans ce visage dont on savait en le regardant d'un peu près qu'il allait bientôt se faner, il ne retrouvait déjà plus la grâce étonnée d'autrefois.

— Quelle heure est-il ?

— Trois heures.

— Aïe, quelle horreur !

Elle fit un bond hors du lit, tremblante et nerveuse, pleurant presque de ne pas retrouver son deuxième bas, la ceinture de sa robe.

— Pressée ?

— Oui... j'avais dit que je serais de retour à minuit.

Il était déjà agacé parce que ce qui venait de se passer entre eux ne comptait plus à côté de ce retard. Il aurait aimé encore une minute de tendresse avant la séparation, mais Olivia s'impatientait au point de frôler la crise de nerfs. Quelques minutes après, ils couraient vers une station de taxis. Calée dans le fond de la voiture, elle faillit de nouveau fondre en larmes, n'écoutant rien de ce qu'il disait. Elle n'était déjà plus à lui, volant vers cet autre homme qui la lui avait volée. Patrice éprouva un amer découragement... Par les quais, ils arrivèrent à la place de l'Alma tragiquement éclairée au néon. Avenue George V, Olivia descendit en hâte, criant : « Nous repartons demain. Viens me voir à Madrid. »

Le tambour vitré l'engloutit. Patrice tendit un billet au chauffeur et, en attendant la monnaie, essaya d'apercevoir encore une fois Olivia. Elle était au milieu du hall, face à un homme d'une cinquantaine d'années, en tenue de soirée, les mains dans les poches de son smoking. Bien qu'il ne pût rien entendre de ce qui se disait, il était facile d'imaginer une explication assez pénible.

— Trois cents, cinq cents et mille, dit le chauffeur en lui tapant l'avant-bras pour attirer son attention.

Il tendit machinalement un pourboire et se rapprocha de la porte à tambour. Olivia s'éloignait vers l'ascenseur suivie de l'homme qui marchait derrière elle, les mains toujours dans les poches. Patrice hésita encore un instant avant de les voir disparaître, puis descendit l'avenue. Alors seulement, il sentit peser sur lui la fatigue harassante de la précédente nuit blanche et de cette nouvelle soirée. Le temps avait brusquement fraîchi. Une main de fer pesait sur sa nuque. De toute la soirée, il n'avait pas eu une pensée pour Florence. Mais il était incapable de se le reprocher, de même qu'Olivia l'avait été d'éprouver un quelconque sentiment de culpabilité à son égard. Arrivent certains moments dans la vie où les événements vous prennent de vitesse, à une allure foudroyante. Se laisser faire n'est même plus de la lâcheté.

Il se trouva de nouveau sur la place de l'Alma. Un couple s'embrassait à bouche perdue au coin de l'avenue Montaigne. En passant derrière l'homme, Patrice aperçut dans la lueur mauve du néon le visage blafard d'une jeune femme aux yeux fermés. Longeant les quais à grands pas, il se demanda si maintenant encore il s'appartenait. Le sentiment de maîtrise de soi qui le flattait intérieurement depuis qu'il avait conquis Florence et menait sa vie comme il l'entendait venait de s'évanouir brusquement dans une soirée. Même n'aimant plus Olivia — ou croyant ne plus l'aimer — il savait fort bien qu'elle venait de le reprendre. Mais un homme n'est jamais repris totalement s'il le veut bien. A dire le vrai, il ne lui déplaisait pas d'avoir renoué un lien de chair avec Olivia. Il en éprouvait même une sorte d'allégresse qui le faisait marcher vite sous les arbres du cours Albert Ier, dans un Paris désert parcouru de taxis cahotants, de cyclistes furtifs, semé çà et là de couples frileux et d'agents embarrassés, coloré de feux orangés aux carrefours. La Seine moirée coulait entre deux rives muettes et lunaires. Patrice se dirigea vers la rue du Bac où un bar-tabac restait ouvert jusqu'à l'aube. Guillaume, qui freinait ses plaisirs nocturnes depuis quelque temps, venait d'y abandonner Antoine solidement accroché au comptoir. A la veine frontale de son ami, Patrice connut que la nuit était déjà pas mal avancée. Une odeur de saucisse chaude planait dans le débit. Ils burent encore beaucoup de vin blanc pour lutter contre la fatigue qui leur écrasait les tempes et embarrassait la langue. L'aube se levait, grise sur le VIIe arrondissement, rosée au-dessus du Louvre et des Tuileries. Les nuits de Paris se ressemblaient toutes. On se rencontrait par hasard, accablé par la fatigue ou l'alcool, avec une légère tendance au prophétisme et aux fausses confidences afin de cacher ses réelles angoisses. Les vitres tremblaient au passage des premiers autobus et les éboueurs ramassaient les poubelles dans un grand fracas de tôle. Les deux amis suivirent la rue de l'Université puis la rue Jacob. Antoine, le sourcil levé, avait une sorte de regard lointain et voilé qui annonçait des paroles sublimes :

— Fais pas de conneries, dit-il enfin en embrassant Patrice comme s'il venait de le décorer de la médaille militaire.

Ils en avaient les larmes aux yeux. Patrice respirait de temps à autre les paumes de ses mains pour y retrouver le parfum laissé par Olivia. Elle avait pour toujours adopté le 5 de Chanel dont il lui avait fait cadeau lors de leur seconde rencontre à Florence. A cette époque, elle ne se parfumait pas, et il avait dû lui citer Valéry pour la convaincre : « Une femme mal parfumée n'a pas d'avenir. » Sans doute aurait-il mieux valu qu'elle n'eût pas d'autre avenir que celui offert par Patrice. Malgré les frissons de la fatigue, il ne serait pour rien au monde remonté dans sa chambre. Ils continuèrent jusqu'aux Halles et mangèrent une soupe à l'oignon dans un bistrot lugubre. Un peu de lucidité leur revenait avec le jour bleu qui déchirait le ciel. Des bouchers sanglants encombraient le comptoir. Ils sortirent pour se faufiler entre les montagnes de légumes jusqu'au quai de la Mégisserie où les oiseleurs sortaient leurs cages et leurs viviers. Depuis une heure déjà, ils ne se parlaient plus. Au coin de la rue des Saints-Pères, Antoine héla un taxi et Patrice se retrouva seul devant l'entrée du bureau de poste. Un simple télégramme engagerait tout un art de vivre. Il était encore temps de décider s'il restait à Paris ou partait pour l'Espagne. Il eut une pensée pour Olivia, une autre pour Florence, une plus profonde pour lui-même, puis entra dans la poste. L'employé du guichet lui tendit une formule vierge. Debout contre la planche à écrire, il commença de tracer en majuscules, lentement car sa main tremblait : « Galerie Gravereau, 561 Fifth Avenue, New York... »

Venise, *septembre 1947.*
Paris.
Málaga.
Hollywood, *novembre 1950.*

DU MÊME AUTEUR

Aux Éditions Gallimard

LES TROMPEUSES ESPÉRANCES, *roman.*

LE BALCON DE SPETSAI, *récit.*

UN PARFUM DE JASMIN, *nouvelles.*

LES PONEYS SAUVAGES, *roman* (Prix Interallié).

UN TAXI MAUVE, *roman* (Grand prix du roman de l'Académie française).

LE JEUNE HOMME VERT, *roman.*

THOMAS ET L'INFINI, illustré par Étienne Delessert.

LES VINGT ANS DU JEUNE HOMME VERT, *roman.*

DISCOURS DE RÉCEPTION DE MICHEL DÉON À L'ACADÉMIE FRANÇAISE ET RÉPONSE DE FÉLICIEN MARCEAU.

UN DÉJEUNER DE SOLEIL, *roman.*

« JE VOUS ÉCRIS D'ITALIE... », *roman.*

LA MONTÉE DU SOIR, *roman.*

MA VIE N'EST PLUS UN ROMAN, *théâtre.*

DISCOURS DE RÉCEPTION DE JACQUES LAURENT À L'ACADÉMIE FRANÇAISE ET RÉPONSE DE MICHEL DÉON.

UN SOUVENIR, *roman.*

Aux Éditions de la Table Ronde

LA CORRIDA, *roman* (Folio).

LES GENS DE LA NUIT, *roman* (Folio).

LE RENDEZ-VOUS DE PATMOS, *récits* (Folio).

MÉGALONOSE, *pamphlet.*

TOUT L'AMOUR DU MONDE, *récits* (Folio).

MES ARCHES DE NOÉ, *récits* (Folio).

LA CAROTTE ET LE BÂTON, *roman* (Folio).

BAGAGES POUR VANCOUVER, *récits* (Folio).

Aux Éditions Fasquelle

LETTRE À UN JEUNE RASTIGNAC, *libelle.*

FLEUR DE COLCHIQUE, avec des eaux-fortes de Jean-Paul Vroom.

À La Librairie Nicaise

HISTOIRE DE MINNIE, eaux-fortes de Balthazar.

BALINBADOUR, eaux-fortes de Balthazar.

LE DIABLE AU PARADIS, eaux-fortes de Balthazar.

Aux Éditions Cristiani

EST-OUEST, illustré par Jean Cortot.

Aux Éditions Matarasso

TURBULENCES, eaux-fortes de Balthazar.

Aux Éditions La Palatine

UNE JEUNE PARQUE, eaux-fortes de Mathieux-Marie.

COLLECTION FOLIO

Dernières parutions

2001.	Reiser	*Vive les femmes !*
2002.	F. Scott Fitzgerald	*Le dernier nabab.*
2003.	Jerome Charyn	*Marilyn la Dingue.*
2004.	Chester Himes	*Dare-dare.*
2005.	Marcel Proust	*Le Côté de Guermantes* I.
2006.	Marcel Proust	*Le Côté de Guermantes* II.
2007.	Karen Blixen	*Le dîner de Babette.*
2008.	Jean-Noël Schifano	*Chroniques napolitaines.*
2009.	Marguerite Duras	*Le Navire Night.*
2010.	Annie Ernaux	*Ce qu'ils disent ou rien.*
2011.	José Giovanni	*Le deuxième souffle.*
2012.	Jan Morris	*L'énigme (D'un sexe à l'autre).*
2013.	Philippe Sollers	*Le Cœur Absolu.*
2014.	Jacques Testart	*Simon l'embaumeur (ou La solitude du magicien).*
2015.	Raymond Chandler	*La grande fenêtre.*
2016.	Tito Topin	*55 de fièvre.*
2017.	Franz Kafka	*La Métamorphose* et autres récits.
2018.	Pierre Assouline	*L'homme de l'art (D.-H. Kahnweiler 1884-1979).*
2019.	Pascal Bruckner	*Allez jouer ailleurs.*
2020.	Bourbon Busset	*Lettre à Laurence.*
2021.	Gabriel Matzneff	*Cette camisole de flammes (Journal 1953-1962).*
2022.	Yukio Mishima	*Neige de printemps (La mer de la fertilité, I).*
2023.	Iris Murdoch	*Pâques sanglantes.*

2053.	Carlos Fuentes	*Terra Nostra,* tome I.
2054.	Françoise Sagan	*Un sang d'aquarelle.*
2055.	Sempé	*Face à face.*
2056.	Raymond Chandler	*Le jade du mandarin.*
2057.	Robert Merle	*Les hommes protégés.*
2058.	Pierre Loti	*Aziyadé.*
2059.	François Salvaing	*Misayre ! Misayre !*
2060.	André Pieyre de Mandiargues	*Tout disparaîtra.*
2061.	Joseph Conrad	*Fortune.*
2062.	Jean Diwo	*Le lit d'acajou (Les Dames du Faubourg, II).*
2063.	Pascal Lainé	*Plutôt deux fois qu'une.*
2064.	Félicien Marceau	*Les passions partagées.*
2065.	Marie Nimier	*La girafe.*
2066.	Anne Philipe	*Je l'écoute respirer.*
2067.	Reiser	*Fous d'amour.*
2068.	Albert Simonin	*Touchez pas au grisbi !*
2069.	Muriel Spark	*Intentions suspectes.*
2070.	Emile Zola	*Une page d'amour.*
2071.	Nicolas Bréhal	*L'enfant au souffle coupé.*
2072.	Driss Chraïbi	*Les Boucs.*
2073.	Sylvie Germain	*Nuit-d'Ambre.*
2074.	Jack-Alain Léger	*Un ciel si fragile.*
2075.	Angelo Rinaldi	*Les roses de Pline.*
2076.	Richard Wright	*Huit hommes.*
2078.	Robin Cook	*Il est mort les yeux ouverts.*
2079.	Marie Seurat	*Les corbeaux d'Alep.*
2080.	Anatole France	*Les dieux ont soif.*
2081.	J. A. Baker	*Le pèlerin.*
2082.	James Baldwin	*Un autre pays.*
2083.	Jean Dutourd	*2024.*
2084.	Romain Gary	*Les clowns lyriques.*
2085.	Alain Nadaud	*Archéologie du zéro.*
2086.	Gilles Perrault	*Le dérapage.*
2087.	Jacques Prévert	*Soleil de nuit.*
2088.	Sempé	*Comme par hasard.*
2089.	Marcel Proust	*La Prisonnière.*
2090.	Georges Conchon	*Colette Stern.*
2091.	Sébastien Japrisot	*Visages de l'amour et de la haine.*

2092. Joseph Kessel — *La règle de l'homme.*
2093. Iris Murdoch — *Le rêve de Bruno.*
2094. Catherine Paysan — *Le nègre de Sables.*
2095. Dominique Roulet — *Le crime d'Antoine.*
2096. Henri Vincenot — *Le maître des abeilles (Chronique de Montfranc-le-Haut).*
2097. David Goodis — *Vendredi 13.*
2098. Anatole France — *La Rôtisserie de la reine Pédauque.*
2099. Maurice Denuzière — *Les Trois-Chênes.*
2100. Maurice Denuzière — *L'adieu au Sud.*
2101. Maurice Denuzière — *Les années Louisiane.*
2102. D. H. Lawrence — *Femmes amoureuses.*
2103. XXX — *Déclaration universelle des droits de l'homme.*
2104. Euripide — *Tragédies complètes,* tome I.
2105. Euripide — *Tragédies complètes,* tome II.
2106. Dickens — *Un conte de deux villes.*
2107. James Morris — *Visa pour Venise.*
2108. Daniel Boulanger — *La dame de cœur.*
2109. Pierre Jean Jouve — *Vagadu.*
2110. François-Olivier Rousseau — *Sébastien Doré.*
2111. Roger Nimier — *D'Artagnan amoureux.*
2112. L.-F. Céline — *Guignol's band, I. Guignol's band, II (Le pont de Londres).*
2113. Carlos Fuentes — *Terra Nostra,* tome II.
2114. Zoé Oldenbourg — *Les Amours égarées.*
2115. Paule Constant — *Propriété privée.*
2116. Emmanuel Carrère — *Hors d'atteinte ?*
2117. Robert Mallet — *Ellynn.*
2118. William R. Burnett — *Quand la ville dort.*
2119. Pierre Magnan — *Le sang des Atrides.*
2120. Pierre Loti — *Ramountcho.*
2121. Annie Ernaux — *Une femme.*
2122. Peter Handke — *Histoire d'enfant.*
2123. Christine Aventin — *Le cœur en poche.*
2124. Patrick Grainville — *La lisière.*
2125. Carlos Fuentes — *Le vieux gringo.*
2126. Muriel Spark — *Les célibataires.*

2127.	Raymond Queneau	*Contes et propos.*
2128.	Ed McBain	*Branle-bas au 87.*
2129.	Ismaïl Kadaré	*Le grand hiver.*
2130.	Hérodote	*L'Enquête,* livres V à IX.
2131.	Salvatore Satta	*Le jour du jugement.*
2132.	D. Belloc	*Suzanne.*
2133.	Jean Vautrin	*Dix-huit tentatives pour devenir un saint.*
2134.	Truman Capote	*Musique pour caméléon.*
2135.	Sempé	*De bon matin.*
2136.	Marguerite Duras	*Le square.*
2137.	Mario Vargas Llosa	*Pantaleón et les Visiteuses.*
2138.	Raymond Carver	*Les trois roses jaunes.*
2139.	Marcel Proust	*Albertine disparue.*
2140.	Henri Bosco	*Tante Martine.*
2141.	David Goodis	*Les pieds dans les nuages.*
2142.	Louis Calaferte	*Septentrion.*
2143.	Pierre Assouline	*Albert Londres.*
2144.	Jacques Perry	*Alcool vert.*
2145.	Groucho Marx	*Correspondance.*

Impression Bussière à Saint-Amand (Cher),
le 2 mai 1990.
Dépôt légal : mai 1990.
Numéro d'imprimeur : 239.
ISBN 2-07-038247-8./Imprimé en France.

48401